Cristina Garcias temperamentvoller und mitreißender Roman spielt auf Kuba und in New York und erzählt eine Familiengeschichte über drei Generationen, wechselvolle Lebensläufe von vier willensstarken Frauen – Müttern und Töchtern. Im Mittelpunkt steht Celia, die verwitwete Großmutter in Havanna. Die glühende Castro-Anhängerin, die die Illusion von Gerechtigkeit nicht preisgeben will, bewacht von ihrem Häuschen aus den Strand, um eine zweite ›Yankee-Invasion‹ verhindern zu helfen. Für ihre Tochter Lourdes, die mit Mann und Kind nach New York gezogen ist, um dort mit ausgeprägtem kapitalistischen Instinkt eine Bäckereikette aufzubauen, hat Celia wenig Verständnis. Nur ihre Enkelin Pilar vermißt sie schmerzlich. Auch Celias zweite Tochter, Felicia, entgleitet ihr. Zwar ist sie auf Kuba geblieben, hat sich aber magischen Kulten verschrieben. Celia hingegen unterstützt als ehrenamtliche Richterin die Ziele der Revolution.

Schwierige Liebe und divergierende Glücksvorstellungen zwingen Celia, Einsamkeit zu lernen.

»Auf ›kubanisch träumen‹, das bedeutet, im inneren und äußeren Exil den Stimmen der Heimat und der eigenen heimlichen Leidenschaften lauschen.«

Frankfurter Allgemeine Zeitung

Cristina Garcia, 1958 in Havanna geboren, aufgewachsen in New York City, arbeitete nach dem Studium als Korrespondentin in San Francisco, Miami und Los Angeles, wo sie heute lebt. ›Träumen auf kubanisch‹ ist ihr erster Roman, der vom Time Magazine zu den fünf besten amerikanischen Romanen des Jahres 1992 gewählt wurde.

Cristina Garcia
Träumen auf kubanisch

Roman

Aus dem Amerikanischen
von Carina von Enzenberg
und Hartmut Zahn

Fischer Taschenbuch Verlag

Dies ist ein Werk der Phantasie.
Die darin vorkommenden Namen, Figuren, Schauplätze und Ereignisse
entstammen der Einbildungskraft der Autorin oder wurden mit dichterischer
Freiheit behandelt. Jede Ähnlichkeit mit tatsächlichen Ereignissen,
Örtlichkeiten oder Personen, lebenden oder toten, wäre rein zufällig.

Veröffentlicht im Fischer Taschenbuch Verlag GmbH,
Frankfurt am Main, Dezember 1995

Lizenzausgabe mit freundlicher Genehmigung
des S. Fischer Verlags GmbH, Frankfurt am Main
Die amerikanische Originalausgabe erschien 1992
unter dem Titel »Dreaming in Cuban«
bei Alfred A. Knopf, New York
© 1992 by Cristina Garcia
Für die deutschsprachige Ausgabe:
© 1994 S. Fischer Verlag GmbH, Frankfurt am Main
Satz: Fotosatz Otto Gutfreund, Darmstadt
Druck und Bindung: Clausen & Bosse, Leck
Printed in Germany
ISBN 3-596-12915-X

Gedruckt auf chlor- und säurefreiem Papier

Für meine Großmutter
und für Scott

Diese beiläufigen Häutungen entstammen
dem Wendekreis der Ähnlichkeiten . . .

Wallace Stevens

Inhalt

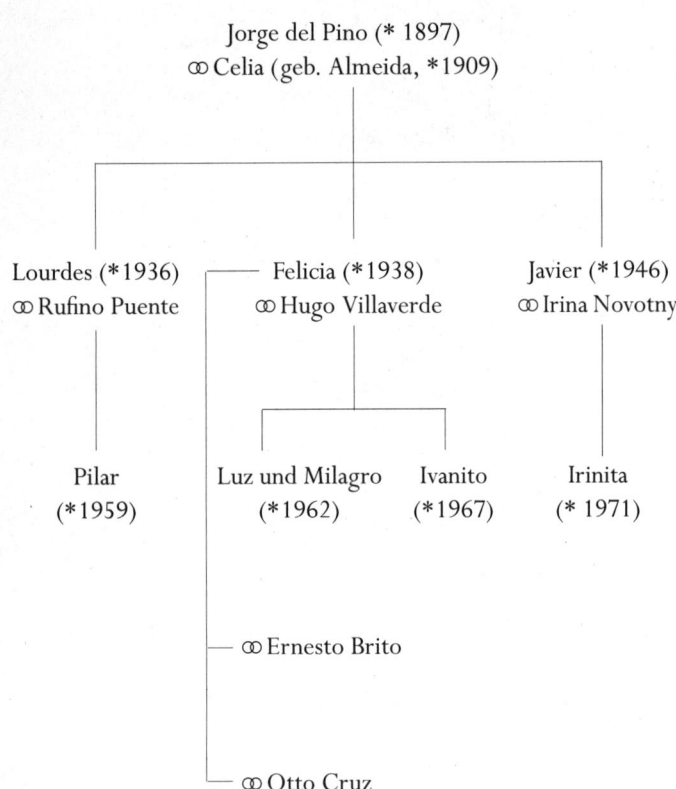

Jorge del Pino (* 1897)
∞ Celia (geb. Almeida, *1909)

Lourdes (*1936)
∞ Rufino Puente

Felicia (*1938)
∞ Hugo Villaverde

Javier (*1946)
∞ Irina Novotny

Pilar
(*1959)

Luz und Milagro
(*1962)

Ivanito
(*1967)

Irinita
(* 1971)

∞ Ernesto Brito

∞ Otto Cruz

Alltägliche Verlockungen
(1972)

Ozeanblau

Mit einem Feldstecher bewaffnet, sitzt Celia del Pino in ihrem besten Hauskleid und mit tropfenförmigen Ohrringen aus Perlmutt in der Korbschaukel und überwacht die Nordküste von Kuba. Abschnitt für Abschnitt sucht sie zuerst den Nachthimmel nach Feinden ab und nimmt sich dann den Ozean vor, der nach neun Tagen aprilhaften, für diese Jahreszeit ungewöhnlichen Regens aufgewühlt ist. Keine Spur von *gusanos*, Verrätern. Celia fühlt sich geehrt. Der Nachbarschaftsausschuß hat ihr kleines, aus Ziegelsteinen und Mörtel gebautes Haus am Meer zum besten Beobachtungsposten von ganz Santa Teresa del Mar auserkoren. Von ihrer Veranda aus könnte Celia eine Invasion wie die in der Schweinebucht schon lange vor Beginn ausmachen. Man würde sie im Palast feiern, eine Blaskapelle würde ihr ein Ständchen bringen, und dann würde *El Líder* sie höchstpersönlich auf einem Diwan aus rotem Samt verführen.

Celia legt den Feldstecher in den Schoß und reibt sich mit steifen Fingern die Augen. Dabei erbebt ihr faltiges Doppelkinn. Die Augen brennen ihr vom süßlichen Duft des Gardenienbaums und der salzigen Seeluft. In ein bis zwei Stunden würden die Fischer heimkehren – mit leeren Netzen. Die *yanquis*, so geht das Gerücht, haben die Insel mit einem Gürtel aus Atomgift umgeben, in der Absicht, die Bevölkerung auszuhungern und eine Gegenrevolution anzuzetteln. Irgendwann werfen sie auch noch Mikrobenbomben ab, die die Zuckerrohrplantagen verdorren, das Wasser der Flüsse schwarz werden und Pferde und Schweine erblinden lassen. Celia betrachtet die Kokospalmen, die den Strand säumen. Ob sie einem unsichtbaren Feind Signale senden?

Mit bellender Stimme verkündet ein Radiosprecher die neuesten Mutmaßungen über einen eventuellen Angriff und spielt eine eigens dazu von *El Líder* aufgezeichnete Botschaft ein: »Heute nacht vor elf Jahren, *compañeros*, habt ihr unser Land gegen die amerikanischen Aggressoren verteidigt. Jetzt ist wieder jeder einzelne von euch aufgerufen, unsere Zukunft zu sichern. Ohne eure Unterstützung, *compañeros*, ohne eure Opfer kann es keine Revolution geben.«

Celia kramt in ihrer Strohtasche nach dem roten Lippenstift und malt das Muttermal auf der linken Wange mit einem schwarzen Augenbrauenstift nach. Das spröde, ergraute Haar ist im Nacken zu einem Dutt zusammengefaßt. Celia hat früher einmal Klavier gespielt und macht noch immer Fingerübungen, indem sie die Hände unbewußt spreizt, zwei Tasten über eine Oktave hinaus. Zu dem hellen Hauskleid trägt sie lederne Pumps.

Ihr Enkel erscheint im Türrahmen. Die Pyjamajacke ist ihm von den Schultern gerutscht, seine Augen sind schläfrig und leer. Celia trägt Ivanito zurück ins Bett, vorbei an dem mit einer verblichenen *mantilla* bedeckten Sofa, vorbei an dem Klavier aus ausgeblichtem Walnußholz, vorbei am alten Eßzimmertisch, den die vielen Jahre wie mit Pockennarben gezeichnet haben. Es sind nur noch sieben Stühle da. Celias Mann zertrümmerte einen auf dem Rücken von Hugo Villaverde, ihrem ehemaligen Schwiegersohn, und der Stuhl ging dabei so gründlich zu Bruch, daß er nicht mehr zu reparieren war. Sie legt ihren Enkel in ihr Bett, deckt ihn mit einer zerschlissenen Decke zu und schließt ihm mit einem Kuß die Augen.

Celia kehrt an ihren Posten zurück und stellt den Feldstecher scharf. Ihre Brüste schmerzen, als sie seitlich die Arme dagegen drückt. In der Ferne erkennt sie drei Fischerboote – die *Niña*, die *Pinta* und die

Santa María. Sie muß daran denken, wie sie früher in singendem Tonfall ihre Namen aufgesagt hat. Mit dem Feldstecher beschreibt sie einen Bogen von links nach rechts, wie man es sie gelehrt hat, und bestreicht dann in gerader Linie den Horizont.

Weit hinten, am Rand des Himmels, wo morgens der Tag empordämmert, bricht plötzlich ein helles Leuchten wie von einer Sternschnuppe hervor. Es wird schwächer, während es auf sie zukommt, und allmählich nimmt im Äther eine Gestalt Form an. Ihr Mann tritt aus dem Leuchten heraus, er ist größer als die Palmen und schreitet in seinem weißen Sommeranzug und dem Panamahut auf dem Kopf übers Wasser auf sie zu. Er hat es nicht eilig. Schon macht sich Celia darauf gefaßt, daß er rosa Teerosen hinter dem Rücken hervorzaubert, wie er es jedesmal tat, wenn er von einer Reise in ferne Provinzen zurückkehrte. Oder daß er ihr einen riesigen, in braunes Papier eingewickelten Schneebesen hinhält – warum, weiß sie nicht. Doch nein, er kommt mit leeren Händen.

Am Saum des Meeres bleibt er stehen, lächelt fast scheu, als hätte er Angst, sie zu stören, und streckt eine riesengroße Hand nach ihr aus. Seine blauen Augen leuchten in der Nacht wie Laserstrahlen. Ihr Licht prallt an seinen Fingernägeln ab – fünf harte, blaue Schilde. Die Strahlen bestreichen suchend den Strand, tauchen Muscheln und schlafende Möwen in ihr Licht und verweilen dann auf Celia. Die Veranda färbt sich erst blau, schließlich ultraviolett. Auch Celias Hände werden blau. Sie blinzelt, denn das Licht blendet sie und läßt die Palmen am Strand verschwimmen.

Langsam bewegt ihr Mann den Mund, doch sie kann von seinen riesenhaften Lippen nichts ablesen. Sein Kiefer schwillt bei jedem Wort an, wird immer größer, bewegt sich schneller, bis Celia die warme Brise seines Atems auf dem Gesicht spürt. Dann entschwindet er.

Celia läuft in ihren guten Lederpumps zum Wasser hinunter. In der Luft schwebt ein Hauch von Tabak. »Jorge, ich habe dich nicht verstanden! Ich habe dich nicht verstanden!« Die Arme vor der Brust verschränkt, schreitet sie den Strand ab, und ihre Schuhe hinterlassen im nassen Sand zierliche Ausrufezeichen.

Celia betastet Jorges auf Luftpostpapier geschriebenen Brief, liest ihn noch einmal Wort für Wort und beugt sich dicht darüber, als wäre sie fast blind. Der Brief ist heute morgen angekommen, als hätte Jorges Todesahnung der zwischen den USA und Kuba so unzuverlässig arbeitenden Post Beine gemacht. Seine Worte, die beunruhigende Heißblütigkeit, die aus seinen letzten Briefen spricht, versetzen Celia in Staunen. Es ist, als wären sie von einem jüngeren, leidenschaftlicheren Jorge geschrieben, von einem Mann, den sie nie wirklich kennengelernt hat. Doch von der Handschrift, den verschnörkelten Lettern, die man ihm im vorigen Jahrhundert beigebracht hat, ist sein allmählicher Verfall abzulesen. Als er diesen letzten Brief schrieb, ahnte Jorge wohl schon, daß er sterben würde, bevor der Brief sie erreichte.

Es kommt ihr wie eine Ewigkeit vor, seit Jorge, krank und in sich zusammengefallen, in einem alten Rollstuhl an Bord der Maschine nach New York gebracht wurde. »Ein Volk von Metzgern und Viehtreibern!« rief er, als man ihn die Rampe hochschob. »Das und nichts anderes ist Kuba!« *Ihr* Jorge hatte nichts gemein mit dem hochgewachsenen, heiteren Mann vom Ozean, dem Gentleman, dessen leise Worte sie nicht verstehen konnte.

Celia trauert nicht um ihren Mann, noch nicht, aber sie trauert seiner unerschütterlichen Treue und Ergebenheit nach.

Vor der Revolution hatte Jorge viele Jahre lang nur alle fünf Wochen eine Woche freigehabt und als Vertreter einer amerikanischen Firma Mixer und tragbare Ventilatoren verkauft. Er wollte ein Musterbeispiel von einem Kubaner abgeben und seinem Boß, einem Gringo, beweisen, daß sie beide aus demselben Holz geschnitzt waren. Jorge trug immer einen Anzug, sogar an den heißesten Tagen des Jahres und in den entlegensten Dörfern, wo die Leute ihn für verrückt erklärten. Die Kreissäge mit dem breiten schwarzen Band setzte er sich stets vor dem Spiegel in einem ganz bestimmten Winkel auf den Kopf, weil er flott, aber nicht angeberisch aussehen wollte.

Celia weiß nicht, was schlimmer ist – Trennung oder Tod. An Trennung ist sie gewöhnt, allzusehr gewöhnt, aber sie ist sich nicht sicher, ob sie sich mit ihr als Dauerzustand abfinden kann. Wer hätte gedacht, daß ihr Leben so enden würde? Welche unbekannten Fügungen hatten sie wohl am Ende zu dieser Stunde an diesen Strand und in diese Einsamkeit geführt?

Sie sinnt über die Launenhaftigkeit in der Welt des Sports nach, über den schicksalhaften Werdegang von *El Líder*, der in seiner Jugend beim Baseball ein hervorragender Werfer war und um ein Haar in Amerika Karriere gemacht hätte. Die Talentsucher der Oberliga waren auf seinen vertrackten Bogenwurf aufmerksam geworden, und die *Washington Senators* bekundeten Interesse, ihn unter Vertrag zu nehmen, überlegten es sich jedoch anders. Frustriert kehrte *El Líder* nach Hause zurück, hängte die Baseballkarriere an den Nagel und zettelte in den Bergen eine Revolution an.

Nur deshalb, sagt sich Celia, wird mein Mann in harter, fremder Erde begraben werden. Und nur deshalb sind meine Kinder und Enkelkinder Nomaden.

Pilar, ihre älteste Enkelin, schreibt ihr manchmal aus Brooklyn in einem Spanisch, mit dem sie nicht mehr zurechtkommt. Ihre Enkelin hat dieselbe harte, holperige Aussprache wie die Touristen von einst, die es kaum erwarten konnten, auf grünem Filz oder Asphalt zu würfeln. Pilars Augen, so befürchtet Celia, sind nicht mehr an das geballte Licht der Tropen gewöhnt, von dem eine Morgenstunde genügen würde, um den Norden, für den die Sonne nur ein paar achtlose Strahlen übrig hat, einen ganzen Monat mit Licht zu versorgen. Sie stellt sich vor, wie ihre Enkelin fahl durch fahle Welten wandert, schlecht ernährt und frierend, ohne das kraftspendende Scharlachrot und Grün.

Celia weiß, daß Pilar einen Overall wie ein Landarbeiter trägt und Leinwände mit roten Knoten und Knäueln bemalt, unter denen man sich nichts, aber auch gar nichts vorstellen kann. Sie weiß, daß Pilar im Futter ihres Wintermantels ein Tagebuch vor den durchdringenden Blicken ihrer Mutter versteckt. In diesem Buch hält Pilar alles fest. Das gefällt Celia. Sie schließt die Augen und spricht mit ihrer Enkelin, und dabei malt sie sich aus, daß ihre Worte leuchtende Bahnen hinter sich herziehen, während sie die düstere Nacht durchdringen.

17

Wieder fängt es an zu regnen, diesmal nur leicht. Die gezackten Palmwedel registrieren jeden Tropfen. Celia steht knöcheltief in der steigenden Flut. Das Wasser ist seltsam warm, zu warm für den Frühling. Sie bückt sich und zieht die Pumps aus, die jetzt so knitterig und runzelig sind wie ihre eigene Haut, vom Salzwasser ausgebleicht und verunstaltet. Celia watet tiefer ins Meer hinein. An ihrem Kleid zieht etwas, als hingen Gewichte am Saum. Sie lockert den Griff ihrer Hände und läßt die Schuhe auf dem Wasser treiben, als könnten sie ihr den Weg zu einem für sie neuen Ort weisen.

Celia muß daran denken, was eine *santera* vor fast vierzig Jahren zu ihr gesagt hatte, damals, als sie entschlossen war, sich umzubringen: »Miss Celia, ich sehe in Ihrer Handfläche ein Land mit viel Wasser.« Sie hatte recht behalten: All die Jahre hatte Celia am Meer gelebt, so daß sie jetzt all seine Blautöne in- und auswendig kannte.

Celia dreht sich zum Strand um. Das Licht auf der Veranda ist unerträglich hell. Die Korbschaukel hängt an zwei rostigen Ketten. Die einst bunten Streifen auf den Kissen sind nurmehr ein verblichenes Grau, als hätten Farben keinerlei Bedeutung. Celia hat das Gefühl, daß all die Jahre eine völlig andere Frau, gebannt vom Sog der Gezeiten, auf den verwitterten Kissen gesessen hat. Sie erinnert sich an den stets schmerzlichen Übergang zum Frühling, an Beerentang und Regen. Ihre Haut ist eine einzige Narbe.

Sie und Jorge zogen im Frühjahr 1937 in das Haus. Ihr Mann kaufte ihr ein Klavier aus Walnußholz und ließ es an ein Bogenfenster mit Blick aufs Meer stellen. Er deckte sie regelrecht ein mit Stapeln von Partituren und Klavierübungsheften, die anregende Melodien von Rachmaninow, Tschaikowski und das eine oder andere Stück von Chopin enthielten. Zufällig schnappte sie auf, wie die Ärzte ihn warnten: »Halten Sie Debussy von ihr fern.« Sie befürchteten nämlich, der rastlose Stil des Franzosen könnte sie zu einer Unbesonnenheit verleiten, doch Celia versteckte die Noten von *La Soirée dans Grenade* und spielte das Stück immer und immer wieder, während Jorge auf Reisen war.

Auch jetzt hört Celia die Melodie, sie drängt unter den Wellen nach oben. Das Wasser schwappt an ihre Kehle. Sie beugt sich nach hinten, läßt sich auf dem Rücken treiben und lauscht angestrengt, um die Klänge aus der Alhambra um Mitternacht zu hören. Ein geblümtes Tuch um die Schultern, steht sie am Brunnen und wartet auf ihren Geliebten, ihren spanischen Geliebten, Jorges Vorgänger, und ihr Haar ist mit langen Kämmchen hochgesteckt. Der Spanier und sie ziehen sich ans moosbewachsene Flußufer zurück und lieben sich unter den wachsamen Pappeln. In der Luft schwebt ein Duft von Jasmin, Myrte und Zitrusblüten.

Eine kühle Brise reißt Celia aus ihrem Traum. Sie streckt die Beine, doch sie reichen nicht bis zum sandigen Grund. Ihre Arme sind schwer, mit Wasser vollgesogen wie grobporiges Holz nach einem Unwetter. Celia hat die Schuhe verloren. Plötzlich wird sie von einer Welle überspült, und für einen Augenblick ist sie versucht, sich ihr hinzugeben, sich einfach sinken zu lassen. Doch dann beginnt sie, mit unbeholfenen, aber stetigen Zügen zum Strand zu schwimmen, wobei sie tief im Wasser liegt wie ein schwerbeladenes Boot. Celia hält auf die Palmen zu, die ihren Kopfputz immer wieder gen Himmel schleudern. Ihre Botschaften springen mit gestohlener Energie von Baum zu Baum. Niemand außer mir, sagt Celia sich, bewacht heute nacht die Küste.

Sie zieht Jorges Brief aus der Tasche ihres Kleides und hält ihn hoch, damit die Luft ihn trocknet. Dann geht sie zurück zur Veranda, wartet auf die Fischer und auf das Tageslicht.

Felicia del Pino

Felicia del Pino, auf deren Kopf ein stacheliges Chaos aus winzigen rosa Lockenwicklern herrscht, drückt auf die Hupe ihres De Soto Baujahr '52, als sie zu dem kleinen Haus am Meer abbiegt. Es ist 7 Uhr 43 morgens, und sie hat für die siebenundzwanzig Kilometer von Havanna nach Santa Teresa del Mar vierunddreißig Minuten gebraucht. Felicia ruft laut nach ihrer Mutter, klettert auf den Rücksitz und stößt mit der Schulter die einzige Wagentür auf, die nicht kaputt ist. Gleich darauf eilt sie an den Reihen langstieliger Paradiesvogelblumen und am Papau mit den reifenden Früchten vorbei und verliert eine Sandale, als sie die drei Stufen vor der Haustür mit einem nicht sehr eleganten Satz nimmt.

»Ich weiß es schon«, sagt Celia, die auf der Veranda in ihrer Korbschaukel sanft hin und her schwingt. Felicia läßt sich auf den Schoß ihrer Mutter fallen, wodurch die Schaukel gefährlich ins Schlingern gerät, und bricht in herzzerreißendes Wehklagen aus.

»Er war gestern nacht hier.« Celia umklammert die Armlehne, als hätte sie Angst, die Schaukel könnte sich selbständig machen und davonfliegen.

»Wer?« fragt Felicia.

»Dein Vater. Er ist gekommen, um sich zu verabschieden.«

Felicia hält mitten in ihrem Lamento inne und steht auf. Dabei rutschen die blaßgelben Stretch-Shorts in die Falte zwischen ihren fleischigen Pobacken.

»Du meinst, er war ganz in meiner Nähe und hat nicht mal bei mir reingeschaut?« Sie geht auf und ab und boxt sich mit der Faust in die Hand.

»Felicia, es war kein Anstandsbesuch!«

»Er hat vier Jahre lang in New York gelebt! Also hätte er sich wenigstens von mir und den Kindern verabschieden können!«

»Was hat deine Schwester dazu gesagt?« fragt Celia und übergeht den Gefühlsausbruch ihrer Tochter.

»Die Nonnen haben sie heute morgen in der Bäckerei angerufen und zu ihr gesagt, Papi sei auf feurigen Zungen in den Himmel gefahren. Lourdes war völlig aus dem Häuschen. Sie ist überzeugt, daß Vater wiederauferstanden ist.«

Ivanito schlingt die Arme um die rundlichen Schenkel seiner Mutter. Felicias Gesicht wird weicher, als sie zu ihrem Sohn hinabblickt. »Heute ist dein Großvater gestorben, Ivanito. Ich weiß, du erinnerst dich nicht an ihn, aber er hat dich sehr liebgehabt.«

»Was ist mit Abuela passiert?« fragt Ivanito.

Felicia dreht sich zu ihrer Mutter um und starrt sie an, als hätte sie sie noch nie zuvor gesehen. Seetang hängt an Celias Kopf wie eine todbringende Pflanze. Sie ist barfüßig, und ihre mit einer Sandkruste überzogene Haut hat einen bläulichen Schimmer. Ihre Beine sind so kalt und hart, als wären sie aus Marmor.

»Ich war schwimmen«, sagt Celia unwirsch.

»Angezogen?« Felicia zupft am feuchten Ärmel ihrer Mutter.

»Ja, Felicia, angezogen.« Der schneidende Unterton in Celias Stimme hätte noch jedem Gespräch ein Ende gesetzt, nicht jedoch bei ihrer Tochter. »Und jetzt hör zu: Ich möchte, daß du deinem Bruder ein Telegramm schickst.«

Celia hat mit ihrem Sohn nicht mehr gesprochen, seit die sowjetischen Panzer vor vier Jahren in Prag eingerollt sind. Sie brach in Tränen aus, als sie seine Stimme und die Geräusche der fallenden Stadt im Hintergrund hörte. Was hatte er dort verloren, fern vom warmen Meer, in dem zahme Manatis schwimmen? Vor kurzem hat Javier ihr geschrieben, er habe jetzt eine tschechische Frau und ein Baby, ein kleines Mädchen. Celia fragt sich, wie sie mit ihrer Enkelin reden, wie sie ihr beibringen soll, Grillen zu fangen und sich vor dem Maul der Schildkröten vorzusehen.

»Was soll ich ihm schreiben?« fragt Felicia.

»Schreib ihm, daß sein Vater gestorben ist.«

* * *

Felicia klettert auf den Fahrersitz ihres Wagens, verschränkt die Arme über dem Lenkrad und starrt durch die Windschutzscheibe. Von der grünen Motorhaube steigt heiße Luft auf, und Felicia muß daran denken, wie der Ozean an dem Tag aussah, kurz bevor er Dutzende von Häusern, erbärmliche Holzhäuschen, vom Strand hinwegspülte. Es geschah im Jahr 1944. Felicia war damals erst sechs Jahre alt, ihr Bruder noch nicht einmal auf der Welt, und dennoch erinnert sie sich genau an jenen Tag, an das Meer, das sich träge bis zum Horizont zurückzog, und an die durch seine Abwesenheit entstandene ungeheuerliche Stille. Sie erinnert sich an die Krebsmütter, die ihren Jungen hinterhereilten, an den gestrandeten Delphin, den die Muñoz-Brüder mit einem Seil hinaus ins Meer schleppten, und an die prachtvollen Muscheln mit den kompliziert geformten, malvenfarbigen Kammern, die zu Tausenden auf dem Friedhof aus nassem Sand verstreut lagen. Felicia sammelte sie eimerweise, wählte aber nur eine von ihnen als Lieblingsmuschel aus, eine Perlmuttmuschel, die wie ein barocker spanischer Fächer aussah und mit der sie später ihre Verehrer necken sollte.

In aller Eile wickelte ihre Mutter die Goldrandgläser in Zeitungspapier ein, packte sie in einen abgewetzten Lederkoffer und hörte sich dabei die ganze Zeit die Warnungen im Radio an. »Ich habe dir gesagt, du sollst keine Muscheln ins Haus bringen«, schimpfte sie, als Felicia ihre Beute hochhielt. »Sie bringen Unglück.«

Als die Flutwelle zuschlug, war Felicias Vater geschäftlich in der Provinz Oriente unterwegs. Ständig war er auf Geschäftsreise. Diesmal hatte er versprochen, seiner Frau von der Ostküste der Insel ein jamaikanisches Hausmädchen mitzubringen, damit sie sich tagsüber, wie die Ärzte ihr geraten hatten, auf der Veranda ausruhen und sich am Wechselspiel des Meeres erfreuen könnte. Felicias Vater kam jedoch nicht mit einem Hausmädchen zurück, sondern brachte statt dessen ihrer Schwester Lourdes einen signierten Baseball mit, und Lourdes machte vor Freude Luftsprünge. Den Namen des Spielers konnte Felicia nicht entziffern.

Die See spülte bei ihnen an der Küste mehr als siebzig Holzhäuser hinweg. Das Haus der Familie del Pino überstand die Flutwelle nur, weil es ein solider Bau aus Ziegelsteinen und Mörtel war. Als sie zu ihm zurückkehrten, sah es aus wie eine vom Ozean bleichgewaschene Höhle. An den Wänden klebten getrocknete Algen, und die Fußböden bedeckte eine sonderbare Landschaft aus Sand. Felicia mußte lachen, als sie daran dachte, wie ihre Mutter sie davor gewarnt hatte, Muscheln mit nach Hause zu bringen. Jetzt, nach der Flutwelle, war ihr Haus nämlich voll davon.

»Du wirst da drin noch geröstet, Mädchen!« Herminia Delgado klopft an das Fenster von Felicias Wagen. Sie trägt einen Korb mit einem ungerupften Huhn, vier Zitronen und einer trockenen Knoblauchzehe darin. »Ich mache nachher Hühnerfrikassee. Warum kommst du nicht einfach rüber? Oder machen dir deine üblen Tagträume etwa wieder zu schaffen?«

Felicia, deren Gesicht und Unterarme von der Hitze fleckig sind, hebt den Kopf und sieht ihre beste Freundin an.

»Mein Vater ist gestern nacht gestorben, und ich muß in einer Stunde in der Arbeit sein. Die schicken mich zurück in die Metzgerei, wenn ich wieder zu spät komme. Sie suchen nur nach einem Vorwand, seit ich Graciela Moreira das Haar versengt habe. Dabei hatten die anderen sie mir aufgehalst. Niemand will ihr das Haar machen, weil es so dünn ist und so leicht reißt wie Klopapier. Ich habe ihr eine Million Mal gesagt, sie soll sich keine Dauerwelle machen lassen, aber sie wollte nicht hören!«

»Hat Lourdes angerufen?«

»Ja. Die Nonnen haben zu ihr gesagt, es sei wie bei Christi Himmelfahrt gewesen, nur daß Papi gekleidet war, als wollte er zum Tanzen gehen. Heute ist er bei meiner Mutter erschienen und hat sie zu Tode erschreckt. Ich glaube, sie hat im Meer nach ihm getaucht.«

Felicia wendet das Gesicht ab.

»Er hat uns nicht einmal Lebewohl gesagt.« An dem Tag, als Felicia ihren Vater zum letztenmal sah, zertrümmerte er einen Stuhl auf dem Rücken ihres damaligen Ehemannes Hugo. »Wenn du mit diesem Hurensohn weggehst, brauchst du dich hier nie wieder blicken zu lassen!« hatte ihr Vater ihnen nachgebrüllt, als sie vor ihm geflohen waren.

»Vielleicht schwebt seine Seele noch frei herum. Du mußt mit ihm Frieden schließen, bevor er für immer verschwindet. Ich rufe La Madrina an. Sie soll mit uns heute abend eine Notsitzung abhalten.«

»Ich weiß nicht recht, Herminia.« Felicia glaubt zwar an die mildtätigen Kräfte der Götter, aber sie kann kein Blut sehen.

»Hör mal, Mädchen, für Tote gibt es immer wieder neue Hoffnung. Du mußt deine Seele reinigen, sonst sucht dich der Kummer dein Leben lang heim. Das könnte auch deinen Kindern schaden. Nur ein kleines Opfer für die heilige Barbara!« redet Herminia ihr zu. »Sei um zehn Uhr da. Ich kümmere mich um alles.«

»Na gut, einverstanden. Aber diesmal ohne Ziegen. Sag ihr das bitte.«

Abends fährt Felicia mit ihrem Wagen ein paar Meilen von Santa Teresa del Mar entfernt eine ausgefahrene Straße auf dem Land entlang. Die Scheinwerfer funktionieren schon seit 1967 nicht mehr, und so leuchtet sie den Feldweg mit einer übergroßen Taschenlampe aus, wobei sie zwei Perlhühner und einen Zwergaffen in einem Bambuskäfig blendet. Der Lichtkegel gleitet quer über den Hof zu dem riesigen Kapokbaum, der sechsmal so dick ist wie jeder gewöhnliche Baum. Auf halber Höhe sind mehrere aneinandergeknüpfte rote Taschentücher um den Stamm gebunden. An einem Knoten hängt der Kopf eines frisch geschlachteten Hahns. Sein Schnabel steht offen, was dem Vogel einen überraschten und zugleich empörten Ausdruck verleiht.

Aus einer Seitentür des baufälligen Hauses tritt Herminia und kommt auf sie zu. Sie trägt eine cremefarbene Bluse mit einem Kragen, der so leuchtet, als würde der Mond darauf scheinen. Ungelenk fuchtelt sie mit den schwarzen Armen in der Dunkelheit herum. »Beeil dich! La Madrina wartet schon!«

Felicia läßt sich auf den Rücksitz des Wagens gleiten und öffnet die quietschende Tür. Farnkraut und Hühnerfedern streifen ihre Fußknöchel, als sie in ihren Sandalen der Freundin auf Zehenspitzen entgegengeht.

»*Por Dios*, wir warten schon seit über einer Stunde auf dich! Warum hast du so lange gebraucht?« Herminia faßt Felicia am Arm und zieht sie hinter sich her zur Tür. »Gehen wir rein, bevor die Götter böse werden.«

Sie dirigiert Felicia einen muffigen Gang entlang. Seitlich brennen rote Votivkerzen auf Holztischen, die mit geronnenem Wachs überzogen sind. Am Ende des Gangs hängen über einer bogenförmigen Türöffnung lange Muschelschnüre. Die einzelnen Mollusken sind durch seltsam geformte Stücke aus poliertem Onyx voneinander getrennt.

»*Bienvenida, hija*«, ruft La Madrina mit der heiseren Stimme eines

Menschen, der sich in den Dienst der Unglücklichen gestellt hat. »Wir erwarten dich schon.«

Mit nach oben gekehrten Handflächen beschreibt sie um Felicia herum kreisende Bewegungen. Ihr mandelbraunes Gesicht unter dem weißen Baumwollturban glänzt vor Schweiß, und ihre Spitzenbluse, die ihr etwas von den Schultern gerutscht ist, gibt vorne am Halsansatz den Blick auf zwei schwarze Leberflecke, so groß wie Käfer, frei. Der aus mehreren hauchdünnen Gazeschichten bestehende Rock fällt ihr bis auf die Füße, die ungeachtet des kalten Zementbodens nackt sind. Das flackernde Licht von hundert rußenden Kerzenflammen erfüllt den niedrigen, meergrünen Raum.

Die hintere Wand wird von einer aus Ebenholz geschnitzten Statue der heiligen Barbara, der Schwarzen Königin, beherrscht. Ihr zu Füßen sind Äpfel und Bananen als Geschenke übereinandergehäuft. Auch die Schreine der anderen Heiligen und Götter sind reich mit duftenden Opfergaben bestückt: gerösteter Mais, Kupfermünzen und eine wohlriechende Zigarre für den heiligen Lazarus, den Beschützer der Gelähmten; Kokosnuß und bittere Kolanuß für Obatalá, den König des Weißen Gewands; gebratene Jamswurzeln, Palmwein und ein Säckchen voll Salz für Oggún, den Herrn der Metalle.

Im vorderen Teil des Raums haust in Eiern aus Tonerde, die auf neun schlichte Schalen verschiedener Größe verteilt sind, Elleguá, der Gott der Kreuzwege. Die Eier haben Augen und Münder aus Kaurimuscheln und sind in ein Elixir aus Kräutern und Weihwasser eingelegt. Vier Mulattinnen in Ginganröcken und Schürzen knien vor den Schreinen und beten. Ein Mann, ein reinrassiger Joruba-Neger mit blauschwarzer Haut und einem Fez aus gestärkter Baumwolle auf dem Kopf, steht stumm in der Mitte des Raums.

»Herminia hat uns von deiner Dystopie erzählt.« La Madrina liebt melodisch klingende Wörter, auch wenn sie nicht weiß, was sie bedeuten. Sie legt Felicia eine üppig mit Ringen aus Elfenbein und Magensteinen bestickte Hand auf die Schulter und tritt auf den *santero* zu. »Er kommt aus dem Süden, von den Mangroven, und ist viele Stunden gereist, um bei uns zu sein und dich von deinem Kummer zu heilen. Er wird dir und deinem Vater Frieden bringen, einen Frieden, den du nie gefunden hast, solange er auf dieser Erde weilte.«

»Elleguá verlangt nach einer Ziege«, sagt der *santero*, fast ohne die Lippen zu bewegen.

»O nein, nicht schon wieder eine Ziege!« ruft Felicia und dreht sich vorwurfsvoll zu ihrer Freundin um. »Du hast mir dein Wort gegeben!«

»Du hast keine Wahl«, sagt Herminia beschwörend. »Du kannst den Göttern keine Vorschriften machen, Felicia. Elleguá braucht frisches Blut, wenn er seine Sache gut machen soll.«

»Wir legen dir deine Zukunft offen, *hija*, du wirst sehen«, beteuert La Madrina. »Wir stehen mit den verworrenen Schichten des Erdballs in freundschaftlicher Beziehung.«

La Madrina fordert die anderen Gläubigen auf, sich um Felicia zu scharen. Sie schlingen lange Perlenketten um sie, streicheln ihr Gesicht und ihre Augenlider mit Rosmarinzweigen. Der *santero* kehrt mit einer Ziege zurück, deren Maul und Ohren mit Schnüren zugebunden sind. Felicia spuckt der Ziege einen Mundvoll in Streifen geschnittene Kokosnuß ins Gesicht und küßt sie, als sie leise wimmert, auf die Ohren. Dann reibt sie die Brüste an ihrem Maul. »*Kosí ikú, kosí arun, kosí araye*«, singen die Frauen.

Der *santero* führt die Ziege hinüber zu den anderen Opfergaben, schneidet ihr mit einem Metzgermesser flink die Kehle durch und richtet es so ein, daß sich der Blutstrom über die Lehmeier ergießt. Ein Zittern durchläuft die Ziege, dann rührt sie sich nicht mehr.

Der *santero* schüttet ein Päckchen Salz über ihren Kopf und gießt anschließend Honig über das Opfertier.

Vom süßlichen Geruch des Blutes, der Kerzen und Frauen wird Felicia übel. Ohnmächtig sinkt sie in La Madrinas Heiligtum auf den Boden, der von der Opferung noch ganz warm ist.

Nach Süden

Kontinente reißen sich voneinander los und treiben im Meer, unbeirrbar und schwer. Explosionen überziehen das Land mit Rissen und Narben, speien schwarze Eichen und Kohlenminen, Straßenlaternen und Skorpione aus. Den Menschen verschlägt es die Sprache. Die Uhren bleiben stehen. Lourdes Puente wacht auf.

Es ist vier Uhr früh. Sie dreht sich zu ihrem Mann um, der neben ihr schläft. Sein rötliches Haar hat graue Strähnen, seine kurzsichtigen Augen sind unter schweren, fleischigen Lidern verborgen. Wieder einmal hat sie ihn geschafft, den armen Rufino.

Lourdes schlüpft in ihren übergroßen weißen Arbeitskittel mit weiten Taschen an den Hüften und zieht flache Schuhe mit Gummisohle an. Im Schrank hat sie sechsmal haargenau dieselbe Kluft hängen, außerdem noch zwei Paar Schuhe. Es gefällt Lourdes, daß der Kittel ihr eine gewisse Autorität verleiht, und ihr gefällt auch der gestrenge Ausdruck ihres schlichten Gesichts mit der stumpfen, runden Nase. Seit ihrer Kindheit leidet ihr rechtes Auge an einer Muskelschwäche und gleitet immer wieder seitlich weg, wodurch sie manchmal etwas von einem Zyklopen hat. Ihre Sehkraft beeinträchtigt dies jedoch nicht – sie schielt nur ein wenig. Lourdes ist überzeugt, daß sie deshalb Dinge sieht, die andere Menschen nicht sehen können.

Mit einer Haarnadel steckt sie den kurzen Zopf am Kopf fest, stülpt ein Haarnetz über die Frisur und hinterläßt ihrer Tochter eine Nachricht auf dem Küchentisch. Sie will, daß Pilar nach der Schule in die Bäckerei kommt. Lourdes hat nämlich gestern den Pakistani gefeuert und wäre ganz allein hinter dem Ladentisch, wenn sie keine Verstärkung bekäme. »Und diesmal keine Ausreden!« kritzelt sie mit ihrer stark zur Seite gekippten Schrift auf den Zettel.

Die Straßenlampen verbreiten diffuses Licht. Der Tag hat noch nicht begonnen, und so wird Lourdes nicht von den Geräuschen des Alltags belästigt. Ein Eichhörnchen klettert den Stamm einer Eiche hoch. Motorengeräusch, das einen Block weiter erstirbt. Zwischen Mietskasernen aus Ziegelsteinen und Lagerhäusern schimmert der East River hindurch, träge und metallisch wie der Himmel.

Lourdes genießt es, ungesehen durch die Dunkelheit zu gehen. Sie stellt sich vor, daß ihre unsichtbaren Fußabdrücke durch die Straßen und Gehsteige, durch die dichten, geschichtsträchtigen Schichten der Stadt nach unten sickern, bis hin zu unterirdischen Ebenen aus fruchtbarem Schwemmland aus Lehm. Sie ahnt, daß die Erde sich unaufhörlich häutet und die abgestoßenen Häute alles mit üppigem Grün überziehen.

Lourdes ist froh, daß sie sich so früh am Morgen in ihre Bäckerei flüchten kann. Die ordentlich aufgereihten runden Brotlaibe, die Berührung mit Körnern und Puderzucker, der anhaltende Duft von Vanille und Mandel haben für sie etwas Tröstliches. Lourdes hat die Bäckerei vor fünf Jahren einem französisch-österreichischen Juden abgekauft, der bei Kriegsende nach Brooklyn ausgewandert war. Vorher hatte sie in der Registratur eines nahe gelegenen Krankenhauses gearbeitet und Akten verstorbener Patienten archiviert. Irgendwann bekam sie Lust, mit Brot zu arbeiten. Was für Kummer konnte ihr das schon bereiten?

Die Kuchen aus dem Kühlraum werden in dünnen Pappschachteln geliefert, die vom Trockeneis dampfen. Es sind auch Grand-Marnier-Torten und Cremeschnitten aus Blätterteig mit gestreifter Zuckerglasur dabei. Lourdes packt drei Sachertorten und eine mit *profiteroles* verzierte Saint-Honoré-Torte, Linzer Schnitten mit Himbeermarmelade, Eclairs und Marzipankekse in knalligem Pink aus. Im Sommer gibt es frischen Pfirsichstrudel und Blaubeertörtchen, im Herbst Kürbisschnitten und glasierten Napfkuchen, in denen an Zahnstochern kleine Truthähne stecken.

Lourdes legt die Glasvitrinen mit Papierdeckchen aus und breitet Croissants und Kringel darauf aus. Das Gebäck vom Vortag plaziert sie in der hintersten Reihe, damit sie einfacher rankommt. Sie kratzt Rosinen und Honig von den Tabletts und steckt sich die zuckerigen Krümel in den Mund.

Die klebrigen Schnecken mit Pekannüssen spart sie sich bis zuletzt auf. Sie holt ein Tablett voll aus dem Lieferwagen und legt zwei beiseite, um sie später zu essen. Als sie die erste Kanne Kaffee aufsetzt, ruft Schwester Federica aus dem Spital der Barmherzigen Schwestern an.

»Ihr Vater ist ein Heiliger«, flüstert sie inbrünstig. Die elfenhafte Nonne aus Santo Domingo ist ganz versessen auf Heilige und erkennt sie unter den Menschen oft schon lange, bevor der Vatikan eine Heiligsprechung erwägt. »Die Schwester Oberin würde mir nie glauben. Dies hier ist ein Nest von mißratenen Fledermäusen. Aber ich möchte trotzdem, daß Sie die Wahrheit erfahren.«

»Was ist passiert?« fragt Lourdes, während sie nervös erst die eine und dann die zweite klebrige Pekannußschnecke auspackt und darauf herumkaut.

»Ich habe es mit eigenen Augen gesehen! Möge seine Seele an einem heiligen Ort ihre Ruhe finden!«

»Mein Gott!« Lourdes bekreuzigt sich hastig.

»Als ich in aller Herrgottsfrühe meine Runde machte, sah ich, daß aus dem Zimmer Ihres Vaters blaues Licht drang. Zuerst dachte ich, daß er vielleicht vergessen hatte, den Fernseher abzuschalten.« Schwester Federica macht eine lange Pause und fährt dann in einem Tonfall fort, als hätte sie eine göttliche Erscheinung gehabt: »Als ich eintrat, war er vollständig angekleidet. Kerzengerade und wohlauf stand er da, aber sein Kopf und seine Hände glühten wie von innen heraus. Das war sein Heiligenschein, da bin ich mir sicher! Sie wissen ja, mit religiösen Mysterien kenne ich mich aus.«

»Und was passierte dann?«

»Er sagte: ›Schwester Federica, ich möchte Ihnen für die Liebenswürdigkeit danken, die Sie mir in den letzten Tagen entgegengebracht haben. Doch nun steht mir ein Gastspiel an einem anderen Ort bevor.‹ Das sagte er einfach so. Ich fiel auf die Knie und begann, einen Rosenkranz für die Jungfrau Maria zu beten. Meine Hände zittern noch jetzt. Er setzte den Hut auf, schwebte durch das Fenster in Richtung Süden davon und hinterließ über dem East River einen phosphoreszierenden Streifen.«

»Hat er gesagt, wo er hin will?«

»Nein.«

»Gott segne Sie, Schwester. Ich werde eine Kerze für Sie anzünden.«

Seit fast einer Stunde versucht Lourdes nun schon, ihre Mutter in Santa Teresa del Mar zu erreichen, doch die Telefonistin teilt ihr mit, daß durch die starken Regenfälle an der Nordwestküste Kubas sämtliche Telefonverbindungen zusammengebrochen sind. Von draußen klopfen Kunden mit Schlüsseln und Münzen an die gläserne Ladentür. Schließlich wählt sie die Nummer ihrer Schwester Felicia in Havanna.

Den restlichen Vormittag bedient Lourdes in aller Eile ihre Kunden, wobei sie Bestellungen durcheinanderbringt und beim Kassieren manchmal falsch herausgibt. Der schlimmste Patzer unterläuft ihr jedoch, als sie auf einen für eine Taufe bestellten Kuchen mit dicker roter Schrift die Worte »Voller Anteilnahme« schreibt. Mittags ruft Lourdes ihren Mann an, aber zu Hause meldet sich niemand. Unablässig kommen neue Kunden. Wo steckt bloß Pilar? Lourdes nimmt sich fest vor, ihre Tochter zu bestrafen. Einen Monat lang Malverbot. Das wird sie zur Vernunft bringen, sagt sie sich. Gleich darauf ruft sie erneut bei Rufino an. Noch immer keine Antwort.

Nachmittags läßt der Andrang in ihrem Laden nach, und zum erstenmal seit Schwester Federicas Anruf setzt sich Lourdes mit einer Tasse wässerigen Kaffees und ein paar Schnecken hin, um nachzudenken. Sie erinnert sich, wie nach der Ankunft ihres Vaters in New York ihr Appetit auf Sex und Gebäck sprunghaft angestiegen war. Je öfter sie ihren Vater zur Kobaltbestrahlung ins Krankenhaus brachte, desto häufiger streckte sie die Hand nach süßen Pekannußschnecken aus – und nach Rufino.

Rasch bildeten sich an Hüften und Hintern Fleischpolster und ließen ihre kantigen Knochen verschwinden. Auch an den Schenkeln nahm sie so sehr zu, daß sie oberhalb der Knie zu verschmelzen schienen. An ihren Armen baumelten Fleischwülste wie Hängematten. Ständig träumte sie von Brot, geschrotetem Roggen und Pumpernickel, Vollkornmehl aus Weizen und *challah* in geflochtenen Strohkörben. All dies vermehrte sich auf wundersame Weise, wuchs überreichlich an den Bäumen und füllte den Himmel, bis er nach Hefe duftete.

Lourdes nahm 107 Pfund zu.

Als Kind war sie so klapperdürr, daß Fremde ihr am Strand oder auf der Hauptstraße der Stadt etwas zu essen kauften, weil sie die Kleine für eine unterernährte Waise hielten. Als Teenager trank Lourdes abends beim Essen drei oder vier Milchshakes, und noch am Tag vor ihrer Hochzeit lagen ihr die Näherinnen, die das Oberteil ihres Kleides enger machten, in den Ohren, sie solle doch mehr essen, damit sie ihr Brautkleid besser ausfülle.

Das Übergewicht beeinträchtigte zwar nicht ihren wiegenden Gang, doch ließen die Männer nicht länger die Augen über ihre Rundungen wandern. Nicht, daß Lourdes die Selbstbeherrschung verloren hätte. Sie versuchte erst gar nicht, ihre Gelüste zu zügeln, sondern gab sich ihnen hin wie ein Schlafwandler seinen Träumereien. Ihren Mann rief sie aus der Werkstatt, indem sie heftig eine Schiffsglocke läutete, die er eigens zu diesem Zweck aufgehängt hatte, löste das Haar, packte ihn an den Handgelenken und zog ihn hinter sich her ins Schlafzimmer.

Lourdes' Behendigkeit verblüffte Rufino. Je mehr sie zunahm, desto geschmeidiger wurde ihr Körper. Ihre Beine waren biegsam und gelenkig wie die eines Verrenkungskünstlers, und ihr Kopf drehte sich auf dem Hals, als wäre ein Kugellager eingebaut. Und erst ihr

Mund! Lourdes' Mund und Zunge konnten es mit den Mündern und Zungen von einem Dutzend erfahrener Frauen aufnehmen.

Rufino tat von der Strapaze der ganze Körper weh. Seine Gelenke schwollen an, als litte er an Arthritis. Er bat seine Frau, ihm ein paar Nächte lang eine Pause zu gönnen, doch prompt läutete Lourdes die Glocke um so dringlicher, und der Blick ihrer glänzenden schwarzen Augen wurde noch verlangender. Lourdes sehnte sich nach etwas, das Rufino ihr nicht geben konnte und von dem sie selbst nicht wußte, was es war.

Lourdes schließt den Laden früher als sonst und geht zu Fuß die vierzehn Blocks bis zum Spital der Barmherzigen Schwestern. Schwester Federica führt sie durch einen trostlosen Gang. Gleich darauf hebt Lourdes die knochigen Hände ihres Vaters hoch und betrachtet die papierenen, fleckigen Handgelenke. Ihr fällt auf, daß seine Finger an den Knorpeln krumm und knorrig sind wie Zweige. Sein Bauch ist glattrasiert und mit Nadelstichen überzogen, seine Haut so durchscheinend, daß Lourdes sogar die feinsten Äderchen erkennen kann. Dunkel hebt er sich von dem riesigen weißen Bett ab.

Ihr Vater hatte immer sehr auf sein Äußeres geachtet, war stets tadellos gekleidet und rasiert und trug Hosen mit rasiermesserscharfen Bügelfalten. Er war stolz darauf, daß er nie barfuß herumlief, nicht einmal zu Hause, sondern schlurfte in blankpolierten Lederslippern herum, um sich gegen die *microbios* zu schützen. Allein bei dem Wort trat ein Blitzen in seine Augen. »Sie sind unsere Feinde!« verkündete er lauthals. »Sie sind schuld am Elend in den Tropen!«

Wollte man den *microbios* keine Chance geben, so ihr Vater, mußte man eine nicht nachlassende Wachsamkeit an den Tag legen. Das bedeutete, den Kühlschrank so kalt zu stellen, daß Lourdes die Zähne weh taten, wenn sie eine Coca-Cola trank oder in ein Stück Schweinefleisch vom Vortag biß. »In unserem Klima verdirbt Essen rasch!« behauptete er hartnäckig und drehte das Rädchen im Kühlschrank fast auf null Grad. Lourdes mußte auch mitanhören, wie er ihrer Mutter den Marsch blies, wenn sie angeblich wieder einmal versucht hatte, die Familie in einen kulinarischen Hinterhalt zu locken: blutiges, unausgelöstes Hühnerfleisch, nicht gargekochtes Gemüse, ungeschältes Obst, auf Quark mit Zimmertemperatur serviert.

Allein schon die Art und Weise, wie sich ihr Vater die manikürten Hände wusch, war ein Erlebnis für sich. Lourdes fand, daß er dabei eine so ernste Miene wie ein Chirurg aufsetzte, der sich auf eine Operation vorbereitet. Er unterwies sie und Felicia und ihren jüngeren Bruder Javier darin, wie sie sich die Fingernägel mit einer winzigen Bürste zu reinigen hatten, heißes Wasser über ihre Hände laufen und dabei langsam bis dreißig zählen und schließlich die Zwischenräume zwischen den Fingern mit Handtüchern trocknen sollten, die zuvor mit Wäschebleiche gekocht worden waren, damit in den feuchten Lücken ja keine Keime gedeihen konnten.

Im Krankenhaus verzweifelte ihr Vater über die mangelnde Kompetenz, die Pannen bei der Krankenpflege und die ruppige Art, wie das Personal mit ihm umsprang. Einmal führte ihm eine Krankenschwester ein Zäpfchen gegen Verstopfung ein und ließ sich dann einfach nicht mehr blicken, obwohl er so lange auf den Klingelknopf drückte, bis er im Finger einen Krampf bekam und schließlich seine Pyjamahose besudelte. Lourdes ahnte damals, daß ihr Vater bald sterben würde. Sie gab den Nonnen all ihre Ersparnisse und verlangte dafür, daß man ihren Vater in ein Einzelzimmer mit Fernseher verlegte und sich die beste Schwester des Krankenhauses um ihn kümmerte.

So verlebte ihr Vater ein paar glückliche letzte Wochen in der Obhut von Schwester Federica, deren Schwärmerei für eine befremdliche Schar von Heiligen ihrem Sinn für Reinlichkeit keinen Abbruch tat. Schwester Federica war in ihren Vater regelrecht vernarrt und beglückte ihn mit den sanftesten Rasuren, die er je erlebt hatte. Zweimal täglich seifte sie sein Gesicht mit einem harten Borstenpinsel ein, schabte ihm mit einer Rasierklinge sachkundig die Mulde am Kinn und den schmalen Streifen zwischen Nase und Oberlippe. Danach schnippelte sie ihm die widerspenstigen Haare in den Nasenlöchern ab und bestäubte seinen Hals mit Talkumpuder. Lourdes sagte sich, daß die kleine Nonne mit dem koboldhaften Gesicht und dem dunklen Flaum über den Lippen ihren Vater sicher an seinen Barbier in Havanna erinnerte, an den Geruch von dessen Duftwässerchen und Pomaden, an das brüchige rote Leder und die stählernen Pedale der mit Emaille überzogenen Rasierstühle.

Ihr Vater starb frischrasiert. Darüber hätte er sich bestimmt gefreut.

Als Pilar um neun Uhr abends noch immer nicht zu Hause ist, ruft Lourdes auf der Polizeiwache an und holt ihren Vorrat von zweieinhalb Pfund tiefgefrorenen süßen Pekannußschnecken zum Auftauen aus dem Eisfach. Um zehn Uhr ruft sie bei der Feuerwehr an. Dann heizt sie den Ofen vor. Um Mitternacht hat sie bereits drei Krankenhäuser und sechs Radiosender alarmiert und die letzte Schnecke verzehrt.

Rufino weiß nicht, wie er sie trösten soll. Ihr Vater ist tot. Ihre Tochter als vermißt gemeldet. »Und wo warst du heute nachmittag?« schreit Lourdes ihren Mann plötzlich an, doch sie wartet die Antwort nicht ab, sondern macht sich daran, in einer Einkaufstasche voller Fotos nach einem Schnappschuß von ihrer Tochter zu wühlen. Doch alles, was sie findet, ist ein postkartengroßes Bild von Pilar in der dritten Schulklasse. Pilars glattes, schwarzes Haar ist ordentlich zu einem Seitenscheitel frisiert. Sie trägt einen kastanienbraunen Karopulli, eine weiße Bluse mit Peter-Pan-Kragen und eine dazu passende Ansteckfliege. Das Mädchen auf dem Bild ähnelt ihrer Tochter nicht im geringsten.

Lourdes sieht Pilar nicht mehr klar vor sich, nur noch verschwommene Einzelheiten: ein bernsteinfarbenes Auge, ein zartes Handgelenk mit einem silber- und türkisfarbenen Armband, geschwungene, dicke, ja fast bedrohlich wirkende Augenbrauen. Lourdes stellt sich diese einzelnen Teile ihres Körpers vor, wie sie verstümmelt und geschändet an den unsäglichsten Orten liegen, etwa auf der Mole oder in einer engen Gasse, oder wie sie auf dem Fluß dem offenen Meer zutreiben.

Sie durchforstet Pilars Zimmer nach dem Poster von Jimi Hendrix, das sie auf ihr Geheiß abgenommen hat, und heftet es wieder an die Wand. Dann legt sie sich auf das Bett ihrer Tochter und umschließt mit den Armen Pilars schmuddelige Overalls und mit Farbe bekleckste Flanellhemden. Sie atmet das Terpentin ein, diesen aufmüpfigen Geruch, der so sehr zu Pilar paßt.

Ihre Tochter kam elf Tage, nachdem *El Líder* triumphierend in Havanna eingezogen war, zur Welt. Pilar schlüpfte wie eine Kaulquappe aus, dunkel, haarlos und begierig auf Licht.

Lourdes hatte Schwierigkeiten, für Pilar ein Kindermädchen zu finden. Kaum eine hielt es länger als ein, zwei Wochen aus. Ein Mädchen verließ sie mit einem gebrochenen Bein, nachdem sie auf einem Stück Seife ausgerutscht war, das Pilar auf den Boden geworfen hatte, während das Kindermädchen sie im Waschbecken badete. Eine ältere Mulattin wiederum behauptete, ihr falle das Haar aus, weil das Baby ihr so bedrohliche Blicke zuwerfe. Lourdes feuerte sie, als sie Pilar, mit Hühnerblut beschmiert und mit Lorbeerblättern bedeckt, in ihrer Korbwiege fand.

»Das Kind ist verhext!« beteuerte die verängstigte Kinderfrau. »Ich wollte doch nur ihre Seele reinigen.«

Als der Abend dämmert, überquert Lourdes die Brooklyn Bridge. Die Sonne steht tief am Himmel. Lourdes läßt den Blick suchend über den Fluß gleiten. Ein Schleppkahn, schwer beladen mit Ölfässern, stößt ein düsteres Tuten aus. Die Luft riecht nach Teer und einem hartnäckigen Winter. Das Gewirr aus stählernen Kabeln zerteilt die Wolkenkratzer in überschaubare Abschnitte. Nach Norden hin überlappt eine Brücke die andere, wie Karten im Blatt eines Pokerspielers. Im Osten dehnen sich das Flachland von Brooklyn und eine Schnellstraße nach Queens.

Lourdes blickt nach Süden. Alles, so scheint es, strebt nach Süden: der Rauch aus den schiefen Schornsteinen von New Jersey; eine Schar Spatzen auf dem Rückflug; die wie mit Pockennarben übersäten Schiffe mit Kurs auf Panama; sogar der träge dahinströmende Fluß.

Lourdes stellt sich vor, wie es auch ihren Vater in den Süden zieht, zurück zum Haus am Strand, diesem Minenfeld aus traurigen Erin-

nerungen. Sie versucht, sich an ihren ersten Winter auf Kuba zu erinnern. Es war im Jahr 1936, und ihre Mutter lebte in einem Heim.
Lourdes und ihr Vater fuhren in seinem Wagen, der so groß und
schwarz war wie eine Kirche am Sonntagabend, quer über die Insel.
Durch das Fenster sah Lourdes die wunde Insellandschaft und die
propellerförmigen Kronen der Palmen vorüberziehen. Dicke Männer drückten ihre von purpurroten, schlangenähnlichen Adern überzogenen Gesichter an Lourdes' Backen. Sie schenkten ihr verdorbe-
ne Orangen und Lutscher ohne Geschmack. Das Bild der Mutter mit
ihren Anwandlungen von Schwermut verfolgte sie überallhin.

Pilar Puente

Ich probiere in der Umkleidekabine von Abraham & Straus französische Strumpfbänder und Stützbüstenhalter, als ich plötzlich seine
Stimme zu hören glaube. Ich stecke den Kopf heraus, und da sehe ich
sie. Mein Vater führt sich auf wie ein kleiner Junge, er lacht und
schäkert und flüstert der Frau was ins Ohr. Die Frau ist groß und
blond und prall wie eine Schönheitskönigin aus den fünfziger Jahren,
die ihre Blütezeit hinter sich hat. Sie hat eine wasserstoffgebleichte
Mähne und muskulöse Waden, als würde sie von klein auf mit
Stöckelschuhen herumlaufen. »Mist!« denke ich. »Mist! Das darf
doch nicht wahr sein!« Ich ziehe mich an und folge ihnen, wobei ich
mich hinter Hutregalen und Ständern mit verbilligten Pullovern ver-
stecke. In der Süßwarenabteilung hält mein Vater ein Karamelbon-
bon über ihre herausschnellende, ekelige Zunge. Sie ist einen Kopf
größer als er, und darum ist das für ihn keine leichte Sache. Mir wird
ganz flau im Magen.

Arm in Arm schlendern sie die Fulton Street entlang und tun so,
als würden sie einen Schaufensterbummel machen. Es ist eine her-
untergekommene Zeile voller altmodischer Läden mit Ware aus der
Zeit der Schweinebucht-Invasion. Mein Vater geht wohl davon aus,

daß ihn in diesem Viertel niemand kennt. Vor einem Radiogeschäft, aus dem es geschmackloserweise herausdröhnt »Stop in the Name of Love«, schmiegt sich die Schönheitskönigin an ihn. Ich sehe, wie sie ihm ihre Chamäleon-Zunge in den Mund steckt. Mein Vater umschließt ihr wächsernes, aufgedunsenes Gesicht mit den Händen, als wäre es eine kleine Sonne.

Das reicht. Mein Entschluß steht fest. Ich gehe zurück nach Kuba. Ich habe hier alles satt. Ich hebe mein ganzes Geld von der Bank ab – 120 Dollar, die ich mir verdient habe, indem ich in der Bäckerei meiner Mutter wie eine Sklavin geschuftet habe – und kaufe mir eine Busfahrkarte nach Miami. Ich bin sicher, wenn ich erst mal dort bin, schaffe ich es auch bis Kuba. Vielleicht miete ich mir ein Boot oder überrede einen Fischer, mich mitzunehmen. Ich male mir Abuela Celias Überraschung aus, wenn ich mich von hinten an sie heranschleiche. Bestimmt sitzt sie wie immer in ihrer Schaukel, schaut aufs Meer hinaus und riecht nach Salz und Veilchenwasser. Der Strand wird mit Möwen und Krebsen übersät sein. Abuela wird mit ihrer kühlen Hand meine Wange streicheln und mir leise etwas ins Ohr singen.

Ich war erst zwei Jahre alt, als wir von Kuba fortgingen, aber ich erinnere mich an alles, was ich erlebt habe, seit ich ein Baby war, sogar an Gespräche, Wort für Wort. Ich saß bei Großmutter auf dem Schoß und spielte mit ihren tropfenförmigen Ohrringen aus Perlmutt, als meine Mutter ihr mitteilte, daß wir das Land verlassen wollten. Abuela Celia schimpfte sie eine Verräterin der Revolution. Mom versuchte, mich ihr wegzunehmen, aber ich klammerte mich an Abuela und schrie mir fast die Lunge aus dem Leib. Da kam Großvater angerannt und sagte: »Celia, laß die Kleine los! Sie gehört zu Lourdes.« Seitdem habe ich sie nicht wiedergesehen.

Meine Mutter meint, Abuela Celia hätte jede Menge Möglichkeiten gehabt, Kuba zu verlassen, aber sie sei eben stur, und außerdem habe *El Líder* ihr den Kopf verdreht. Mom spricht das Wort »Kommunist« aus, wie andere Menschen »Krebsgeschwür« sagen, leise und gehässig. Seite um Seite forstet sie die Zeitungen auf der Suche nach linken Verschwörungen durch, und wenn sie glaubt, ein Indiz gefunden zu haben, zeigt sie mit dem Finger darauf und sagt: »Seht ihr? Habe ich es euch nicht gesagt?« Als *El Líder* letztes Jahr einen bekannten kubanischen Dichter einsperren ließ, rümpfte sie die Nase über »diese linken intellektuellen Heuchler«, die versucht hatten, ihn zu befreien. »Sie haben die Gefängnisse doch gebaut, dann sollen sie jetzt auch darin verrotten!« schimpfte sie, obwohl ihre Worte keinen Sinn ergaben. »Sie sind gefährliche Umstürzler, rot bis auf die Knochen!« In Moms Augen gibt es nur Schwarz und Weiß, aber sie kommt damit durchs Leben.

Meine Mutter liest in meinem Tagebuch, das sie mal unter meiner Matratze, mal im Innenfutter meines Wintermantels findet. Sie sagt, sie fühlt sich für mich verantwortlich und muß deshalb auch meine geheimen Gedanken kennen, und ich werde das schon verstehen, sobald ich selbst erst einmal Kinder habe. Auf diese Weise ist sie dahintergekommen, was ich in der Badewanne treibe. Ich liege gern auf dem Rücken, drehe die Dusche voll auf und lasse das Wasser auf mich herunterprasseln. Wenn ich die Hüften anhebe und in die richtige Lage bringe, ist das ein tolles Gefühl – wie lauter kleine, auf eine Perlenschnur aufgereihte Explosionen. Deshalb klopft meine Mutter jedesmal, wenn ich im Badezimmer bin, an die Tür, als wäre sie Präsident Nixon höchstpersönlich, und behauptet, daß sie aufs Klo muß. Dabei höre ich doch, wie sie jede Nacht auf meinem Vater herumturnt und er sie immer wieder anbettelt, ihn in Ruhe zu lassen. Das würde man nie vermuten, wenn man sie so sieht.

Als Mom herausfand, was ich in der Badewanne mache, gab sie mir eine Ohrfeige und riß mir büschelweise Haare aus. Sie nannte mich eine *desgraciada* und drückte mir die Fingerknöchel in die Schläfen. Danach zwang sie mich, jeden Tag nach der Schule in ihrer Bäckerei zu arbeiten, für fünfundzwanzig Cents die Stunde. Sie legt mir gehässige Zettel auf den Küchentisch und ermahnt mich, auf jeden Fall zu kommen, sonst . . . Sie glaubt, wenn ich für sie arbeite, entwickle ich Verantwortungsgefühl und werde meine schmutzigen Phantasien los. Ach, wie vernünftig ich dadurch werde, daß ich ihre Krapfen hin und her schiebe! Bei ihr hat es auch nicht eben Wunder bewirkt. Sie ist so fett wie eine Mastgans, weil sie ständig diese Pekannußschnecken ißt. Ich bin überzeugt, daß sie davon einen Gehirnschaden hat.

Die Busfahrt nach Süden ist gar nicht so übel. Hinter New Jersey geht es schnurgerade die I-95 runter. Ich sitze neben einer dünnen Frau, die in Richmond zugestiegen ist. Sie heißt Minnie French und sieht für eine junge Frau seltsam alt aus. Vielleicht liegt es an ihrem Namen oder an den drei Einkaufstüten voll Eßsachen, die sie unter den Sitz gestopft hat. Grillhähnchen, Kartoffelsalat, Schinkenbrötchen, Schokoladenkuchen und sogar eine Riesendose Pfirsiche in dickem Sirup. Minnie ißt ein bißchen von allem und kaut so schnell wie ein Eichhörnchen. Sie bietet mir einen Hähnchenschenkel an, aber ich habe keinen Hunger. Minnie erzählt mir, daß sie in Toledo, Ohio, geboren wurde, als jüngstes von dreizehn Kindern, und daß ihre Mutter bei ihrer Geburt starb. Die Familie verkrachte sich, und Minnie wurde von ihrer Großmutter aufgezogen, die jedes Kapitel und jeden Vers der Bibel auswendig kann und eine Rostlaube von einem Cadillac mit einem Sprechfunkgerät an Bord fährt. Minnie sagt, ihre Großmutter unterhält sich, wenn sie Verwandte in Chicago besucht, auf der Fahrt gern mit anderen Autofahrern, die wie sie selbst eine Wiedergeburt erlebt haben.

Ich erzähle ihr, daß meine Kindermädchen damals auf Kuba glaubten, ich wäre verhext. Sie beschmierten mich mit Blut und Kräutern, wenn meine Mutter gerade nicht hinsah, und rasselten über meiner Stirn mit Perlenketten. Sie nannten mich *brujita*, kleine Hexe. Ich starrte sie durchdringend an, weil ich wollte, daß sie weggingen. Ich weiß noch, wie ich mir sagte: Okay, ich fange mal bei den Haaren an. Es soll ihnen Strähne für Strähne ausfallen. Wenn sie uns dann verließen, trugen sie alle ein Kopftuch, damit niemand die kahlen Stellen sah.

Eigentlich will ich gar nicht über meinen Vater reden, aber dann erzähle ich Minnie doch, wie er mich auf unserer Ranch immer hinter sich aufs Pferd setzte und mit einem Ledergurt, den er extra auf mich zugeschnitten hatte, an seinem Sattel festschnallte. Daddys Familie gehörten ein paar Kasinos auf Kuba und eine der größten Ranches auf der ganzen Insel, mit Rindern, Milchkühen, Pferden, Schweinen, Ziegen und Lämmern. Dad fütterte sie mit Melasse, um sie zu mästen, und gab den Hühnern Mais und Sorghum, damit sie scharlachrote, vitaminreiche Eier legten. Einmal nahm er mich über Nacht auf einen Kontrollritt mit. Wir kampierten im Freien unter einem Sapotillbaum und lauschten den Zwergkäuzchen mit ihren Altweiberstimmen. Mein Vater wußte, daß ich schon mehr kapierte, als ich mit Worten sagen konnte. Er erzählte mir Geschichten über Kuba nach der Ankunft von Kolumbus. Er sagte, die Spanier hätten mit den Pocken mehr Indianer ausgerottet als mit ihren Musketen.

»Warum steht darüber nichts in unseren Geschichtsbüchern?« frage ich Minnie. »Da geht es immer nur um eine blöde Schlacht nach der anderen. Von Karl dem Großen und Napoleon haben wir bloß gehört, weil sie sich durch ihre Kriege einen Platz in der Geschichte gesichert haben.« Minnie schüttelt nur den Kopf und schaut aus dem Fenster. Bestimmt schläft sie gleich ein. Ihr Kopf schaukelt auf den Schultern hin und her, ihr Mund steht halboffen.

Wenn es nach mir ginge, würde ich andere Dinge in Büchern verewigen, zum Beispiel den verrückten Hagelschauer im Kongo, den die Frauen als Zeichen dafür auffaßten, daß sie die Macht übernehmen sollten. Oder das Leben von Prostituierten in Bombay. Warum weiß ich nichts darüber? Wer bestimmt, was wir wissen sollen und was wichtig ist? Mir ist klar, daß ich diese Frage für mich alleine entscheiden muß. Die meisten wichtigen Dinge habe ich mir selber beigebracht oder von Großmutter gelernt.

Abuela Celia und ich schreiben uns ab und zu, aber meistens höre ich nachts vor dem Einschlafen ihre Stimme, die zu mir spricht. Sie erzählt mir Geschichten aus ihrem Leben und wie das Meer tagsüber ausgesehen hat. Sie scheint alles über mich zu wissen und rät mir, mich nicht zu sehr über meine Mutter zu ärgern. Abuela Celia sagt, sie möchte mich wiedersehen. Sie sagt, daß sie mich liebhat.

Großmutter und niemand sonst hat mich dazu ermutigt, bei Mitzi Kellner Malunterricht zu nehmen. Mitzi Kellner wohnt einen

Block weiter und hing früher bei den Beatniks in Greenwich Village herum. In ihrem Haus stinkt es nach Terpentin und Pisse von ihren vielen Katzen. Sie gibt Freitag nachmittags Malunterricht für die Kinder aus der Nachbarschaft. Wir fingen damit an, einfach die Konturen unserer Hand nachzuzeichnen, dann malten wir Salatblätter, Kürbisse und andere schrumpelige Dinge. Mitzi meinte, es sei nichts dabei, wenn man Gegenstände haargenau abmalt, weil es nur auf die Ausdruckskraft unserer Linienführung ankommt.

Meine Bilder sind in letzter Zeit immer abstrakter geworden und haben mit ihren klumpigen roten Knäueln etwas Wildes. Mom findet sie krankhaft. Letztes Jahr wollte sie mir verbieten, ein Stipendium an der Kunstschule von Manhattan anzunehmen, das ich gewonnen hatte. Sie sagte, Künstler seien üble Typen, liederliches Pack, das sich Heroin spritzt. »Kommt nicht in Frage!« zeterte sie und machte wie immer ein Riesentheater. »Nur über meine Leiche!« Der Gedanke, sie umzubringen, war mir tatsächlich schon mal durch den Kopf gegangen. Am Ende überredete Daddy sie in seiner unaufdringlichen Weise doch noch, mich gehen zu lassen.

Nachdem ich letzten Herbst an der Kunstschule angefangen hatte, richtete mir Daddy hinten in dem Lagerhaus, in dem wir wohnen, ein Atelier ein. Das Lagerhaus hat er der Stadt für hundert Dollar abgekauft, als ich in der dritten Klasse war. Es gab darin jede Menge altes Gerümpel, und Mom verlangte von Daddy, daß er es wegschaffte. Da waren zum Beispiel ein uraltes Drehkreuz aus einer U-Bahnstation und ein altmodisches Telefon, das Gehäuse eines Bluebird Radios, ja sogar der Kuhfänger einer Lokomotive. Wo meine Mutter nichts als alten Schrott sah, erblickte mein Dad die klare Linienführung des Maschinenzeitalters.

Von Dad weiß ich, daß das Haus im Jahr 1920 als Wohnheim für auswärtige Lehrer eines Internats gebaut wurde. Im Zweiten Weltkrieg diente es als Schlafsaal für Soldaten, und anschließend benützten es die städtischen Verkehrsbetriebe als Lager.

Eine Wand aus Hohlziegeln teilt das Lagerhaus in zwei Hälften. Mom wünschte sich im vorderen Teil ein richtiges Zuhause, und so baute Dad zwei Schlafzimmer und eine Küche mit zwei Spülbecken ein. Mom kaufte eine Couchgarnitur und Spitzendeckchen und hängte ein kitschiges Aquarell auf, das sie aus Kuba mitgebracht hatte und auf dem eine Landschaft dargestellt war. Vor den Fenstern brachte sie Geranienkästen an.

Mein Vater geht gern auf »Schatzsuche« und stöbert im Sperrmüll und in Haufen von Industrieabfall herum. Wie ein stolzer Kater, der seine Beute zur Schau trägt, legt er meiner Mutter jedesmal seinen Fund auf den Küchentisch. Meistens ist sie davon nicht sonderlich angetan. Dad hatte übrigens schon immer eine Schwäche für Tierzucht. Das hat er im Blut, schließlich ist er auf einer Farm aufgewachsen. Letzten Sommer hat er meiner Mutter eine Biene in einem Marmeladenglas auf die Küchentheke gestellt.

»Was soll das?« fragte Mom argwöhnisch.

»Ich betreibe Bienenzucht, Lourdes. Draußen hinter dem Haus habe ich einen Bienenstock aufgestellt. Wir machen ab jetzt unseren eigenen Honig, und vielleicht versorgen wir eines Tages ganz Brooklyn damit.«

Die Bienen hatten wir genau eine Woche. Eines Nachmittags, als Dad und ich im Kino waren, wickelte Mom sich nämlich in mehrere Badetücher und ließ die Bienen frei. Sie zerstachen ihr die Arme und das Gesicht so übel, daß sie kaum noch die Augen aufkriegte. Seitdem läßt sie sich nicht mehr hinten im Lagerhaus blicken, und das ist auch besser so.

Dad hat seine Werkstatt gleich neben meinem Atelier und bastelt darin an irgendwelchen Erfindungen. Seine neueste Idee ist eine sprachgesteuerte Schreibmaschine, die, wie er meint, alle Sekretärinnen arbeitslos machen wird.

Wenn Mom etwas von uns will, läutet sie eine riesige Glocke, die Dad in der aufgelassenen Schiffswerft nebenan gefunden hat. Wenn sie wütend ist, reißt sie an der blöden Strippe wie der buckelige Glöckner von Notre-Dame.

Unser Haus steht auf einem betonierten Gelände nicht weit vom East River. Nachts und vor allem im Sommer, wenn die Luft besser trägt, höre ich das leise Tuten der Schiffe, die aus dem Hafen von

New York auslaufen. Sie fahren Richtung Süden, vorbei an den Wolkenkratzern der Wall Street, vorbei an Ellis Island und der Freiheitsstatue, vorbei an Bayonne, New Jersey und dem Bay-Ridge-Kanal und unter der Verrazzano-Brücke hindurch. Bei Coney Island machen sie eine Linkskehre und halten auf den offenen Atlantik zu. Wenn ich ihr Tuten höre, bekomme ich Lust mitzufahren.

Minnie wacht auf. Sie sagt, ihr sei klar, daß sie mir das eigentlich nicht erzählen darf, dafür sei ich noch zu jung, aber als ich ihr schwöre, daß ich schon dreizehn bin, scheint sie das zu beruhigen. Minnie ist siebzehneinhalb. Sie erzählt, daß sie nach Florida zu einem Arzt fährt, den ihr Freund kennt und bei dem sie eine Abtreibung machen lassen will. Sie hat noch keine Kinder und will auch keine, sagt sie. Ihre Stimme klingt matt und ausdruckslos. Ich halte ihre Hand, bis sie wieder eingeschlafen ist.

Ich denke darüber nach, daß die Inselbewohner von Neuguinea keinen Zusammenhang zwischen Sex und Schwangerschaft sehen. Sie glauben, daß die Kinder auf Baumstämmen im Himmel herumschweben, bis der Geist von schwangeren Frauen sie zu sich ruft.

Ich bin nicht sonderlich müde und halte mich wach, indem ich die Neonreklamen am Straßenrand lese. Manchmal fehlen Buchstaben, und dann entstehen die seltsamsten Dinge. Zum Beispiel fehlt bei einer Shell-Tankstelle das »S«.

-hell

24 Stunden geöffnet

Meine Lieblingsreklame habe ich irgendwo in North Carolina gesehen. Ich schwöre, da steht tatsächlich: »Cock−−−−−s«, und daneben leuchtet ein elektrischer Martini, allerdings ohne Olive.

Ich kann machen, was ich will – ständig sehe ich das aufgedunsene Gesicht der alternden Schönheitskönigin vor mir: es springt aus den Leuchtreklamen in die ausgestreckten Hände meines Vaters. Ich glaube, meine Eltern sehen sich nicht mehr allzuoft, nur wenn Mom nach Dad klingelt. Deshalb sieht er so bekümmert aus. Dad hat Mom eine Zeitlang in der Bäckerei geholfen, aber sie hat schnell die Geduld mit ihm verloren. So geschickt er mit anderen Dingen umgeht – im Bäckerladen hat er den Dreh nie rausgekriegt, jedenfalls nicht so, wie meine Mutter es gern gehabt hätte.

Seit einiger Zeit springt Mom mit ihren Angestellten um wie mit den blöden Pekannußschnecken, die sie dauernd in sich hineinstopft. Niemand bleibt länger als ein, zwei Tage. Sie heuert aber auch immer nur völlig fertige Typen an, Einwanderer aus Rußland oder Pakistan, die kein Wort Englisch sprechen, weil sie sich sagt, daß sie billiger als andere sind. Dafür schreit sie sie dann den halben Tag lang nur an, weil sie nicht verstehen, was sie von ihnen will. Mom bildet sich ein, daß sie alle darauf aus sind, sie zu bestehlen, und deshalb filzt sie ihre Mäntel und Einkaufstaschen, während sie arbeiten. Was sollen sie schon klauen? Einen Butterkeks etwa? Eine Baguette? Einmal verlangte sie von mir, den Geldbeutel von einem ihrer Angestellten zu kontrollieren, aber ich zeigte ihr nur den Vogel. Sie glaubt, sie tut ihnen einen Gefallen, indem sie ihnen Arbeit gibt und ihnen zeigt, wo es in Amerika langgeht. Teufel, bei so einem Bahnhofsvorsteher sollten diese Leute lieber auf einen anderen Zug springen!

Ich erinnere mich noch, wie wir in New York ankamen. Die ersten fünf Monate wohnten wir in einem Hotel in Manhattan, weil meine Eltern abwarten wollten, ob die Revolution womöglich fehlschlug oder die Amerikaner auf Kuba eingriffen. Meine Mutter ging mit mir immer im Central Park spazieren. Einmal sprach uns am Kinderzoo ein Agent der Art-Linkletter-Show an und fragte meine Mutter, ob ich in der Show auftreten dürfte. Aber damals konnte ich noch kein Englisch, und deshalb überlegte er es sich anders.

Mom zog mir jedesmal ein kastanienbraunes Wollmäntelchen mit einem Kragen und Stulpen aus schwarzem Samt an. Die Luft roch anders als auf Kuba. Sie war eisig und rauchgeschwängert und tat mir in den Lungen weh. Der Himmel sah aus wie frischgewaschen und war von Lichtstreifen durchzogen. Auch die Bäume waren anders. Sie sahen aus, als wären sie versengt. Oft lief ich in die großen Laubhaufen hinein, um die Blätter rascheln zu hören wie die Palmen auf Kuba bei einem Wirbelsturm. Dann wurde ich jedesmal traurig, schaute hinauf zu den nackten Zweigen und dachte an Abuela Celia.

Ich fragte mich, wie mein Leben wohl verlaufen wäre, wenn ich bei ihr geblieben wäre.

Meinen Großvater, Abuela Celias Mann, sah ich erst wieder, als er nach New York kam, um seinen Magenkrebs behandeln zu lassen. Man schob ihn in einem Rollstuhl aus dem Flugzeug. Abuelo Jorges Gesicht war trocken und knitterig wie altes Pergament. Er schlief in meinem Bett, das meine Mutter mit einer genoppten, beigen Tagesdecke aufgemöbelt hatte, und ich schlief auf einer Pritsche neben ihm. Mom kaufte ihm einen Schwarzweißfernseher, und Abuelo sah sich auf Kanal 47 Stierkämpfe und spanische *novelas* an. Meine Mutter konnte ihn baden, soviel sie wollte – er roch immer nach angebranntem Ei und Orangen.

Großvater war so schwach, daß er meistens schon gegen acht Uhr einschlief. Dann nahm ich sein Gebiß heraus und legte es in ein Glas Wasser, in dem sich zischend eine von diesen Reinigungstabletten auflöste. Die ganze Nacht pfiff er leise durch seine zahnlosen Kiefer. Manchmal hatte er Alpträume, und dann boxte er mit den Fäusten in die Luft. »Komm her, du spanischer Taugenichts!« rief er. »Komm und kämpfe wie ein Mann!« Nach einer Weile beruhigte er sich und murmelte nur noch ein paar Flüche vor sich hin.

Als Mom ihn zum erstenmal zur Kobaltbestrahlung brachte, stellte ich mir vor, daß scharfe, blaue Strahlen auf seinen Magen gerichtet würden. Eine seltsame Farbe, um jemanden zu heilen, sagte ich mir. Nichts von dem, was wir essen, ist blau, so tiefblau wie die Augen meines Großvaters. Warum gaben die Ärzte diesen verdammten Strahlen also nicht eine andere Farbe? Grün zum Beispiel. Ja, Grün. Grüne Dinge essen wir, die sind gesund. Wenn sie die Strahlen bloß grün färben würden, dachte ich, zu einem hübschen Jadegrün, dann könnte es ihm bestimmt bald bessergehen.

Großvater sagte einmal zu mir, ich würde ihn an Abuela Celia erinnern. Ich faßte es als Kompliment auf. Als er noch die Kraft dazu hatte, schrieb er ihr jeden Tag einen langen Brief in seiner altmodischen Handschrift voller Schnörkel und Verzierungen. Eine so zierliche Schrift hätte man ihm nicht zugetraut. Die Briefe waren sehr romantisch. Einen las er mir vor. Er nannte Abuela Celia sein »Täubchen in der Wüste«. Jetzt kann er ihr nicht mehr oft schreiben, aber er ist zu stolz, um einen von uns darum zu bitten. Abuela Celia schreibt ihm dann und wann zurück, aber in ihren Briefen geht es nur um Fakten, um diese Versammlung oder jene, und sonst nichts. Sie machen Großvater traurig.

Minnie steigt in Jacksonville aus. Ich schaue aus dem Fenster, weil ich neugierig bin, wer sie abholt, aber als der Bus anrollt, steht sie noch immer da und wartet.

In Florida wird die Landschaft so eintönig, daß ich schließlich doch einschlafe. Ich erinnere mich an einen Traum. Es ist Mitternacht, und um mich herum beten Leute am Strand. Ich trage ein weißes Kleid und einen Turban und kann den nahen Ozean hören, aber nicht sehen. Ich sitze auf einem Stuhl, einer Art Thron, an dem hinten ein Geweih angebracht ist. Die Leute heben mich hoch und bewegen sich mit mir in einer langsamen Prozession auf das Meer zu. Sie singen in einer Sprache, die ich nicht verstehe. Trotzdem habe ich keine Angst. Ich sehe die Sterne und den Mond und den aufgewühlten, schwarzen Himmel über mir. Ich sehe Großmutters Gesicht.

Das Haus in der Calle de las Palmas

Ein Regenschauer am späten Nachmittag treibt die Mütter der Schüler unter den Korallenbaum im Hof der Nikolai-Lenin-Grundschule. In der Biegung des dicksten Astes sitzt zitternd eine Eidechse. Celia steht in ihren Lederpumps und ihrem jadegrünen Kleid allein im Regen und wartet auf ihre Enkelinnen, die Zwillinge, die von einem Campingausflug auf der Insel Pinos zurückkehren. Es kommt ihr so vor, als hätte sie ihr ganzes Leben nichts weiter getan, als auf andere Menschen zu warten und darauf, daß irgend etwas passierte. Sie hatte darauf gewartet, daß ihr Geliebter aus Spanien zurückkehrte. Sie hatte darauf gewartet, daß der sommerliche Regen aufhörte. Sie hatte darauf gewartet, daß ihr Mann endlich auf Geschäftsreise ging, damit sie auf dem Klavier Debussy spielen konnte.

Das Warten begann im Frühling des Jahres 1934, bevor sie Jorge del Pino heiratete. Damals hieß sie noch Celia Almeida. Sie arbeitete im *El Encanto*, Havannas renommiertestem Kaufhaus, als Verkäuferin in der Fotoabteilung. Eines Tages kam Gustavo Sierra de Armas zu ihrer Verkaufsvitrine geschlendert und ließ sich von ihr die kleinste Kamera von Kodak zeigen. Er war ein verheirateter Rechtsanwalt aus dem spanischen Granada und behauptete, er wolle mit der Kamera durch ein Guckloch im Mantel das Morden in Spanien festhalten. Später, im Krieg, konnte er unumstößliche Beweise vorlegen.

Gustavo kam immer und immer wieder an Celias Verkaufstisch. Er brachte ihr Schmetterlingsjasmin mit, das Symbol für Vaterlandsliebe und Reinheit, und sagte zu ihr, auch Kuba werde eines Tages von den Blutsaugern befreit. Gustavo besang ihr Muttermal, den *lunar* dicht neben ihrem Mund. Er schenkte ihr tropfenförmige Ohrringe aus Perlmutt.

> *Ese lunar que tienes, cielito lindo,*
> *junto a la boca...*
> *No se lo des a nadie, cielito lindo,*
> *que a mí me toca.*

Als Gustavo sie verließ und nach Spanien zurückkehrte, war Celia untröstlich. Der Frühjahrsregen machte sie gereizt, das üppige Grün tat ihren Augen weh. Als sie sah, wie ein paar Trauertauben auf der Stufe vor ihrer Haustür an einem Stück Aas pickten, suchte sie die *botánicas* auf, um sich die Zutaten für einen noch nie erprobten Sud geben zu lassen.

Sie kaufte Tigerwurz aus Jamaika zum Reiben, ein Büschel Indigozweige, scharlachrote, durchscheinende Samenkörner und zu guter Letzt ein aus Sackleinen genähtes Beutelchen voll Kräutern. Sie kochte Teeblätter und Honigwaben zusammen auf, öffnete über Wasserdampf ihre Poren, schloß die Fensterläden und trank das Gebräu.

Im frühen Sommer wurde Celia bettlägerig und stand acht Monate lang nicht mehr auf. Sie schrumpfte zusammen, es war nicht zu übersehen. Celia war eine hochgewachsene Frau gewesen, einen Kopf größer als die meisten Männer, hatte einen vollen Busen und schlanke, muskulöse Beine gehabt. Bald bestand sie nur noch aus durchsichtiger Haut und einem Häuflein zerbrechlicher Knochen. Ihre Fingernägel färbten sich gelb, und sie bekam keine Monatsblutungen mehr. Ihre Großtante Alicia band ihr bunte Bänder in das immer dünner werdende Haar, was ihr ein noch befremdlicheres Aussehen verlieh.

Die Ärzte konnten an Celia nichts feststellen. Sie untersuchten sie mit Monokeln und Vergrößerungsgläsern und Metallinstrumenten, die auf Brust und Unterarmen, Schenkeln und Stirn ein geometrisches Muster aus blauen Flecken hinterließen. Sie leuchteten ihr mit Taschenlampen so schlank wie Füllfederhalter in die Augen, die gleich Laternen aus ihrem von Schlaflosigkeit gezeichneten Gesicht hervorquollen. Sie verschrieben ihr Vitamine, Traubenzuckertabletten und Schlafmittel, doch Celia, von Tag zu Tag bleicher, schwand in ihrem Bett dahin.

Die Nachbarn kamen mit allerlei Hausrezepten: Arnikakompressen, Packungen mit Schlamm aus einer heiligen Quelle, gemahlene Elefantenstoßzähne vom Niger, die der täglich verabreichten Brühe beizumischen seien. Sie gruben den Hof vor ihrem Haus auf der Suche nach einem verborgenen bösen Zauber um, wurden jedoch nicht fündig. Die besten Köche der Calle de las Palmas verwöhnten Celia mit Kokospudding, *guayaba* und Käsekuchen, mit Brotpudding und Ananastörtchen. Vilma Castillo zündete ein gebackenes »Alaska« an und setzte dabei die Küche in Flammen. Es bedurfte vieler Eimer Wasser, um den Brand zu löschen. Danach bekam Celia nur noch wenig Besuch. »Sie will unbedingt sterben«, stellten die Leute fest.

In ihrer Verzweiflung rief ihre Großtante eine *santera* aus Regla herbei, die Celia mit Perlenketten behängte und Muscheln warf, um den Willen der Götter von ihnen abzulesen.

»Miss Celia, ich sehe in Ihrer Handfläche eine Landschaft am Wasser«, sagte die kleine *santera*. Sie wandte sich an Tía Alicia. »Sie wird das schlimme Feuer überleben.«

Ihren ersten Brief an Gustavo Sierra de Armas schrieb Celia auf Betreiben Jorge del Pinos, der ihr den Hof machte, während sie zurückgezogen zu Hause vor sich hin darbte. Jorge war vierzehn Jahre älter als sie und trug runde, in einen Stahlrahmen gefaßte Brillengläser, hinter denen seine blauen Augen ganz klein aussahen. Celia kannte ihn von klein auf, seit ihre Mutter sie vom Land zu ihrer Großtante nach Havanna geschickt hatte.

»Schreib diesem Dummkopf«, drängte Jorge. »Wenn er dir nicht antwortet, heiratest du mich.«

11. November 1934

Mi querido Gustavo!

Ein Fisch schwimmt in meiner Lunge. Was gibt es zu feiern ohne Dich?

Auf ewig Dein,
Celia

Seit fünfundzwanzig Jahren schrieb Celia ihrem spanischen Geliebten an jedem Elften des Monats einen Brief und verwahrte ihn anschließend in einer mit Satin ausgeschlagenen Schatulle unter ihrem Bett. Die tropfenförmigen Perlmuttohrringe hat Celia erst neunmal abgenommen, um sie zu reinigen. Niemand kann sich daran erinnern, sie je ohne sie gesehen zu haben.

* * *

Celias Enkeltöchter, die Zwillinge Luz und Milagro, erzählen, daß sie auf ihrem Campingausflug Zwergbananen an ein geschecktes Pferd verfüttert und Regenwürmer mit Hörnern untersucht haben, die es nur auf der Insel gibt. Celia weiß, daß die beiden die ganze Zeit mit sich allein sind und miteinander in einer Symbolsprache reden, die nur sie verstehen. Meistens spricht Luz, die zwölf Minuten älter als ihre Schwester ist, für sie beide. Die Zwillinge sind wie der doppelte Kern einer Frucht, haben braunere Haut und rundlichere Gesichtszüge als ihre Mutter und die tintenblauen Augen ihres Vaters. Über dem linken Augenlid haben sie beide haargenau das gleiche Muttermal, einen winzigen, karamelfarbenen Halbmond, und ihre Zöpfe fallen wie zwei Taue den Rücken hinab.

Zu dritt fahren sie per Anhalter zu dem Haus in der Calle de las Palmas. Der Fahrer, ein Mann mit angehender Glatze und leicht gezackten Zähnen, schüttelt Celia die Hand, und seine Finger fühlen sich an wie Korken. Celia tippt darauf, daß er Klempner ist, und sie behält recht. Auf ihre Fähigkeit, Berufe zu erraten, hat sie sich schon immer etwas eingebildet. Damals, im *El Encanto*, schätzte sie jedesmal vorher genau ab, wieviel jeder Kunde für eine Kamera ausgeben wollte. Den größten Umsatz machte sie mit Amerikanern aus Pennsylvania. Von was schossen die da oben wohl so viele Fotos?

Der Fahrer biegt links ab in die Calle de las Palmas, deren gleichförmige, dicht an dicht gebauten zweigeschossigen Häuser allesamt leuchtendgelb gestrichen sind. Im letzten Herbst bildete sich eine Schlange rings um den Block, als sich herumsprach, daß der Eisenwarenladen Farbe verkaufte, die beim Bau eines Krankenhauses auf der anderen Seite von Havanna übriggeblieben war. Felicia kaufte soviel, wie erlaubt war, nämlich dreißig Liter, und verwendete zwei ganze Sonntage darauf, ihr Haus mit geliehenen Pinseln und Leitern neu zu streichen.

»Was soll's«, sagte sie, »auf das richtige Blau hätte ich vielleicht bis ans Ende meiner Tage warten müssen.«

Die Luft ist vom Regen am Nachmittag feucht. Celia zieht ihre Enkelinnen an sich. »Euer Großvater ist vor einer Woche gestorben«, sagt sie und küßt Luz und Milagro auf die Wange. Dann nimmt sie die beiden an die Hand und geht die kleine Treppe zu ihrem Haus in der Calle de las Palmas hinauf.

»Meine Töchter! Meine Töchter!« Felicia winkt ihnen vom Schlafzimmerfenster im zweiten Stock aufgeregt zu, wobei sie hinter dem mit Spatzen bevölkerten und schwer mit gelbbraunen Schoten behangenen Tamarindenbaum kaum zu sehen ist. Ihr Gesicht ist erhitzt und mit roten Flecken bedeckt. Sie trägt ein in den USA erstandenes Nachthemd aus Flanell mit blaßblauen Rosen. Es ist bis zum Hals zugeknöpft. »Ich habe Kokosnußeis gemacht!«

Eiscreme aus dem Laden ist zwar billiger, aber für Felicia ist es, nachdem ihr Mann sie im Jahr 1966 verlassen hat, zu einer Art Ritual geworden, eigenhändig Eis herzustellen. Solche Anwandlungen setzen urplötzlich ein, meist nach heftigen Regenfällen, und nur selten weicht sie vom altbekannten Schema ab, sondern hält sich getreu an eine ganz bestimmte Vorgehensweise.

Felicia lockt ihren kleinen Sohn zu sich. Als Celia und ihre Enke-

linnen das Haus in der Calle de las Palmas betreten, erblicken sie Ivanito, der seine rundlichen Händchen gefaltet hat und ein sentimen-
tales Liebeslied singt:

Quieres regresar, pero es imposible
Ya mi corazón se encuentra rebelde
Vuélvete otra vez
Que no te amaré jamás

* * *

In dieser Nacht kann Celia nicht einschlafen. Sie liegt im kargen Eßzimmer des gelben Hauses in der Calle de las Palmas. Einst gehörte
das Haus ihrer Schwiegermutter, jetzt wohnt Felicia darin. In diesem
Zimmer, in diesem Bett voller Erinnerungen, die sie noch tagelang
quälen werden, ist es ein Ding der Unmöglichkeit einzuschlafen.
Dieses Haus, sagt sich Celia, hat bisher nur Unglück gebracht.

Celia erinnert sich daran, wie sie aus den Flitterwochen in Soroa
zurückgekehrt waren, sie mit einer weißen Orchidee im Haar, die
Jorge in den terrassierten Gärten hoch über den Schwefelbädern gepflückt hatte. Ihre Schwiegermutter, die eine Knollennase und ein
männliches Gesicht mit Hängebacken hatte, hatte die hinter Celias
Ohr im Haar steckende Blume herausgerissen und in der Hand zer-
drückt.

»Eine Dirne kommt mir nicht ins Haus!« hatte Berta Arango del
Pino gefaucht und abschätzig auf das dunkle Muttermal neben Celias
Mund geblickt.

Dann hatte sie sich ihrem einzigen Sohn zugewandt.

»Komm, ich brate dir einen roten Barsch, *mi corazón*, genau so,
wie er dir schmeckt.«

Jorges Geschäftsreisen zogen sich unerträglich in die Länge. In den
ersten Monaten nach der Hochzeit rief er Celia jeden Abend an, und
seine sanfte Stimme beruhigte sie. Doch schon bald wurden seine
Anrufe seltener, und seine Stimme verlor ihren tröstlichen Klang.

War er zu Hause, liebten sie sich verkrampft und lautlos, während seine Mutter schlief. Ihr Ehebett war eine schmale Pritsche, die tagsüber im Eßzimmerschrank verstaut wurde. Nach dem Liebesakt zogen sie sich ihre Nachthemden an und schliefen engumschlungen ein. In aller Herrgottsfrühe trat Berta Arango del Pino nach kurzem Klopfen ein, riß die Fensterläden auf und rief:»Frühstück!«

Celia hätte Jorge gern gesagt, daß ihre Mutter und seine Schwester Ofelia sie verachteten, daß sie abends zusammen aßen, ohne sie zu Tisch zu bitten.»Hast du das Hemd gesehen, das sie heute für unseren Jorge genäht hat?« hörte sie Ofelia einmal spotten.»Sie glaubt wohl, ihm wächst noch ein dritter Arm.« Die Essensreste, die sie ihr gaben, waren schlimmer als der Fraß, den sie den Hunden auf der Straße vorwarfen.

Eines Tages, als die beiden ausgingen, um Garn zum Sticken zu kaufen, beschloß Celia, ihnen einen schmackhaften Eintopf mit magerem Rindfleisch zu kochen. Danach legte sie die gute Leinendecke auf den Eßzimmertisch, stellte das Tafelsilber darauf, pflückte Früchte vom Tamarindenbaum, preßte sie aus und seihte den Saft in einen Krug. Voll freudiger Hoffnung wartete sie auf die Rückkehr der beiden Frauen. Ofelia betrat als erste die Küche.

»Was fällt dir ein?« sagte sie, hob den Deckel und ließ ihn scheppernd zurück auf den Topf fallen.

Gleich darauf kam Berta Arango del Pino mit ihren dicken Fußknöcheln herein. Sie nahm zwei Geschirrtücher, trug den Topf mit ungerührter Miene durchs Wohnzimmer, die Stufen vor der Haustür hinunter und quer über den Hof und schüttete den Inhalt der dampfenden Kasserolle in der Gasse aus.

Jorges Mutter und seine Schwester spielten im Eßzimmer bis spät in die Nacht Domino und raubten Celia den Schlaf, der ihr den einzigen Trost spendete. Celia war dahintergekommen, daß Ofelia und ihre Mutter sich jeden Abend vor dem Frisiertisch auf ihre knochigen Hintern setzten und sich eine bleichende Creme auf die dunklen, sommersprossigen Gesichter schmierten. Berta Arango del Pino ließ die Creme über Nacht einwirken, damit sie jede Spur ihrer mischblütigen Abstammung beseitigte. Außerdem sprach sie dem Absinth zu und verströmte stets einen schwachen Geruch nach Lakritze. Morgens glühten ihre Wangen und die Stirn von der bleichenden Creme und dem starken Likör.

Jeden Samstag gingen Ofelia und sie in den Schönheitssalon und kehrten mit haargenau derselben helmartigen Frisur aus albernen, mädchenhaften Locken zurück, die sie wie die Besessenen mit Kopftüchern und Haarnadeln zu schützen suchten. Ofelia hoffte noch immer auf einen Freier, obwohl ihre Mutter schon vor langem die wenigen Männer in die Flucht geschlagen hatte, die es gewagt hatten, nervös einen Blumenstrauß oder eine Schachtel Minzpralinen umklammernd, bei ihnen vorstellig zu werden. Für die Morgenmesse zog sie ihre hübschesten Kleider an und legte die kurze, einreihige Perlenkette um, die sie zum fünfzehnten Geburtstag bekommen hatte.

Wehmütig dachte Ofelia an die Aufmerksamkeit zurück, die ihr die Männer einst entgegengebracht hatten, doch noch mehr machte ihr nun offenbar die eigene Unscheinbarkeit zu schaffen. In stillen Momenten fragte sie sich wohl: Für wen bleiche ich eigentlich meine Haut? Wer achtet schon auf die Schildpattkämmchen in meinem Haar? Wen stört es, wenn meine Strumpfnähte schief sitzen? Oder wenn ich überhaupt keine Strümpfe anziehe?

Eines Morgens wachte Celia auf und wußte, daß sie schwanger war. Sie fühlte sich, als hätte sie eine Glocke verschluckt. Die scharfen Kanten des Eherings schnitten in ihren geschwollenen Finger. Die Tage verstrichen, doch ihr Mann rief nicht an. Sie nahm Ofelia beiseite und vertraute sich ihr an, aber Ofelia faßte sich nur geistesabwesend an die eigenen milchlosen Brüste und lief mit der Neuigkeit zu ihrer Mutter.

»Das schamlose Stück!« empörte sich Berta Arango del Pino. »Wie viele hungrige Mäuler soll mein armer Sohn denn noch stopfen?«

Ofelia nahm Celia nach und nach ihre Kleider und Schuhe weg. »Die brauchst du nicht mehr«, sagte sie und hielt sich ein cremefarbenes Leinenkostüm an, das sogar auf dem Drahtbügel besser ausgesehen hatte als an ihrer klapperigen Figur. »Wenn das Kind erst mal da ist, paßt dir sowieso nichts mehr.« Sie stahl Celia die Lederpumps, als Celias Füße so angeschwollen waren, daß sie sie nicht mehr tragen konnte, und scheuerte sie hinten mit ihren spitzen Hacken durch.

Celia wünschte sich einen Jungen, einen Sohn, der sich allein durch die Welt schlagen konnte. Falls sie einen Sohn bekam, wollte sie Jorge verlassen und mit dem Schiff nach Spanien fahren, nach Granada. Sie würde so wild Flamenco tanzen, daß ihre fliegenden Röcke tausend karminrote Funken versprühten. Ihre Hände wären wie Kolibris, sie würden trockene, düstere Klänge erzeugen und ihre Füße geschmeidig gegen den Boden der Nacht trommeln. Sie wollte mit Touristen Whisky trinken, abenteuerliche Geschichten ersinnen und mit nichts als einem Tamburin und Nelken, allzu vielen Nelken, die Finsternis durchmessen. Eines Abends würde Gustavo Sierra de Armas das Lokal betreten, auf die Bühne steigen und sie zu den Klängen wilder Gitarren innig küssen.

Wenn sie ein Mädchen bekäme, so beschloß Celia, würde sie bleiben. Nein, sie würde ihre Tochter nicht diesem Leben aussetzen, sondern sie lehren, die Kolumnen aus Zahlen und Blut in den Augen der Männer zu lesen und die Spielarten der Überlebenskunst zu begreifen. Auch ihre Tochter sollte das schlimme Feuer überleben.

Jorge nannte ihre Tochter Lourdes, nach dem wunderwirkenden Wallfahrtsort in Frankreich. Als Celia das letztemal, bevor man sie in die Anstalt steckte, mit ihrem Mann sprach, behauptete sie, das Baby werfe keinen Schatten, die Erde hätte ihn vor lauter Hunger verschlungen. Sie hielt ihr Kind an einem Bein hoch, reichte es Jorge und sagte: »Ich werde mich nicht an ihren Namen erinnern.«

* * *

Nach der schlaflosen Nacht im Haus in der Calle de las Palmas macht Celia einen Spaziergang zu dem Kapokbaum in einer Ecke der Plaza de las Armas. Um seinen Stamm liegen Früchte und Münzen verstreut, und die Erde zu Füßen des Baumes wölbt sich über all den vergrabenen Opfergaben. Celia weiß, daß in den heiligen Wurzeln im aufgewühlten Erdreich gute, aber auch böse Kräfte wohnen. Tante Alicia hat ihr einmal erzählt, der Kapokbaum sei ein heiliges Wesen, weiblich und mütterlich. Sie bittet den Baum um Erlaubnis, bevor sie seinen Schatten durchschreitet, umkreist ihn dreimal und spricht einen Wunsch für Felicia aus.

Celia bleibt im inneren Bereich der Plaza stehen, in dem die marmorne Statue von Christoph Kolumbus neben den Königspalmen klein wie ein Zwerg wirkt. Im Inneren des Museums befindet sich eine bronzene Wetterfahne mit dem Bildnis von Doña Inés de Bobadilla, des ersten weiblichen Gouverneurs von Kuba, die das Kreuz von Calatrava trägt. Sie wurde Gouverneur der Insel, als ihr Ehegatte Hernando de Soto auszog, Florida zu erobern. Doña Inés, so erzählt man sich, sei oft gesehen worden, wie sie aufs Meer hinausblickte und den Horizont nach ihrem Mann absuchte. Aber de Soto starb an den Ufern des Mississippi, ohne seine Frau je wiedergesehen zu haben.

Celia geht am Hotel Inglaterra vorbei. Schmutzig und mit blätterndem Putz steht es da – ein Bild der Verwahrlosung. Sie stellt sich vor, daß ihr toter Mann, das allerneueste Modell eines elektrischen Mixers unter dem Arm, zu den Fenstern mit den geschlossenen Läden emporblickt. Wie ein Einbrecher mustert er die verzierten Balkons, starrt angestrengt durch die blaugetönten Fensterscheiben, bis er sie entdeckt, nackt und mit ihrem spanischen Geliebten abwechselnd an einer Zigarette ziehend. Sie malt sich aus, wie er den Mixer rotieren läßt, immer schneller, und die Tauben und Bettler verjagt; er läßt ihn so schnell rotieren, daß er ein leises Pfeifen erzeugt, schneller, noch schneller – und dann läßt er den Quirl los, so daß er losfliegt, hoch über seinem Kopf, das Fenster durchbricht und ihr vergangenes Leben in Fetzen reißt.

Celia fährt per Anhalter zur Plaza de la Revolución, auf der *El Líder* in seinem üblichen Kampfanzug eine Rede hält. Massen von Arbeitern bevölkern den Platz, sie jubeln bei seinen Worten, die in der Luft widerhallen und kollidieren. Celia faßt einen Entschluß. Die zehn oder zwanzig Jahre, die ihr noch vergönnt sind, will sie *El Líder* widmen und sich der Revolution verschreiben. Jetzt, da Jorge tot ist, wird sie sich freiwillig für jede Aktion melden – Impfkampagnen, Erziehungsaufgaben, Kampf gegen Krankheitserreger.

Am hinteren Ende des Platzes stehen Tieflader zum Transport freiwilliger Feldarbeiter bereit. »Es gibt keinen Grund zur Sorge«, versichert ihnen *El Líder*. »Arbeitet heute für die Revolution, dann regelt sich morgen alles von selbst.« Celia ergreift eine Hand, die sich ihr entgegenstreckt und deren Fingernägel so stumpf und hart wie Hufeisen sind. Eine Flasche Rum wandert von Mund zu Mund. Celia streicht ihr Kleid glatt und setzt die Flasche an die Lippen. Der Alkohol brennt in ihrer Brust wie eine heiße Wolke.

Die nächsten zwei Wochen stellt Celia ihren Körper in den Dienst des Zuckerrohrs. Vom Lastwagen aus sehen die Felder grün und einladend aus, doch mittendrin verstellen die bräunlichen Stangen, die mehr als doppelt so hoch sind wie sie selbst, ihr den Blick. Überall wimmelt es von Ratten, die die süßesten Stengel aushöhlen, und es gibt mehr Insekten, als man totschlagen kann. Celia lernt, das Rohr knapp über der Erde abzuschneiden, die Blätter mit der Machete abzuschlagen und es für die Träger in gleichgroße Stücke zu zerhacken. Trotz ihres Alters, oder vielleicht gerade deshalb, kämpft sich Celia zäh durch die Felder und stählt ihre Muskeln mit jedem Schritt und jedem Schwung der Machete. Sie schürft sich an den harten, holzigen Stangen die Hände auf. Die Sonne bräunt ihre Haut. Um sie herum summt es im Zuckerrohr.

Eines Tages sieht sie, wie ein Arbeiter einem Freiwilligen einen Schlag mit der Machete verpaßt. Celia starrt auf die Brust des Opfers, auf der sich Blut mit Schweiß vermischt. »Stümper!« brüllt der *machetero* so laut, daß alle ihn hören. »Sonntagsbauern! Zur Hölle mit euch allen!« Ein paar Männer packen den Arbeiter von hinten und zerren ihn von der Plantage. Eine Kreolin, die den Tumult nicht weiter beachtet, stößt einen Fluch aus. Celia hat keine Ahnung, wem er gilt.

Celia malt sich aus, wie das von ihr geschlagene Zuckerrohr in den *centrales* zermahlen und der dickflüssige Saft in Bottichen aufgefangen wird. In den Öfen verwandelt er sich dann in feuchte, bernsteinfarbene Kristalle. Sie sieht Schiffe vor sich, deren Laderäume mit dreihundert Pfund schweren Säcken voll raffiniertem Zucker angefüllt sind. Menschen in Mexiko, Rußland und Polen werden sich ihren Zucker löffelweise in den Kaffee schütten oder damit Geburtstagskuchen backen. Und Kuba wird aufblühen. Aber es wird keine trügerische Blüte sein wie in den vergangenen Jahren, sondern eine Blütezeit, an der auch jene teilhaben werden, die mit ihr diese heißen, stillen Vormittage verbringen. Bis zur nächsten Saison wird das Zuckerrohr nachgewachsen sein, ein Mysterium der Pflanzenwelt, und sie wird wiederkommen, um es erneut zu schneiden. In sieben Jahren wird man die Felder dann abbrennen und neu anpflanzen.

Der penetrante Geruch des Zuckerrohrs setzt sich in Celias Nase und Kehle fest, und so schmecken Fleisch und Reis, die sie abends ißt, und die Zigaretten, die sie raucht, süßlich. Sie taucht die Füße in ein wohltuendes Kräuterbad, spielt Karten bis nach Mitternacht, ißt Orangen unter dem vollen Mond. Tag für Tag betrachtet sie stolz ihre Hände.

Ein Traum kehrt immer wieder: Ein kleines Mädchen im Sonntagskleid und mit Lackschuhen sammelt am Strand Muscheln und steckt sie in ihre Taschen, die anscheinend nie voll werden. Das Meer zieht sich bis zum Horizont zurück und bildet unter dem Himmel eine dunkelblaue Linie. Stimmen rufen nach dem Mädchen, doch die Kleine achtet nicht darauf. Da schlagen die Fluten über ihr zusammen, und sie treibt mit weitgeöffneten Augen unter Wasser. Der Ozean ist so klar wie ein Mittag im Winter. Kolibris schwimmen neben Fasanen und Kühen. Neben ihr sprießt ein junger Mangobaum. Seine Früchte schwellen an, platzen blutrot auf. Das Bäumchen verkümmert und stirbt.

Als Celia von der Plantage zurückkehrt, stellt sie fest, daß sich der Zustand ihrer Tochter verschlimmert hat. Felicias Haut sieht aus wie mit rosa Farbe bemalt und erinnert an die Tapeten in den Kneipen der Altstadt von Havanna. Die blauen Rosen ihres Nachthemds aus Flanell kleben auf dem schmierigen Schmutz, der sie bedeckt. Celia wäscht ihrer Tochter im Küchenbecken das Haar und entwirrt es mit einem abgebrochenen Kamm. Sie kann Felicia nicht dazu überreden, das Nachthemd auszuziehen und Licht in das düstere Haus zu lassen.

»Man hat mir mein Haar gestohlen und an die Zigeuner verkauft«, jammert Felicia. »Die Sonne brennt unsere Unzulänglichkeiten aus.«

»Was redest du da?« fragt Celia ungeduldig.

»Licht sickert durch. Man ist nie davor sicher.«

»Bitte, *hija*, gib mir dein Nachthemd, damit ich es waschen kann.«

Felicia flieht nach oben in ihr Bett und verschränkt die Hände fest unter der Brust.

Die Zwillinge klagen, sie hätten seit Tagen nichts als Eiscreme zu essen bekommen, ihre Mutter tanze mit Ivanito und warne sie vor dem gefährlichen Tageslicht. Luz beschwert sich, Ivanito plappere ihrer Mutter hochtrabende Sätze nach wie: »Der Mond leuchtet mit lebhafter Gleichgültigkeit.«

»Komm her, *chiquitito*«, ruft Celia und nimmt ihren Enkel auf den Schoß. »Tut mir leid, daß ich dich allein gelassen habe. Ich dachte, deiner Mutter geht es in ein, zwei Tagen besser.«

Milagro berührt eine Blase auf der Handinnenfläche ihrer Großmutter. Celia zeigt ihr die von Schnitten und Schwielen verunstalteten Hände. Neugierig betrachten ihre Enkelinnen die verwüstete Landschaft.

»Packt eure Badesachen. Wir fahren nach Santa Teresa del Mar.«

»Ich komm nicht mit!« schreit Ivanito, rennt weg und verkriecht sich im Bett seiner Mutter.

»Nur für ein paar Tage! Eure Mutter muß sich erholen«, ruft Celia ihm nach. Sie muß plötzlich daran denken, wie die Hände ihrer Großtante gleich Möwen flatterten und ihre Flugbahnen sich über der weißen Gischt der Tasten überschnitten. Celia hatte mit Tía Alicia oft Seite an Seite auf der Klavierbank gesessen und vierhändig gespielt. Nicht selten waren Nachbarn stehengeblieben, um der Musik zu lauschen, und gelegentlich hatten sie sich selbst auf eine Tasse Tee eingeladen.

»Du kannst ihn mir nicht wegnehmen«, warnt Felicia ihre Mutter und wiegt Ivanito unter der Bettdecke hin und her.

Celia verläßt mit den Zwillingen das Haus in der Calle de las Palmas. Die Mädchen sagen kein Wort, ihre Gedanken purzeln durcheinander, nehmen allmählich Gestalt an, wie ein Edelstein seinen Schliff erhält. Celia hat Angst vor ihren Erinnerungen – den zertrümmerten Stühlen, deren Splitter sie sich in die Füße eingetreten haben, all die Unanständigkeiten, die wie elektrisierte Insekten in der Luft schwirrten.

Der Vater der beiden Mädchen, Hugo Villaverde, war mehrmals nach Hause zurückgekehrt. Einmal, um aus China seidene Schals und Entschuldigungen mitzubringen. Ein andermal, um Felicia ein blaues Auge zu verpassen, auf dem sie eine Woche lang nichts sehen konnte. Und ein drittes Mal, um Ivanito zu zeugen und Felicia die Syphilis anzuhängen.

Trotzdem bestanden Luz und Milagro darauf, den Namen ihres Vaters zu tragen. Sogar noch, als er sich für immer aus dem Staub gemacht hatte. Selbst als Felicia wieder ihren Mädchennamen annahm. Die beiden Mädchen, das war Celia klar, würden niemals richtige del Pinos sein.

Celia sitzt mit ihren Enkelinnen im Bus in der vordersten Sitzreihe. Als sie aus Havanna herausfahren, fängt es plötzlich an zu regnen, und die Tropfen prasseln auf das Blechdach des Busses. Celia kann um ihren Mann nicht trauern, sie weiß nicht, warum. Sie hat ihn geliebt, das ist ihr in einem bestimmten Moment klargeworden, und dennoch will keine Trauer aufkommen. Was hält wohl den Schmerz von mir fern? fragt sie sich. Felicias Wahnvorstellungen? Die zwei Wochen auf der Zuckerrohrplantage? Die schwülen, verregneten Nachmittage? Oder habe ich mich schon allzusehr an Jorges Abwesenheit gewöhnt?

Es kommt ihr wie eine Ewigkeit vor, seit ihr Mann im weißen Sommeranzug und mit dem Panamahut auf dem Kopf übers Wasser geschritten ist. Und noch länger, seit man ihn an Bord des Flugzeugs nach New York gebracht hat.

Der Regen hört so unvermittelt auf, wie er eingesetzt hat. Als Celia und die Zwillinge in Santa Teresa del Mar eintreffen, scheint die Sonne so zuversichtlich, als wäre der Tag soeben angebrochen.

Celia begutachtet die vergammelten Überreste im Kühlschrank: drei Karotten, eine halbe grüne Paprikaschote, eine Handvoll schrumpeliger Kartoffeln. Sie schickt die Zwillinge mit einer leeren Büchse und ihrem letzten Monatsgutschein zur Bodega. Sie sollen dafür das fetteste Huhn, das sie ergattern können, einen Sack Reis, zwei Zwiebeln sowie sechs braune Eier mitbringen und die Büchse mit Schweineschmalz füllen lassen.

Erinnerungen kann man nicht einsperren, sagt sich Celia, während sie durch das Küchenfenster aufs Meer hinausblickt. Es ist schiefergrau, hat die Farbe von einem nichtentwickelten Film. Bilder einfangen zu wollen erscheint ihr mit einemmal als ein Akt der Grausamkeit. Welche Ungeheuerlichkeit, daß sie früher im Kaufhaus *El Encanto* Fotoapparate verkauft hat, damit andere Menschen Gefühle auf glänzende Vierecke aus Papier bannen konnten.

Als ihre Enkelinnen zurückkehren, drückt Celia gerade mit dem Daumen eine Delle in die vergammelten Zwiebeln. Sie klaubt die Kieselsteinchen aus dem Reis und wäscht ihn anschließend im Spülbecken. Auf dem Hühnerkopf sprießen büschelweise Federn, und die Beine sondern eine klebrige Flüssigkeit ab. Celia sengt das Huhn über einer Flamme ab und sieht zu, wie die porige Haut schwarz und wellig wird. Sie muß an ihren pedantischen Mann denken, an seinen Kampf gegen die Mikroben. Verrückt hatte er sie gemacht mit seiner ewigen Krittelei!

Was hatte er ihr einmal vorgelesen? Daß die Neue Welt vor langer Zeit mit Europa und Afrika verbunden war? Ja, und daß die Kontinente nach Millionen von Jahren langsam und schwerfällig auseinanderdrifteten. Jetzt wandern die beiden Teile Amerikas noch immer Zentimeter um Zentimeter nach Westen, bis sie eines Tages mit Japan zusammenprallen. Celia fragt sich, ob Kuba mit seinen schrundigen, faltigen Bergen, seinen Errungenschaften und Erinnerungen womöglich allein in der Karibik zurückbleibt.

Zu guter Letzt hackt sie die Zwiebeln klein und gibt sie zusammen mit einem Teelöffel Schweineschmalz in die Bratpfanne. Sie färben sich goldgelb, werden glasig und süß.

Celias Briefe: 1935–1940

11. März 1935

Mi querido Gustavo!

In zwei Wochen heirate ich Jorge del Pino. Er ist ein guter Mensch und sagt, daß er mich liebt. Wenn wir am Strand spazierengehen, hält er schützend den Sonnenschirm über mich. Ich habe ihm von Dir erzählt, von unseren Begegnungen im Hotel Inglaterra. Er sagt, ich soll Dich vergessen.

Ich denke an die Nachmittage mit Dir, an das spärliche, gebündelte Licht, ja, an das schwindende Licht, und ich wünschte, ich könnte unter Wasser leben. Vielleicht würde meine Haut dann die tröstliche Stille des Meeres trinken. Ich bin auf dieser Insel eine Gefangene, Gustavo, und ich kann nicht schlafen.

Für immer Dein,
Celia

11. April 1935

Querido Gustavo!

Ich schreibe Dir aus den Flitterwochen. Wir sind in Soroa. Seit unserer Ankunft hat es kein einziges Mal geregnet. Jorge benimmt sich im Bett, als hätte er Angst, ich könnte zerbrechen.

Er küßt meine Augen und Ohren und versiegelt sie – gegen Dich. Er reibt meine Stirn mit feuchten Blütenblättern ein, um alle Erinnerungen auszulöschen. Er ist so rührend, daß ich schreien könnte.

Noch immer Dein,
Celia

11. Januar 1936

Gustavo!

Ich bin schwanger.

Celia

11. August 1936

Querido Gustavo!

In mir wächst ein großer Klumpen heißes Wachs. Es verstopft meine Adern. Ich schaukele wie eine Boje im Hafen. Vor der Hitze gibt es kein Entrinnen. Ich tauche meine Kleider ins Wasser und ziehe sie naß an, damit sie mich kühlen. Ich hoffe, daß ich an Lungenentzündung sterbe.

Sie mischen mir Gift ins Essen und in die Milch, aber ich schwelle immer mehr an. Das Baby wird mit Gift genährt. Jorge ist schon seit zwei Monaten in Oriente. Er hat Angst, nach Hause zu kommen.

Wenn es ein Junge ist, verlasse ich Jorge. Dann reise ich nach Spanien, nach Granada, zu Dir und Deinen Küssen, Gustavo.

Ich liebe Dich,
Celia

11. September 1936

Gustavo!

Das Baby ist porös. Die Kleine hat keinen Schatten. Die Erde hat ihn aus lauter Hunger verschlungen. Die Kleine liest meine Gedanken, Gustavo. Sie sind durchsichtig.

11. Dezember 1936

G.!

J. hat mich verraten. Sie haben in den Korridoren goldene Sterne aufgehängt. Draußen steht ein nordländischer Baum mit Blättern aus Metall, die sich in der Sonne drehen. Die Malaria füttert die hungrigen Uhren, die fiebrigen Hände drehen sich und bleiben dann stehen. Sie ziehen mir die Haut ab und hängen sie zum Trocknen auf. Ich sehe, wie sie an der Wäscheleine flattert. Das Essen ist ungenießbar. Sie verdauen hier ihre eigenen Gesichter. Wie ist das Wetter bei euch? Schick mir mit Anchovis gefüllte Oliven. Danke.

Celia

11. Januar 1937

Mi amor!

Wenn ich die Pillen schlucke, die sie mir geben, kleben meine Gedanken wie Wattebäusche aneinander. Ich habe die Ärzte angelogen und ihnen erzählt, daß mein Vater mich vergewaltigt hat, daß ich rostige Sonnenuntergänge esse und im Mutterleib Kinder garkoche. Bei der Behandlung verbrennen sie mir fast den Schädel. Sie behaupten, daß es mir schon bessergeht.

Jorge besucht mich jeden Sonntag. Ich habe ihm gesagt, er soll die elektrischen Mixer in einer Reihe aufstellen und alle gleichzeitig anschalten. Er hat nicht gelacht. Meistens sitzt er mit mir auf einer schmiedeeisernen Bank. Hier besteht die Welt aus rechten Winkeln. Keine Bougainvillea. Keine Heliconia. Keine blühenden Kakteen, flammende Legenden in der Wüste. Jorge hält meine Hände und spricht von Lourdes. Menschen stehen um uns herum in der Sonne. Ihre Worte sind so stumm wie die Winde, die sie durch die Netze hindurchlassen. Süßlich riechende Verwesung.

Ich habe hier eine Freundin gefunden, Felicia Gutiérrez. Sie hat ihren Mann umgebracht, ihn mit Benzin übergossen und ein Streichholz drangehalten. Sie bereut nichts. Wir haben vor, aus der Anstalt auszubrechen.

Tu Celia

11. Februar 1937

Querido Gustavo!

Sie haben Felicia umgebracht. Sie ist in ihrem Bett verbrannt. Sie behaupten, eine Zigarette sei schuld, aber keiner der Aufseher will zugeben, daß er ihr eine gegeben hat. Vier Männer haben ihre Asche und Knochen rausgetragen. Sie zog eine Spur aus weißer Flüssigkeit hinter sich her, aus der ich aber nichts rauslesen konnte. Der Direktor höchstpersönlich hat sie weggewischt, weil es sonst niemand getan hätte.

Morgen komme ich raus. Jorge sagt, wir werden am Meer leben. Ich muß packen. Meine Kleider riechen nach Dreck.

Celia

11. November 1938

Mi Gustavo!

Ich habe wieder ein Baby und habe es Felicia getauft. Jorge sagt, damit bringe ich ihr nur Unglück. Sie ist hübsch und dick und hat grüne Augen, die mich ständig anschauen und restlos entwaffnen. Diesmal werde ich eine gute Mutter sein. Felicia liebt das Meer. Ihre Haut ist durchscheinend wie die Fische, die an den Riffs ihre Nahrung suchen. Ich habe ihr in der Schaukel auf der Veranda Gedichte vorgelesen.

Lourdes ist jetzt zweieinhalb Jahre alt. Sie geht auf ihren dünnen braunen Beinchen gern zum Strand hinunter. Fremde kaufen ihr Eis, und sie erzählt ihnen, ich sei gestorben. Jorge ruft sie jeden

Abend an, wenn er auf Reisen ist. »Wann kommst du nach Hause, Papi? Wann kommst du nach Hause?« fragt sie ihn dann. An dem Tag, an dem er heimkommt, zieht sie sich jedesmal ihr Sonntagskleid mit Rüschen an und wartet an der Haustür auf ihn, selbst wenn wir ihn nicht vor Mitternacht zurückerwarten.

In Liebe
Celia

11. Februar 1939

Mi querido Gustavo!

Ich stehe auf, wenn es noch dunkel ist, um zuzusehen, wie die Fischer die Boote ins Wasser schieben. Dann denke ich an alle, die gleichzeitig mit mir wach sind – Menschen, die an Schlaflosigkeit leiden, Diebe, Anarchisten, Frauen, deren Kinder in der Badewanne ertrunken sind. Sie leisten mir Gesellschaft. Ich sehe, wie die Sonne aufgeht und ihre gesammelten Erinnerungen verbrennt, und daraus schöpfe ich Kraft für einen neuen Tag. Bei Einbruch der Nacht werde ich traurig, denn es kommt mir so vor, als würde die Erde sterben. Ich schlafe wenig.

Immer Dein,
Celia

11. Juli 1940

Querido Gustavo!

Letzte Woche hat Jorge mit uns einen Ausflug in die Provinz Pinar del Río gemacht. Der Anblick der Berge verschlug mir den Atem. Meine Augen sind so daran gewöhnt, den wandernden Horizont und das Wechselspiel von Ozean und Wolken zu beobachten, daß mich der Anblick dieser Felsmassen, die unbeweglich in den Himmel aufragen, verblüffte. Mir war die Natur bisher immer beweglicher vorgekommen. Wir fuhren an Zuckerrohr-, Reis-, Ananas- und Tabakplantagen vorbei. Felder mit Kaffeebäumen erstreckten sich in alle Himmelsrichtungen.

In der Provinzhauptstadt machten wir halt, um zu Mittag zu essen. Sie erinnerte mich an das Havanna in meiner Kindheit. Überall wuchs Hibiskus, der aussah, als hätten Legionen von Künstlern ihn gemalt. In der Stadt geht es gemächlich zu, und es gibt dort stattliche Häuser mit säulenverzierten Veranden. Ich mußte an Tía Alicia denken, die ihr Haar immer wie meins flocht und sich eine blaue Schleife hineinband oder wie sie, die Pfauenbrosche auf der Brust, am Klavier saß und Schumanns *Kinderszenen* spielte.

In ihrem Haus waren immer Kinder, die für ein paar Monate oder auch ein oder zwei Jahre Stunden bei ihr nahmen und meist unbehaglich auf dem Klavierhocker herumrutschten. In ihrer Gegenwart aber entspannten sie sich, brachten ihr Kreidezeichnungen oder Blumen mit, die sie im Garten ihrer Mütter gepflückt hatten. Ab und zu holte Tía Alicia die Kanarienvögel aus dem Käfig, und die Kinder durften sie mit Samen oder Reiskörnern füttern, die sie vom Mittagessen aufgehoben hatten.

Ich erinnere mich noch an Tía Alicias Kokoskuchen mit den vielen luftigen Schichten. Die Hände meiner Tante rochen immer nach Veilchenwasser, das sie mir in die Haare kämmte. Sie machte mit mir lange Spaziergänge in den Parks und auf den Boulevards der Stadt und erzählte mir spannende Geschichten. Sie war der romantischste Mensch, den ich je gekannt habe.

Lourdes und Felicia waren den ganzen Tag über still und starrten nur aus dem Fenster. Felicia rennt ihrer Schwester meist hinterher und äfft sie nach, bis Lourdes wütend wird. Aber heute haben die beiden kaum ein Wort gesagt, ich weiß nicht, warum. Jorge überredete mich, ein Getränk aus der Gegend, eine *guayabita del pinar*, zu probieren, und ich trank zu meiner eigenen Überraschung vier davon. Die Mädchen teilten sich einen Teller Schweineschnitzel.

Alles Liebe,
Celia

Querido Gustavo!

Tut mir leid, daß ich Dir letzten Monat nicht geschrieben habe, aber Jorge hatte einen schrecklichen Unfall, und ich mußte mit den Mädchen Hals über Kopf nach Holguín fahren. Er ist mit dem Wagen in einen Milchtransporter gerast und hat sich dabei beide Arme, das rechte Bein und vier Rippen gebrochen. Über einen Monat hat er im Krankenhaus gelegen, und noch immer hat er Glassplitter in der Wirbelsäule, die die Ärzte nicht entfernen können. Jetzt ist Jorge wieder zu Hause und läuft auf Krücken herum, aber er wird eine Zeitlang nicht arbeiten können. Lourdes weicht nicht von seiner Seite. Ich habe ein Kinderbett neben sein Bett gestellt. Felicia weint und will mit ihnen spielen, aber die beiden beachten sie nicht.

Jorge ist ein guter Mensch, Gustavo. Ich war überrascht, wie sich mein Herz verkrampfte, als ich erfuhr, daß er verletzt sei. Ich mußte weinen, als ich ihn dann in den weißen Bandagen sah, wobei seine Arme seitlich wegstanden wie die Flügel einer Seemöwe. Mit den Augen entschuldigte er sich dafür, daß er mir solchen Kummer bereitete. Kannst Du Dir das vorstellen? In dem Moment habe ich festgestellt, daß ich ihn liebe. Es ist keine Leidenschaft wie zwischen uns beiden, Gustavo, aber es ist trotzdem Liebe. Ich glaube, er versteht das und hat sich damit abgefunden.

Ich hatte ganz vergessen, welche Armut auf dem Land herrscht. Vom Zug aus kann man alles sehen: die nackten Füße, die krummen Rücken, die schlechten Zähne. An einer Station stand ein kleines Mädchen, vielleicht sechs Jahre alt, das nur einen schmutzigen Lumpen anhatte, der nicht einmal das Geschlecht bedeckte. Sie streckte die Hände aus, als die Passagiere aus dem Zug stiegen, und ich sah, wie ihr in dem Gewühl ein Mann den Finger reinsteckte. Als ich laut schrie, rannte er weg. Ich rief der Kleinen etwas zu und ließ unseren Proviantkorb aus dem Fenster herunter. Sie lief davon wie ein humpelnder Straßenköter und schleifte ihn neben sich her.

Deine Celia

Ein Zitronenhain

Pilar Puente

Es herrscht eine Bullenhitze, als ich endlich aus dem Bus steige. Die Sonne brennt mir so heiß auf den Schädel, daß ich mich erst mal in eine Imbißstube flüchte. Alles darin sieht altmodisch aus, wie in den billigsten Kneipen New Yorks. In solchen Lokalen gibt es die besten Sandwiches mit Schinken, Salatblättern und Tomaten, also bestelle ich eins und dazu eine Orangenlimonade.

Wenn ich die Eltern von meinem Vater anrufe, ist hier für mich Endstation. Sie setzen mich einfach ins nächste Flugzeug nach New York. Abuela Zaida, meine Großmutter, würde tagelang rumzetern, daß Mom mich nicht im Griff hat und daß ich verwildere wie eine von diesen amerikanischen Gören, die keinen Respekt vor der älteren Generation haben. Die beiden hassen sich schon seit langem. Es muß zwischen ihnen was passiert sein, als ich noch nicht auf der Welt war.

Ich habe hier unten einen Cousin, der gar nicht so übel ist. Sein Spitzname ist Blanquito, weil er so weiße Haut hat, daß er sogar beim Schwimmen Mütze und T-Shirt tragen muß. Ich habe ihn vor zwei Jahren in Miami auf dem Fest an Abuelo Guillermos achtzigstem Geburtstag kennengelernt. Wenn ich ihn erreiche, versteckt er mich bestimmt für ein, zwei Tage bei sich zu Hause und bringt mich dann nach Key West, wo ich mir ein Boot nach Kuba suche. Vielleicht kommt er sogar mit.

Heute ist Samstag, also ist er wahrscheinlich zu Hause. Das Problem ist nur, daß die gesamte Puente-Sippe mehr oder weniger bei ihm wohnt. Blanquitos Eltern gehört in Coral Gables eine von diesen schicken Farmen mit einem Pool hinterm Haus. Der Rest der Familie wohnt in Apartments, und deshalb treffen sich meine Onkels und Tanten am Wochenende dort, um Fußball zu schauen und sich die Bäuche vollzuschlagen.

Ich suche die Nummer im Telefonbuch. Als Blanquitos Mutter sich meldet, lege ich wieder auf. Ihre atemlose Stimme würde ich überall wiedererkennen. Sie steht immer kurz vor dem Zusammenbruch, weil sie sich ständig einbildet, von irgendeiner Krankheit befallen zu sein. Als ich letztesmal von ihr hörte, redete sie sich gerade ein, sie habe einen Hexenschuß. Das ist nichts, verglichen mit den anderen Krankheiten, die sie angeblich schon hinter sich hat – Tetanus, Malaria, Sprue, Typhus. Du brauchst bloß eine zu nennen – sie hat sie garantiert schon gehabt. Normalerweise handelt es sich um Tropenkrankheiten, die einen sehr schwächen, aber nur selten tödlich sind.

Nicht weit von ihrem Haus bleibe ich vor einer Kirche stehen. Ich habe mir zwar geschworen, nie wieder einen Fuß in ein Gebäude zu setzen, das auch nur im entferntesten mit der katholischen Kirche zu tun hat, aber es tut so gut, für eine Weile aus der Sonne herauszukommen. Drinnen ist es düster und kühl, und vor meinen Augen schweben blaue und rote Farbtupfer, als hätte gerade jemand mit Blitzlicht fotografiert. Ich weiß noch, wie sich die Nonnen aufregten, als ich die spanischen Inquisitoren Nazis nannte. Meine Mutter bekniete die Klosterschwestern, mich trotzdem wieder aufzunehmen. Weil Katholiken ganz wild darauf sind, jemandem zu vergeben, muß man nur sagen, es täte einem leid – schon nehmen sie einen wieder mit offenen Armen auf. Aber diesmal sei ich zu weit gegangen, sagten sie.

In unserer Nachbarschaft lebten damals hauptsächlich Juden, und meine Mutter sagte ständig: »Sie haben Christus umgebracht! Sie haben ihm die Dornenkrone aufgesetzt!« Mir taten die Juden leid, weil sie aus Ägypten hinausgeworfen wurden und sich auf der Suche nach einer neuen Heimat durch die Wüste schleppen mußten. Obwohl ich mein Leben lang in Brooklyn gewohnt habe, fühle ich mich dort nicht zu Hause. Ich bin mir nicht sicher, ob Kuba mein Zuhause ist, aber genau das will ich ja herausfinden. Sobald ich Abuela Celia wiedersehe, weiß ich, wohin ich gehöre.

Als ich das letztemal aus der »Klosterschule der Märtyrer und Heiligen« flog, empfahl mir die Krankenschwester der Schule einen Psychiater namens Dr. Vincent Price. »Erzähl mir von deinem Drang, die menschliche Gestalt zu entstellen«, forderte er mich auf. Mit dem Spitzbart und den Geheimratsecken sah er wirklich aus wie der richtige Vincent Price. Mom hatte ihm bestimmt von meinen Gemälden erzählt. Was sollte ich ihm schon sagen? Daß meine Mutter mich verrückt machte? Daß ich meine Großmutter vermißte und mir wünschte, wir hätten Kuba nie verlassen? Daß ich eine berühmte Künstlerin werden wollte? Daß ein Pinsel immer noch besser ist als eine Pistole, und daß man mich doch in Ruhe lassen soll? Die Malerei hat ihre eigene Sprache, wollte ich zu ihm sagen. Sie in Worte zu übersetzen bedeutet, sie zu verzerren, zu verwässern wie einen Text, den man vom Spanischen ins Englische überträgt. Manchmal beneide ich meine Mutter um ihre spanischen Flüche. Wenn ich sie höre, kracht mein Englisch wie ein Kartenhaus in sich zusammen.

Dr. Price riet meiner Mutter, ein paar Mutter-Tochter-Aktivitäten zu entwickeln, weil ich mich angeblich nach einer weiblichen Leitfigur oder so was Ähnlichem sehnte, und deshalb meldete sie uns beide zu Flamenco-Stunden in einem Studio über der Carnegie Hall an. Unsere Lehrerin Mercedes García war eine vollbusige Frau mit Füßen wie Vorschlaghämmer und brachte uns bei, wie wir im Takt zu ihrem Klatschen und den Kastagnetten mit den Hacken auf den Boden stampfen sollten. Unsere erste Tanzstunde war ein einziges Gestampfe, erst in der Gruppe, dann einzeln. Was für ein Donnern wir verursachten! Mercedes nahm mich beiseite. »Eine stolze Brust machen, ja? Sehen Sie, wie sie sich hält? *Perfecto! Así, así!*« Mom warf mir einen durchdringenden Blick zu. Ich sah ihr an, daß wir nicht noch mal herkommen würden.

Das Licht fällt in langen blauen Bahnen durch die Buntglasscheiben. Warum müssen sie Räume wie diesen immer mit ihrer Religion kaputtmachen? Mir fällt das riesengroße Kruzifix ein, das vorne an den Schreibtisch von meinem ehemaligen Schuldirektor genagelt war. Christi Wunden waren in Leuchtfarben aufgemalt – die klaffende Wunde in seiner Seite, aus der, wie die Nonnen uns erzählten, der letzte Rest seiner Körpersäfte geflossen sei; die Blutstropfen auf seiner Stirn; die Löcher in Händen und Füßen, die bei der Kreuzigung durch die Nägel verursacht wurden. Über Schmerz und Leid wußten die Nonnen ganz schön Bescheid. Ich erinnere mich noch, wie Schwester Mary Joseph zu Francine Zenowitz aus der dritten Klasse sagte, daß ihr kleiner Bruder in die Hölle kommt, weil ihre Eltern ihn vor seinem Tod nicht getauft haben. Daraufhin heulte Francine los wie ein Baby und verzerrte das Gesicht. An dem Tag hörte ich auf, für die Seelen im Fegefeuer zu beten (später hörte ich dann ganz mit dem Beten auf), und widmete all meine Ave Marias den Kindern in der Hölle, obwohl mir klar war, daß ihnen das wahrscheinlich nicht weiterhilft.

Ich weiß nicht, was ich jetzt eigentlich tun soll. Auf der ganzen Fahrt nach Florida habe ich immer nur daran gedacht, daß ich es irgendwie bis hierher schaffen muß. Jetzt bin ich hier, sitze ausgerechnet in einer Kirche und habe nicht den leisesten Schimmer, wie es weitergehen soll. Meine Gedanken wirbeln durcheinander, und ich denke über Alternativen nach, bis in meinem Kopf alles festgefahren ist.

Die Läden an der Miracle Mile sehen unglaublich altmodisch aus. Als hätte man sich für die Schaufensterpuppen Astronautenfrauen zum Vorbild genommen! Wer ist wohl auf die Idee verfallen, daß eine Art Bienenkorb attraktiv sein könnte? Ich sehe Männer vor mir, die in den führenden Modezentren der Welt sitzen und sich neue Methoden einfallen lassen, um Frauen zu quälen, neue Methoden, die sie vor Schreck zusammenzucken lassen, wenn sie sich in zwanzig Jahren auf einem Foto von heute sehen. Auf dem Gymnasium hatte ich eine Freundin, deren Mutter Hot Pants und weiße Gogo-Stiefel aus Vinyl trug und wie Nancy Sinatra aussah. Auf wen wollte sie damit Eindruck machen? frage ich mich.

Es wird allmählich spät. Der Himmel sieht aus wie ein großer Bluterguß in Purpur und Orange. Es ist eigenartig, wie der Himmel, wenn das Land so flach ist und die Gebäude so niedrig sind, alles zu beherrschen scheint und einem geradezu ins Auge springt. In New York hat der Himmel zuviel Konkurrenz.

Alle Straßen in Coral Gables tragen spanische Namen – Segovia, Ponce de León, Alhambra –, als hätten sie die ganze Zeit über auf all die Kubaner gewartet, die sich hier nach und nach niedergelassen haben. Ich habe irgendwo gelesen, daß hier wie überall in Florida mit dem Land spekuliert wurde, und jetzt steht hier ein stinkreicher Vorort von Miami, mit riesigen Häusern im spanischen Kolonialstil und Alleen mit schattenspendenden Bäumen. Ich glaube, wenn nur genügend Menschen sich etwas aufschwätzen lassen, ist alles möglich.

Bei meinem Cousin zu Hause brennt in allen Zimmern Licht, und ein paar klapperige Autos, die meinen Onkeln gehören, sind in der Auffahrt geparkt. Ich gehe die südliche Hauswand entlang, vorbei an einer Gruppe grüner Bananenstauden, an denen winzige Früchte hängen. In der Küche höre ich Stimmen. Es sind die von Abuela Zaida und Rosario, Blanquitos Mutter. Abuela beschwert sich, in der *ropa vieja* sei zuviel Salz gewesen, in der Familie hätten alle einen zu hohen Blutdruck, und Rosario solle gefälligst aufpassen, damit es nicht noch schlimmer werde. Abuela Zaida spricht immer in der Mehrzahl und sagt »wir«, und damit meint sie sich selbst, ihren Mann und ihre acht Söhne. Die Schwiegertöchter sind nie »wir«, sondern immer »ihr«.

Ich spähe über die Kante des Fensterbretts. Abuela Zaida trägt das Haar in mit Haarspray fixierten Rollen, die wie große Schnecken über den Ohren aussehen. Sie läßt sich die Fingernägel so lang wachsen, daß es kratzt, wenn sie einem das Gesicht streichelt und nette Dinge sagt. Mom hat mir erzählt, daß Abuela Zaida ihre Söhne allesamt vor der Ehe in Costa Rica zur Welt gebracht und meinen Großvater erst dann überredet hat, sie zu heiraten und mit ihr nach Kuba zu ziehen. Sie ist die bigotteste Person, die ich kenne. Für sie ist jede Frau, die sich die Lippen anmalt, eine Hure.

Durch die Vorhänge im Wohnzimmer sehe ich, wie fünf von meinen Onkeln nebeneinander auf zwei Sofas und einem bequemen Fernsehsessel mit Fußstütze sitzen und sich über die neuesten Nachrichten aufregen. Sie diskutieren darüber, ob Angela Davis, die in Kalifornien wegen Mord, Entführung und Verschwörung vor Gericht steht, als Agentin für *El Líder* arbeitet oder dem Moskauer Geheimdienst direkt untersteht.

»Die wird nie im Leben freigesprochen«, sagt Tío Arturo auf spanisch. »Denkt an meine Worte.«

»Vergiß es, *hombre*, die Richter sind doch allesamt gekauft«, schießt Tío Osvaldo zurück.

Von Blanquito keine Spur. Ich gehe um das Schwimmbecken herum, das abgelassen und mit einer Plastikplane bedeckt ist. Ein halb aufgepumptes Plastikkrokodil liegt auf einem Liegestuhl und sieht aus, als könnte es einen Drink gebrauchen. Ich schaue durch das kleine Fenster auf der anderen Seite des Pools. Mein Großvater liegt auf dem Rücken und schläft. Seine Riesenwampe ragt einen halben Meter in die Höhe. Für jemand, der sonst ständig hustet und spuckt und sich räuspert, hat Abuelo Guillermo einen gesunden Schlaf und atmet ruhig und gleichmäßig.

In wachem Zustand ist mein Großvater ein aufgeplusterter *caballero*, der sogar von seiner Frau verlangt, daß sie ihn mit »Don Guillermo« anspricht. Er stammt aus Cádiz, reiste mit zwölf Jahren als blinder Passagier in die Karibik, stieg nach dem Ersten Weltkrieg in ein Spielkasino ein und kam groß raus. Meine Eltern lebten in seinem Landhaus, als ich geboren wurde. An den Wochenenden gaben sie große Partys für ihre Freunde aus dem College. Alles tanzte unter chinesischen Laternen und ging spät nachts im ovalen Swimmingpool schwimmen.

Ich erinnere mich noch daran, wie ich im Alter von ungefähr anderthalb Jahren eines Tages aus meinem Kinderwagen kletterte, dessen Sicherheitsbügel kaputt war, und auf wackeligen Beinen über den Rasen vor dem Haus zu einem schlammigen Feldweg lief. Ich ließ mich in meinem getupften Höschen auf den Boden plumpsen und stopfte mir die dicksten Ameisen in den Mund. César, der Dobermannpinscher, der mich ins Herz geschlossen hatte, fing an zu bellen und zerrte an meinen Windeln, um mich von der Fahrbahn zu ziehen. Die anderen rannten aus dem Haus, weil sie glaubten, der Hund hätte mich angefallen, und mein Großvater zog die verdammte Pistole und killte den armen César mit einem Schuß zwischen die Augen.

Auf einmal wird es ganz still, und gleich darauf gießt es in Strömen. Ich drücke mich mit dem Rücken an die Hauswand und gehe unter der Dachtraufe in Deckung, aber es nützt nichts. Der Boden wird schlammig, und in null Komma nichts sind meine Turnschuhe klatschnaß. Nicht weit von mir entfernt steht ein blühender Jakarandabaum, dessen Blüten in luftigen, lavendelfarbenen Wellen auf die Erde trudeln. Der Regen läßt nach, aber es vergeht noch eine Viertelstunde, bis er ganz aufhört. Um Punkt 7 Uhr 17 und 42 Sekunden gibt meine Uhr den Geist auf. Fassungslos starre ich sie an.

Allmählich verläßt mich der Mut. Ich schaue durch die restlichen Fenster, ohne mir die Mühe zu machen, mich dabei zu verstecken. Im Badezimmer unterhalten sich zwei von meinen Tanten, aber ich kann nicht verstehen, was sie sagen. Blanquito ist immer noch nicht zu sehen. Ich bin müde und komme mir irgendwie lächerlich vor. Wer bin ich eigentlich? Ein Flüchtling aus der Bäckerei meiner Mutter? Ich gehe zurück zum Pool. Die Plastikplane senkt sich unter dem Druck des Regenwassers, das Krokodil ist auf den Boden gerutscht. Ich nehme seinen Platz auf dem Liegestuhl ein und verstelle den Metallbügel unter der Lehne, bis ich flach auf dem Rücken liege. Die Wolken ziehen rasch über den sich verdunkelnden Himmel, wahrscheinlich in Richtung Kuba. In ungefähr einer Stunde wird es auch dort regnen.

Einen Moment lang weiß ich nicht mehr, wo ich bin. Ich stelle mir vor, was für ein Gesicht meine Mutter macht, wenn sie feststellt, daß ich ausgerissen bin. Sie sieht manchmal aus wie ein Höllenhund, hört sich aber eher wie ein Terrier oder ein Chihuahua an. »Du darfst dich nicht mit mir auf eine Stufe stellen!« kläfft sie, egal, worüber ich mich beschwere. »Ich arbeite vierzehn Stunden am Tag, damit du eine anständige Erziehung bekommst!« Wieso sollte ich mich mit ihr auf eine Stufe stellen?

Bestimmt hätte ich Angst vor meiner Mutter, wenn ich mich nicht jede Nacht mit Abuela Celia unterhalten würde. Sie hat mir erzählt, daß meine Mutter im Grunde ein trauriger Mensch ist und ihre Wut eigentlich Frust ist, gegen den sie nicht ankommt. Ich nehme an, ich bin auch eines von den Dingen, gegen die sie nicht ankommt. Mom kann allerdings ganz schön rabiat werden. In ihren Händen verwandeln sich Pantoffeln in tödliche Waffen.

Damals, auf Kuba, wurde Mom von allen respektvoll behandelt. In ihrer Gegenwart drückten die Leute den Rücken durch und setzten eine aufmerksame Miene auf, als hinge ihr Leben von den Stoffbahnen ab, die sie auswählte. Heute wird sie von den Händlern in unserem Viertel gehaßt. »Wo hat sie den Abstellknopf, Kleine?« fragen sie mich, wenn Mom mal wieder zu laut krakeelt. Ich glaube, Mom hat noch nie was gekauft, ohne es umzutauschen. Bestimmt gibt es irgendwo jemanden, der darüber Buch führt. Eines Tages wird sie ein Kaufhaus betreten, Blitzlichter werden aufflammen, eine große Blaskapelle wird einen Tusch spielen, und Bob Barker wird verkünden: »Gratuliere, Mrs. Puente, heute kommen Sie zum tausendsten Mal, um etwas zu reklamieren!«

Als ich aufwache, spüre ich als erstes den nassen Stoff des Liegestuhls an meiner Wange. Mein Kopf fühlt sich an, als wäre er in Watte gepackt – ein schallisolierter Raum. Alles klingt gedämpft, weit weg.

»Komm rein, *mi cielo*, sonst stirbst du mir noch an Lungenentzündung!« Es ist Tía Rosario. Sie streckt die Hand aus und versucht, mich hochzuziehen, doch sie ist zu schwach. Ihre Schultern sind wie zusammengeflickte Hühnerknochen, und ich habe Angst, sie könnten auseinanderbrechen.

Am Rand des Himmels dämmert bleich der Morgen herauf. Mist! Für mich heißt das: zurück nach Brooklyn. Zurück in die Bäckerei. Zurück zu meiner verdammten, bescheuerten Mutter.

»Wie spät ist es?« frage ich Tía Rosario mit matter Stimme.

»Drei Minuten nach sechs«, antwortet sie, ohne auf die Uhr zu sehen. Als würde sie im Kopf die Sekunden mitzählen.

Drei Minuten nach sechs, und die Zeit läuft, sage ich mir.

Lourdes Puente

»Lourdes, hier bin ich wieder!« begrüßt Jorge del Pino seine Tochter vierzig Tage, nachdem sie ihn mit seinem Panamahut, seinen Zigarren und einem Veilchenstrauß auf einem Friedhof an der Grenze zwischen Brooklyn und Queens beerdigt hat.

Seine Worte sind warm und nah wie ein Atemhauch. Lourdes dreht sich um, in der Hoffnung, daß ihr Vater hinter ihr steht, doch sie sieht nur die Dunkelheit, die sich langsam auf die Wipfel der Eichen herabsenkt, die rosa Färbung der schleichenden Abenddämmerung.

»Keine Angst, *mi hija*. Geh nur weiter, ich erkläre dir alles«, sagt Jorge del Pino zu seiner Tochter.

Die Sonne versinkt in einem Flammenmeer hinter ein paar Ziegelsteinhäusern und verbindet sie wie mit einem glühenden Band. Lourdes reibt sich die Augen und setzt ihren Weg fort, doch ihre Beine fühlen sich so steif an, als steckten sie in Schienen.

»Ich freue mich, dich zu sehen, Lourdes. Ich danke dir für alles, *hija*, für den Hut und die Zigarren. Du hast mich wie einen ägyptischen Pharao bestattet, mit allem, was mir lieb und teuer war!« Jorge del Pino lacht.

Schwach steigt Lourdes der Duft seiner Zigarre in die Nase. Sie hat sich angewöhnt, spät abends, wenn sie am Küchentisch den täglichen Kassensturz macht, eine Zigarre derselben Marke zu rauchen.

»Wo bist du, Papi?«

Die Straße liegt verlassen da, als hätte eine fremde Macht alle Lebewesen hinweggefegt. Sogar die Bäume sehen nur noch wie Schatten ihrer selbst aus.

»Ganz nah«, sagt ihr Vater, diesmal mit ernster Stimme.

»Wirst du wiederkommen?«

»Ab und zu.«

»Woher weiß ich, wann du kommst?«

»Horche in die Dämmerung hinein.«

Als Lourdes zu Hause ankommt, beschleicht sie eine schlimme Vorahnung. Spielt ihr Kopf verrückt und gaukelt ihr eine Wahnvorstellung vor wie eine gezüchtete Orchidee in einem Treibhaus? Lourdes macht den Kühlschrank auf, aber sie findet darin nichts nach ihrem Geschmack. Seit ein paar Tagen will ihr ohnehin nichts so richtig schmecken.

Zu ihrem Verdruß setzt draußen erneut der Frühlingsregen ein. Die Tropfen sickern in den unmöglichsten Ecken und Winkeln durchs Küchenfenster. Eine Kirchenglocke läutet und läßt die Blätter eines Ahornbaums erzittern. Und wenn ich meinen Wirklichkeitssinn verloren habe? fragt sich Lourdes. Sie haßt Schwebezustände.

Sie zieht an der Strippe der Schiffsglocke, die in Rufinos Werkstatt hängt. Mein Mann wird mich bestimmt beruhigen, sagt sich Lourdes. Er steht mit beiden Beinen auf dem Boden. Er hantiert mit elektrischen Geräten, setzt Zahnräder in Bewegung, lebt im Einklang mit den universellen Gesetzmäßigkeiten der Physik.

Rufino erscheint. Er ist mit blauer Kreide bestäubt, und auch seine Fingernägel sind blau, indigoblau.

»Er ist wieder da«, flüstert Lourdes heiser und späht unter die zweisitzigen Sofas. »Er hat heute abend auf dem Heimweg von der Bäckerei zu mir gesprochen. Ich habe Papis Stimme gehört, und ich habe seine Zigarre gerochen, aber die Straße war leer, ich schwöre es.« Lourdes verstummt. Bei jedem Atemzug hebt und senkt sich ihre Brust. Sie beugt sich zu ihrem Mann hin, kneift die Augen zusammen und raunt: »Irgendwas ist faul, Rufino, absolut faul.«

Ihr Mann starrt sie an. Er blinzelt, als wäre er soeben aufgewacht. »Du bist müde, *mi cielo*«, sagt er gleichmütig und schiebt Lourdes sacht zum Sofa. Er reibt ihren Fußspann mit einer kühlenden Lotion

Marke »Pretty Feet« ein. Sie spürt, wie seine Daumen über ihren Spann gleiten, wie wohltuend die Berührung seiner Hände auf ihren geschwollenen Knöcheln ist.

Tags darauf geht Lourdes mit besonderem Eifer ans Werk, denn sie will sich beweisen, daß zumindest ihr Geschäftssinn noch der alte ist. Immer wieder schießt sie hinter dem Ladentisch hervor, zählt den Kunden die Zutaten ihrer Kuchen und Pasteten auf. »Wir verwenden nur richtige Butter«, sagt sie mit starkem Akzent auf englisch. »Keine Margarine, wie in dem Laden an der nächsten Straßenecke.«

Wenn die Kunden ihre Wahl getroffen haben, beugt sich Lourdes zu ihnen hin: »Steht vielleicht ein besonderer Anlaß ins Haus?« flüstert sie, als würde sie unter einem Regenmantel gestohlene Uhren verkaufen. Beantworten die Leute ihre Frage mit ja – ein Ja klingt in Lourdes Ohren wie Musik –, rät sie ihnen in geschäftsmäßigem Ton zu einer Vorbestellung.

Um zwei Uhr, als sich der neue Lehrling zur Arbeit meldet, hat Lourdes bereits sämtliche Bestellungen in bar kassiert: sieben Geburtstagskuchen (darunter ein von einem Elvis aus Marzipan gekrönter Schichtkuchen mit Haselnußbutter und Bananengeschmack); einen Blechkuchen für sechzig Personen anläßlich des Abschlußkonzerts der Blaskapelle der Bishop-Lowney-High-School; einen doppelstöckigen Kuchen für einen fünfzigsten Geburtstag mit der Aufschrift: »Für Tillie und Ira, die beiden goldenen Oldies«; und eine mit einem Stöckelabsatz verzierte schokoladenüberzogene Buttercremetorte zur Pensionierung Frankie Zaccaglinis von der Frankie's EEE Shoe Company.

Lourdes' Selbstvertrauen ist wiederhergestellt.

»Schau her«, sagt sie zu ihrer neuen Angestellten Maribel Navarro und blättert die Bestellungen durch wie ein Blackjack-Spieler beim Kartengeben. »Genau das erwarte ich von dir.« Sie drückt Maribel eine Flasche Fensterputzmittel und eine Rolle Papiertücher in die Hand und weist sie an, den Ladentisch bis auf den letzten Zentimeter zu putzen.

Den Nachmittag verbringt Lourdes damit, Maribel anzulernen.

Sie ist eine hübsche junge Frau aus Puerto Rico, Ende Zwanzig, mit einem Pilzkopf und modisch langen Fingernägeln. »Wenn du hier arbeiten willst, mußt du sie abschneiden«, herrscht Lourdes sie an. »Sie sind unhygienisch. Sonst kriegen wir Ärger mit dem Gesundheitsamt.«

Maribel ist zwar freundlich zu den Kunden und gibt das Wechselgeld korrekt heraus, doch sie erweist sich nicht eben als sehr geschäftstüchtig.

»Laß die Kunden nicht so einfach davonkommen«, unterweist Lourdes sie. »Du kannst ihnen immer noch etwas zusätzlich verkaufen. Zum Beispiel ein paar Brötchen fürs Abendessen oder einen Kringel fürs Frühstück.«

Niemand arbeitet so hart wie der Chef selbst, sagt sich Lourdes, während sie frische Papierdeckchen unter die Baumkuchen legt. Sie holt ein Tablett Florentiner und zeigt Maribel, wie man zwischen sie jeweils ein Stückchen Wachspapier schiebt, damit sie noch verlockender aussehen.

»Die Florentiner kosten sieben Dollar fünfundneunzig das Pfund, zwei Dollar mehr als die anderen Kekse. Wieg sie also gesondert.« Lourdes reißt ein Stück Papier von der Rolle ab, die in einem Spender aus Metall hängt, und legt es auf die Waage und dann einen Keks darauf. »Siehst du? Dieser Florentiner allein kostet nach Gewicht dreiundvierzig Cents. Ich kann es mir nicht erlauben, das Geld aus dem Fenster zu werfen.«

Ab fünf Uhr belebt sich das Geschäft, weil die Leute nach der Arbeit in Scharen hereinströmen, um Desserts fürs Abendessen zu kaufen. Maribel arbeitet flink und gründlich und schnürt die Kuchenschachteln fest zu, wie man es sie gelehrt hat. Das gefällt Lourdes. Mittlerweile hat sie die Erinnerung an die gestrige Erscheinung ihres Vaters fast gänzlich verdrängt. Ob sie sich alles nur eingebildet hat?

Plötzlich heftet sich Lourdes' schielendes Auge gleich einem wachsamen Spion auf die Vierteldollarmünzen, die Maribel über den Ladentisch zugeschoben werden. Das Auge beobachtet, wie Maribel zwei Zimtkrapfen in eine weiße Papiertüte packt, sie am oberen Ende fein säuberlich faltet und sich beim Kunden bedankt. Es sieht, wie sie sich zur Kasse umdreht und fünfzig Cents eintippt. Und gerade als die Aufmerksamkeit des Auges nachlassen will, ertappt es Maribel dabei, wie sie sich ein paar Münzen in die Tasche schiebt.

Lourdes wartet den nächsten Kunden ab, eine ältere Dame, die mit einem Mokka-Petitfour liebäugelt. Nachdem sie bedient worden ist, geht Lourdes hinüber zur Kasse, entnimmt ihr neun Eindollarscheine und eine Rolle Pennies als Lohn für einen Nachmittag Arbeit und drückt sie Maribel in die Hand.

»Raus hier!« sagt Lourdes.

Wortlos zieht Maribel die Schürze aus, faltet sie auf dem Ladentisch zu einem kleinen Viereck und verläßt den Laden.

Als Lourdes eine Stunde später nach Hause geht, kommt es ihr vor, als müßte sie sich ihren Weg durch ein Minenfeld bahnen. Diese Maribel Navarro hat Lourdes' ohnehin verletzlichen Seelenfrieden erschüttert. Die leichten Windstöße, die vom träge dahinfließenden Fluß herüberwehen, treffen ihre Haut wie metallene Spitzen. Lourdes verkriecht sich in einem finsteren Winkel ihrer selbst und wäre am liebsten so empfindungslos wie ein Ziegelstein. Plötzlich glaubt sie, wieder den Zigarrenduft ihres Vaters wahrzunehmen, doch als sie sich umdreht, sieht sie nur einen Geschäftsmann, der mit einer Zigarette in der Hand ein Taxi herbeiwinkt. Hinter ihm fällt von einer Linde eine verblühte Blütendolde.

Damals auf Kuba, als Lourdes noch klein war, wartete sie jedesmal bange darauf, daß ihr Vater von seinen Geschäftsreisen zurückkehrte, auf denen er in fernen Provinzen kleine Ventilatoren und elektrische Mixer verkaufte. Er rief sie Abend für Abend aus Camagüey oder Sagua la Grande an, und dann heulte sie und fragte: »Wann kommst du nach Haus, Papi? Wann kommst du nach Hause?« Lourdes begrüßte ihren Vater bei seiner Heimkehr jedesmal in ihrem Sonntagskleid und durchsuchte seinen Koffer nach Stoffpuppen und Orangen.

Sonntags schauten sie sich nach der Messe immer ein Baseballspiel an und aßen dabei aus braunen Papiertütchen geröstete Erdnüsse. Die Sonne bräunte Lourdes, bis sie so dunkelhäutig wie die Dorfbewohner auf den billigen Plätzen war. Von der Mischung aus dem Eau de Cologne ihres Vaters und den warmen, herben Gerüchen auf dem Baseballplatz wurde ihr immer schwindelig. Dies zählt zu ihren glücklichsten Erinnerungen.

Jahre später, als ihr Vater schon in New York lebte, wurde Baseball für sie beide zu einer Leidenschaft. In der Spielzeit, als die *Mets* Titelverteidiger waren, diskutierten Lourdes und ihr Vater jedes Spiel wie Generäle, die eine Schlacht planen, und lobten die Verdienste eines Tom Seaver, Ed Kranepool und Jerry Koosman. Den ganzen Sommer über drückten sie sich ein Transistorradio ans Ohr, sogar während der kurzen Zeit, die Jorge del Pino im Krankenhaus verbrachte, und sie brachen in Jubelgeschrei aus, wenn die *Mets* richtig loslegten und die *Cubs* am Ende schlappmachten.

Am 16. Oktober 1969 drängten sich Lourdes, ihr Vater, ein paar Ärzte, Krankenschwestern, Ordonnanzen, Patienten, Nonnen und ein Pfarrer, der soeben eingetroffen war, um einem Sterbenden das letzte Sakrament zu spenden, im Fernsehzimmer des Krankenhauses der Barmherzigen Schwestern, um sich das fünfte Spiel der Baseballmeisterschaften anzusehen. Als Cleon Jones im Spiel gegen die *Orioles* den letzten Flugball geschickt fing, brach die Hölle los. Patienten flitzten in ihren Krankenhaushemden und mit nacktem Hintern die Gänge entlang und sangen: »WIR SIND DIE NUMMER EINS!« Jemand entkorkte eine Flasche Champagner, und Tränen rannen über die Wangen der Nonnen, die inbrünstig für dieses Wunder gebetet hatten.

Im Shea-Stadion stürmte die Menschenmenge auf das Spielfeld, riß das Schlagmal und große Erdklumpen aus dem Boden und hielt sie sich hoch über die Köpfe. Die Leute zündeten orangene Leuchtraketen und Feuerwerkskracher und kritzelten mit Kreide Siegesparolen auf den Zaun am Außenfeld. Auf der anderen Seite des Flusses tanzten die Menschen in Manhattan auf der Wall Street und der Park Avenue, der Delancey Street und dem Broadway unter einem Regen aus Lochkarten und sich ringelnden Telexstreifen. Lourdes und ihr Vater lachten und umarmten sich lange, sehr lange.

* * *

Als sie Kuba damals verließen, wußte Lourdes nicht, wie lange sie fortbleiben würden. Sie sollte Rufino in Miami treffen, wohin der Rest seiner Familie geflohen war. In ihrer Verwirrung packte sie mehrere Reitgerten und ihren Brautschleier, ein Landschaftsgemälde in Aquarellfarben und eine Tüte Vogelfutter ein.

Im Flughafen von Miami riß Pilar aus. Ihr Röckchen mit der Krinoline schwang in der Menschenmenge hin und her wie ein Glöckchen. Lourdes hörte, wie der Name ihrer Tochter über Lautsprecher ausgerufen wurde. Als sie Pilar endlich wiederfand, brachte sie kein Wort heraus. Pilar saß auf dem Schoß eines Piloten und leckte an einem Zitronenlutscher. Lourdes wußte nicht, wie sie dem Amerikaner in Uniform, der sie bis zum Ausgang begleitete, danken sollte.

Einige Tage später verließen sie Miami in einem gebrauchten Chevrolet. Lourdes konnte Rufinos Verwandte nicht ausstehen. Ständig jammerten sie über den Verlust ihres Vermögens und machten sich gegenseitig die Jobs als Tellerwäscher streitig.

»Ich möchte irgendwohin, wo es kalt ist«, sagte Lourdes zu ihrem Mann. Sie fuhren los. »Kälter«, sagte sie, als sie durch das salzige Marschland von Georgia fuhren, und das Wort war wie eine Peitsche, die sie immer weiter nach Norden trieb. »Kälter«, sagte sie auch beim Anblick der nach dem Winter öde daliegenden Felder in Carolina. »Kälter«, sagte sie auch in Washington, D. C., trotz der Verheißung blühender Kirschbäume, trotz der monumentalen Bauten aus weißem Stein, die das Winterlicht zu bündeln schienen. »Hier ist es kalt genug«, sagte sie schließlich, als sie New York erreichten.

Noch zwei Monate zuvor war Lourdes auf Kuba mit ihrem zweiten Kind schwanger gewesen. Sie war über eine trockene Wiese galoppiert, als das Pferd sich plötzlich aufbäumte, sie abwarf und davonpreschte. Lourdes spürte zwischen ihren Brüsten einen Knoten, der ihr stechende Schmerzen bereitete. Das Blut wich aus den Fingernägeln.

Hinter einem Aromabaum kam ein großes Nagetier hervor und

begann, an ihren Stiefelspitzen zu knabbern. Lourdes warf mit einem Stein nach ihm und tötete es mit einem Schlag. Fast eine Stunde stolperte sie durch die Gegend, bis sie eine familieneigene Farm mit Milchvieh erreichte. Ein Arbeiter lieh ihr sein Pferd, und sie ritt in halsbrecherischem Tempo zum Landhaus zurück.

Zwei junge Soldaten hielten ihre Gewehre auf Rufino gerichtet. Er selber gestikulierte aufgeregt. Lourdes sprang vom Pferd und stellte sich wie ein Schutzschild vor ihren Mann.

»Haut ab, verdammt noch mal!« schrie sie so wütend, daß die Soldaten die Gewehre sinken ließen und rückwärts zu ihrem Jeep zurückwichen.

Lourdes fühlte, wie sich der Klumpen zwischen ihren Brüsten verflüssigte, im Bauch abwärts und schließlich an ihren Schenkeln entlangglitt. Zu ihren Füßen bildete sich eine dunkle Blutlache.

Rufino war gerade in Havanna, um eine Melkmaschine zu bestellen, als die Soldaten wiederkamen. Sie händigten Lourdes ein amtliches Schreiben aus, auf dem der Besitz der Puentes zu Eigentum der Revolutionsregierung erklärt wurde. Sie riß das Dokument mitten durch und wies den Soldaten zornig die Tür, doch der größere der beiden packte sie am Arm.

»Das willst du doch nicht noch mal machen, oder, *compañera*?« sagte er.

Als Lourdes ihn mit dem Akzent der Provinz Oriente sprechen hörte, drehte sie sich um und sah ihm ins Gesicht. Das mit Brillantine gebändigte dichte Haar wuchs ihm tief in die Stirn.

»Raus aus meinem Haus!« brüllte sie die Männer noch wilder als vor einer Woche an.

Doch statt zu gehen, verstärkte der Mann den Druck seiner Hand, die ihren Arm dicht über dem Ellbogen umklammert hielt.

Lourdes fühlte seine Schwielen und den Ring aus Eisen, mit dem er an die Schläfe klopfte. Sie befreite sich aus seiner Umklammerung und versetzte ihm so jäh einen Stoß, daß er rückwärts gegen die Wand der Diele prallte. Schon wollte sie an ihm vorbei ins Freie laufen, doch da verstellte ihr der andere Soldat den Weg. Mit dem

Handballen schlug er ihr gegen die Stirn, daß sie rückwärts um-
kippte.

»So, so, unsere Hausfrau ist also eine Kämpferin?« höhnte der
größere der beiden Soldaten. Er preßte sein Gesicht gegen ihres und
drehte ihr die Arme auf den Rücken.

Lourdes schloß nicht etwa die Augen, sondern starrte ihn unverwandt an. Seine Augen hatten nichts Besonderes, abgesehen von dem
Weiß der Augäpfel, das mit einem bläulichen Film wie bei Blinden
überzogen war. Für einen Mann hatte er zu volle Lippen. Als er versuchte, sie auf Lourdes' Mund zu drücken, warf sie den Kopf in den
Nacken und spuckte ihm ins Gesicht.

Er grinste träge, und dabei sah Lourdes, daß quer über seine vorderen Zähne ein schmutziger Streifen verlief, wie die Wassermarke
an einer Mole. Sein Zahnfleisch war hellrosa und so zart wie die Blü-
tenblätter einer Rose.

Der andere Soldat drückte Lourdes auf den Boden, während sein
Kumpan ein Messer zückte. Vorsichtig schnitt er Lourdes' Reithosen
an den Knien ab und knebelte ihr damit den Mund. Er schlitzte ihre
Bluse auf, ohne einen einzigen Knopf zu berühren, dann schnitt er
auch ihren Büstenhalter und ihr Höschen entzwei. Danach legte er
ihr das Messer flach auf den Bauch und vergewaltigte sie.

Lourdes konnte nichts sehen, doch dafür roch sie den Mann um so
stärker, als hätte sich ihr gesamtes Wahrnehmungsvermögen auf den
Geruchssinn verlagert.

Sie roch die grobe Seife, mit der sich der Soldat gewaschen hatte,
und das Salz auf seinem schwitzenden Rücken. Sie roch seinen milchigen Samen, seine fauligen Zähne und die nach Zitrone riechende
Brillantine in seinem Haar, die so duftete, als blühte auf seinem Kopf
ein ganzer Zitronenhain. Sie roch sein Gesicht an seinem Hochzeits-
tag, seine Tränen, als sein Sohn nicht weit vom Park ertrank. Sie roch
sein verwesendes Bein in Afrika, das ihm in einer mondlosen Nacht
in der Savanne vom Leib geschossen wurde. Sie roch ihn, als er alt
und ungewaschen war und seine Augenhöhlen schwarz vor Fliegen
waren.

Als er fertig war, nahm er das Messer und machte sich angestrengt daran, auf Lourdes' Bauch herumzukratzen. Es war ein urzeitliches Gekritzel. Scharlachrote Hieroglyphen.

Vor Schmerzen sah Lourdes eine Flut bunter Farben vor Augen. Sie sah Blutstropfen aus ihrer Haut sickern wie Regenwasser aus durchtränkter Erde.

Erst später, nachdem der größere der beiden Soldaten ihr einen Schlag mit dem Gewehr verpaßt hatte und mit seinem stillen, stämmigen Kumpan abgezogen war; nachdem sie sich Haut und Haar mit Waschmitteln, die eigentlich für Wände und Fußbodenkacheln bestimmt waren, abgeschrubbt hatte; nachdem sie die Blutung mit Watte und Mull gestillt und den Dampf vom Badezimmerspiegel gewischt hatte – erst da versuchte Lourdes zu lesen, was er in ihre Haut eingeritzt hatte, doch sie konnte es nicht entziffern.

*　*　*

Sieben Tage, nachdem Lourdes ihr Vater erschienen war, blickt sie durch das Fenster ihrer Bäckerei. Die Abenddämmerung senkt sich in breiten, violetten Bahnen herab. Im Metzgerladen an der Ecke macht der Besitzer gerade Kassensturz. An der Decke hängen nackte Neonröhren und ein großes Rippenstück, das sein Profil halb verdeckt. Der Blumenverkäufer von nebenan schließt rasselnd das Gitter vor seiner Tür und sichert es mit einem faustgroßen Vorhängeschloß. Der Spirituosenladen auf der gegenüberliegenden Straßenseite hat noch offen, er wirkt wie ein Magnet auf den dünnen, sehnigen Mann in dem schlotternden, hellbraunen Anzug, der die Leute auf der Straße um ein paar Münzen anbettelt.

Lourdes' Blick fällt auf eine Passantin, die sie kennt. Sie ist eine korpulente Frau, trägt ein flaches, rundes Damenhütchen mit Schleier und hat ihre Sahnetörtchen sehr gelobt. Sie zerrt einen kleinen Jungen in kurzen Hosen und Kniestrümpfen hinter sich her. Seine Füße berühren kaum den Boden.

Auf dem Heimweg geht Lourdes an einer Reihe arabischer Läden vorbei, die es erst seit kurzem in diesem Viertel gibt. Unter den Markisen werden körbeweise Feigen, Pistazien und grobes, gelbes Getreide feilgeboten. Lourdes kauft eine runde Schachtel klebriger Datteln und denkt darüber nach, wie viele Jahrhunderte des Brudermords sich wohl an dieser Straßenecke von Brooklyn begegnen. Sie vergegenwärtigt sich die Menschenströme aus den südlichen Breitengraden, die Millionenheere, die nach Norden ziehen. Was wird aus ihren Sprachen? Aus den Gräbern in warmer Erde, die sie zurücklassen? Den Leidenschaften, die starr und ungelebt in ihrer Brust ruhen?

Lourdes schätzt sich glücklich. Durch die Auswanderung hat sie zu einem neuen Selbstverständnis gefunden, und dafür ist sie dankbar. Im Gegensatz zu ihrem Mann freut sie sich über ihre Adoptivsprache, die ihr die Möglichkeit gibt, alles neu zu definieren. Am liebsten hat Lourdes den Winter – die kalten, schabenden Geräusche auf Gehsteigen und Windschutzscheiben, das alljährliche Ritual der Schals, Handschuhe, Hüte und Innenfutter mit Reißverschlüssen. Die wärmenden Schichten schützen sie. Kuba vermißt sie nicht, auch nicht die scheußlichen Karnevalswagen, die vor Verlogenheit quietschen, nein, sie vermißt nichts aus Kuba, das sie nie wirklich eingefangen hat, wie sie behauptet.

Als Lourdes nur noch vier Häuserblocks von zu Hause entfernt ist, riecht sie hinter einem Trompetenbaum die Zigarre ihres Vaters.

»*Mi hija*, hast du mich vergessen?« schilt Jorge del Pino sie liebevoll.

Lourdes' Beine fühlen sich an, als gehörten sie nicht zu ihr. Sie stellt sich vor, wie sie sich aus den Gelenkpfannen lösen und in den Schuhen mit der Gummisohle und den weißgerippten Strümpfen zügig vor ihr hermarschieren. Zögernd folgt sie ihnen.

»Du hast wohl nicht damit gerechnet, daß du noch mal was von mir hörst?«

»Ich war mir nicht einmal sicher, ob ich dich beim ersten Mal wirklich gehört hatte«, sagt Lourdes zaghaft.

»Du hast geglaubt, du hättest dir alles nur eingebildet?«

»Ich dachte, ich hätte deine Stimme gehört, weil ich sie hören wollte und weil ich dich vermißte. Als ich klein war, bildete ich mir spät nachts immer ein, daß ich hörte, wie du die Haustür öffnetest, und dann lief ich hinaus, aber du warst nicht da.«

»Aber jetzt bin ich hier, Lourdes.«

Ein Schiff läuft aus dem Hafen aus, sein Tuten zerreißt die Abendstille und klingt so ergeben wie das Gebet eines Abtes.

Lourdes muß daran denken, wie sie vor einem Monat nach Miami geflogen ist, um Pilar zurückzuholen. Der Flughafen war überlastet, und so kreisten sie fast eine Stunde über der Stadt, bis sie endlich landen konnten. Lourdes roch die Luft schon, bevor sie sie einatmete, die Luft über dem nahen Ozean ihrer Mutter. Sie malte sich aus, wie sie selbst schrumpelig und zusammengekrümmt im Bauch ihrer Mutter lag, sie versuchte sich die ersten Tage in den unerbittlichen Armen ihrer Mutter zu vergegenwärtigen. Die Finger ihrer Mutter waren steif und hatten runde Kappen wie Suppenlöffel, die Milch war grau und ohne Geschmack. Ihre Mutter starrte sie an, der Blick ausgelaugt vom langen Warten. Wenn es stimmt, daß Kinder durch die Stimme ihrer Mutter lernen, was Liebe ist, so waren die ersten Worte, die Lourdes hörte: »Ich werde mich nicht an ihren Namen erinnern.«

»Papi, ich weiß nicht mehr, was ich tun soll.« Lourdes fängt an zu weinen. »Egal, was ich mache, Pilar haßt mich.«

»Pilar haßt dich nicht, *hija*. Sie hat nur noch nicht gelernt, dich zu lieben.«

Das Feuer zwischen ihnen

Felicia del Pino weiß nicht, woher ihre Wahnvorstellungen kommen. Sie weiß nur, daß sie auf einmal alle Geräusche sehr laut und deutlich hört. Das Kratzen eines Käfers auf der Veranda. Das Knacken der sich zusammenziehenden Bodendielen in der Nacht. Sie hört alles, was auf dieser Welt oder sonstwo vorgeht, jeden Nieser, jedes Knarren, jedes Atmen im Himmel, im Hafen oder im Gardenienbaum unten an der Straßenecke. Alles ruft gleichzeitig nach ihr, versucht hier oder dort, ein Stück von ihr zu erhaschen, läßt in ihrem Hirn blaue Flammen auflodern. Nur die zerkratzten Schallplatten von Beny Moré können, laut abgespielt, den Lärm dämpfen.

Die Farben treten aus den Gegenständen heraus. Das Rot der Nelken auf ihrem Fensterbrett schwebt über den Blumen. Das Blau löst sich von den angeschlagenen Kacheln in der Küche. Sogar das Grün, ihr Lieblingsgrün, flieht von den Bäumen und springt sie grell und leuchtend an. Nichts hat Bestand, bis sie es berührt. Sie schiebt alles auf die Sonne, auf die trügerischen Schatten, die sie in ihrem Haus wirft, und verschließt fest die Fensterläden gegen die feindlichen Strahlen. Wagt sie einmal einen Blick nach draußen, erscheinen ihr die Menschen wie gemalt mit schwarzen Konturen und platten, kantigen Gesichtern. Sie bedrohen sie mit weißen, leuchtenden Augen.

Felicia hört sie reden, versteht jedoch nicht, was sie sagen. Sie weiß nie, wie spät es ist.

Felicias Hirn wird von Gedanken überflutet, Gedanken aus der Vergangenheit, aus der Zukunft, Gedanken anderer Menschen. Symbole tauchen auf, Gesprächsfetzen, Bruchstücke eines alten Kirchenliedes. Es kommt ihr vor, als wäre jeder Gedanke durch ein wirres Geflecht pulsierender Nerven mit tausend anderen verknüpft. Wie ein nervöses Zirkuspferd springt sie von einem zum anderen. Macht sie die Augen zu, ist es noch schlimmer.

Felicia erinnert sich: Als sie noch aufs Gymnasium ging, interessierte sie sich mehr für das äußere Drumherum des christlichen Glaubens als die überspannte Lehre selbst. Nach der Messe blieb sie immer so lange in der Kirche, bis die Worte des Pfarrers nicht mehr von den Zementwänden widerhallten, und dann durchforstete sie die Bankreihen nach vergessenen Schleiern oder Rosenkränzen. Sie sammelte Gesangshefte und Gebetsbücher mit eingravierten goldenen Initialen und mit Weihwasser gefüllte Gläser, die sie später bei der Taufe von Ilda Limóns Hühnern verwendete. Einmal riß sie sogar ein Kruzifix mit einem elfenbeinernen Jesus von einer Kreuzwegstation ab und segnete ihr Brüderchen Javier, indem sie ihm damit dreimal sacht an die Stirn tippte.

Während der Messe sagten ihre Schwester und ihr Vater laut und vernehmlich das Vaterunser auf und hielten beim Singen der Kirchenlieder stets die letzte Silbe ewig lange an.

»Hallelujaaaaaaaaaaaaaaaaaaaa!« sangen sie und ließen das »a« erst los, wenn die Banknachbarn ihnen pikierte Blicke zuwarfen.

Felicia wußte, daß ihre Mutter, die sonntags immer zu Hause blieb, in ihrer Schaukel auf der Veranda hin und her schwang und in ihren Büchern las, von Natur aus tiefen Argwohn gegen alles Kirchliche hegte. Insgeheim hielt Felicia ihre Mutter für eine Atheistin und hoffte, daß sie nicht in alle Ewigkeit in der Hölle schmoren müßte, wie Lourdes und die Nonnen es ihr voraussagten.

Wenngleich nicht gläubig, nahm Celia sich doch vor Mächten in acht, von denen sie nichts verstand. Am 4. Dezember, dem Feiertag von Changó, dem Gott des Feuers und der Blitze, sperrte sie ihre

Kinder zu Hause ein und warnte sie, daß sie entführt und dem Gott der Schwarzen geopfert würden, wenn sie allein auf den Straßen herumliefen. Und damit nicht genug, verbot sie Felicia sogar, ihre beste Freundin Herminia zu besuchen, deren Vater als Hexendoktor verschrien war.

Lourdes nützte die Zeit, die sie beide zu Hause eingesperrt waren, um Felicia weiszumachen, der hutzelige Schrotthändler, der mittags immer mit seinem Karren vorbeiratterte, locke Kinder in Höhlen, in denen es Fledermäuse gäbe, die ihre Nester aus Menschenhaar bauten. Nachts kratze er den Kindern mit einem Holzlöffel die Augen aus und trinke ihr Blut, als wäre es Milch. Lourdes behauptete, der Blechhändler habe die Augen von einem Dutzend Kindern als Talisman unter Felicias Bett versteckt. Daraufhin tastete Felicia mit geschlossenen Augen vorsichtig den Boden unter ihrem Bett ab, bis sie die gehäuteten Weintrauben berührte, die ihre Schwester eigens zu diesem Zweck dorthin gelegt hatte. Sie schrie sich fast die Seele aus dem Leib.

Während sich der Sommer der Kokosnüsse dahinzieht, hört Felicia im Kopf den heiligen Sebastian, der zu ihr spricht. Sie kann gegen seine Worte nichts ausrichten. Mal kommen sie in Versen, mal ineinander verschlungen wie gesponnenes Garn. Er läßt sie keinen klaren Gedanken fassen. Er hält ihr vor, wie innig sie ihn einst geliebt und wie sehr sie ihn in all den Jahren enttäuscht hat.

In den Bann des heiligen Sebastian geriet Felicia zum erstenmal kurz vor der Firmung. Staunend vernahm sie, daß er von Pfeilen durchbohrt und totgeglaubt worden, dem Tod jedoch mit knapper Not entronnen sei, allerdings nur um von den Schergen des römischen Kaisers erschlagen und in den Katakomben begraben zu werden. Sebastians zweifacher Tod faszinierte Felicia. Aufmerksam betrachtete sie sein Antlitz, die über dem Kopf gefesselten Hände, die himmelwärts gerollten Augen, die Pfeile, die aus Brust und Seiten herausragten, und verspürte großes Mitgefühl. Die Nonnen verboten Felicia, Sebastian als ihren Firmpaten zu wählen.

»Warum nimmst du nicht Maria, wie deine Schwester?« schlugen sie vor. Ihre Gesichter, aufgedunsene, rosa Quadrate, waren über den Brauen abgeschnitten, die Poren durch den Druck der enggeschnürten Ordenstracht erweitert. »Unsere gebenedeite Jungfrau Maria würde stets ein Auge auf dich haben.«

Am Ende weigerte Felicia sich, überhaupt gefirmt zu werden, was Jorge del Pino für die späteren Probleme seiner Tochter verantwortlich machte.

Felicia denkt über ihren Vater nach, über seinen Tod und seine Wiederauferstehung, und es fällt ihr schwer, ihre Gedanken zu sammeln. Der Tag des Jüngsten Gerichts steht bevor, und sie ist nicht bereit, ganz und gar nicht bereit. Also spielt sie immer und immer wieder die Platten von Beny Moré und bringt ihrem Sohn das Tanzen bei, alle Tänze, die es gibt. Er ist erst fünf Jahre alt, tanzt aber schon Mambo, Cha-Cha-Cha, *danzón* und *guaracha* mit der Geschmeidigkeit eines Gigolos. »Tanz, Ivanito, tanz!« ruft Felicia, lacht und jauchzt und klatscht zu seinen seidigweichen Bewegungen in die Hände. Alles hat einen Sinn, solange sie beide tanzen. Felicia fühlt sich, als wäre sie frisch verliebt, als stünde sie im Mittelpunkt des Universums, vertraut mit seinen Geheimnissen und inneren Gesetzmäßigkeiten. Kein Zweifel betrübt sie.

Doch als die Musik aufhört, sieht sie die Hände ihres Mannes vor sich, lange, sogar für einen Mann seiner Statur außerordentlich breite Finger mit dicken Knöcheln und quadratischen Fingerspitzen. Der Nagel am rechten Daumen fehlt, der Stumpf ist weiß und runzlig. Er hat lange, schlaksige Gliedmaßen, mißt über einen Meter achtzig, hat das kantige Gesicht eines Kaziken und eine hübsche, am Ansatz etwas verdickte Nase.

Als sie ihn kennenlernte, saß er im Restaurant *El Ternero Dorado* ganz hinten an einem Tisch und starrte sie an. Sie trat auf ihn zu und wischte nervös die Handrücken an der Schürze aus Sackleinen ab.

»Heute haben wir Seebarsch als Spezialität auf der Karte«, stotterte sie. »Gegrillt und schön frisch.«

»Haben Sie schon gegessen?« fragte er und legte seine schwere Hand auf ihren Arm. Schon war es um sie geschehen.

Felicia band die Schürze ab, als hätte der heilige Sebastian persönlich es ihr befohlen, und verließ mit Hugo Villaverde das Lokal.

Ihr zukünftiger Ehemann hatte einen langsamen, wippenden Gang wie die Giraffen, die Felicia im Zoo gesehen hatte, und fast rechnete sie damit, daß er den Hals reckte, um an den Lorbeerbäumen entlang des Paseo del Prado zu knabbern. Sie stellte sich vor, wie seine dicken Lippen sich gleich warmem, weichem Gummi bewegten.

Hugo kaufte Felicia eine Tüte Pommes frites und eine mit einer dicken, roten Schleife verzierte Pralinenschachtel. Er erzählte von seiner Kindheit in Holguín, wo sein Vater, ein Nachkomme von Sklaven, in den Nickelminen gearbeitet hatte. Mit sechzehn war Hugo zur Handelsmarine gegangen, und seine erste Reise hatte ihn nach Dakar geführt, wo auf den Märkten bergeweise riesengroße, auf Böden mit hierzulande unbekannten Mineralien angebaute Früchte feilgeboten wurden.

»Nicht wie die hier«, sagte er und zeigte auf die schrumpeligen Melonen in der Auslage eines Obsthändlers.

Felicia erzählte ihm, wie sie das Gymnasium verlassen und auf eine Zeitungsannonce geantwortet hatte, in der junge Mädchen als Begleiterinnen für internationale Kunden gesucht wurden. Das Büro der Agentur befand sich im zweiten Stock eines Gebäudes zwischen der Kanzlei eines öffentlichen Notars und Dr. Zatarains Klinik für Geschlechtskrankheiten. Eine spröde Frau mit Kurzhaarfrisur und kehligem französischen Akzent forderte Felicia auf, Schuhe und Socken auszuziehen, und machte in ein Heft mit Kalbsledereinband ein paar Notizen.

»Ein Mädchen, das seine Füße nicht pflegt, schauen wir uns gar nicht erst näher an«, erklärte Madame Thibaut.

Sie bat Felicia, die Bluse aufzuknöpfen. Felicias Brustwarzen erhärteten sich, als sie der Aufforderung nachkam. Sie wußte, daß ihre Brüste die Blicke der jungen Burschen in Santa Teresa del Mar auf sich zogen. Schließlich bestand Madame Thibaut auch noch darauf, daß Felicia Rock und Unterhose auszog.

»Geh auf und ab«, befahl die Französin.

Felicia spürte, wie ihr breites, mit Grübchen behaftetes Hinterteil beim Gehen verführerisch wackelte.

»Für Europa ist dein Hintern zu groß«, sagte Madame Thibaut. »Aber für hier tut er es.«

Felicia hatte nur einen einzigen Einsatz bei der Bon Temps International Escort Agency, und zwar als Begleiterin eines untersetzten, sommersprossigen Ranchers aus Oklahoma, der Merle Grady hieß und zwei verschiedene Stiefel aus Schlangenleder trug. Gegen einen kleinen Obolus borgte Madame Thibaut Felicia hochhackige Schuhe und ein so eng wie eine zweite Haut anliegendes, mit Silberpailletten besetztes Kleid. Grady nahm Felicia mit in ein Kasino und tätschelte ihr jedesmal, wenn er gewann, lüstern die Hüften. Er nannte sie seine Glücksfee und blies ihr Whiskyschwaden ins Ohr. Als sie sich anschließend weigerte, mit ihm ins Hotel zu gehen, riß Grady ihr das Kleid in Fetzen und verlangte sein Geld zurück. Felicia sah, wie die glitzernden Schuppen des geliehenen Kleids klimpernd auf den Marmorboden fielen und sich zerstreuten.

Felicia ging mit Hugo Villaverde ins Hotel Inglaterra, ein an eine reich verzierte Hochzeitstorte gemahnendes Gebäude gegenüber dem Parque Central. Zwar hatten modernere Etablissements mit Roulettetischen und langbeinigen Tänzerinnen dem Hotel längst den Rang abgelaufen, doch zog es noch immer Flitterwöchler aus der Provinz an, die seinen abgetakelten Charme und die fein ziselierten Schmiedegitter bewunderten.

Hugo und Felicia zogen sich im Zimmer rasch aus, und schon im nächsten Augenblick liebten sie sich und verschmolzen miteinander, wobei sie sich gegen die weißgetünchten Wände des Zimmers stemmten. Hugo biß Felicia in die Brust und hinterließ auf ihren Schenkeln rotblaue Flecken. Er kniete in der Badewanne vor ihr nieder und rieb sie zwischen den Beinen mit schwarzer spanischer Seife ein. Mehrmals drang er von hinten in sie ein.

Felicia fand schnell heraus, was ihm gefiel. Sie fesselte ihm mit ihrer Unterwäsche die Hände über dem Kopf und ohrfeigte ihn kräftig, wenn er es von ihr verlangte.

»Du bist meine Hure«, stöhnte Hugo dann.

Am nächsten Morgen reiste er ab, versprach aber, im Sommer wiederzukommen.

Als sie sich spät in der von Wirbelstürmen heimgesuchten Jahreszeit wiedersahen, war Felicia im siebten Monat schwanger und arbeitete als Kassiererin in einer Metzgerei. Sie saß auf einem Stuhl hinter dem Ladentisch, tippte die Preise der in Zeitungspapier gewickelten Päckchen in die Kasse und massierte sich von Zeit zu Zeit das Kreuz. Ihre Wangen waren mit einem Netz feiner Äderchen überzogen.

Blutende Tierrümpfe hingen zum Greifen nah an eisernen Haken. Im Fenster baumelten Hühner und stießen immer wieder gegen ihre Schulter. Auf dem Regal in ihrem Rücken thronte ein Schweinskopf wie eine Trophäe. Felicia sah den stämmigen Metzgern zu, wie sie das Fleisch Bildhauern gleich mit Messern und Beilen bearbeiteten, und sie vermochte sie kaum von den marmorierten Rindfleischbrocken neben ihren Ellbogen zu unterscheiden. Auch die Kunden wurden der verkauften Ware immer ähnlicher: Compañera Sordo mit den borstigen Backen und der Himmelfahrtsnase oder Compañero Llorente mit den rosa Augen und dem fliehenden Kinn.

»Ich bin ein Stück rohes Fleisch«, sagte sich Felicia immer wieder. Sie fühlte sich aufgebläht, grotesk.

Hugo heiratete Felicia im Rathaus während der einwöchigen Kubakrise. Herminia brachte ihnen eine Flasche spanischen Sekt mit, doch niemand dachte daran, sie zu entkorken. Jorge del Pino hatte sich geweigert, bei der Trauung anwesend zu sein.

Nach der Hochzeit zogen Felicia und Hugo in das Haus in der Calle de las Palmas, das leergestanden hatte, seit Berta Arango del Pinos einzige Tochter Ofelia an Tuberkulose gestorben war. Hugo machte es sich auf dem Sofa bequem und starrte wortlos vor sich hin. Nach einer Weile trat Felicia zu ihm.

»Wenn du möchtest, fessele ich dich, wie du es gern magst«, bot sie ihm an.

Da packte Hugo Felicia an der Kehle und drückte zu, bis sie keine

Luft mehr bekam und die Augen so verdrehte, daß sie fast die Wohn-
zimmerwand in ihrem Rücken sehen konnte.

»Wenn du mir zu nahe kommst, bringe ich dich um. Kapiert?«

Hugo schlief auf dem Sofa. Am nächsten Tag ging er zur See. Seine Zwillingstöchter kamen in seiner Abwesenheit an Heiligabend zur
Welt.

* * *

Gegen Ende des Sommers verschlechtert sich Felicias Zustand, als
hätte sich ein schwerer Vorhang auf ihr Gemüt herabgesenkt. Die eigene Stimme klingt in ihren Ohren gedämpft, weit weg, und der
Kerzenleuchter verbreitet in der übelriechenden Luft waberndes
Licht. Sie raucht vertrocknete Zigaretten, die ihr Mann vor Jahren
zurückgelassen hat, sie raucht sie bis zum Filter, und Ivanito schnappt
sie ihr im letzten Augenblick weg, bevor sie sich die Finger verbrennt. Felicia sieht, wie sich Ivanitos Lippen bewegen. Sie sieht, wie
seine Zähne und Augen, seine Wangen und sein pechschwarzes Haar
schwellen und schrumpfen wie eine Ziehharmonika. Was sagt er
nur? Jedes Wort ist für sie wie ein Code, den sie entziffern muß, eine fremde Sprache, eine Gewehrsalve. Sie kann ihn nicht gleichzeitig hören und sehen. Also schließt sie die Augen.

Felicias Gedanken wandern zurück zu dem Augenblick, in dem sie
beschloß, ihren Mann umzubringen. Es war ein heißer Augusttag im
Jahr 1966, und sie war mit Ivanito schwanger. Seit Wochen schon litt
sie unter Übelkeit und war an Syphilis und anderen Geschlechtskrankheiten erkrankt, die Hugo sich in Marokko bei anderen Frauen
geholt hatte. An jenem Nachmittag, als sie gerade Bananen in einer
schweren Pfanne briet, war die Übelkeit plötzlich wie weggeblasen.

Klarheit erfüllte sie, und sie wußte, was zu tun war.

Sie ließ einen Lappen in die Pfanne fallen und sah zu, wie er sich
mit Öl vollsog und schlaff wurde. Mit einer Zange fischte sie den
triefenden Lappen heraus und trug ihn ins Wohnzimmer. Zischend
fielen Öltropfen auf die Bodendielen.

Sie riß ein Streichholz an und trat auf ihren Mann zu, der schlafend auf dem Sofa lag. Der Kopf war auf ein Kissen gebettet, der Mund stand offen, und die Kehle lag bloß. Hugo atmete leise. Felicia bemerkte, daß die Lider kaum seine nach oben gerollten Augäpfel bedeckten.

Vorsichtig hielt sie die blaue Flamme an einen Zipfel des Lappens. Sie roch den Schwefel des Streichholzes und die Bananen, die in der Küche vor sich hin brutzelten. Sie beobachtete, wie die zarte Glut sich in den Stoff hineinfraß, und wartete ab, bis die Flamme hell aufloderte. Da erwachte Hugo und erblickte seine Frau, die einer Göttin gleich mit einem Feuerball in der Hand über ihm stand.

»Laß dich hier nie wieder blicken«, sagte Felicia und ließ die Flammen auf sein Gesicht fallen.

Noch heute muß sie lachen, wenn sie sich an die Schreie ihres Mannes erinnert und daran, wie er zur Tür hinausschoß, der Kopf eine flammende Fackel. In Gedanken spielt sie die Szene wieder und wieder durch, betrachtet sie mal von der einen, mal von der anderen Warte, legt die Einzelteile zusammen wie ein zerrissenes Foto. Das Feuer fraß das Fleisch in Hugos Gesicht und auf seinen Händen, und der Gestank hing noch Monate danach in der Calle de las Palmas.

Felicia spürt, wie sie im Schlaf jünger wird, so jung, daß sie sich davor fürchtet, zu sterben, jenseits des Mutterleibs in Vergessenheit abzugleiten. In ihren Träumen weint sie um verlorene Kinder, um die Prostituierten in Indien, um die Frauen, die nachts zuvor in Havanna vergewaltigt worden sind. Ihre Gesichter starren sie an, kläglich, aber klaglos. Was wollen sie von ihr? Felicia hat Angst einzuschlafen.

Ihre Mutter besucht sie und bringt ihr Eßpakete mit, fettes Fleisch, das auf dem Wachspapier hin und her rutscht. Felicia weigert sich, davon zu essen, weil sie glaubt, es sei vergiftet. Ihre Mutter versucht, mit ihr zu reden, doch Felicia verkriecht sich im Bett. Ihr Sohn wird sie nicht im Stich lassen, das weiß sie. Sie öffnet den Mund, doch die Gedanken verflüchtigen sich, bevor sie sie aussprechen kann. Etwas stimmt mit ihrer Zunge nicht. Sie formt Bruchstücke von Wörtern, Wörter, die ihr selbst verschlossen und so undurchdringlich wie Steine sind. Sie ruft einen Stein herbei und klammert sich daran fest gleich einer ertrinkenden Frau, dann ruft sie einen anderen und noch einen anderen herbei, bis es aus ihr herausschreit: »Mami, ich leide in meinen Träumen!«

Ivanito Villaverde

Am Tag nach dem Tod seines Großvaters fragt Ivanito seine Mutter, ob er in Havanna den ungarischen Zirkus besuchen darf. Er hat Plakate mit feuerschluckenden Clowns und einer hübschen Frau mit einem Kopfschmuck aus Federn gesehen. Ein Junge hat Ivanito erzählt, daß es dort auch Albinoelefanten aus Siam zu sehen gibt, aber er hat nie herausgefunden, ob das stimmt.

Seine Mutter beginnt den Tag normalerweise mit dem Lied »Rebel Heart« von Beny Moré. Die Platte ist von der Hitze und dem vielen Abspielen wellig und zerkratzt, und die Wörter dehnen sich wie unter Wasser, aber nach einer Weile singen Ivanito und seine Mutter sie so mit, wie sie auf der Platte klingen. Felicia hat eine kräftige, feste Stimme, die tief aus der Kehle kommt. Sie fordert Ivanito auf, mit ihr zu singen, und das tut er dann auch aus vollen Lungen. Er kennt das Lied auswendig.

Ivanito sieht, wie sich seine Mutter das Nachthemd aus Flanell anzieht und sich in einen ausgefransten chinesischen Umhang wickelt, der mit Chrysanthemen bestickt ist, ein früheres Geschenk seines Vaters. Ivanitos Schwestern haben noch immer die seidenen Schals, die Papá ihnen aus China mitgebracht hat. Sie haben sie ganz hinten in der Schublade ihrer Frisierkommode versteckt. Dort hat Ivanito ein Foto von seinem Vater gefunden. Er steht auf dem Paseo del Prado, mit dem Hafen von Havanna im Hintergrund. Das Käppi tief in die Stirn gezogen, verzieht er den Mund zu einem breiten Grinsen, so daß seine großen, quadratischen Pferdezähne zu sehen sind. Ivanito weiß, daß sein Vater bei der Handelsmarine ist und mit dem Schiff um die Welt reist. Luz und Milagro behaupten, daß Papá sie immer noch liebhat, aber Ivanito weiß nicht, ob er das glauben soll.

Seine Mutter hat ihm erzählt, er sei um ein Haar gestorben, und schuld daran sei Papá, weil Ivanito sich bei der Geburt eine ansteckende Geschlechtskrankheit zugezogen habe. Im Krankenhaus habe sie ihm ein winziges Abzeichen aus Onyx an die Windeln geheftet, um den bösen Blick von ihm abzuwenden. Sie und ihre Freundin Herminia hätten im Kindersaal Votivkerzen angezündet, bis der Arzt drohte, sie hinauszuwerfen, weil die Kerzen angeblich den Sauerstoff aufzehrten.

In der Bodega steht eine Kiste voll Kokosnüsse. Felicia kauft sie allesamt mit ihren restlichen Lebensmittelscheinen, und der Krämer steckt ihr einen Schokoladenriegel für Ivanito zu. Dann ziehen sie auf der Suche nach noch mehr Kokosnüssen von Tür zu Tür. Ivanito folgt seiner Mutter, die sich in ihrem Umhang und den ausgelatschten rosa Pantoffeln immer weiter von ihrem Haus in der Calle de las Palmas entfernt. Felicias Haare stehen vom Kopf ab wie Drähte, und sie schwingt die Arme in großen Bögen, als gäbe ihr inneres Chaos ihr den Rhythmus vor.

Im Gehen spielen sie ein Farbenspiel. »Laß uns über die Farbe Grün reden«, sagt seine Mutter, und sie plaudern über allerlei Dinge, die sie mit der Farbe Grün verbinden. Dasselbe tun sie mit verschiedenen Blau-, Rot- und Gelbtönen. Als Ivanito sie fragt: »Wenn das Gras schwarz wäre, wäre die Welt dann anders?«, antwortet Felicia nicht.

Seine Mutter sammelt bei wildfremden Menschen Kokosnüsse und verspricht ihnen als Gegenleistung einen Haarschnitt oder eine Maniküre. Manche sind ziemlich unfreundlich. Sie rufen ihr von Fenstern und Balkons Schimpfwörter zu und verstecken sich hinter den Ästen der Akazien.

»Sie haben Angst, mich eine Hure zu nennen und mir dabei ins Gesicht zu schauen«, sagt seine Mutter verächtlich.

Eine hagere Mulattin sagt zu Ivanito, er rieche nach Tod. Das macht ihm angst, doch seine Mutter beruhigt ihn mit den Worten, diese Frau sei offenbar nicht ganz richtig im Kopf. Auf dem Heimweg reißt seine Tasche, und die Kokosnüsse kullern wie Billardkugeln auf die Straße. Autos bremsen quietschend, doch seine Mutter scheint den Aufruhr nicht zu bemerken. Sie schimpft die Kokosnüsse eine nach der anderen aus, als wären sie unartige Kinder.

Zu Hause zieht seine Mutter Umhang und Pantoffeln aus. Sie nimmt Hammer und Meißel, zertrümmert die Kokosnüsse und schneidet das blendendweiße, duftende Fleisch aus der Schale. Ivanito hilft ihr dabei, das Kokosnußfleisch mit Eigelb, Vanille, Kondensmilch, Zucker, Maisstärke und Salz zu vermengen, und hält die leeren Pflanzenöldosen, während sie das Gemisch hineinfüllt. Gemeinsam verstauen sie die Dosen im Kühlschrank. Aus dem übriggebliebenen Eiweiß zaubert Felicia sternförmige Baisers, die sie Tag für Tag zum Frühstück, Mittag- und Abendessen zusammen mit der Eiscreme auftischt. Seine Mutter glaubt nämlich, daß die Kokosnüsse sie reinigen und die süße weiße Milch heilende Wirkung besitzt.

Als die Eiscremebestände zur Neige gehen, bekommen die Geister in Felicia wieder Oberwasser. Sie gibt Aussprüche von sich, die Ivanito nicht versteht, bleibt die ganze Nacht über wach, lauscht Prophezeiungen in ihrem Kopf und vergibt ihrem Vater und Ex-Ehemann lange Listen einstiger Vergehen. Tagelang tanzt sie zur Musik ihrer Beny-Moré-Schallplatten und umfaßt dabei im Geiste einen unwahrscheinlich dünnen Tanzpartner; bei »Rebel Heart« schlurft sie mit den Pantoffeln über den Boden, zu »Treat Me As I Am« tanzt sie eine lebhafte *guaracha*. Dann folgt eine brasilianische Samba, bei der sie barfüßig auf die Dielen stampft und mit den Armen fuchtelt, bis sie ganz rot im Gesicht und von dem rhythmischen Getrommel völlig außer sich ist. Sie drückt Ivanito an die Brust, und da spürt er, wie ihr Herz hüpft, als wollte es aus seinem Käfig springen.

Als Ivanitos Schwestern aus dem Zeltlager zurückkehren, sieht er ihren Gesichtern an, daß etwas nicht stimmt.

»Mamá sieht genauso aus wie vorher«, flüstert Milagro.

»Wie denn?« fragt Ivanito, aber sie legt den Finger auf den Mund.

Kaum ist Abuela Celia abgereist, reißt Felicia das Telefonkabel aus der Wand und sperrt sie allesamt im Haus ein. Ivanito ißt weiterhin das Eis, das seine Mutter ihm vorsetzt, aber Luz und Milagro kippen es in den Ausguß. Mit gleichmütiger Miene füllt Felicia unbeirrt ihre Schüsseln nach.

Die Zwillinge erzählen Ivanito Geschichten, die sich angeblich vor seiner Geburt zugetragen haben. Sie behaupten, ihr Vater sei mit brennendem Kopf und brennenden Händen aus dem Haus gerannt. Mamá habe im Wohnzimmer lachend auf dem Boden gesessen und mit einer Eisenzange gegen die Wände gehauen, bis die Polizei gekommen sei und sie abgeholt habe. Außerdem hätten die Küchenvorhänge Feuer gefangen, weil sie die gebratenen Bananen auf dem Herd vergessen habe.

An diesem Abend steht Ivanito im Schlafzimmer seiner Schwestern am Fenster, starrt gebannt die Äste des Tamarindenbaums an, die sich tiefschwarz vom Himmel abheben, und wiederholt etwas, das er seine Mutter hat sagen hören: »Der Mond leuchtet mit lebhafter Gleichgültigkeit.«

Seine Schwestern ärgern sich über ihn. Sie sagen, er werde noch genauso verrückt wie Mamá, bei ihr habe es auch so angefangen. Luz sagt, in einer Familie sei es wie in der Politik: Er müsse sich für ein Lager entscheiden.

Da spürt Ivanito, daß sich etwas zwischen sie geschoben hat. Er wird nie die Sprache seiner Schwestern sprechen und sich bei jeder Bewegung verraten wie eine Kuh, an deren Hals eine dumpftönende Glocke hängt. Obwohl er nicht weiß, warum, ist er überzeugt, daß die beiden sich gegen ihn verschworen haben, gegen ihn und das Glück, das er mit Mamá teilt.

Nachts kommt in seinem Zimmer Bewegung in die vom Mond beschienene Tapete. Ivanito stellt sich vor, wie sich die Reben und Ranken, straff und unnachgiebig wie ein tödlicher Strang, über den Boden zu seinem Bett herüberschlängeln, ihn, während seine Schwestern schlafen, umschlingen und ihm die Luft abschnüren, fester, immer fester.

* * *

Während sich der Sommer der Kokosnüsse dahinzieht, wachsen Felicias Wahngebilde wie eine Pflanze, stark und bedrohlich. Sie behauptet steif und fest, das Sonnenlicht schade den Lungen ihres Sohnes.

»Wir wohnen im Auge des Sumpfes, Ivanito«, warnt sie ihn und schließt fest die Fenster vor den bösartigen Strahlen. »Wir sind der Atem des letzten aller Dörfer.«

Celia besucht sie mit Eßpaketen und ermuntert ihren Enkel zu essen, aber auch Ivanito rührt die von ihr mitgebrachten Kroketten oder die mit Schweinefleisch gefüllten *tamales* meist nicht an, weil er seiner Mutter nicht in den Rücken fallen will.

Am letzten Tag im August packt Abuela Celia seine Sachen: die Badehose mit dem gerissenen Gummibund, die Sandalen mit den Schnallen, den runden Strohhut, den er seit neuestem auch im Haus trägt. Seine Mutter verspricht ihm, daß sie morgen zum Strand gehen, morgen, nachdem sie ausgeruht hätten. Aber sie ruhen nicht aus.

Kaum ist Abuela Celia weg, überkommt Felicia die Arbeitswut. Sie wischt und scheuert den Küchenfußboden, bis ihre Hände schrumpelig sind. Sie mangelt die Bettlaken, als erwarte sie einen Liebhaber, und fegt den Schmutz des vergangenen Sommers von der Veranda. Zu guter Letzt stößt sie beherzt die Fensterläden auf.

Ivanito geht mit ihr zur Bodega. Diesmal kaufen sie ein ganzes Huhn, zwei Pfund Reis, Zwiebeln, grüne Paprikaschoten und sämtliche süßen Bananen, die es im Laden gibt. Seine Mutter kocht zum Abendessen *arroz con pollo* und hält die Bananen im Ofen warm.

Ein Stück weiter unten steht an der Straße ein Gardenienbaum in voller Blüte. Ivanito hält die Leiter, während seine Mutter einen Armvoll Blüten pflückt. Er sieht zu, wie sie die weißen Gardenien in der Badewanne schwimmen läßt und sich Schenkel und Brüste mit Walnußöl einreibt. Sie frisiert das Haar und bürstet es, bis es seinen Glanz zurückgewinnt. Dann streift sie ein pfirsichfarbenes Negligé aus Satin über, ebenfalls ein Andenken an seinen Vater, und betrachtet im Spiegel der Frisierkommode kritisch ihr Gesicht. Es ist der einzige heile Spiegel im ganzen Haus. Alle anderen sind während ihrer Ehe zu Bruch gegangen.

»Spiegel bringen nur Kummer, sonst nichts«, sagt seine Mutter mit ruhiger Stimme. »Sie halten einem den Verfall vor Augen.«

Ivanitos Blick fällt auf zwei tiefe Furchen, die an ihren Nasenflügeln beginnen und unterhalb der Lippen hakenförmig auslaufen. Wenn sie nicht übers ganze Gesicht grinst, sieht man den Zahn kaum, dessen Spitze abbrach, als sie auf ein Steinchen im Reis biß. Um ihre Augenwinkel verlaufen kreuz und quer dünne Linien. Ihre Augen sind grün, denkt Ivanito, als bemerkte er es zum erstenmal.

Er berührt den Arm seiner Mutter. Er ist weich und blaß wie die Haut eines Neugeborenen, weil sie sich den Sommer über gegen die Sonne verschanzt hat. Auch ihre Hände sind weich. Ivanito beobachtet seine Mutter, wie sie sich das Gesicht wie eine Geisha pudert und oben auf den Wangen Rouge aufträgt. Sie zieht den Bogen der Augenbrauen nach und schminkt die Lippen mit einem hellen Orange. Ivanito findet, daß ihr Gesicht wie eine an die Wand genagelte Maske aussieht.

Als sie fertig ist, badet sie ihn mit den restlichen Gardenienblüten. Sie kämmt sein Haar, küßt ihn auf Augen und Stirn, Po und Fingerspitzen. Sie bestäubt ihn mit Talkumpuder, bis er wie Zuckergebäck aussieht. Ivanito ist das unheimlich. Dann legt sie seine Kleidung auf dem Bett bereit: kurze Hosen und Jacke, Kniestrümpfe und sein einziges Paar Schnürschuhe. Sie zieht ihn so behutsam an, als könnte er zerbrechen, und hebt ihn vor dem Spiegel hoch.

»Die Phantasie kann Lügen in Wahrheit verwandeln, genau wie die Erinnerung«, flüstert Felicia ihrem Sohn ins Ohr. Niemand sonst lehrt ihn solche Dinge.

Ivanito hilft seiner Mutter, den Tisch für sie beide zu decken. Dazu nehmen sie das Tafelsilber seiner Urgroßmutter, die Weingläser aus Bleikristall und das chinesische Porzellan mit der prächtigen Verzierung aus goldenen Blättern. Seine Mutter zündet einen Kerzenstummel an und steckt ihn in den Kandelaber, der dreiundzwanzig weitere Kerzen halten könnte. Ivanito zählt die leeren Halter.

Seine Mutter trägt ihm eine große Portion Huhn mit Reis auf und füllt noch ein zweites Mal seinen Teller. Ivanito ißt drei heiße Bananen mit braunem Zuckersirup und trinkt mit Eisstückchen gekühlten Mangosaft. Seine Mutter redet unentwegt. »Du mußt dir den Winter vorstellen, Ivanito«, sagt sie. »Den Winter und sein Weiß, das alles verschwinden läßt.«

Also versucht Ivanito, sich den Winter vorzustellen. Er hat vom Schnee bislang nur gehört und denkt dabei an eisige Flöckchen, die vom Himmel fallen. In Gedanken deckt er alles und jeden, den er kennt, mit diesem Eis zu. Eis auf dem Haus in der Calle de las Palmas, Eis auf dem Tamarindenbaum, Eis, das die Schiffe an den Docks und die Spatzen mitten im Flug überzieht. Eis auf den Straßen und Feldern und auch auf dem Strand, an dem seine Großmutter lebt. Eis, das ihre Korbschaukel, zu deren Füßen seine Schwestern sitzen, zusammenbrechen läßt. Sein Vater treibt auf einem Meer aus weißem Eis, sein Großvater sitzt auf den Wipfeln weißer Palmen.

Seine Mutter zerkrümelt rosa Tabletten über dem letzten Rest Eiscreme. Harte, bittersüße Krümel.

»Sie werden uns Kraft geben, Ivanito.«

Felicia trägt ihren Sohn nach oben und bettet ihn sanft auf die frischen Laken. Sie schließt die Fensterläden, legt sich neben ihn und breitet den seidenen Morgenrock wie einen Fächer über sie beide.

»Mach die Augen zu, *mi hijo*, und sei ganz still.«

Sie verschränkt die Hände auf der Brust, und wenig später schlafen beide ein.

Celia del Pino

Ivanito wird seinem Vater immer ähnlicher, denkt Celia. Er ist groß für sein Alter, hat lange Zähne, die schon sehr früh gewachsen sind, und seine Arme hängen an den Seiten allzu weit herunter. Er ist erst fünf Jahre alt, hat aber schon etwas sehr Erwachsenes an sich. Celia fragt sich bang, ob diese Ähnlichkeit Felicia womöglich bedrückt.

Was geht ihr wohl durch den Kopf in dem verrammelten Haus, wenn sie nachts mit ihrem einzigen Sohn tanzt?

Als Celia Hugo Villaverde zum letztenmal sah, war Felicia mit Ivanito schwanger. Hugos Haar war in akkuraten Bahnen zurückgekämmt, und er trug eine frischgebügelte, am Hals offene *guayabera*. Celia versuchte ihn davon abzuhalten, das Haus zu betreten. Jorge hatte seinem Schwiegersohn angedroht, ihn umzubringen, falls er es wagen sollte, sich noch einmal in Santa Teresa del Mar blicken zu lassen. Aber Celia sah Hugo an, daß er die Sache auf die Spitze treiben wollte. Er stürmte an ihr vorbei, holte sich eine Flasche Orangenlimonade aus dem verrosteten Kühlschrank, setzte sich ins Eßzimmer, legte eine Hand flach auf den Tisch und wartete ab.

Jorge kam in Pantoffeln und Unterhemd aus dem Schlafzimmer. Er hatte ein Nickerchen gemacht, doch jetzt lag auf seinem Gesicht keine Spur von Müdigkeit mehr. Sein heißer Atem beschlug die runden Gläser seiner Brille. Wortlos hob er einen Stuhl hoch, holte in weitem Bogen aus und zertrümmerte ihn auf dem Rücken seines Schwiegersohns. Die einzelnen Teile flogen quer durch den Raum, und es war, als hätte er mit lässiger Gebärde einen riesigen Baum gefällt. Langsam stand Hugo auf, drehte sich zu Jorge um und grinste so breit, daß seine großen Pferdezähne zu sehen waren. Dann schlug er ihm mit der Faust mitten ins Gesicht. Mit blutverschmiertem Gesicht sank Jorge zu Boden.

»Wenn du mit diesem Hurensohn weggehst, brauchst du dich hier nie wieder blicken zu lassen!« brüllte Jorge Felicia hinterher, und seine Lippen waren bleich vor Wut. Felicia verließ mit Hugo das Haus. Celia wischte Jorge mit einem feuchten Lappen das Blut aus den verschreckten blauen Augen.

Im Spätsommer tanzt Felicia seltener, und auch ihre Aussprüche werden weniger. Es gibt Tage, da lockt nichts sie aus dem Bett, reißt nichts sie aus ihrer Schläfrigkeit, die sich sogar auf die Luft überträgt, die sie atmet. Celia wäscht ihrer Tochter das Haar und versucht, ihr das schmutzige, geblümte Nachthemd auszuziehen, doch Felicia behauptet steif und fest, es schütze sie vor der Sonne. Anschließend badet Celia Ivanito und fönt ihm das Haar, aber sie weiß, daß sie ihn beim nächsten Besuch wieder ungewaschen und ungekämmt vorfinden wird.

Auf dem Heimweg von der Calle de las Palmas macht Celia oft am Kapokbaum auf der Plaza de las Armas halt. Sie legt eine Orange und ein paar Münzen an den Stamm und spricht ein kurzes Gebet für ihre Tochter. Manchmal läuft sie dabei Herminia Delgado über den Weg, die Körbe voll knorriger Wurzeln, Schößlingen und frischen Heilkräutern zu Felicia bringt. Anissamen gegen Hysterie. Sarsaparille für die Nerven und gegen letzte verbleibende Anzeichen von Syphilis. Flußfarn und *espartillo*, um weiteres Unheil abzuwenden. Den Kapokbaum erwähnt Herminia nie, aber zwischen ihren mannigfaltigen Kräutern erkennt Celia mehrere Büschel seiner Blätter.

Celia sind diese Heiltränke und Zaubersprüche nicht geheuer. Herminia ist die Tochter eines *santería*-Priesters, und Celia befürchtet, daß aus ein und demselben Samenkorn sowohl Gutes als auch Böses hervorgehen kann. Obgleich Celia bereits ein wenig in den harmlosen Aberglauben der *santería* hineingerochen hat, fällt es ihr schwer, Vertrauen zu den geheimen Riten afrikanischer Magie zu fassen.

*   *   *

Der Tag, an dem Felicia sich umzubringen versucht, ist ein Tag wie viele andere in diesem Sommer. Um zwei Uhr macht sich Celia von ihrem kleinen Haus aus Ziegelsteinen und Mörtel auf den Weg zur Landstraße und fährt per Anhalter nach Havanna. Wie gewöhnlich hat sie ein Päckchen mit warmem, würzigem Essen für ihren Enkel dabei, außerdem eine Nagelfeile und ein neues Stück Seife. Der bärtige Arbeiter einer Textilfabrik, der sie in seinem klapprigen Dodge mitnimmt, setzt sie vor Felicias Haustür ab.

Celia erzählt Felicia, daß ihre Stelle im Schönheitssalon noch immer frei sei, sie aber bei Null würde anfangen müssen, das heißt: die abgeschnittenen Haare auf dem Boden zusammenfegen und Köpfe schamponieren. Sie packt ein paar Sachen von ihrem Enkel ein und droht, ihn nach Santa Teresa del Mar mitzunehmen. Felicia schweigt. Sie hat keine Kraft mehr, um sich ihrer Mutter zu widersetzen.

Celia streicht ihrer Tochter übers Haar und summt ein oftgesungenes Wiegenlied, ein Gedicht, das sie selbst einst vertont hat. Felicia erinnert sich an die Melodie, sie fängt an zu weinen und formt mit dem Mund die Worte nach. Dann verspricht sie, am nächsten Tag mit Ivanito zum Strand zu fahren. Celia verläßt sie in dem festen Glauben, daß die schlimmste Zeit hinter ihnen liegt.

Die Sonne scheint allzu grell. Geräusche, die Celia nicht zu bestimmen vermag, erfüllen mit ihrem Lärm die Luft. Gesichter und Gebäude wirken wie vergrößert und stellen ihre Narben zur Schau.

Als Celia in der Altstadt von Havanna an einem Theater vorbeikommt, erblickt sie am Eingang zwei ihrer Halbbrüder. Sie erkennt sie an den hohen Wangenknochen und den kleinen, ebenmäßigen Zähnen. In der Nachmittagssonne tritt ihr Profil deutlich hervor: Es ist das Profil ihres Vaters. Sie starrt die Zwillingsbrüder an, als wären sie Gespenster, und greift sich nervös an die Kehle. Ein Rumoren wie von einem laufenden Motor dröhnt in ihrer Brust.

Der größere der beiden trägt schlampig geflickte Hosen. Gerade schiebt er den Hut in den Nacken und bietet seinem Bruder eine Scheibe Ananas an. Celias Blick fällt auf die derben, vom Tabak braun verfärbten Bauernhände. Sie beschließt, die beiden nicht anzusprechen.

Celia fährt mit dem Bus nach Hause, um ein wenig nachdenken zu können. Es kommt ihr vor, als hätte sie den ganzen Sommer seit ihrer Rückkehr von der Zuckerrohrplantage nur aus der Erinnerung heraus gelebt. Manchmal, wenn sie auf einer der staubigen Canada-Dry-Uhren zufällig die Uhrzeit sieht oder bemerkt, wie tief die Sonne am Himmel steht, wird ihr bewußt, daß sie sich keine Rechenschaft darüber ablegen könnte, was sie mit ihrer Zeit angefangen hat. Wo sind die Stunden bloß hin? Sie fürchtet, daß ihre Vergangenheit die Gegenwart überschatten könnte.

Die Halbbrüder erinnern Celia an die Zeit, als sie noch ein kleines Kind war und um sie herum ein Gewusel von Brüdern und Schwestern herrschte. Ihre Gesichter sieht sie kaum mehr vor sich, nur noch die dicken Haarfransen, die in ihre Krippe aus Pappkarton hineinhingen. Meistens lag Celia unter einer Fächerpalme neben dem *bohío*, dessen strohgedecktes Dach nach dem morgendlichen Regen dampfte. Sie erinnert sich an die Landschaft ihrer Kindheit, an die winkenden Palmwedel, die sie durch das löcherige Netz, das jemand als Fliegenschutz vor ihrem Gesicht angebracht hatte, verschwommen wahrnahm.

Celias Vater hatte zwei Familien unterhalten müssen, von denen jede neun Kinder zählte. Seine Zweitfamilie wohnte nur knapp eine Meile von ihnen entfernt, aber genausogut hätte sie am anderen Ende der Welt leben können. Sie wollten nichts voneinander wissen, nicht einmal in der Dorfkirche mit den sechs Bankreihen aus splitterndem Holz schenkten sie einander Beachtung.

Als Celias Eltern sich scheiden ließen, verteilten sie die Kinder über die ganze Insel an Verwandte. Celias Bestimmungsort war Havanna, wo ihre Großtante Alicia lebte, die bekannt war für ihre Kochkünste und ihre ketzerische Gesinnung. Nur ein einziges Mal im Leben war Celia sich selbst überlassen: als ihre Mutter sie im Alter von vier Jahren in den Frühzug nach Havanna setzte.

Einsamkeit, sagt sich Celia heute, ist nicht dazu da, daß man sich an sie erinnert, sondern daß man sie vergißt.

Auf der langen Zugfahrt vom Land in die Hauptstadt vergaß Celia das Gesicht ihrer Mutter und all die Lügen, die ihrem Mund einen so harten Zug verliehen hatten. Das Leben, das Celia hinter sich ließ, schien nicht länger von Belang. Stundenlang betrachtete sie die rasche Abfolge ständig wechselnder Szenerien, die draußen vor dem Fenster wie Wimpel vorbeiflatterten: weitläufige *latifundios*, Landstriche mit Königspalmen, schwarze, von Wolken eingekesselte Berge. An jeder Station auf der Strecke wimmelte es vor Betriebsamkeit und kuriosen Eindrücken. Wie hätte sie da schlafen können?

Und dann läuteten mittags um zwölf in allen Ecken und Winkeln der Stadt die Glocken, um sie willkommen zu heißen. Tía Alicia erschien in einem Kleid mit Petticoat und einem Schirm als Schutz gegen die milde Wintersonne. Als Celia auf dem Rücken ihrer Tante die winzigen Elfenbeinknöpfe entlang der Wirbelsäule bemerkte, fragte sie sich, wozu die wohl gut sein sollten. Sie und ihre Tante bahnten sich den Weg über das Kopfsteinpflaster, wobei sie Pferden mit ihren munter klappernden Hufen und schwarzen, kastenförmigen Autos auswichen, deren Fahrer allesamt Mützen mit einem Schirm aus Lackleder trugen. Celia ging mit unsicherem Schritt, knickte auf dem harten, unebenen Untergrund immer wieder um, und einen Augenblick lang verspürte sie Lust, barfuß zu laufen und die frische Erde wie ein Polster unter den Fußsohlen zu fühlen.

Schon bald jedoch wuchs Havanna mit seinen verwinkelten Straßen und den Balkonen, die wie elegante Kutschen in der Luft aussahen, Celia ans Herz. Oh, und erst die Geräusche! Diese Fülle herrlicher Geräusche! Der von Pferden gezogene Milchkarren in der Morgendämmerung. Der Besenhändler mit seinen Mops, Staubwedeln und harten Borstenbürsten. Die Zeitungsjungen mit der neuesten Ausgabe von *El Mundo* und *Diario de la Marina*. Tía Alicia führte Celia in Museen, ins Konzert und zum alten Kapokbaum. Bei jedem Wunsch rannte Celia dreimal um ihn herum, bis sein Bild vor ihren Augen flimmerte wie die Seiten eines Daumenkinos.

Ihre Tante ging nicht in die Kirche und belächelte alle, die es taten. Einmal nahm sie Celia zum Fuß eines Hügels mit, auf dem die Kirche des Heiligen Lazarus thront. In einer Art Prozession erklomm eine Schar von Bittstellern auf nackten, blutenden Knien die Hügelkuppe, um ihre Frömmigkeit unter Beweis zu stellen, sich von einem Leiden zu befreien oder um Vergebung zu bitten, während sie auf Fleisch und Knochen dahinrutschten. Dabei hielten sie Rosenkränze und Schleier umklammert, schlugen sich vor die Brust, rissen sich Haare aus. Ihre Gebete stiegen vom Asphalt auf wie das Surren von Insekten an Sommerabenden.

Samstags besuchten Celia und ihre Tante die Lichtspiele. Der dickliche Harmoniumspieler rackerte sich ab, um mit der Handlung auf der Leinwand mitzuhalten, und schien erleichtert, wenn endlich die Liebesszenen einsetzten. Dann schlug er mit der linken Hand ein paar Akkorde in Moll an, zückte mit der Rechten schwungvoll ein riesiges weißes Taschentuch und wischte sich das schwitzende Gesicht ab. Tía Alicia fand die amerikanischen Filme naiv und allzu optimistisch, aber auch zu komisch, um sie auszulassen. Ihre beiden Kanarienvögel hatte sie Clara und Lillian genannt – nach Clara Bow und Lillian Gish. Als Clara jedoch Eier legte, benannte Tía Alicia Lillian in Anlehnung an Douglas Fairbanks in Douglas um. Die Vogeljungen taufte sie Charlie, Mary und Gloria.

In Santa Teresa del Mar ist der Strom ausgefallen. Celia streift durch die friedlichen, dunklen Straßen. Durch ein offenes Fenster strömt der Geruch gebratenen Fleisches nach draußen, und sie sieht, wie flackernde Kerzenflammen Schatten auf die Küchenwände werfen. Ich hätte schon immer lieber bei Kerzenlicht gelebt, sagt sie sich plötzlich.

Die Zwillinge überraschen sie mit einem Abendessen. Es gibt Omelette und Reis. Sie küssen sie mit trockenen Lippen, ziehen ihr die Pumps aus und stellen mehrere Kessel auf den Herd, um für sie Badewasser heiß zu machen. Nach ihrer Mutter oder ihrem Bruder erkundigen sie sich nicht.

Celia setzt sich in die Korbschaukel, um den silbrig glitzernden Ozean zu betrachten. Sind das fliegende Fische oder Delphine oder eine rhythmische Schwingung, die ihr bislang noch nicht aufgefallen ist? Blitze zucken am Himmel, gespeist von der Hitze der Erde. Wie viele Jahre hat sie Monat für Monat den Horizont nach Zeichen abgesucht? Mehr Jahre, als sie selbst gelebt hat, so kommt es ihr vor, viel mehr Jahre.

El campo
de olivos
se abre y se cierra
como un abanico.
Sobre el olivar
hay un cielo hundido
y una lluvia oscura
de luceros fríos.

Celia hat eine Schwäche für die Gedichte Federico García Lorcas. Vor über vierzig Jahren hat sie ihn bei einer Lesung im Theater Principal de la Comedia gesehen. Es war die letzte einer Reihe von fünf öffentlichen Lesungen in Havanna, und Celia hatte hingerissen seiner klangvollen Stimme gelauscht, als er ein paar traurige Zigeunerlieder vorspielte. Lorca erklärte, der *cante jondo* sei eine Urform des Flamenco, der aus seiner Heimat Andalusien stamme, einem Land, das den maurischen Invasoren viel zu verdanken habe, und diese Lieder hätten ihn zu seinen Zigeunerballaden inspiriert.

In dieser Nacht schläft Celia unruhig. Stimmen rufen ihr in den verschiedensten Sprachen Wortfetzen zu, die zusammengewürfelt sind wie nicht zueinander passende Stofflecken eines Flickenteppichs. Die einzelnen Silben schweben über ihrem Kopf und vermischen sich zu einem eisigweißen Dunst. Celia erwacht, als das Mondlicht ein unheilvolles Muster auf ihre Bettdecke wirft. Sie ruft nach ihren Enkelinnen.

»Lauft zu Herminias Haus! Sagt ihr, sie soll uns sofort nach Havanna fahren!«

Celias Hände flattern wie orientierungslose Vögel. Es gelingt ihr nicht einmal, sie ruhig zu halten, um ihr jadefarbenes Kleid zuzuknöpfen. Auf steifen Beinen eilt sie an dem mit der verblichenen *mantilla* bedeckten Sofa vorbei, an dem vom Meerwasser ausgebleichten Klavier aus Walnußholz, am Eßzimmertisch und den Stühlen, von denen einer fehlt, stellt sich vors Haus und wartet.

»*Mi hija, mi hija, mi hija*!« ruft sie immer wieder, als könnten die Worte Felicia retten.

Der Nachthimmel ist sternenübersät, doch Celia bemerkt es nicht. In einer Ecke des Firmaments hängt eine kümmerliche Mondsichel. Noch auf der Landstraße riecht Celia den Ozean, sie riecht ihn auf der ganzen Fahrt bis nach Havanna.

Celias Briefe: 1942–1949

Querido Gustavo!

Der Bürgerkrieg kam und ging, und jetzt haben wir in beiden Ländern eine Diktatur. Die halbe Welt befindet sich im Krieg. Alles ist schlimmer als je zuvor. Nur auf den Tod ist noch Verlaß.

Ich liebe Dich noch immer, Gustavo, aber es ist Liebe aus Gewohnheit, eine Wunde am Knie, die Regen voraussagt.
Das Gedächtnis ist ein geschickter Verführer. Ich schreibe Dir, weil ich Dir schreiben muß. Dabei weiß ich nicht einmal, ob Du noch lebst und wen Du jetzt liebst.

Früher einmal habe ich mich gefragt: »Woher kommen Wahnvorstellungen?«, aber diese Frage stelle ich mir schon lange nicht mehr. Ich akzeptiere sie, so wie ich meinen Mann und meine Töchter und mein Dasein in der Korbschaukel und mein aus lauter alltäglichen Verlockungen bestehendes Leben akzeptiere. Ich habe angefangen, mir selbst Französisch beizubringen.

Tu Celia

11. November 1944

Mi amor!

Hast Du von der Flutwelle gelesen, die über Kuba hereingebrochen ist? Hunderte von Menschen verloren ihr Zuhause, ihr Hab und Gut. Ein Witwer aus unserem Dorf, Nestor Prendes, ertrank, weil er sich weigerte, sein Haus zu verlassen. Er sagte, er wolle zu seiner Frau und er habe ein Recht zu sterben. Nestor wehrte seine Kinder mit einem Spazierstock ab, als sie versuchten, ihn aus seinem Sessel zu heben, und er schrie dabei mit seiner heiseren Stimme so jämmerlich, daß sie ihn schließlich in Frieden ließen.

Unser Haus ist noch immer am Trocknen, nachdem es so lange unter Wasser stand. Das einzige, worum es mir wirklich leid tut, ist das Klavier. Jorge kaufte es mir, als wir hier einzogen. Das edle Walnußholz ist jetzt kalkweiß. Wenn ich eine Taste anschlage, ist nur das Geräusch von nassem Filz zu hören. Ich weiß, was ich spielen werde, sobald wir das Klavier haben stimmen lassen: Debussy, was sonst.

In Liebe,
Celia

11. April 1945

Querido Gustavo!

Seit Tagen regnet es – eine Tyrannei. Ich studiere mein Innenleben so leidenschaftslos wie ein General eine Landkarte und stelle Wahrscheinlichkeitsüberlegungen an. Ich muß an unsere Spaziergänge durch Havanna im Frühling denken. Überall sah man Obdachlose, sie lagen auf den Bänken im Parque Central und schliefen auf der Zeitung vom Vortag. Erinnerst Du Dich noch an die junge Frau mit dem schlenkernden Holzbein und nur einem Schuh? An die Bettlerfamilien vom Land, die in den mit Eisenzäunen geschützten Herrenhäusern des Vedado-Viertels Arbeit suchten? An die schicken Pärchen, die in Sportkabrioletts durch die Stadt fuhren und für nichts einen Blick übrig hatten? Ich weiß noch, daß damals alle Männer Kreissägen trugen. Sogar die Ärmsten der Armen hatten welche, die sie sich im Park beim Schlafen aufs Gesicht legten, schmutzige, zerrissene Kreissägen ohne Krempe, aber trotzdem Kreissägen.

Warum streben die meisten Menschen nur nach Bequemlichkeit und nicht nach mehr?

Celia

11. Mai 1945

Gustavo!

Vertrautes ist beharrlich und verhängnisvoll. Ich sitze in meiner Korbschaukel, beobachte die Wellen und überlasse mich der Zeit. Wenn ich geboren wurde, um auf einer Insel zu leben, dann bin ich für eines dankbar: daß die Gezeiten unablässig die Grenzen verschieben. Zumindest kann ich mich der Illusion hingeben, daß Veränderungen möglich sind. Mir wäre es unerträglich, in Grenzen gefangen zu sein, die von Popen und Politikern abgesteckt wurden.

Siehst Du nicht, wie sie die Welt zerteilen, Gustavo? Wie sie uns unsere Bodenständigkeit stehlen? Unsere Schicksale? Das freie Ermessen ist uns aus der Hand genommen. Überleben ist ein Akt der Hoffnung.

Celia

11. Juli 1946

Querido Gustavo!

Mein Sohn ist mit einer Glückshaube zur Welt gekommen. Jorge sagt, bei den del Pinos sei in jeder Generation nur ein Junge geboren worden, und jeder hätte eine Glückshaube gehabt. Er sagt, dies sei ein gutes Zeichen, ein Glücksbringer, denn von den männlichen del Pinos sei noch keiner ertrunken. Ich habe ihn Javier getauft, nach meinem Vater. Er wird ihm später einmal ähnlich sehen, das merke ich schon jetzt. Papá hatte ein breites Gesicht, und auf seine Wangenknochen konnte man eine Münze legen. Seine Lippen waren wie plüschige Kissen und seine Zähne wie die einer Frau, klein und ebenmäßig. Er war ein großer, muskulöser Mann mit Händen, die an den Seiten wie Schinken herabhingen. Diese Hände kannten jede Frau in unserem Dorf in- und auswendig.

Er war Tía Alicia wie aus dem Gesicht geschnitten. Deshalb erinnere ich mich so genau an ihn. Sie hat mir erzählt, daß er getötet wurde, als ich dreizehn war, und zwar von ein paar gehörnten Ehemännern, die ihm mit Macheten in einer Bananenpflanzung auflauerten. Ich habe um ihn nicht getrauert – bis Tía Alicia kurz vor meiner Hochzeit starb und mir ihre geliebte Pfauenbrosche vermachte.

An meine Mutter erinnere ich mich so gut wie gar nicht, nur an ihre harten Augen, die wie Gemmen unter ihrer Stirn saßen, und an ihre sonderbare, belegte Stimme. Als sie mich frühmorgens in den ersten Zug nach Havanna setzte, rief ich vom Fenster aus nach ihr, aber sie drehte sich nicht um. Ich sah nur den Rücken ihres blaugestreiften Kleides, als sie um die Ecke bog. Der Zug hatte eine Viertelstunde Verspätung. Auf dem Weg nach Havanna vergaß ich sie. Erst bei der Geburt meines Sohnes mußte ich wieder an sie denken.

In Liebe,
Celia

11. Oktober 1946

Gustavo!

Jorge sagt, mein Lächeln mache ihm angst, und deshalb versuche ich vor dem Spiegel mein Lächeln von früher einzustudieren. Meine Freundinnen und ich malten uns damals die Lippen wie amerikanische Filmstars an, rubinrot und herzförmig. Wir schnitten uns das Haar kurz, setzten uns glockenförmige Hüte auf, zogen sie kokett ins Gesicht und ahmten Gloria Swansons Stimme nach.

Freitags gingen wir nach der Arbeit immer ins Cinelandia. Ich weiß noch, wie wir uns *Three on a Match* mit Bette Davis, Ann Dvorak und Joan Blondell ansahen. Sie waren zu dritt – so wie wir –, und eine von ihnen mußte sterben. Wir machten Witze darüber, wer von uns dreien zuerst würde gehen müssen. Aber dann sah ich

die Frauen, die auf der anderen Straßenseite vor den Lebensmit-
telläden Schlange standen, dünne Frauen mit Schals, die für dieses
Wetter zu warm waren, und schämte mich meiner Gedanken.

Nachdem Du mich verlassen hattest, wurde ich bettlägerig,
Gustavo. Ich verließ das Bett drei Monate nicht und ging im Geiste
jede Minute unserer gemeinsamen Zeit durch, sah sie mir an, als
wäre ich im Kino, und versuchte dahinterzukommen, welchen Sinn
es wohl hatte, daß wir eines Tages unsere überschwengliche Liebe
begruben. Jorge hat mich gerettet. Wofür, weiß ich allerdings
nicht.

Tu Celia

11. Februar 1949

Mi querido Gustavo!

Ich habe die Stücke von Molière gelesen und frage mich, worin
sich Leid und Phantasie unterscheiden. Weißt Du es?

In Liebe,
Celia

Sich den Winter ausmalen

Die Bedeutung von Muscheln

(1974)

Felicia del Pino kann sich nicht erinnern, warum sie an diesem heißen Nachmittag im Oktober durch die Sierra Maestra marschiert. Der getarnte Helm umschließt ihren Kopf wie ein eiserner Ring, an ihrer linken Schulter baumelt ein Gewehr und schlägt ihr ständig in die Seite, was in ihrem Kopf hinter den Augen ein schmerzhaftes Dröhnen verursacht. Die billigen Stiefel aus Rußland drücken sie, während sie sich als letzte in einer Reihe von Möchte-gern-Guerillakämpfern mühsam einen unerträglich schwül duftenden Berghang hinaufschleppt. »Laß uns über Grün reden«, hätte ihr Sohn jetzt zu ihr gesagt, um sie von der Strapaze abzulenken.

»*Vámonos, vámonos*!« brüllt eine kleine Mulattin knapp zehn Meter vor Felicia. Leutnant Xiomara Rojas hat einen vorspringenden Unterkiefer, und wenn sie brüllt, sind ihre gelblichen, kreuz und quer stehenden Zähne zu sehen. »*El Líder* hat hier in den Bergen auch nicht schlappgemacht! Für ihn war es ein Kampf um Leben und Tod und kein Sonntagsausflug! Los, vorwärts!«

Felicia blickt den Pfad aus feuchtem, niedergetrampeltem Gras hinunter. Ihr Gesicht ist gerötet und schweißnaß, und sie weiß nicht, ob das Salz in ihren Augen vom Schwitzen oder von den wider Willen vergossenen Tränen kommt. Leutnant Rojas stammt aus dieser

Gegend, denkt Felicia, deshalb schwitzt sie nicht. Die Leute aus Santiago de Cuba haben noch nie geschwitzt. Das weiß jeder.

»Compañera del Pino, du bist das Schlußlicht und darfst nicht zurückbleiben! Nach dem Anführer ist das die verwundbarste Position!« bellt Leutnant Rojas, jedoch ohne Bosheit.

Felicia geht wie auf Eiern. Sie sinkt mit den Füßen in den schlammigen, nachgiebigen Boden. Jede Sehne wird beansprucht, sie sind gestrafft wie die Muskeln einer Kuh, die vor dem Schlachten Todesangst hatte. Das Fleisch solcher Kühe ist nie so zart wie das Fleisch von Tieren, die den Tod nicht vorausgeahnt haben. Felicia tastet nach der Feldflasche. Sie schraubt den mit einer Kette am Flaschenhals befestigten Deckel ab. Die rauhen, geschwollenen Hände kommen ihr vor wie die eines Fremden. Die Fingernägel sind schmutzig.

»Vaterland oder Tod!« ruft Leutnant Rojas, als Felicia die Wasserflasche an die Lippen setzt.

»Vaterland oder Tod!« rufen die Guerilleros im Chor, alle bis auf Felicia, die sich fragt, ob dieses Gebrüll im Kriegsfall den Feind nicht alarmieren würde.

In einem behelfsmäßigen Lager schlagen die Guerilleros die Zelte auf und öffnen ein paar Dosen mit gefleckten Feldbohnen und Büchsenfleisch, das die Farbe von Dung hat. Seit fünf Tagen haben sie nichts anderes gegessen, und einige der Soldaten leiden bereits an Durchfall, andere an Verstopfung, alle an Blähungen. Nur Leutnant Rojas scheint die Kost nichts anzuhaben, denn sie verzehrt sie mit Begeisterung. Felicia läßt den Blick über die Brigade schweifen, deren Mitglieder zumeist mittleren Alters sind. Alle sind aus demselben Grund dabei, ob sie es nun zugeben oder nicht. Sie sind ein Verein von Unzufriedenen, eine Truppe von gesellschaftlichen Außenseitern. Leutnant Rojas' Aufgabe besteht darin, sie zu richtigen Revolutionären zu machen.

Felicia ist hier, weil sie um ein Haar sich selbst und ihren Sohn getötet hätte. Sie erinnert sich zwar nicht daran, aber alle behaupten es. »Warum hast du das getan?« fragte ihre Mutter sie mit trauriger Stimme und legte die Hände flach auf das gestärkte weiße Bettzeug. »Warum haben Sie das getan?« fragte sie auch der von einem streng dreinblickenden Gehilfen begleitete Psychiater, als wäre Felicia ein störrisches Kind. »Warum, Felicia?« bedrängte ihre beste Freundin Herminia sie, während sie Felicias Stirn hinter dem Rücken der Krankenschwester mit Kräutern einrieb.

Doch jedesmal, wenn Felicia ihr Gedächtnis daraufhin befragen wollte, war dort nur ein weißes Leuchten.

Die Ärzte nannten Felicia eine Rabenmutter und warfen ihr vor, ihrem Sohn in diesem Sommer in der Calle de las Palmas einen nicht wiedergutzumachenden Schaden zugefügt zu haben. Dabei weiß niemand, ob Ivanito überhaupt begriffen hat, was ihm widerfahren ist. Jedenfalls spricht der Junge nicht darüber. Die Ärzte, Felicias Mutter, ja sogar ihre Kolleginnen aus dem Schönheitssalon überredeten sie schließlich, Ivanito ins Internat zu stecken. Er müsse abgehärtet werden, sich Jungen in seinem Alter anschließen, sich anpassen. Ja, dieses Wort benutzte jeder: anpassen.

»Hast du mich denn nicht mehr lieb?« rief Ivanito ihr vom Busfenster aus zu und bedachte sie mit einem strafenden Blick, der ihr fast das Herz brach.

Felicia besucht ihren Sohn jeden ersten Sonntag im Monat in der Schule zwischen Kartoffelfeldern außerhalb von San Antonio de los Baños. Sie reden wenig in den gemeinsamen Stunden, die man ihnen gewährt. Die Freude über ihr Wiedersehen erschöpft sie meist so sehr, daß sie zusammen unter einem Baum oder in Ivanitos schmaler Koje ein Schläfchen machen. Sie sprechen vor allem mit den Augen und den Händen, mit denen sie sich unentwegt gegenseitig berühren.

Alle reden Felicia zu, sie müsse ihrem Leben unabhängig von ihrem Sohn einen Sinn verleihen, sie solle der Revolution noch eine Chance geben und selber eine Neue Sozialistische Frau werden. Schließlich habe laut ihrer Mutter alles, was sie, Felicia, je für die Revolution getan habe, darin bestanden, während der Unkrautvernichtungskampagne im Jahr 1962 ein paar Stengel Löwenzahn auszurupfen, und auch das nur widerwillig. Ihr mangelnder Einsatz führt zwischen den beiden immer wieder zu großen Spannungen.

Felicia bemüht sich, ihre Vorbehalte zu überwinden, doch alles, was sie sieht, ist ein Land, das von Schlagworten und Hetzreden, und ein Volk, das ständig am Rande des Krieges lebt. Über die militärischen Parolen, die einem überall von Plakaten entgegenprangen, kann sie nur spotten. DER SIEG IST UNS GEWISS... WIE IN VIETNAM... AUS DER NIEDERLAGE EINEN SIEG MACHEN. Sogar die einfachen Unkrautjäter hatten sich prahlerisch einen kriegerischen Namen zugelegt: Die Mechanisierte Angriffsbrigade. Junge Lehrer nennen sich Kämpfer für die Bildung. Auf den Feldern arbeitende Studenten sind die Jugendliche Säule des Jahrhunderts. Literaten sind Das Vaterland oder Die Todesbrigade. So geht das endlos weiter, es stumpft Felicia ab und unterhöhlt ihre Bereitschaft, für die Zukunft zu kämpfen, ihre oder die von jemand anderem. Wenn doch bloß ihr Sohn bei ihr sein könnte!

Felicia holt eine rostige Nagelfeile und eine Plastiktube mit Handcreme aus ihrem Tornister und macht sich an die Arbeit. Mit der abgerundeten Spitze der Feile schiebt sie die Nagelhaut zurück und kratzt und stochert unter den Nägeln herum, bis sie tadellos sauber sind. Mit knappen, flinken Bewegungen feilt sie den abgebrochenen Nagel ihres linken Daumens zurecht, drückt ein bißchen von der rosafarbenen Lotion auf die Handrücken, massiert sie mit kreisenden Bewegungen ein und reibt die Handflächen aneinander, bis die Hände wieder weich und leicht fettig sind.

Sämtliche Mitglieder der Truppe, bis auf Leutnant Rojas, die in ihrem Zelt einem knisternden Radio lauscht, beobachten Felicia aufmerksam, als wohnten sie einem ausgeklügelten Ritual bei, das sie anschließend würden wiederholen müssen, etwa wie das Zerlegen und Zusammensetzen von Gewehren. Als Felicia fertig ist, wenden sie sich ab und klüngeln in Zweier- und Dreiergrüppchen zusammen, um sich zu unterhalten.

»Meine eigene Tochter hat mich angezeigt und steif und fest behauptet, wir würden beim Abendessen ein Tischgebet sprechen«, klagt Silvia Lores. »So was bringt man ihnen in der Schule bei, ich meine, ihre Eltern anzuschwärzen. Jetzt gelte ich als ›antisoziales Element‹.«

»Es gibt Schlimmeres«, tröstet sie ein freundlicher Mann namens Paco. »Der Sohn meines Nachbarn wurde in den Marmorbruch auf die Isla de Pinos geschickt, weil er amerikanischen Jazz hörte und die Haare zu lang trug. Lange Haare sind zwar auch nicht gerade mein Fall, wißt ihr, aber deshalb gleich Schwerstarbeit? Bei dieser Hitze?«

»Die Studenten aus den Priesterseminaren schicken sie auch dorthin und behaupten, die Kirche sei reaktionär«, sagt Silvia Lores.

»Die Politiker vergessen, wie sie selbst vor fünfzehn Jahren ausgesehen haben«, wirft der einzige junge Mann der Gruppe ein. »Heutzutage würden sie als Feinde der Gesellschaft zusammen mit Drogensüchtigen und *maricones* in eine Einheit gesteckt. Schaut mich an! Mich nennen sie rebellisch, aber waren es nicht Rebellen, die die Revolution gemacht haben?«

»Beruhige dich, *chico*, beruhige dich, sonst hört sie dich noch«, warnt Paco ihn mit einer Kopfbewegung in Richtung auf Leutnant Rojas' Zelt.

»Das Risiko muß man eingehen. Einer von uns ist sowieso ein Spitzel«, sagt der junge Mann verächtlich. »Hier bleibt nichts unbemerkt.«

Felicia hört das Gespräch mit an und dreht sich aus starkem, schwarzem Tabak eine Zigarette. Sie hat mit dem Rauchen in der psychiatrischen Klinik wieder angefangen, weil sie ihre Hände irgendwie beschäftigen wollte. Jetzt verlangt es sie nach dem wohltuenden, brennenden Gefühl, das Zigarettenrauch tief in den Lungen hervorruft.

Während der ersten Tage in den Bergen versuchten die anderen sie auszuhorchen, aber Felicia gab sich wortkarg. Sie kennt diese Leute nicht und hat keinen Anlaß, ihnen zu trauen. Vielleicht denken sie jetzt, daß sie der Spitzel ist.

Felicia meldet sich abermals freiwillig für die Nachtwache. In der Finsternis des mondlosen Dschungels sind Widersprüchlichkeiten nicht so offenkundig, Heucheleien und Lügen leichter erträglich. Sie befiehlt ihren Augen, sich an die Dunkelheit zu gewöhnen. Vielleicht hätte sie schon immer im Dunkeln leben sollen, zusammen mit Eulen und Fledermäusen und andern Geschöpfen der Nacht. Herminia hat ihr einmal von Göttern erzählt, die über die Nacht herrschen, aber Felicia erinnert sich nicht an ihre Namen. Zu diesen Göttern hatten die Sklaven gebetet, um wenigstens einen letzten Rest ihrer Seele zu retten. Das Beten gab ihnen Kraft für die Schmach des Tages.

Auch Celia hat nachts einmal gebetet und anschließend bis zum Morgengrauen in ihrer Schaukel gesessen. Als Felicia noch klein war, setzte sie sich manchmal, wenn sie nicht schlafen konnte, zu ihrer Mutter auf die Veranda. Dann lauschten sie stundenlang gemeinsam dem rhythmischen Wogen des Meeres und den Gedichten, die ihre Mutter wie im Traum aufsagte.

> *Por las ramas del laurel*
> *vi dos palomas oscuras.*
> *La una era el sol,*
> *la otra la luna.*

In solchen Nächten erlernte Felicia die blumige Sprache ihrer Mutter. Nach Belieben entlehnte sie den Gedichten die eine oder andere Zeile, reihte Worte aneinander wie Wäsche auf einer Leine, verwob Ideen und Beschreibungen, die ihr von allein nie eingefallen wären. Was sie sagte, klang in ihren Ohren durchaus stimmig, obgleich die anderen ihr nicht selten sagten, daß es keinen Sinn ergab. Felicia vermißt die friedlichen Nächte mit ihrer Mutter, in denen das Meer ihre miteinander verquickten Gedanken rhythmisch untermalte. Jetzt streiten sie sich ständig, vor allem über *El Líder*. Wie ihre Mutter ihn vergöttert! Auf dem Nachttisch, wo früher das Foto ihres Mannes stand, steht nun ein gerahmtes Bild von ihm. Für Felicia ist *El Líder* ein Tyrann wie jeder andere auf der Welt. Nicht besser und nicht schlechter.

Tatsächlich kann Felicia sich des Eindrucks nicht erwehren, daß bei der Begeisterung ihrer Mutter für ihn noch etwas ganz anderes, etwas Sexuelles mitspielt. Sie hat von Frauen gehört, die sich ihm, von seiner Macht und seinen unergründlichen Augen verführt, hingeben wollten, und es wird behauptet, er sei der Vater zahlreicher Kinder auf dieser Insel. Doch von *El Líder* geht eine Kälte, eine Verbitterung aus, die ihr nicht geheuer ist. Seine erste Frau, seine einzige große Liebe, so heißt es, habe ihn betrogen, während er nach seinem fehlgeschlagenen Angriff auf die Moncada-Kaserne auf der Isla de Pinos hinter Gittern saß. Sie habe Geld von ebender Regierung angenommen, die er zu stürzen suchte. *El Líder* habe ihr das nie verziehen und sich von ihr scheiden lassen. Angeblich hatte es in der Zeit, die er hier in den Bergen verbrachte, noch eine andere Frau gegeben, die für ihn jedoch, soviel wußte man, nichts weiter als ein Kamerad war – Mutter, Schwester, aber keine Geliebte. Allem Anschein nach gab sich *El Líder* nur einer einzigen Sache mit glühender Leidenschaft hin: der Revolution.

Dennoch versucht sich Felicia auszumalen, wie er wohl im Bett wäre. Würde er die Mütze abnehmen und die Stiefel ausziehen? Die Pistole auf den Tisch legen? Würden draußen vor der Tür Wachen stehen und gebannt auf den kurzen, heftigen Freudenschrei warten, der sie wissen ließe, daß er gleich gehen würde? Wie würden seine Hände sein? Sein Mund, das harte Ding zwischen seinen Schenkeln? Würde er in ihr langsam in Wallung geraten, wie sie es mochte? Die Zunge über ihren Bauch gleiten lassen und sie *dort* lecken? Felicias Hand gleitet an ihrer Armeehose aus Drillich nach unten. Sie spürt seinen Bart zwischen ihren Schenkeln und seine Zunge, die sich immer schneller bewegt. »Wir brauchen dich, Compañera del Pino«, hört sie ihn eindringlich flüstern, während sie kommt.

(1975)

Es ist der erste Donnerstag im Dezember. Knapp dreihundert Menschen drängen ins einzige Lichtspielhaus von Santa Teresa del Mar und rangeln sich um Sitzplätze, Zigaretten und Erfrischungsgetränke. Die halbe Stadt hat sich eingefunden, um mitzuverfolgen, was ein handfester Kampf zu werden verspricht: Ester Ugarte, die Frau des Postmeisters, hat Loli Regalado unterstellt, ihren Ehemann verführt zu haben, was Loli heftigst bestreitet. An Abenden wie diesem vermißt niemand die übliche, aus grobkörnigen kubanischen Filmen bestehende Kost des Lichtspieltheaters.

Celia del Pino nimmt auf einem Klappstuhl hinter einem dem Publikum zugewandten Kartenspieltisch Platz. Es ist das dritte Jahr, in dem sie als Laienrichterin fungiert. Das erfüllt sie mit Befriedigung, denn ihre Entscheidungen haben Auswirkungen auf das Leben anderer Menschen, und somit hat sie das Gefühl, an einem Ereignis von großer historischer Tragweite teilzunehmen. Was hätte sie wohl vor zwanzig Jahren gemacht? Bis in alle Ewigkeit in ihrer Korbschaukel gesessen, um vor der Zeit alt zu werden? Ihre Enkelkinder gehütet und auf den Tod gewartet? Sie muß an die schwermütigen Briefe denken, die sie Gustavo vor der Revolution geschrieben hat, und überlegt, wie anders sie wohl ausfallen würden, würde sie sie jetzt schreiben.

Seit dem Tod ihres Mannes hat sich Celia mit Leib und Seele der Revolution verschrieben. Als *El Líder* Freiwillige für den Bau von Kindergärten in der Provinz Villa Clara brauchte, schloß Celia sich einer Kleinbrigade an, um beim Dachdecken zu helfen und den Lastenaufzug zu beschicken. Als *El Líder* einen Kreuzzug gegen eine Malariawelle startete, impfte Celia die Schulkinder. Und jedes Jahr zur Erntezeit schnitt sie das Zuckerrohr, von dem sich *El Líder* Wohlstand für alle versprach. Damit nicht genug, schützt sie nach wie vor an drei Abenden im Monat ihren Küstenstreifen vor feindlichen Invasoren. Für diese Nachtwache zieht sie jedesmal ihr bestes Kleid an, schminkt sich die Lippen rot, malt das Muttermal auf ihrem Kinn dunkel nach und stellt sich vor, daß *El Líder* sie beobachtet und ihr mit seinem warmen, nach Zigarre riechenden Atem etwas ins Ohr flüstert. Mit Freuden würde sie alles tun, was er von ihr verlangte.

Seit sie in das Volksgericht gewählt wurde, hat Celia in 193 Fällen geurteilt, von kleinen Diebstählen und Familienstreitigkeiten bis hin zu schwerwiegenderen Vergehen wie ärztlichen Fehlleistungen, Brandstiftung und konterrevolutionären Umtrieben. Am allerliebsten sind ihr Fälle der Jugendgerichtsbarkeit. Besserung statt Bestrafung lautet ihre Devise, und schon bei so manchem jugendlichen Straftäter ist es ihr gelungen, ihn zu einem tatkräftigen Revolutionär zu machen. Ein Mädchen namens Magdalena Nogueras, das man mit sechzehn Jahren dabei erwischt hatte, wie es bei ihrem Nachbarn ein Schwein und einen Schraubenschlüssel stehlen wollte, mauserte sich zu einer der führenden Schauspielerinnen von Kubas Nationaler Theatertruppe. Zu ihrem Leidwesen mußte Celia später erfahren, daß das Mädchen während einer Tournee in Oaxaca davongelaufen war und nun in Mexiko eine psychotische Hausfrau in einer populären *novela* spielte.

Mit vier Schlägen des behelfsmäßigen Hammers, dessen Griff schon ganz wackelig ist, erklärt Celia die Sitzung des heutigen Abends für eröffnet. Das Gefühl sagt ihr, daß die Zuschauer zu gleichen Teilen Anhänger der einen wie auch der anderen Partei sind. Alle scheinen am Ausgang der Angelegenheit starkes Interesse zu haben.

Seit in diesem Jahr das Familiengesetz verabschiedet wurde, wenden sich immer mehr Menschen mit ihren Problemen ans Gericht. Frauen, die der Ansicht sind, daß ihre Ehemänner nicht ihren Anteil an der Hausarbeit erledigen oder die einer außerehelichen Affäre ein Ende bereiten wollen, bringen die Sache vor den Richter. Dagegen tragen nur wenige Männer ihre Beschwerden dem Volksgericht vor, aus Angst, sie könnten als Schwächling oder gar – nicht auszudenken! – als Hahnrei dastehen. Für derartige Fälle hat Celia nichts übrig. Ihrer Meinung nach sind dies Privatangelegenheiten, die nicht vor einem nach Unterhaltung gierenden Publikum ausgetragen werden sollten. Außerdem kommt es trotz langer Verhandlungen meist doch zur Scheidung. Hätte sie selbst noch einmal vor der Entscheidung gestanden, wäre sie wohl Tía Alicias Beispiel gefolgt und hätte nie geheiratet.

»Ich wollte mir eine Tasse Maismehl borgen, da warf ihr Mann seinen Bademantel in die Ecke und stürzte sich auf mich.« Loli Regalado ist eine kurvenreiche Person Anfang Dreißig. Das blondgefärbte Haar trägt sie hoch oben am Hinterkopf zu einem Pferdeschwanz zusammengefaßt.

»Das ist nicht wahr!« kreischt Ester Ugarte. »Sie hat meinen Rogelio verführt! Sie hatte ein hautenges Kleid an, das nur bis hier ging, mit einem Ausschnitt, der auch bis hier ging.« Beide Male zeigt sie auf den Bauchnabel.

»Von einem Kleid kann ja dann kaum noch die Rede sein, oder, Compañera Ugarte?« fragt Celia, und das Publikum bricht in Gelächter aus.

Loli behauptet, Ester sei mit dem Bügelbrett auf sie losgegangen, habe sie ins Treppenhaus gejagt, gegen die Wand gedrückt und dort festgehalten wie eine Gefangene.

»Sie hat mich eine *puta* genannt!« zetert Loli.

»Ich habe sie nie eine *puta* genannt! Dabei hätte sie es weiß Gott verdient!«

»Alle Welt weiß, daß dein Mann dich nicht liebt, weil du so eifersüchtig bist«, höhnt Loli. »Er steigt doch jeder Frau in der Nachbarschaft nach!«

»Lügnerin!«

Celia schlägt mit dem Hammer auf den Spieltisch, um das Publikum, das pfeift und johlt wie bei einem Boxkampf, zum Schweigen zu bringen. Allerdings weiß Celia wie jeder andere in Santa Teresa del Mar, daß es stimmt, was Loli sagt. Wie schon sein Vater und Großvater kann Rogelio Ugarte seine lüsternen Finger nicht im Zaum halten. Das hat er ebenso geerbt wie den in der Stirnmitte spitzzulaufenden Haaransatz, die trägen braunen Augen und den Job auf dem Postamt. Celia erinnert sich, daß über Rogelio allerlei Gerüchte im Umlauf waren, zum Beispiel, daß er sich aus Chicago eine Schachtel kleiner Gummihäubchen für seinen Penis habe schicken lassen, die den Frauen angeblich eine schier verrückte Lust bereiteten. Das war vor der Blockade. Celia hat sich seitdem immer gefragt, wie diese Häubchen auf seinem Penis wohl hielten.

Mehrere Zeuginnen machen ihre Aussagen, die sich jedoch als so widersprüchlich erweisen, daß sie nicht von großem Nutzen sind. Celias Arm ist schon ganz müde vom vielen Klopfen, und ihre Stimme ist heiser, weil sie das Publikum ständig zur Ordnung rufen muß. Einfach unglaublich: Da hört sie doch, wie so ein *desgraciado* in den hinteren Reihen des Theaters Erdnüsse verkauft. Bevor sie ihn hinauswerfen kann, übertönt eine Stimme den Tumult:

»Holen wir doch diesen Hurensohn von einem Postmeister her! Wenn jemand vor Gericht stehen sollte, dann er!« schreit Nélida Grau in der dritten Reihe, und schon springen die Zuschauer auf und gestikulieren wild durcheinander.

Bis es Celia gelingt, wieder einigermaßen Ruhe herzustellen, ist sie zu einer Entscheidung gelangt.

»Compañera Grau hat ganz recht«, setzt Celia an und bringt einen Zwischenrufer, einen Vetter von Rogelio, mit einem gestrengen Blick zum Schweigen. »Mir scheint, *compañeras*, das Problem hat nichts mit euch beiden zu tun, sondern mit Rogelio.«

»Was erwartest du denn, wenn eine wie die daherkommt und ihn in Versuchung führt? Er ist auch nur ein Mensch!« protestiert Ester.

»Ha!« schnaubt Loli. »Er soll lieber seine Briefmarken statt seine Lippen lecken. Vielleicht kriegen wir hier dann ab und zu sogar Post!«

»Ich werde nicht über jemanden urteilen, der nicht anwesend ist«, verkündet Celia, als es zu erneuten Zankereien kommt. »Du da!« Sie zeigt mit dem Finger auf Rogelios Vetter Ambrosio Ugarte, der von einer Schar aufgebrachter Frauen umgeben ist. »Hol Rogelio her! Du hast fünf Minuten Zeit!«

Die Zuhörerschaft bebt vor Zwietracht. Nun läuft die Auseinandersetzung zwischen allen nur erdenklichen Lagern auf vollen Touren: Ehemänner gegen Ehefrauen, verheiratete Frauen gegen ledige und geschiedene, politisch Aktive gegen Apolitische. Der Streit zwischen Loli Regalado und Ester Ugarte dient jedermann als Vorwand, um seinem Frust über Familienmitglieder, Nachbarn, das System, das Leben Luft zu machen. Alte Wunden reißen wieder auf, neue werden geschlagen.

Celia blickt auf den Unfrieden herab, der in Santa Teresa del Mar herrscht. Sie ist entmutigt. In ihren Augen hängt Kubas Wohl vor allem von zwei Dingen ab, die es hierzulande nicht oder nur selten gibt: Großmut und Einsatzbereitschaft ohne Hintergedanken. Laufen sie der menschlichen Natur denn so zuwider?

Plötzlich wandern alle Blicke zur Tür im hinteren Teil des Saals. Rogelio Ugarte ist eingetroffen. Unschlüssig steht er im Türrahmen und sucht mit seinen trägen braunen Augen das Publikum nach Freunden ab.

»Komm bitte nach vorne, *compañero*«, befiehlt Celia.

Wie weggeblasen sind Rogelios Leichtfertigkeit, seine gewohnten Frotzeleien und Scherze. Er sieht aus wie eine hilflose Holzpuppe, als er mit ruckartigen Bewegungen den Mittelgang entlanggeht.

»Jetzt machen wir Nägel mit Köpfen!« kräht Ester, und wieder bricht ein Höllenspektakel los.

Als Celia abermals auf den Spieltisch klopfen will, löst sich der Hammerkopf vom Stiel, fliegt nach hinten und reißt ein faustgroßes Loch in die Kinoleinwand. Offenbar das wirksamste Mittel, sich die Aufmerksamkeit des Publikums zu sichern.

»Compañero Ugarte, dir wird zur Last gelegt, unter deinen Nachbarn für großen Zwist gesorgt zu haben«, faßt Celia mit lauter Stimme zusammen. »Das Gericht ist zu der Auffassung gelangt, daß du ihm und nicht etwa deine Frau oder Compañera Regalado eine Erklärung schuldig bist. Antworte bitte wahrheitsgetreu. Hast du oder hast du nicht am Nachmittag des dreiundzwanzigsten Oktober versucht, Compañera Regalado zu verführen?«

»Ja.«

»Ja, was?«

»Ja, ich habe versucht, sie zu verführen.«

Die Zuschauer jubeln, ein jeder und eine jede aus anderem Grund, als hätte Rogelio ihnen allen mit seiner Antwort recht gegeben.

»Lügner!« kreischt Ester, vor Scham zitternd. Im nächsten Augenblick stürzt sie sich mit einem spektakulären Sprung, den ihr niemand zugetraut hätte, auf ihren Mann, reißt ihn zu Boden, zerrt an seinem Haar und beißt ihn in die Backe. Als Freunde sie von ihm fortziehen, fängt Ester hemmungslos zu weinen an.

Da steigt Celia auf ihren metallenen Klappstuhl, so daß sie die Menge überragt, und wartet ab, bis außer Esters Schniefen und Schluchzen kein Geräusch mehr zu hören ist.

»Ich habe eine Entscheidung getroffen«, verkündet Celia bedächtig. »Rogelio Ugarte, ich verurteile dich zu einem Jahr Arbeit als Freiwilliger in der Staatlichen Kindertagesstätte von Santa Teresa del Mar.«

»Was?« Noch ganz benommen von der Attacke seiner Frau, blickt Rogelio vom Fußboden zu ihr auf.

»Der Kindertagesstätte mangelt es an Personal, und unsere *compañeras* brauchen Hilfe beim Wickeln, Milchaufwärmen, Windelwaschen und Spielen mit den Kindern. Du wirst der erste Mann sein, der je dort gearbeitet hat, *compañero*, und ich werde mich persönlich davon überzeugen, daß dein Betragen in jeder Hinsicht dem eines mustergültigen Sozialisten entspricht. Hiermit erkläre ich die Verhandlung für geschlossen.«

Mit dieser Entscheidung löst Celia gleichermaßen Bravorufe und noch mehr lärmendes Gezänk aus.

»Warum schickst du ihn nicht nach Afrika?« ruft Nélida Grau, eine Hand in die Seite gestemmt, die andere in Richtung Tür ausgestreckt.

Sichtlich erfreut über ihre Entlastung, gibt Loli zu bedenken, daß der Entschluß, Rogelio zu den *compañeras* in die Staatliche Kindertagesstätte zu stecken, auf dasselbe hinauslaufe, als würde man einen Fuchs mit Messer und Gabel bewaffnet in einem Hühnerstall aussetzen.

Niedergeschlagen sieht Celia zu, wie ihre Nachbarn einer nach dem anderen den Saal verlassen, bereits in freudiger Erwartung des für den nächsten Monat anberaumten »Liebesmotel-Falls«. Im Januar werden sich Hilario und Vivian Ortega, die in derselben Straße wie Celia wohnen, gegen den Vorwurf zu verteidigen haben, sie hätten gegen das Gesetz verstoßen, indem sie zwei Zimmer ihres am Strand gelegenen Hauses stundenweise vermieteten. Celia hat das böse Gefühl, daß die Bürger von Santa Teresa del Mar die Gerichtsverhandlung nur ein weiteres Mal als live ausgetragene Seifenoper betrachten werden.

Draußen vor dem Theater ist der Erdnußverkäufer unverdrossen damit zugange, seine Ware an den Mann zu bringen. Als er Celia ein Tütchen hinhält, nimmt sie es widerspruchslos an. Dann geht sie,

eine Erdnuß nach der anderen kauend, ohne Eile zurück zu ihrem aus
Ziegeln und Mörtel gebauten Haus am Meer.

* * *

Spätabends schwingt Celia in ihrer Korbschaukel hin und her und betrachtet den sternenübersäten Himmel, als erwarte sie sich aus irgendeiner zufallsbedingten Konstellation eine Offenbarung. Doch in
dieser Nacht geht vom Firmament die erleuchtende Kraft und Starre einer päpstlichen Tiara aus.

Celia begibt sich in die Küche, wärmt auf dem Herd ein wenig
Milch auf und süßt sie mit ein paar Zuckerstückchen. Wie ist es nur
möglich, daß sie ihren Nachbarn helfen kann, für ihre Kinder jedoch
völlig nutzlos ist? Lourdes, Felicia und Javier haben nun die Hälfte ihres Lebens hinter sich, alle drei sind traurige Existenzen, taub und
blind gegen den Rest der Welt, gegen sich selbst und ihre Mutter.
Nichts Tröstliches verbindet sie, nur eine von Enttäuschungen ver-
giftete Vergangenheit.

Celias Töchter haben kein Verständnis für ihre Hingabe an *El Líder*. Lourdes schickt ihr ab und zu Fotos von Gebäckstücken aus ihrer Bäckerei in Brooklyn. Jedes schimmernde Eclair ist wie eine auf
Celias politisches Credo abgefeuerte Granate, jede Erdbeertorte ein
Beweis aus Butter, Sahne und Eiern für Lourdes' Erfolg in Amerika
und eine Erinnerung an die auf Kuba herrschende Knappheit.

Felicia bereitet ihrer Mutter nicht eben weniger Ärger. »Wir sterben noch vor lauter Wohlfahrt!« stöhnt sie jedesmal, wenn Celia sich
anschickt, die Verdienste der Revolution zu rühmen: Niemand leide
Hunger oder entbehre ärztliche Fürsorge, niemand müsse auf der
Straße schlafen, jeder, der arbeiten wolle, habe Arbeit. Felicia jedoch
zieht ein verschwenderisches, planloses Leben in Ungewißheit vor.

Wenn Felicia doch bloß Interesse für die Revolution aufbringen
könnte, dann – davon ist Celia überzeugt – würde sie in ihrem Tun
einen höheren Sinn entdecken und die Chance bekommen, Teil eines
Ganzen zu sein, das größer ist als sie allein. Nehmen sie allesamt
denn nicht am bedeutendsten gesellschaftlichen Experiment der

neueren Geschichte teil? Ihre Tochter dagegen hat nichts Besseres zu tun, als sich in ihrem eigenen Unbehagen zu suhlen.

Nichts kann Felicias eingefleischte Teilnahmslosigkeit erschüttern, weder die zwei Wochen, die sie im Trainingslager der Guerilla in den Bergen verbrachte, noch die anderthalb Tage, die sie sich beim Zuckerrohrschneiden abquälte. Als Felicia von der Plantage zurückkehrte, jammerte sie über ihren verrenkten Rücken, ihre aufgeschürften Hände und die Staubwolken, die sie angeblich geschluckt hatte. Sie schwor sich, fortan den Kaffee ungesüßt zu trinken. Nie wieder Zucker!

Die Ärzte rieten Felicia, sich einer Theatergruppe anzuschließen, und behaupteten, manch unzufriedener Mensch habe sich durch die Schauspielerei mit der Revolution ausgesöhnt. Felicia zeigte jedoch keinerlei Begabung für die Bühne. Betrübt mußte Celia sich eingestehen, daß das Talent ihrer Tochter in ihrem unüberbietbaren Hang lag, aus dem Alltag ein Drama zu machen. Auf dem Postamt am Platz oder im Schönheitssalon, wo sie gearbeitet hatte, hätte Felicia damit bestimmt anhaltenden Beifall und einen Regen roter Nelken geerntet.

Celia kramt in der Nachttischschublade nach dem Lieblingsfoto von ihrem Sohn. Er ist groß und blaß wie sie und hat auf der linken Wange das gleiche Muttermal wie sie selbst. Javier trägt eine Pioniersuniform, so hell und frisch wie die Revolution, wie sein optimistisch dreinblickendes Gesicht. Celia kann ihn sich nicht älter vorstellen, als er auf dem Foto aussieht.

Ihr Sohn war knapp dreizehn, als die Revolution den Siegeszug antrat. Die ersten Jahre danach waren schwer, doch nicht etwa wegen Entbehrungen und der Rationierung, die nach Celias fester Überzeugung bei der Umverteilung der Besitztümer im Land unumgänglich waren, sondern weil Celia und Javier ihre Begeisterung für *El Líder* geheimhalten mußten. Lobende Worte über die Revolution hätte ihr Mann in seinem Haus nicht geduldet.

Javier erklärte seinem Vater nie offen den Krieg. Er trug den Kampf vielmehr in seinem Inneren durch stillen Trotz aus und wanderte im Jahr 1966 heimlich und ohne sich zu verabschieden in die Tschechoslowakei aus.

Nach dem Tod seines Vaters vor drei Jahren schrieb Javier einen langen Brief, in dem er ihr mitteilte, er sei Professor für Biochemie an der Universität Prag geworden und halte Vorlesungen auf russisch, deutsch und tschechisch. Über seine Frau verlor er kein Wort, aber er schrieb, daß er mit seiner kleinen Tochter Spanisch spreche, damit sie sich eines Tages mit ihrer Großmutter unterhalten könne. Das rührte Celia, und so schrieb sie ein paar Zeilen an Irinita, in denen sie sie ermunterte, weiterhin Spanisch zu üben, und versprach, ihr das Schwimmen beizubringen.

All die Jahre hatte ihr Sohn ihr nur sporadisch Briefe geschickt, ein paar zwischen den Vorlesungen hastig aufs Papier geworfene Notizen, so jedenfalls schien es Celia. Selten nur teilte er ihr Wichtiges mit – als wären die belanglosesten Neuigkeiten für sie gerade gut genug. Am meisten erfuhr sie über Javier durch die Familienfotos, die ihre Schwiegertochter Irina jedes Jahr zu Weihnachten verschickte, wie es sich gehörte. Auf ihnen sah Celia, wie ihr Sohn allmählich älter wurde, wie sein Mund den eigensinnigen Zug seines Vaters annahm. Und dennoch sprach aus seinen Augen eine Verwundbarkeit, die Celias Herz rührte und sie an ihren kleinen Sohn von einst erinnerte.

Nachts, im Bett, rückt Celia die Brüste zurecht, so daß sie bequem auf dem Bauch schlafen kann, doch beim Aufwachen am nächsten Morgen liegt sie dennoch auf dem Rücken, Arme und Beine von sich gestreckt, die Bettdecke auf dem Boden. Sie kann sich nicht erklären, warum sie einen so unruhigen Schlaf hat. Ihre Träume erscheinen ihr wie bunte, elektrische Funken, die heraustieben aus dem Strom ihres Lebens.

Celia schließt die Augen. Sie will sich nicht eingestehen, daß sie sich trotz aller Aktivität manchmal einsam fühlt. Es ist nicht die Einsamkeit früherer Jahre und ihres widerwillig hingenommenen Daseins am Meer, sondern eine Einsamkeit, die der Unfähigkeit anderer Menschen entspringt, ihre Freude zu teilen. Celia denkt an die Nachmittage zurück, an denen sich ihre kleine Enkeltochter zu ihr auf die Veranda gesellte und ihr das Gefühl gab, ihre Gedanken lesen zu können. Viele Jahre lang sprach Celia in dunkelster Nacht zu Pilar, doch dann brach die Verbindung ab. Heute begreift Celia, daß damals ein Band zwischen ihnen gerissen und seither kein neues geknüpft worden ist.

Luz Villaverde
(1976)

Für einen Mann mit Riesenpranken ging mein Vater sehr geschickt um mit zierlichen Dingen wie losen Fäden an seinem Jackett, biegsamen Zündhölzern, winzigen Haken und Ösen. Er war fingerfertig wie ein junges Mädchen. Einmal sah ich zu, wie er einen winzigkleinen Knopf an mein Kleid nähte, und später, wie er die schwarze Maske einer Prostituierten aufschnürte.

Mein Vater war ein gutaussehender Mann. Ich kann es beweisen, ich habe ein Foto von ihm. Mamá hat ihn kaputtgemacht.

Jetzt sind seine Fingernägel rußgeschwärzt und Hals und Gesicht so rauh wie gegerbte Tierhäute. Er besitzt nur ein Hemd, ein getupftes, das er bis zu den Ellbogen hochkrempelt, und eine schmuddelige Hose, die im Schritt durchhängt. Die Falten in seinem Gesicht sehen aus, als hätte sich jede einzelne durch ein bestimmtes Mißgeschick tief eingegraben und als seien sie nicht die Quittung für seinen über lange Jahre angestauten Kummer. Seine Zähne sind schwarz und die Spitzen vor lauter sorgenvollem Knirschen abgerieben, weshalb er nur noch Brei wie ein Baby zu sich nehmen kann. Den Trauring bewahrt er in einem blauen Samtschächtelchen mit straffen Federn auf. Ich weiß noch, wie er den Ring einmal überstreifte und wieder abzog, so mühelos, als wäre sein Finger eingefettet. Wenn er ihn nicht trug, zählte es nicht, was er tat. Mein Vater war ein Mann, der kein Abenteuer ausschlagen konnte.

Nachdem Mamá ihn angezündet hatte, wußten wir, daß er nicht

nach Hause zurückkommen würde. Und tatsächlich sahen wir ihn neun Jahre lang nicht wieder. In meiner Phantasie malte ich mir aus, wie er zurückkam, um Milagro und mich von Mamá und ihren Kokosnüssen fortzuholen. Die Seidentücher mit den anmutigen Kranichen darauf, die er uns aus China mitbrachte, als wir zwei Jahre alt waren, heben wir gut auf. Es spielte keine Rolle, daß wir zu jung waren, um sie zu tragen, es zählte nur, daß er glaubte, wir könnten sie tragen. Ich stellte mir vor, daß ich ihm auf dem Rücken eines Kranichs nachflog, egal, wo er sich gerade aufhielt.

Anfangs schwindelten Milagro und ich unsere Freundinnen an, wenn sie nach ihm fragten. »Er kommt zu uns zurück«, sagten wir. »Er ist in Australien aufgehalten worden.« Doch nach einer Weile hörten wir damit auf. Was brachte es schon? Damals waren andere Elternpaare bereits geschieden, und so kam es wirklich nicht mehr darauf an, wo er steckte.

Zum Glück haben Milagro und ich uns gegenseitig. Wir sind wie eine Doppelhelix, eng miteinander verbunden und unantastbar. Deshalb kommt Mamá nicht an uns ran.

»Weißt du, welche Bedeutung Muscheln haben?« fragte sie Milagro eines Tages mit honigsüßer Stimme. »Sie sind die Perlen der Meeresgöttin, und sie bringen Glück, nicht Unglück, wie immer behauptet wird. Du bist meine kleine Perle, Milagro.«

Dann drehte sich Mamá zu mir um und sagte: »Und du, Luz, bist das Licht, das in der Nacht unsere Träume leitet. Du wachst über das, was am kostbarsten ist.«

Das war typisch für sie, nichts als schöne Worte, hohle Worte, von denen wir nicht satt wurden, die uns nicht trösteten, sondern uns in ihrer Welt aus Buchstaben gefangenhielten.

Meine Schwester und ich nannten sie unsere Unmutter. Unmutter hat in der Küche das Huhn verkohlen lassen und flucht. Unmutter legt schon wieder dieselbe Platte auf und tanzt im Dunkeln mit sich selbst. Aufgepaßt, Unmutter bemitleidet sich wieder mal selbst. Jetzt sollen wir zu ihr sagen, daß wir sie liebhaben. Wenn wir das nicht tun, schaut sie an uns vorbei, als würden hinter uns noch zwei andere Mädchen stehen, die zu ihr das sagen, was sie hören will.

Ivanito findet, daß wir gemein zu Mamá sind, aber er hat nicht gesehen, was wir gesehen haben, er hat nicht gehört, was wir gehört haben. Wir wollen ihn beschützen, aber er will sich nicht beschützen lassen. Er ist ihre Marionette.

Im Sommer mit den Kokosnüssen haben Milagro und ich einen Pakt geschlossen und ausgemacht, daß wir Mamá ignorieren und ihr möglichst aus dem Weg gehen. Wir lernen fleißig, damit wir später, wenn wir groß sind, eine gute Arbeit finden und überall hinfahren können, wohin wir wollen. Abuela Celia hat uns erzählt, daß vor der Revolution gescheite, hübsche Mädchen wie wir meist nicht zur Schule gingen. Sie mußten heiraten und Kinder kriegen, obwohl sie selbst fast noch Kinder waren. Ich bin froh, daß wir uns darüber nicht den Kopf zerbrechen müssen. Ich werde später mal Tierärztin, und dann operiere ich die größten Tiere, die es auf der Welt gibt – Elefanten, Nashörner, Giraffen, Nilpferde. Dazu muß ich wahrscheinlich nach Afrika gehen, aber Milagro hat gesagt, daß sie mitkommt. Sie will Pilzforscherin werden und sich auf tropische Pilzarten spezialisieren. Sie hält sich ein paar schleimige Pilze in einem Aquarium in der Schule. Ich habe zu ihr gesagt, solange sie die Dinger nicht mit in unser Zimmer nimmt, ist das okay.

Meine Schwester ist sentimentaler als ich, und manchmal tut Mamá ihr plötzlich leid. Dann erinnere ich sie an die Party an unserem neunten Geburtstag, als die ganze vierte Klasse in unser Haus in der Calle de las Palmas kam. Es gab Kuchen aus der Tiefkühltruhe und selbstgebastelte Spitzhüte, Mamá hatte einen Umhang aus Satin an, Glitter im Gesicht und führte Zauberkunststücke vor. Sie holte hinter unseren Ohren Ringe hervor und zauberte Gummispinnen aus einer Schüssel voll Wasser, auf dem Gardenien trieben. An der Decke hing eine *piñata* in Form eines knopfäugigen Esels.

Mamá verband mir die Augen und drückte mir einen Besenstiel in die Hand. Zuerst fuchtelte ich wild damit rum und traf Manolo Colón, den hübschen, schüchternen Jungen, der mich so gern mochte. Fast wäre er nach Hause gerannt, aber Mamá wischte ihm mit einem feuchten Lappen die Tränen ab und gab ihm das größte Stück vom Kuchen. Dann verband sie mir noch mal die Augen, und ich ließ den Besenstiel durch die Luft zischen, bis ich die *piñata* traf, so daß sie aufplatzte und rohe Eier wie längliche, klebrige Quallen herunterregneten.

Eier! Mamá hatte die *piñata* mit Eiern gefüllt!

Alle lachten und schrien, schmierten sich das Eigelb gegenseitig ins Gesicht und jagten sich durchs ganze Haus, bis es vom Getrampel in seinen Grundmauern erbebte.

»Kommt bald wieder!« rief Mamá ihnen nach, als sie ihren Eltern entgegenliefen, die über das Eigelb im Haar und auf den Kleidern ihrer Kinder so verblüfft waren, daß sie nicht merkten, wie meine Mutter sich vor Lachen schüttelte.

Milagro und ich verdrückten uns in unser Zimmer, ohne Ivanito oder Mamá etwas zu sagen, klaubten die Eierschalen aus unseren Haaren, sahen uns stumm an und heulten los.

Die erste Postkarte von Papá erhielten wir letztes Jahr im Sommer. Später fanden wir raus, daß er uns noch mehr geschickt, Mamá sie aber verbrannt hat so wie sein Gesicht. Es war ein sonniger Tag, und der Postbote kam ein zweites Mal zu unserem Haus, weil er vergessen hatte, die Postkarte abzugeben. Mamá war nicht daheim.

Auf der Karte war eine Fabrik abgebildet, in der Frauen reihenweise bronzefarbene Tabakblätter zu Zigarren rollten. Die Aufschrift auf der Rückseite lautete »*Cuba – alegre como su sol*«. Papá schrieb, er sei von der langen Reise zurück und wohne in einem Hotel im Hafen. Er schrieb, daß er uns gerne sehen würde, und nannte uns seine »zwei Zuckerbohnen«. Er schrieb auch, daß er uns nicht vergessen hätte.

Milagro und ich holten unsere Tücher mit den Kranichen raus, wirbelten im Zimmer rum und sahen zu, wie die Vögel hinter uns durch die Luft flatterten. Fein säuberlich falteten wir ein paar Sachen zusammen und warteten auf eine Gelegenheit, um abzuhauen.

Ein paar Tage später ging Mamá zu einer ihrer Voodoo-Sitzungen, die die ganze Nacht dauerten. Wir überredeten sie, uns alleine in Havanna zu lassen, statt uns zu Abuela Celia zu schicken. Kaum war sie weg, stopften wir unsere Sachen in einen Seesack und schlangen uns die Kranichtücher um den Hals. Wir stellten uns an die Plaza, warteten auf ein Taxi und blickten nicht zurück.

Der Mond stand schon hoch am Himmel und konnte es kaum erwarten, daß endlich die Nacht hereinbrach. Er schien der schwindenden Sonne das Licht zu entziehen. Wir fuhren erst durch eine Gasse, dann durch eine zweite und hüpften auf den Sitzen, als das Taxi mit der ausgeschlagenen Federung über die Pflastersteine holperte. Diese Momente der Erwartung kamen uns länger vor als all das Warten zuvor. Würde unsere Flucht gelingen?

Als das Taxi hielt, blickte ich an dem verwahrlosten Hotel hinauf, an unserer Zukunft.

Milagro wußte offenbar, wohin wir mußten, also folgte ich ihr durch den schmiedeeisernen Torbogen und eine steile, gewundene, nach Schmutz riechende Treppe hinauf. Das Geländer wackelte bei jedem Schritt.

»Hier drin ist er«, sagte Milagro und zeigte auf eine Holztür ohne Nummer. Energisch ging sie darauf zu, als wäre sie gekommen, um die Miete zu kassieren, und klopfte zweimal fest an.

Schlaffe, häßliche Hautfalten hingen schwer unter den rotgeränderten Augen, am Ansatz der Nase und den unförmigen Ohren unseres Vaters, sie zogen alles nach unten, so daß die Haut auf seinem Schädel ganz straff und glatt geworden war. Bevor wir einen Schrei ausstoßen oder wegrennen konnten, streckte Papá die Arme aus, seine einst so schönen Hände, und sagte unsere Namen.

Von da an besuchten Milagro und ich unseren Vater heimlich, wann immer es ging. Wer weiß, was Mamá getan hätte, wenn sie uns auf die Schliche gekommen wäre. Das Zimmer unseres Vaters, eine ehemalige Dienstmädchenkammer, hatte nur ein einziges Fenster, das auf eine schmale Gasse ging, in der sich Straßenköter balgten. Papá erzählte uns, daß er nachts das düstere Tuten der Schiffe hören konnte, wenn sie Havanna verließen, und daß er sich dann einsam fühlte.

Nachdem Mamá ihm das Gesicht verbrannt hatte, hatte ein Kapitän der Handelsflotte aus Mitleid mit ihm seine Papiere frisiert und reingeschrieben, er sei bei einer Explosion an Bord verletzt worden. Papá bezog nur eine bescheidene Invalidenrente, und mir ist rätselhaft, wie er sich all die Geschenke für uns leisten konnte – riesige Puppen mit cremefarbener Haut und samtigen Augenbrauen, Plastikportemonnaies mit Comicfiguren, bunte Haarspangen, die wir vor unserer Mutter versteckten. Es war, als wollte Papá jetzt, wo wir schon ein bißchen größer waren, die Uhr zurückdrehen, als wollte er uns kleiner, jünger, im Taschenformat. Ich denke, daß er die Geschenke schon vor langer Zeit gekauft hat, aber immer noch sehnlichst hofft, daß wir sie trotzdem mögen, sie und ihn.

Nach einer Weile fiel es uns nicht mehr so schwer, unserem Vater ins Gesicht zu sehen. In seinen Augen mit den Tränensäcken fanden wir die Sprache, nach der wir gesucht hatten, eine ausdrucksvollere Sprache als die Ketten aus leeren Worthülsen, mit denen unsere Mutter uns abgespeist hatte.

Wir brachten Papá zu Brei verarbeitetes Essen mit und reinigten die Falten in seinem verbrannten Fleisch. Ich legte im Zitronenhain unserer Schule ein paar Überstunden ein und wurde dafür mit einem Gutschein für einen Kassettenrecorder belohnt. Milagro kaufte ihm eine Kassette mit *Irakere*-Jazz, die er sich wieder und wieder anhörte. Er sagte uns nicht, was er tat, wenn wir nicht bei ihm waren, aber ich vermute, daß er sein Zimmer nie verließ.

»Auf dem Gymnasium konnte ich von allen am schnellsten rennen«, erzählte er uns einmal. Er hatte die Vergangenheit noch so lebendig vor Augen, daß er sie jederzeit von neuem durchleben konnte. Er war der einzige Sohn seiner Eltern und Jahre, nachdem sie schließlich aufgehört hatten, um ein Baby zu beten, auf die Welt gekommen. Sie hatten ihn verhätschelt und verwöhnt wie Großeltern ihr erstes Enkelkind. »Im Hundertmeterlauf gewann ich immer, obwohl ich viel schwerer war als die anderen Jungen. Ich schaffte die Strecke in knapp dreizehn Sekunden.«

Er erzählte uns auch, daß er es nur einen einzigen Vormittag in den Nickelminen ausgehalten und sich dann der Handelsmarine angeschlossen hatte. Als er von seiner ersten Reise aus Afrika zurückkehrte, waren inzwischen seine Eltern gestorben.

Eines Tages wünschte sich Papá, Ivanito zu sehen. Warum, weiß ich nicht. Milagro und ich warnten ihn und sagten, Ivanito werde wahrscheinlich nicht kommen, weil er über ihn nur Lügen, nichts als Lügen gehört hatte. Kann sein, daß wir eifersüchtig waren. Wir wollten Papá für uns allein haben.

Doch dann überlegten wir es uns anders. Wir wollten, daß Ivanito sah, was Mamá unserem Vater angetan hatte – und uns.

An dem Tag wurde Sturmwarnung gegeben. Der Wind wirbelte den Müll in den Straßen auf, und die Luft war·so feucht, daß alle Gebäude naß glänzten. Das Meer unten im Hafen war aufgewühlt und stieg immer höher. Die Wassermarken waren schon nicht mehr zu sehen. Ineinandergehakt und fest in unsere Jacken gemummelt, rannten wir zu dritt durch die Straßen. Als wir das Hotel erreichten, fielen die ersten Tropfen.

»Ich glaube, er ist nicht da«, sagte Milagro und sah mich merkwürdig an. Keiner von uns wußte, was los war. Ivanito hopste unruhig auf der Stelle, als wollte er sich warmhalten.

Hätte es nicht plötzlich heftig zu regnen angefangen, wären wir nicht die Treppe hochgegangen. Hätten wir nicht Angst vor den balgenden Kötern in der Gasse gehabt, wären wir mit Ivanito vielleicht wieder umgekehrt. Hätten wir nicht die großen Schiffe gesehen, diese schwimmenden, an der Mole vertäuten Gullivers mit den geschwungenen russischen Schriftzügen, wären wir vielleicht ein andermal wiedergekommen. Aber wir taten es nicht.

Die Tür zum Zimmer meines Vaters stand einen Spalt offen, und ein leises Grunzen wie von neugeborenen Ferkeln, die an den Zitzen des Muttertiers nuckeln, drang nach draußen. Ivanito stieß die Tür auf, und da sahen wir unseren Vater: Sein Gesicht war schrecklich geschwollen und so dunkelrot wie sein Glied, sein Mund stand weit offen und zuckte, als er seine Milch auf die nackten Brüste einer maskierten Frau spritzte, die unter ihm lag.

Wir sind jetzt wieder im Internat, und es gefällt uns hier. Milagro und ich haben uns freiwillig gemeldet, um im Stall die Pferde zu füttern und anschließend mit ihnen so lange durch Wälder und Zitronenhaine zu reiten, bis sie die Zähne fletschen und ganz glücklich aussehen.

Auch Ivanito ist im Internat. Seine Lehrer sagen, er sei sehr intelligent, aber gestört. Er weine jede Nacht und bringe seine Kameraden um den Schlaf. Ivanito hat ein schlechtes Gewissen, weil er Papá besucht hat. Er hat Angst, daß Mamá dahinterkommen könnte und er dann nie wieder nach Hause darf. Aber wir haben ihm gesagt, daß niemand außer uns weiß, was passiert ist, und ihm geschworen, es unser Leben lang für uns zu behalten. Um den Pakt zu besiegeln, haben wir drei uns in den Finger geschnitten und unser Blut vermischt.

Mein Bruder hat bis jetzt noch nicht gemerkt, daß Mamá bei allem, was sie tut, weder an ihn, noch an Abuela Celia oder sonst jemanden denkt.

Genug Mumm

(1975)

Lourdes Puentes geht ihr Revier in Brooklyn ab. Es umfaßt fünf von Linden gesäumte Straßenzüge mit Gebäuden aus Ziegelsteinen und gilt als sicher, genau wie die Gegend diesseits der Atlantic Avenue. Lourdes ist Hilfspolizistin, die erste in ihrem Stadtteil. Bei der schriftlichen Prüfung schaffte sie einhundert Punkte, indem sie sich im Prüfungsbogen immer für den dritten Lösungsvorschlag entschied, wenn sie sich nicht sicher war oder eine der Fragen nicht verstand. Captain Cacciola gratulierte ihr höchstpersönlich. Allerdings wollte er sich vergewissern, ob sie gegen Verbrecher hart genug durchgreifen würde, und Lourdes sagte zu ihm, ihrer Meinung nach gehörten Drogendealer auf den elektrischen Stuhl. Das gefiel dem Captain, und so wurde sie jeden Dienstag und Donnerstag abend zwischen sieben und zehn auf Patrouille geschickt.

Es macht Lourdes Spaß, in den schwarzen Schuhen mit der dicken Sohle durch die Straßen zu patrouillieren. Die Schuhe, findet sie, sorgen irgendwie für Gleichheit. Außerdem kann sie in ihnen rennen, wenn sie muß, den Bordstein hoch- und runterspringen und die holperigen, löcherigen Bürgersteige von Brooklyn entlanggehen, ohne sich den Knöchel zu verstauchen. Diese Schuhe verleihen ihr Kraft. Würden alle Frauen solche Schuhe tragen, sagt sie sich, müßten sie sich nicht den Kopf über abstraktere Arten von Gleichheit zerbrechen. Sie würden wie sie selbst als Reservisten zur Armee gehen oder der Hilfspolizei beitreten, um ihr aller Hab und Gut zu schützen. Auf Kuba war damals niemand auf die Kommunisten vorbereitet gewesen, und man sieht ja, was passiert ist. Ihre eigene Mutter überwacht, mit Feldstecher und Pistole bewaffnet, den Strand und hält nach Yankees Ausschau. Hätte Lourdes doch bloß eine Waffe gehabt, als sie eine brauchte!

Es ist Donnerstag, kurz nach neun und Vollmond. Fett und wächsern hängt er an einem Himmel, der von Schatten durchzogen ist und ganz ramponiert aussieht.

»In solchen Nächten kommen in New York alle Irren aus dem Bau gekrochen«, hatte der hauptamtliche Streifenpolizist des Reviers sie gewarnt.

Doch bislang ist heute abend alles ruhig geblieben. Für Nichtsnutze ist es draußen zu kalt. Lourdes muß plötzlich daran denken, wie ihre Tochter Armstrongs erste Worte auf dem Mond ins Lächerliche gezogen hat: »Er hatte monatelang Zeit, sich was auszudenken, und dann fällt ihm nichts Besseres ein?« Pilar war damals erst zehn Jahre alt, krittelte aber schon an allem herum. Lourdes ohrfeigte sie zwar jedesmal, wenn sie ungezogen war, aber das nützte nicht viel. Pilar war gegen Drohungen immun. Für sie hatten alltägliche Dinge keinen Wert, und deshalb war es unmöglich, sie zu bestrafen. Noch heute hat Pilar keine Angst vor Verlust oder Schmerz, und gerade diese Gleichgültigkeit macht Lourdes verrückt.

Die letzten Juden aus der Nachbarschaft sind weggezogen. Nur die Kellners sind geblieben. Die anderen wohnen jetzt auf Long Island oder in Westchester oder Florida, je nach Alter und Bankkonto. Pilar hält Lourdes für bigott, doch was weiß ihre Tochter schon vom Leben? Gleichheit ist auch nur eins von ihren abstrakten Schlagworten. »Ich frisiere keine Statistiken«, sagt sie zu Pilar, »und ich male die Gesichter in unserem Bezirk auch nicht bunt an.« Gesichter von Schwarzen, Gesichter von Puertoricanern. Dann und wann ein verloren und ängstlich dreinblickendes Gesicht aus Irland oder Italien, das sich hierher verirrt hat. Lourdes sieht lieber der Realität ins Auge – Ziegelstein, aus dem innerhalb weniger Monate Wohnhäuser hochgezogen werden, Müll in den Straßen, Männer, die auf Plätzen vor den Häusern herumlungern und aus gelbsüchtigen, ausdruckslosen Augen vor sich hin starren. Nicht einmal Pilar könnte ihr vorhalten, eine Heuchlerin zu sein.

Beim Gehen fühlt Lourdes den festen Boden unter den festen schwarzen Schuhen. Sie atmet die Winterluft ein, die ihr in die Lungen beißt. Es kommt ihr vor, als bestünde die Luft aus gläsernen Fäden, die in ihrem Inneren kratzen und scheuern. Sie nimmt sich vor, mit Träumern und Menschen, die sich zwischen Schwarz und Weiß nicht entscheiden können, keine Nachsicht zu haben.

Lourdes' Hand gleitet am hölzernen Schlagstock auf und ab. Er ist die einzige Waffe, die ihr die Polizeidirektion bewilligt. Ein Knüppel und Handschellen. In den zwei Monaten auf Patrouille hat Lourdes den Knüppel erst einmal eingesetzt, um auf dem Spielplatz eine Prügelei zwischen einem Jungen aus Puerto Rico und drei Italienern zu beenden. Lourdes kennt die Mutter von dem Burschen aus Puerto Rico. Sie arbeitete einen Nachmittag lang in ihrer Bäckerei. Lourdes erwischte sie, als sie beim Verkauf von zwei Krapfen fünfzig Cents in die eigene Tasche schob, und sie warf sie raus. Kein Wunder, daß ihr Sohn auf die schiefe Bahn geriet. Er verhökert hinter dem Spirituosenladen Marihuana in Plastikbeuteln.

Lourdes' Sohn wäre jetzt genauso alt wie der kleine Navarro. Aber *ihr* Sohn wäre anders. Er würde ihr nicht widersprechen, Drogen nehmen oder wie die anderen Halbwüchsigen Bier aus Papiertüten trinken. *Ihr* Sohn würde ihr anstandslos in der Bäckerei helfen. Er würde zu ihr kommen und sie um Rat fragen, ihre Hand an seine Wange drücken und ihr sagen, daß er sie liebhat. Lourdes würde mit ihrem Sohn plaudern wie Rufino mit Pilar: wie mit jemandem, dem man gern Gesellschaft leistet. Der Gedanke daran schmerzt Lourdes.

Am Straßenrand stehen in regelmäßigen Abständen in quadratische Flecken Erde eingesperrte Bäume. Rundherum gibt es nichts als Beton. Lourdes erinnert sich, irgendwo gelesen zu haben, daß die

Holländische Ulmenkrankheit an der Ostküste sämtliche Baumarten hinweggerafft hat – bis auf einen in Beton eingefaßten Baum in Manhattan. Sieht so für uns alle die Zukunft aus? fragt sie sich.

Kurz nach dem Umzug nach New York wurde Lourdes klar, daß Rufino sich hier nie einleben würde. In seinem Kopf war etwas aus den Fugen geraten, was ihn daran hinderte, in gewohnter Weise weiterzuarbeiten. Ein Teil von ihm hatte sich nie von der *finca* und dem bequemen, sich im Kreise drehenden Leben gelöst, und so war er für ein anderes Leben nur begrenzt tauglich. Man konnte ihn eben nicht verpflanzen. Also hatte Lourdes sich einen Job gesucht. Ab einem gewissen Alter betrachteten es kubanische Frauen einer bestimmten Schicht als unter ihrer Würde, außer Haus zu arbeiten, doch Lourdes hatte nie so gedacht.

Zwar hatte sie sich an die Privilegien gewöhnt, die sich daraus ergaben, daß sie in die Familie Puente eingeheiratet hatte, aber mit der Lebensweise, die für deren Frauen vorgesehen war, hatte sie sich nie abgefunden. Noch jetzt, wo sie, ihres einstigen Reichtums beraubt und in Zwei-Zimmer-Apartments eingepfercht, in Hialeah und Little Havana lebten, klammerten sich die Frauen der Puentes ebenso an die Familientradition wie an ihr graviertes Tafelsilber und gaben sich ihrer überspannten Nostalgie hin. Doña Zaida, einst eine imposante Stammesmutter, die ihre Söhne eifersüchtig und streng am Gängelband führte, saß Nachmittage lang vor dem Fernseher, sah sich eine *novela* nach der anderen an und parfümierte sich die immer dicker werdenden Handgelenke.

Lourdes wußte, daß sie nie so werden würde. Gleich nach den Flitterwochen fing sie auf dem Landgut der Puentes zu arbeiten an. Sie sah die Geschäftsbücher durch, feuerte den Buchhalter wegen Betrugs und kümmerte sich fortan selbst um die Buchführung. Sie möbelte das muffige Landhaus mit den Kassettendecken durch Aquarellandschaften auf, ließ die Sofas mit neuen, rustikalen Stoffen beziehen und ersetzte die Kretonnevorhänge durch gläserne Schiebetüren, durch die das Morgenlicht hereinflutete. Verschnörkelter Nippes und gruftige Möbel, in welche die Helmzier der Familie eingeschnitzt war, flogen raus. Lourdes füllte den mit einem Mosaik eingefaßten Springbrunnen mit Süßwasser, stellte im Garten eine Voliere auf und setzte Tukane, Kakadus, Papageien, einen Ara und auch Kanarienvögel hinein, die in den höchsten Tönen trällerten. Manchmal hörte sie nachts, wie sich in den Gesang aus dem Vogelhaus das Gurren der Ringeltauben und die Rufe der Solitäre mischten.

Als ein Bediensteter Doña Zaida verärgert über die Veränderungen in ihrem Landhaus in Kenntnis setzte, fiel sie wie eine Furie über das Haus her und versetzte es in seinen früheren Zustand zurück. Trotzig setzte Lourdes die Voliere wieder instand und tat abermals Vögel hinein. Mit ihrer Schwiegermutter sprach sie nie wieder ein Wort.

Lourdes vermißt ihre Vögel aus Kuba. Sie überlegt sich, ob sie einem Verein zur Beobachtung von Vögeln beitreten soll, aber wer würde sich in ihrer Abwesenheit um die Bäckerei kümmern? Pilar ist unzuverlässig, und Rufino kann einen Plunder nicht von einem Donut unterscheiden. Es ist ein Jammer, denn alles, was Lourdes in Brooklyn zu sehen bekommt, sind langweilige kleine Zaunkönige und schmuddelige Tauben. Seit einiger Zeit züchtet Rufino im Hinterhof Tauben in Verschlägen aus Maschendraht. Das hat er Marlon Brando in *Die Faust im Nacken* abgeschaut. Er druckt Botschaften auf kleine Zettel, schiebt sie durch die Metallringe an den Füßen der Tauben, küßt jeden Vogel vor dem Flug auf den Kopf, wünscht ihm viel Glück und läßt ihn mit einem lauten Zuruf fliegen. Lourdes hat keine Ahnung, was und an wen ihr Mann schreibt, und es interessiert sie auch nicht. Mittlerweile findet sie sich mit ihm ab wie mit dem Wetter. Was bleibt ihr anderes übrig?

Seit einer Weile vertraut sich Rufino ihr nicht mehr an. Von Pilar erfährt sie aus zweiter Hand in Bruchstücken etwas über seine Projekte, und so weiß sie, daß er an der Entwicklung eines Supervergasers arbeitet, der auf hundert Kilometer nur knapp über einen Liter verbraucht. Lourdes weiß auch, daß ihr Mann sich noch immer den Kopf über künstliche Intelligenz zermartert. Sie selber weiß nicht genau, was es damit auf sich hat, obwohl Rufino ihr einmal erklärt hat, daß künstliche Intelligenz sich zum Gehirn etwa so verhalte wie das Telefon zur menschlichen Stimme und daß es dank künstlicher Intelligenz schneller und besser arbeiten könnte als ohne Hilfe. Lourdes begreift nicht, was daran so schwierig sein soll. Sie erinnert sich, daß es schon auf der Weltausstellung vor zehn Jahren Roboter gab. Sie und Rufino und Pilar aßen damals in einem Panoramarestaurant, das die Form eines Raumschiffs hatte. Das Essen war schrecklich, aber dafür hatten sie einen Blick auf Queens.

In den letzten Tagen hat Lourdes sich das Gesicht ihres Mannes, sein immer dünner werdendes rötliches Haar und die runzeligen Hautfalten unter den Augen genauer angesehen. Er kommt ihr vor wie ein Fremder. Sie betrachtet ihn, wie sie ein Foto ihrer eigenen Hände betrachten würde, die ihr bei genauerem Hinsehen fremd erscheinen.

Lourdes ist nur in Gegenwart ihres Vaters ganz sie selbst. Auch nach seinem Tod verstehen sie sich so ausgezeichnet wie immer. Auf ihrem Rundgang begleitet Jorge del Pino seine Tochter allerdings nicht, weil er ihr bei der Arbeit nicht im Wege sein will. Er ist stolz auf sie und ihre festen Vorstellungen von Gesetz und Ordnung, die ganz seinen eigenen entsprechen. Er war es, der Lourdes dazu ermunterte, der Hilfspolizei beizutreten, damit sie in der Lage wäre, die Kommunisten zu bekämpfen, sobald die Zeit reif wäre. »Schau dir doch an, wie El Líder die Leute mobilisiert, damit sie für seine eigene Sache eintreten«, sagte Jorge del Pino einmal zu seiner Tochter. »Er bedient sich dabei faschistischer Methoden. Alle sind bewaffnet und bereit, jederzeit loszuschlagen. Wie sollen wir Kuba je zurückerobern, wenn wir selbst nicht für den Kampf gewappnet sind?«

Pilar macht sich über Lourdes' Uniform und die Art und Weise, wie sie mit dem Schlagstock auf die Handfläche klopft, lustig. »Für wen hältst du dich? Für Kojak?« fragt sie lachend und drückt ihrer Mutter einen Lutscher in die Hand. Spöttisch und ungezogen – typisch Pilar! »Ich tue das, um dir etwas beizubringen, um dir eine Lektion zu erteilen!« schreit Lourdes, aber Pilar hört ihr schon nicht mehr zu.

Letzte Weihnachten schenkte Pilar ihr ein Buch mit einer Sammlung von Essays über Kuba. Es hieß *Eine Revolutionäre Gesellschaft*. Auf dem Einband war eine Schar fröhlicher, herausgeputzter Kinder vor einem Konterfei Che Guevaras abgebildet. Lourdes kochte vor Wut.

»Wirst du es lesen?« fragte Pilar.

»Ich brauche es nicht zu lesen, um zu wissen, was drinsteht! Nichts als Lügen, giftige kommunistische Lügen!« Che Guevaras Gesicht hatte in ihr eine Wut ausgelöst, die in ihr bebte wie eine gespannte Saite.

»Was du nicht sagst!« schoß Pilar zurück.

Lourdes schnappte sich das Buch, das unter dem Weihnachtsbaum lag, lief ins Badezimmer, füllte die Wanne mit siedend heißem Wasser und warf es hinein. Alle Farbe wich aus Che Guevaras Gesicht, es quoll auf wie das tote Mädchen, das Lourdes eines Tages am Strand von Santa Teresa del Mar gefunden hatte. Es war angeschwemmt worden, und an der Brust heftete eine mit einer Nadel festgesteckte Nachricht. Das Mädchen wurde nie als vermißt gemeldet. Lourdes fischte Pilars Buch mit der Grillzange aus der Wanne und legte es auf die Porzellanplatte, die sie für die gegrillten Schweinshaxen bereitgestellt hatte. Mit einer Sicherheitsnadel befestigte sie einen Zettel am Einband, auf dem stand: »Warum gehst du nicht nach Rußland, wenn du glaubst, daß es dort so toll ist?« und unterschrieb mit ihrem vollen Namen.

Dann legte sie das ganze Arrangement auf Pilars Bett, aber ihre Tochter ließ sich nicht provozieren. Am nächsten Tag stand die Platte wieder im Küchenschrank, und die *Revolutionäre Gesellschaft* trocknete an der Wäscheleine vor sich hin.

Lourdes' Funksprechgerät knackt, während sie sich am Flußufer entlang, das ihr Einsatzgebiet im Westen begrenzt, einen Weg bahnt. Die Nacht ist so klar, daß das Wasser jeden verirrten Lichtstrahl reflektiert. Wenn der Fluß nicht von tutenden Schiffen durchfurcht wird, liegt er so glatt da wie ein Spiegel. Lourdes muß an ein Foto denken, das sie einmal gesehen hat und auf dem der berühmte Spiegelsaal im Schloß von Versailles mit den sich endlos spiegelnden Perspektiven zu sehen war.

Aus den Augenwinkeln heraus bemerkt sie, daß sich im Dunkeln etwas bewegt. Ihr Kreuz versteift sich, und sie hört das Blut in den Ohren pochen. Lourdes dreht sich um und kneift die Augen zusammen, doch sie kann die Gestalt, die reglos und zusammengekauert am Flußufer hockt, nicht erkennen. Mit einer Hand greift sie nach dem Schlagstock, mit der anderen knipst sie die Taschenlampe an. Als sie wieder aufblickt, läuft die Gestalt aus dem Lichtkegel heraus, klettert über den niedrigen Zaun und springt in den Fluß.

»Halt!« ruft sie und rennt zu der Stelle, als würde sie einem Teil von sich selbst nachjagen. Sie richtet die Lampe auf den Fluß, so daß das Lichtbündel die geriffelte Oberfläche des Wassers durchdringt, und hievt sich ebenfalls über den Zaun. »Halt!« ruft sie erneut, doch es nützt nichts. Lourdes zieht das Funksprechgerät aus der Halterung und brüllt etwas hinein, geht dabei mit dem Mund jedoch zu dicht an das Gerät heran. Sie weiß nicht mehr, was sie sagen soll, hat die Kennworte, die sie sich so gründlich eingeprägt hat, vergessen. Da meldet sich eine ruhige, sachlich klingende Stimme. »Geben Sie uns Ihren Standort durch«, sagt sie. ». . . Ihren Standort!« Statt dessen springt Lourdes in den Fluß. Sie hört noch, wie Sirenen aufheulen, während die Kälte sie umfängt und Gesicht, Hände und die Füße in den Schuhen mit den dicken Sohlen taub werden läßt. Der Fluß riecht nach Tod.

Nur noch eines ist hierzu zu sagen: Lourdes überlebte, der kleine Navarro jedoch ertrank.

Pilar
(1976)

Die Familie ist der Feind des Individuums. Das denke ich, während Lou Reed singt, er hätte genug Mumm, um alle Menschen in New Jersey umzubringen. Ich bin mit meinem Freund Max im Village in einer Bar. Ich glaube, ich hätte auch genug Mumm, um ein paar Leute umzubringen, aber leider klappt es bei den richtigen nie.

»Ich bin aus Brooklyn, Mann!« brüllt Lou, und die Menge tobt.

Ich jubele nicht, ich würde sogar dann nicht jubeln, wenn Lou sagen würde: »Kuba lebe hoch!« Kuba. Ein anderer Planet. Wo zur Hölle liegt Kuba?

Max heißt in Wirklichkeit Octavio Schneider. Er singt und spielt Baß und Mundharmonika bei der Manichaen Blues Band, die er in seiner Heimatstadt San Antonio gegründet hat. Sie spielen Howlin' Wolf und Muddy Waters nach, aber auch jede Menge eigener Lieder, vor allem Hard Rock. Manchmal treten sie als Begleitband von diesem verrückten Bluessänger Reverend Billy Hines auf, der beim Singen immer die Augen zumacht. Max hat erzählt, der Reverend sei vor Jahren Straßenprediger gewesen und habe sich durchgeschnorrt, und jetzt versuche er noch mal groß rauszukommen. Max selbst hat in Texas mit »Moonlight on Emma« einen kleinen Hit gelandet. Der Song handelt von einer Ex-Freundin, die ihn sitzengelassen hat und nach Hollywood gegangen ist.

Ich habe Max vor ein paar Monaten im Stadtzentrum in einer Kellerbar kennengelernt. Er kam zu mir herüber und redete auf spanisch auf mich ein (seine Mutter ist Mexikanerin), als würde er mich seit Jahren kennen. Ich mochte ihn sofort. Als ich ihn zum erstenmal mit nach Hause nahm, warf meine Mutter einen Blick auf sein mit Perlen besetztes Stirnband und den geflochtenen Zopf im Nacken und sagte: »*Sácalo de aquí.*« Als ich ihr erklärte, daß Max Spanisch spricht, wiederholte sie einfach dasselbe auf englisch: »Take him away.«

Dad blieb cool. »Was bedeutet der Name von eurer Band?« fragte er Max.

»Die Manichäer waren Anhänger von einem Typ, der im dritten Jahrhundert in Persien gelebt hat, wissen Sie? Sie glaubten, Hedonismus sei der einzige Weg, sich von ihren Sünden zu befreien.«

»Hedonismus?«

»Yeah! Die Manichäer feierten gern. Sie haben Orgien veranstaltet und jede Menge getrunken. Später sind sie dann leider von anderen Christen ausgerottet worden.«

»Schade«, sagte mein Vater mitfühlend.

Später schlug Dad im Lexikon unter dem Begriff Manichäer nach und fand heraus, daß die Manichäer im Gegensatz zu dem, was Max behauptet hatte, dem Glauben anhingen, die Welt und alle Materie sei von üblen Mächten erschaffen worden, und der einzige Weg, sie zu bekämpfen, bestünde in einem enthaltsamen, reinen Lebenswandel. Als ich Max das erzählte, zuckte er nur mit den Schultern und meinte: »Pah, soll mir recht sein.« Max ist ein toleranter Bursche.

Ich liebe die Stimmung bei Lou Reeds Konzerten – die Spannung, die Ungewißheit. Man weiß nie, was er im nächsten Moment ausheckt. Lou hat rund fünfundzwanzig verschiedene Gesichter. Ich mag ihn, weil er über Menschen singt, über die sonst niemand singt – Drogenabhängige, Transvestiten, kaputte Typen. Lou macht Witze über seine anderen Egos, die nachts über irgendwelche Probleme diskutieren. Ich spüre, wie in mir jeden Tag ein neues Ich aufkeimt und ein anderes abstirbt.

Beim Malen höre ich ständig Lou und Iggy Pop und diese neue Band, die Ramones. Ich mag ihre energiegeladene, aggressive Musik und ihre irren, schrappenden Gitarren. Die Musik ist wie ein in Kunst umgesetzter Überfall. Ich versuche das, was ich höre, in Farben, Formen und Linien zu übersetzen. Sie sollen die Leute vor den Kopf stoßen und ihnen klarmachen: »He, wir sind auch noch da, und was wir denken, ist wichtig!« oder einfacher ausgedrückt: »Scheiß drauf!« Max ist nicht so scharf auf die Ramones wie ich. Ich glaube, er ist ziemlich konservativ. Es fällt ihm schwer, unhöflich zu sein, sogar Menschen gegenüber, die es verdient hätten. Mir nicht: Wenn ich jemanden nicht mag, zeige ich es ihm. Das ist das einzige, worin ich meiner Mutter ähnlich bin.

Meine Eltern sind beide nicht sehr musikalisch. Ihre ganze Plattensammlung besteht aus *Perry Como's Greatest Hits*, zwei Alben von Herb Alpert & the Tijuana Brass und *Alvin and the Chipmunks Sing Their Favorite Christmas Carols*, das sie für mich gekauft haben, als ich klein war. Vor kurzem hat sich Mom ein Album von Jim Nabors mit patriotischen Liedern zur Zweihundert-Jahr-Feier zugelegt. Ich frage mich, wer zur Hölle nach Vietnam und Watergate noch das »Schlachtlied der Republik« hören will.

Okay, früher mochte ich den Vierten Juli auch, aber nur wegen des Feuerwerks. Ich ging dann immer hinunter zum East River und schaute zu, wie auf den Schleppern die Leuchtfeuer aufflammten. Die Girandolen am Himmel sahen aus wie glühende Litzen. Aber das ganze Theater um die Zweihundert-Jahr-Feier macht mich allmählich verrückt. Seit Monaten redet Mom über nichts anderes. Sie hat eine zweite Bäckerei gekauft und will Napfkuchen in den Farben der Trikolore und Onkel-Sam-Marzipan verkaufen. Und Apfelkuchen. Sie ist überzeugt, daß sie den Kommunismus von der Ladentheke aus bekämpfen kann.

Letztes Jahr hat meine Mutter sich aus einer falsch verstandenen Auffassung von Bürgerpflicht heraus der Hilfspolizei angeschlossen. Seitdem geht sie – mit ihren knapp einen Meter fünfzig und achtundneunzig Kilo – nachts in einer hautengen Uniform in den Straßen von Brooklyn auf Streife und rasselt mit einer Nahkampfausrüstung, die ausreichen würde, um Unruhen wie die in Attica im Keim zu ersticken. Sie übt vor dem Spiegel, fuchtelt mit dem Schlagstock herum und klopft mit ihm immer wieder drohend auf die Handfläche, wie sie es bei Polizisten im Fernsehen gesehen hat. Mom ist sauer, weil die Polizeidirektion ihr kein Schießeisen gibt. Recht so. Sollte sie je eine Knarre kriegen, mache ich lieber die Fliege.

Bei Mom ist noch eine andere Schraube locker: Sie redet mit Abuelo Jorge, obwohl er tot ist. Angeblich gibt er ihr Tips fürs Geschäft und sagt ihr, wer in der Bäckerei was klaut. Mom sagt, daß Abuelo mich bespitzelt und ihr alles brühwarm erzählt. Was soll das? Eine Geisterpatrouille? Mom hat Angst, ich könnte mit Max sexuell was haben (was nicht stimmt), und damit setzt sie mich unter Druck.

Max mag Mom trotzdem. Er meint, sie hat eine »despotische Veranlagung«.

»Glaubst du, sie ist eine verkappte Tyrannin?« fragte ich.

»Eher eine böse Göttin«, antwortete er.

Max' Eltern trennten sich vor seiner Geburt, und seine Mutter putzt gegen einen Hungerlohn die Zimmer in einem Motel. Im Vergleich zu ihr muß ihm Mom geradezu exotisch vorkommen.

Dabei ist sie alles andere als exotisch. Das Essen, das Mom kocht, würden höchstens die Leute in Ohio runterkriegen, zum Beispiel Gelee mit Mini-Marshmallows drin oder Rezepte, die sie aus der Zeitschrift *Family Circle* ausschneidet. Außerdem packt sie alles, was sie in die Finger kriegt, auf den Grill. Wir sitzen dann alle hinter dem Lagerhaus beisammen, starren uns an und wissen nicht, was wir sagen sollen. Soll es das sein? Ist das der »Amerikanische Traum«?

Am schlimmsten sind die Paraden. Am Thanksgiving-Day steht Mom in aller Frühe auf und schiebt uns, beladen mit Plastikkühlboxen, als könnten wir auf der Fifth Avenue vor Hunger umkommen, aus dem Haus. Am Neujahrstag hockt sie vor dem Fernseher und gibt zu jedem einzelnen Festwagen der *rose parade* einen Kommentar ab. Ich glaube, sie träumt davon, eines Tages selbst so einen Wagen zu stiften. Zum Beispiel einen mit einer riesigen, brennenden Statue von *El Líder* obendrauf.

Max macht mir Komplimente, aber keine von der plumpen Sorte. Er sagt, er mag meine Größe (ich bin einen Meter siebzig) und mein Haar (schwarz, bis zur Taille) und meine helle Haut. Sein Mund ist wie eine kleine Sauna, heiß und feucht. Wenn wir auf einen langsamen Song miteinander tanzen, drückt er sich an mich, und dann spüre ich sein steifes Glied an meinen Schenkeln. Er meint, ich würde eine gute Bassistin abgeben.

Max weiß von Abuela Celia auf Kuba und auch, daß sie früher spätnachts mit mir gesprochen hat und wir im Lauf der Jahre den Kontakt verloren haben. Max will nach Kuba fahren und sie besuchen, aber ich habe ihm erzählt, was vor vier Jahren passiert ist, als ich nach Florida abgehauen bin und mein Plan, meine Großmutter zu besuchen, ins Wasser gefallen ist. Ich frage mich, was Abuela Celia wohl gerade macht.

Die meiste Zeit über ist Kuba für mich so gut wie gestorben, aber ab und zu packt mich die Sehnsucht und reißt mich wie eine Welle mit sich, und dann muß ich mich zusammennehmen, damit ich nicht ein Flugzeug nach Havanna entführe oder so was Ähnliches. Ich habe eine Stinkwut auf die Politiker und Generäle, weil sie uns Dinge zumuten, die uns fürs ganze Leben prägen und uns die Erinnerungen aufzwingen, die wir einmal haben werden, wenn wir alt sind. Mit jedem Tag verblaßt Kuba ein bißchen mehr in mir, und meine Großmutter auch. An der Stelle, wo unsere gemeinsame Geschichte sein sollte, gibt es in mir nichts als Phantasievorstellungen.

Es nützt nichts, daß Mom sich weigert, mit mir über Abuela Celia zu reden. Wenn ich sie nach ihr frage, wird sie jedesmal wütend und fährt mir über den Mund, als würde ich meine Nase in streng geheime Akten stecken. Dad ist offener, aber er kann mir nicht sagen, was ich wissen will, zum Beispiel warum Mom kaum noch mit Abuela Celia spricht oder warum sie ihre Reitgerten aus Kuba aufhebt. Meistens ist er viel zu sehr damit beschäftigt, den Streit zwischen Mom und mir zu schlichten, oder er kreist ganz einfach auf einer anderen Umlaufbahn.

Dad kommt sich hier in Brooklyn irgendwie verloren vor. Ich glaube, er verbringt fast den ganzen Tag in seiner Werkstatt, weil er sonst depressiv oder verrückt würde. Manchmal sage ich mir, daß wir lieber auf eine Ranch in Wyoming oder Montana hätten ziehen sollen. Dort wäre er bestimmt glücklich gewesen, mit Pferden und Kühen, einem eigenen Stück Land und einem großen leeren Himmel über dem Kopf. Dad lebt nur auf, wenn er über die Vergangenheit, über Kuba spricht. Aber seit einiger Zeit reden wir auch darüber nicht mehr viel. Seit ich ihn mit der aufgedonnerten Blondine gesehen habe, hat sich etwas geändert. Ich habe nie mit ihm darüber geredet, aber es ist wie ein Schnitt in meiner Zunge, der nie verheilt ist.

*   *   *

Mom hat sich in den Kopf gesetzt, daß ich ihr für ihre zweite Yankee-Doodle-Bäckerei ein Wandgemälde malen soll.

»Ich möchte ein großes Gemälde, wie man sie aus Mexiko kennt, aber ein pro-amerikanisches«, setzt sie mir auseinander.

»*Du* willst *mich* beauftragen, etwas für *dich* zu malen?«

»*Sí*, Pilar. Du bist doch Malerin, oder? Also male!«

»Du machst wohl Witze!«

»Malen ist Malen, oder nicht?«

»Hör mal, Mom, ich glaube, du verstehst das nicht. Ich male keine Bäckereien aus.«

»Ist es dir etwa peinlich? Ist dir meine Bäckerei nicht gut genug?«

»Darum geht es nicht.«

»Mit der Bäckerei habe ich deinen Malunterricht finanziert.«

»Damit hat es auch nichts zu tun.«

»Wenn Michelangelo noch leben würde, wäre er sich bestimmt nicht zu gut dazu.«

»Mom, glaub mir, Michelangelo würde garantiert keine Bäckerei ausmalen.«

»Da sei dir mal nicht so sicher. Die meisten Künstler nagen am Hungertuch. Ihnen geht es nicht so gut wie dir. Sie spritzen sich Heroin, um alles zu vergessen.«

»Großer Gott!«

»Es wäre *die* Chance für dich, Pilar. In mein Geschäft kommen viele wichtige Leute, Richter und Anwälte bei Gericht und leitende Angestellte der Brooklyn Union Gas. Sie würden dein Gemälde sehen, und vielleicht wirst du dann berühmt.«

Meine Mutter redet und redet, aber ich schalte auf Durchzug. Aus irgendeinem Grund muß ich an Jacoba Van Heemskerck denken, eine holländische Expressionistin, für die ich mich seit einiger Zeit interessiere. Ihre Bilder kommen mir sehr organisch vor, wie atmende Abstraktionen in Farben. Sie lehnte es ab, ihren Gemälden Titel zu geben (patriotische Wandgemälde für die Bäckerei ihrer Mutter hätte sie schon gar nicht gemalt), und numerierte ihre Arbeiten lieber. Wozu braucht man Worte, wenn Farben und Formen eine eigene Sprache hervorbringen? frage ich mich. Dasselbe möchte ich mit meinen eigenen Bildern schaffen. Ich möchte eine unverwechselbare Sprache finden und Klischees aufbrechen.

Ich denke an die Frauen, die es im Lauf der Geschichte trotz aller Widrigkeiten geschafft haben, Malerinnen zu werden. Immer wieder fragen sich die Leute, wo denn all die bedeutenden weiblichen

Maler zu suchen sind, statt sich einfach mal anzusehen, was und unter welchen Umständen Frauen gemalt haben. Sogar angeblich kluge und sensible Menschen reagieren auf gute, von Frauen gemachte Kunst, als wäre sie etwas Anomales, das Produkt eines verkorksten Wesens oder das eindeutige Resultat ihrer Verbindung zu einem männlichen Maler oder Mentor. Von einer Frauenrechtsbewegung in den Kunstakademien hat noch niemand was gehört. Dort haben noch immer die Männer unter den Lehrern und Schülern das Sagen, ihnen wird viel mehr Beachtung geschenkt, und sie kriegen Stipendien, die ihre Entwicklung fördern. Von uns Frauen dagegen erwartet man, daß wir nebenbei ein bißchen Geld verdienen, indem wir für Aktmalerei Modell sitzen. Was für eine bescheuerte Revolution ist das?

»*Mira*, Pilar, ich bitte dich doch nur um einen Gefallen. Du könntest etwas ganz Einfaches malen, was sich gut macht. Die Freiheitsstatue, zum Beispiel. Ist das zuviel verlangt?«

»Okay, okay, ich mal dir was«, sage ich, denke kurz nach und spiele dann meinen Trumpf aus: »Unter einer Bedingung: Du darfst es dir nicht vor der Enthüllung ansehen.« Das zieht bestimmt, sage ich mir. Darauf wird sie um nichts auf der Welt eingehen, weil sie alles viel zu gern unter Kontrolle hat.

»In Ordnung.«

»Was?«

»Ich habe gesagt, in Ordnung, Pilar.«

Ich stehe anscheinend mit offenem Mund da, denn Mom stopft mir eine Makrone rein und schüttelt den Kopf, als wollte sie sagen: »Siehst du, du unterschätzt mich eben.« Aber das stimmt nicht. Im Gegenteil, ich überschätze sie. Ich habe meine Erfahrungen mit ihr gemacht. Mom ist launenhaft und inkonsequent. Außerdem glaubt sie, daß sie immer recht hat. Das ist eine ziemlich ärgerliche Kombination.

Mist! Was habe ich mir da bloß eingebrockt?

Unser Lagerhaus liegt nur zwei Blocks vom Fluß entfernt, und in der Ferne kann man die Freiheitsstatue sehen. Ich war mal als Kind da, bevor wir uns in Brooklyn niederließen. Mom und Dad fuhren mit mir auf einer Fähre hin, und wir kletterten hoch, bis hinter die Augen der Statue, und blickten über den Fluß, die Stadt, den Nabel der Welt.

Ein Ausflugsdampfer auf Rundfahrt biegt gerade um die Spitze von Manhattan, zuversichtlich wie eine Hochzeitstorte. Auf dem Oberdeck steht jemand und richtet sein Fernglas auf Brooklyn. Ich kann mir vorstellen, was der Führer gerade erzählt: »... und zu Ihrer Linken, meine Damen und Herren, sehen Sie den Stadtteil Brooklyn, einstmals Heimat der *Dodgers* und Geburtsort des berühmten Kinderstars Clara Bow...« Was sie nicht sagen, ist, daß in Brooklyn nie jemand stirbt. Nur das Leben stirbt hier.

Spätabends mache ich mich an die Arbeit. Allerdings beschließe ich, kein Wandgemälde, sondern ein normales Bild zu malen. Also spanne ich eine dreieinhalb mal zweieinhalb Meter große Leinwand auf und grundiere sie mit einer schillernden, blauen Gouachefarbe – wie die vom Gewand der Jungfrau Maria auf prunkvollen Kirchengemälden. Ich möchte, daß der Hintergrund glüht, ja, er soll strahlen, als wäre er radioaktiv. Es dauert eine Weile, bis ich den richtigen Effekt erzielt habe.

Sobald die Farbe trocken ist, fange ich mit der Freiheitsstatue an. Ein Stück links von der Mitte der Leinwand male ich sie so, wie sie ist, und wandle lediglich zwei Details ab: zum einen lasse ich die Fackel ein Stück von ihrer Hand entfernt schweben, und zum anderen male ich ihre rechte Hand so, daß sie auf ihrer linken Brust liegt, als würde sie gerade die Nationalhymne singen oder irgendeinen Spruch von sich geben.

Als mir der Hintergrund am nächsten Tag noch immer zu leer vorkommt, nehme ich einen mitteldicken Pinsel und male rund um die Statue lauter durch die Luft schwirrende Strichmännchen, dornige Schrammen, die wie Stacheldraht aussehen. Ich will keine halben Sachen machen und nicht herumpfuschen, sondern tun, wozu ich Lust habe, und deshalb verewige ich zu Füßen der Statue meinen Lieblingsslogan aus der Punkszene: ICH BIN EIN CHAOT. Danach male ich der Statue vorsichtig, ganz vorsichtig, eine Sicherheitsnadel durch die Nase.

Das bringt die Sache schön auf einen Nenner, sage ich mir. *FS-76* — so soll das Bild heißen.

Ich pinsele noch ein paar Tage an der Freiheitsstatue herum, aber mehr aus Nervosität. Mir schwant nämlich, daß Mom mich bei der Arbeit bespitzelt. Schließlich ist sie nach allem, was passiert ist, nicht gerade eine Vertrauensperson. Also baue ich jedesmal, bevor ich mein Atelier verlasse, eine Falle auf – zwei enge Reihen Farbdosen direkt hinter der Tür. Mom würde spätnachts, wenn sie schnüffeln kommt, darüber stolpern, falls sie den Riegel überhaupt aufkriegt. Es würde ihr recht geschehen und ihr klarmachen, daß sie ihr Wort nicht einfach brechen und in meine Privatsphäre einbrechen kann, wann immer es ihr paßt.

Normalerweise habe ich einen festen Schlaf, aber seit ein paar Tagen springe ich nachts beim leisesten Geräusch aus dem Bett. Ich könnte schwören, daß ich ihre Schritte gehört habe und daß sich jemand am Türschloß meines Ateliers zu schaffen macht. Wenn ich dann aufstehe, um nachzusehen, muß ich feststellen, daß meine Mutter tief und fest schläft und ganz unschuldig aussieht, aber das tun Leute, die etwas auf dem Kerbholz haben, oft. Ich gehe zum Kühlschrank, hole mir was zu essen und starre Moms kalten Zigarrenstummel auf dem Küchentisch an. Morgens stehen die Farbdosen unverrückt an derselben Stelle, und an Moms Sachen im Wäschekorb kann ich keine verräterischen Flecken entdecken. Mensch, ich leide wohl an Verfolgungswahn!

Max hilft mir, das Bild am Abend vor der großen Eröffnung in der Bäckerei aufzuhängen, und wir verhüllen es mit zusammengenähten Bettlaken. Kaum zu glauben, aber meine Mutter hat noch immer nicht versucht, heimlich einen Blick auf meine Arbeit zu werfen. Ich vermute, sie ist stolz auf sich, weil sie mir blind vertraut. Sie sonnt sich in ihrem eigenen Edelmut. Als ich abends nach Hause komme, zeigt sie mir die ganzseitige Anzeige, die sie in den *Brooklyn Express* gesetzt hat:

DIE YANKEE-DOODLE-BÄCKEREI

lädt

ALLE FREUNDE UND NACHBARN

zur

GROSSEN ERÖFFNUNG

unserer

ZWEITEN FILIALE

und zur

ENTHÜLLUNG

eines

BEDEUTENDEN WERKES MODERNER KUNST

anläßlich des

200. GEBURTSTAGES VON AMERIKA

am

SONNTAG, DEM 12., MITTAGS UM 12 UHR, EIN

(Essen und Getränke frei)

Essen und Getränke frei! Die Sache ist ernster, als ich dachte. Mom verschenkt nämlich nichts, wenn sie es vermeiden kann.

Ich mache die ganze Nacht kein Auge zu und frage mich, ob ich diesmal womöglich zu weit gegangen bin. Anscheinend hatte Mom bei ihrer Bitte keine Hintergedanken, zumindest kann ich nachträglich keine erkennen. Sieht so aus, als wollte sie mir wirklich nur zum Durchbruch verhelfen. Ich versuche, mich zu beruhigen, indem ich mich daran erinnere, daß schließlich sie mich gedrängt hat, das Bild zu malen. Was hat sie schon von mir erwarten können?

Um fünf Uhr morgens gehe ich ins Schlafzimmer meiner Eltern. Sie schlafen Rücken an Rücken wie komische, teigige Zwillinge. Ich möchte Mom warnen: »Du, ich wollte was ganz Normales machen, aber ich konnte einfach nicht. Ich konnte wirklich nicht. Verstehst du?«

Sie bewegt sich im Schlaf, und ihr plumper Körper krümmt sich zusammen. Ich strecke die Hand nach ihr aus, ziehe sie aber schnell wieder zurück.

»Was ist los? Stimmt etwas nicht?« Mom ist plötzlich wach und setzt sich im Bett auf. Ihr Nachthemd ist zwischen den weichen Wülsten an Brüsten und Bauch und in den Falten an den Schenkeln eingeklemmt.

»Nein, Mom, nichts. Ich wollte bloß . . . Ich kann nicht schlafen.«

»Du bist aufgeregt, Pilar, nichts weiter.«

»Ja, wahrscheinlich.«

»Kopf hoch, *mi cielo*.« Mom nimmt meine Hand und tätschelt sie. »Geh wieder ins Bett.«

Am nächsten Morgen hängen in der Bäckerei eine Menge Fahnen und Wimpel, und eine Dixieland-Band spielt »When the Saints Go Marching In«. Mom trägt ihr neues rot-weiß-blaues Kostüm und hat sich eine passende Handtasche unter den Arm geklemmt. Freigiebig verteilt sie Apfeltörtchen und kleine Schokokuchen und eine Tasse Kaffee nach der anderen.

»Ja, das hat meine Tochter kreiert«, höre ich sie prahlen, und dabei rollt sie das R und spricht die Vokale noch spitzer aus als sonst, als wäre sie mit ihrem Akzent für das Gemälde verantwortlich. »Pilar ist eine *artista*. Eine hervorragende *artista*.« Mom zeigt in meine Richtung, und ich spüre, wie sich in meinem verlängerten Kreuz

Schweißperlen bilden. Jemand vom *Brooklyn Express* macht ein Foto von mir.

Mittags um zwölf stellt sich Mom mit ihren Füßchen Größe 35 auf eine Trittleiter. Ein Trommelwirbel setzt ein, und sie zieht an dem Laken. Betretenes Schweigen macht sich breit, als die Freiheitsstatue in ihrer Aufmachung als Punklady dem Publikum entgegenprangt. Einen Augenblick lang male ich mir aus, wie Applaus losbricht und die Leute meinen Namen rufen, doch meinen Gedanken wird jäh ein Ende bereitet, als ich das gehässige Raunen vernehme. Es ist, als ob der Schwarm aus Strichmännchen im Hintergrund des Bildes lebendig geworden wäre und Anstalten machte, von der Leinwand abzuheben, um sich in unseren Haaren einzunisten. Das Blut ist aus dem Gesicht meiner Mutter gewichen, und ihre Lippen bewegen sich stumm, als wollte sie etwas sagen. Reglos steht sie da, das Laken an die Seidenbluse gepreßt, als jemand mit heiserer Stimme mit Brooklyner Akzent ruft: »Schuuund! Was für ein Schuuund!« Der massige Kerl geht mit einem Taschenmesser auf die Freiheitsstatue los und wiederholt den Ausruf wie Kriegsgeschrei. Bevor jemand reagieren kann, schwingt Mom die neue Handtasche und verpaßt dem Kerl, der nur noch wenige Zentimeter vom Bild weg ist, ein paar satte Schläge. Dann bewegt sie sich wie in Zeitlupe gleich einer trägen Lawine aus Patriotismus und Mutterliebe taumelnd vorwärts und reißt drei Gäste und einen Tisch mit Apfeltörtchen um.

Und ich? Ich habe meine Mutter in diesem Augenblick sehr, sehr lieb.

Körbe voll Wasser

Ivanito

Meine ersten Englischkenntnisse verdanke ich Abuelo Jorges alten Grammatikbüchern. Ich entdeckte sie in Abuela Celias Schrank. Sie stammen aus dem Jahr 1919, dem ersten Jahr, in dem er elektrische Mixer für eine amerikanische Gesellschaft verkaufte. In der Schule durften nur ein paar Schüler mit Sondererlaubnis Englisch lernen. Der Rest von uns mußte Russisch pauken. Mir gefielen die schwungvollen kyrillischen Buchstaben und die überraschenden Klänge der Sprache, und mir gefiel, wie mein Name auf russisch aussah: ИВАН. In der Schule lernte ich fast zwei Jahre lang Russisch. Mein Lehrer, Sergej Mikojan, lobte mich in den Himmel. Er meinte, ich hätte ein Gehör für Sprachen, und wenn ich fleißig studierte, könnte ich den Mächtigen der Welt als Dolmetscher dienen. Ich konnte wirklich alles wiederholen, was er mir vorsprach, sogar Zungenbrecher wie *kolokololitejschtschiki perekolotili wikarabkawschisija wihuholej*: »Die Kirchenglockengießer schlachteten die Bisamrüßler, die herausgekrochen waren.« Er sagte, ich hätte für Sprachen eine Begabung so wie andere fürs Geige- oder Schachspielen.

Immer wieder brachte er mich vor den anderen Jungen in eine peinliche Lage. Er rief mich nach vorn an die Tafel und forderte mich auf, ein Gedicht aufzusagen, das wir erst einmal gelesen hatten. Zuerst tat ich so, als erinnerte ich mich nicht mehr, doch er ließ nicht locker, bis ich schließlich nachgab. Insgeheim genoß ich die Situation. Die Worte flogen mir richtiggehend zu, sie paßten zueinander wie Schlüssel zu einem Schloß. Danach zogen mich meine Klassenkameraden jedesmal auf. »Streber! Angeber!« und schubsten mich im Pausenhof hin und her.

Herr Mikojan war ein kleiner Mann mit glänzenden roten Backen. Er hatte immer Eiswürfel in einer Porzellanschüssel vor sich auf dem Pult stehen. Alle Augenblicke wickelte er einen Würfel in ein Taschentuch und preßte es sich an die Schläfe. »In den zivilisiertesten Ländern ist es am kältesten«, pflegte er zu sagen. »Zuviel Hitze schadet dem Hirn.«

Nach dem Unterricht blieb ich meist bei ihm, um mit einem nassen Lappen die Tafel zu wischen. Dann erzählte er mir von winterlichen Schlittenfahrten auf dem Land, von zugefrorenen Seen, deren Eisdecke so fest war, daß man darauf herumhüpfen konnte, und von Schneeflocken, die wie Kristalle vom Himmel fielen. Er erzählte mir Geschichten vom Zarewitsch in Sankt Petersburg, der von der Bluterkrankheit geschwächt war und dessen Schicksal von bösen Mächten gelenkt wurde. Dabei knackte immer wieder das Eis in der Schüssel, als wollte es seine Worte bekräftigen.

Ich spürte, daß es mir bestimmt war, in einer kälteren Welt zu leben, in einer Welt, die ihre eigene Geschichte bewahrte. Auf Kuba schien alles so vergänglich, von der Sonne entstellt.

Herr Mikojan las mir Zitate von Tolstoi vor, den er für den größten aller russischen Dichter hielt, und ließ sie mich an die Tafel schreiben. Mein Lieblingssatz war der Anfang von *Anna Karenina*: »Alle glücklichen Familien ähneln einander; jede unglückliche aber ist auf ihre eigene Art unglücklich.«

»Perfekt, das ist perfekt!« sagte Herr Mikojan. Er klatschte in die Hände, zufrieden mit Tolstoi und meiner fehlerfreien Schreibweise. Ich wollte ihm gefallen und seine kleinen, milchigen Marmorzähne sehen. Er vertraute mir an, daß seine Frau Chemikerin war und zusammen mit kubanischen Wissenschaftlern an strenggeheimen Projekten wie der Entwicklung von allerlei Produkten aus Zuckerrohr arbeitete. Kinder hatten die beiden keine.

Eines Nachmittags, als ich gerade die Tafel wischte, stellte sich Herr Mikojan dicht hinter mich und sagte, daß er zurück nach Rußland ginge. Er meinte, ich würde bald böse Dinge über ihn hören.

Ich drehte mich um und sah ihn an. Seine Lippen waren trocken und klebten beim Sprechen aneinander. Ich spürte seinen leicht säuerlichen Atem auf meinem Gesicht. Mir kam es so vor, als wollte er noch etwas sagen, aber dann zog er mich plötzlich an sich, strich mir übers Haar und sagte mehrmals meinen Namen. Ich wich zurück und stieß dabei aus Versehen die Porzellanschüssel vom Tisch. Sie zerbarst in tausend Scherben, die unter meinen Füßen knirschten, als ich davonlief.

Lange noch mußte ich an Herrn Mikojan denken, an seine rötlichen Bäckchen und die Dinge, die ich angeblich über ihn hören würde. Ein Junge aus einer höheren Klasse warf ihm Indiskretion vor. Alle vermuteten sofort, zwischen brennendem Interesse und Abscheu schwankend, so etwas wie Mord oder Verrat. Dann kamen Witze auf, und sie wurden von Mal zu Mal gemeiner. Die anderen behaupteten, ich sei sein Liebling gewesen und nach dem Unterricht noch bei ihm geblieben. »Geh doch zu ihm nach Sibirien!« hänselten sie mich. »Ihr haltet euch gegenseitig bestimmt schön warm!« Ich wollte sie nicht verstehen.

(1978)

Der *oddu*, die offizielle Weissagung der *santería* für dieses Jahr, ist mehrdeutig: Gewiß, gläubigen Menschen mag zwar vieles gelingen, denn die Toten sind den Lebenden wohlwollend zugetan, doch auf der anderen Seite bekommt man auch nichts geschenkt, weil das, was die Lebenden sich wünschen, große Mühsal erfordert. Felicia del Pino kann sich glücklich schätzen, denn sie weiß genau, was sie will: einen anderen Mann. In dieser Hinsicht soll ihr doppeltes Glück beschieden sein.

In der zweiten Januarwoche sucht Felicia einen *santero* auf, der bekannt ist für seine seherische Kraft und die Gabe, in den Wahrsagemuscheln zu lesen. Durch die Münder der Kaurischnecken sprechen die Götter mit klaren, unmißverständlichen Stimmen zu ihm. Der *santero* taucht den Mittelfinger in Weihwasser und bespritzt damit den Boden, um die Muscheln zu erfrischen. Er fängt an, in Joruba zu beten und den Segen der *orishas* zu erbitten, denen er nacheinander huldigt. Anschließend berührt er mit allen sechzehn Kaurischnecken Felicias Stirn, Hände und Knie, damit die Götter das Sehnen zwischen ihren Beinen, den Hunger auf ihren Lippen und den Spitzen ihrer Finger und Brüste spüren, die hart vor Verlangen sind. Die Götter werden ihr schon sagen, was sie tun soll.

Immer und immer wieder wirft der *santero* die Muscheln auf den Boden, doch jedesmal sagen sie Unglück voraus. Er nimmt den heiligen *ota*-Stein zu Hilfe, außerdem den geschrumpften Kopf einer Puppe, eine Kugel aus zerstampfter Eierschale und den *eggun*, den Rückenwirbel einer Ziege. An der Weissagung ändert sich jedoch nichts. »Wasser kann man nicht in Körben tragen«, sagt der *santero* kopfschüttelnd. »Was du dir wünschst, meine Tochter, kannst du nicht behalten. Dies ist der Wille der Götter.«

Er trägt Felicia auf, ein bestimmtes Rubbel-Ritual durchzuführen, um sich von negativen Einflüssen zu reinigen. Es sei ein Kinderspiel, meint er, sie müsse nur ein Stück Fleisch oder einen Suppenknochen mit Palmöl einreiben, anschließend mit Rum bespritzen, über Zigarrenrauch räuchern, in eine Papiertüte stecken und sich von Kopf bis Fuß damit abreiben.

»Die Tüte saugt all das Übel auf, das an dir haftet«, sagt der *santero*. »Trag sie zum Eingang des Friedhofs und laß sie dort liegen. Wenn du das getan hast, komm zu mir, damit ich dich auch noch von den letzten Spuren reinige.«

Felicia hat zwar den festen Vorsatz, den Rat des *santero* zu befolgen, doch schon auf dem Heimweg verliebt sie sich.

Nicht jede Frau würde sich von Ernesto Brito angezogen fühlen. Abgesehen von seiner Blässe, einer Blässe, die jeglicher Beschreibung spottet, ist das auffälligste Merkmal sein Haar. Er kämmt die flachsblonden Strähnen nämlich sorgfältigst von ihrem tiefen Ansatz auf der linken Kopfhälfte zur rechten Schläfe hinüber, kringelt sie auf seiner kahlen Schädeldecke zu einer Spirale zusammen und sorgt mit einer schmierigen Pomade dafür, daß sie nicht verrutschen. Wenn eine steife Brise seine klebrigen Kringel durcheinanderbringt, gerät er in Panik, wie ein Mensch, der soeben sein eigenes Gespenst gesehen hat.

Zum erstenmal wird Felicia auf ihren zweiten Ehemann in spe aufmerksam, als er auf einem klobigen russischen Fahrrad wie ein Wilder an ihr vorbeifährt, so daß sein Haar wie ein Segel hochsteht.

Am Ende der Gasse will Ernesto Brito hastig eine scharfe Rechtskurve nehmen und landet scheppernd auf dem Boden.

Felicia nähert sich dem bleichen Häufchen Elend, das ihr Ehemann werden soll. Er sieht aus wie ein farbloser Wurm, der in einem gelbbraunen Kunstfaseranzug mit dazu passenden Socken auf dem Bauch liegt und sich windet. Die stahlgeränderte Brille ist beim Aufprall auf dem Pflaster zerbrochen. Bei Felicia hat es gefunkt. Sie hilft ihm auf die Beine und streicht wortlos sein Haar glatt. Sein Gesicht wird so rot wie rote Bete. Da nimmt sie ihn an der Hand und führt ihn zu ihrem De Soto Baujahr 1952, den sie ein paar Meter weiter geparkt hat.

Es ist später Nachmittag. Auf der anderen Seite der Gasse hängt eine grobschlächtige Frau mit schlenkerigen Bewegungen die Wäsche auf. Ein krummbeiniger Bauer lädt beim Metzger eine Lattenkiste voll Hühnern vom Land ab. Zwei junge Mechaniker in locker sitzenden Overalls rauchen mit ölverschmierten Händen eine Zigarette. Felicia öffnet die Heckklappe ihres betagten amerikanischen Wagens und kriecht, Ernesto im Schlepptau, über den Rücksitz nach vorn. Die Fenster sind heruntergekurbelt, und eine Fliege dreht über ihren Köpfen brummend ihre Kreise. Felicia zieht Ernesto an sich, und da setzt ein Regenschauer ein, ein heftiger Guß am Nachmittag, was im Winter selten vorkommt.

Vier Tage später, bevor Ernesto seine persönliche Habe aus der Wohnung seiner Mutter in das Haus in der Calle de las Palmas schaffen kann, bevor Felicias Mutter, ihre Kinder und ihre beste Freundin Herminia etwas gegen die überstürzte Heirat mit Ernesto einzuwenden vermögen, bevor Felicia sich auf die Anweisungen des *santero* besinnen kann, dessen Rat sie nicht etwa gänzlich vergessen hat, bevor sie und ihr Mann ihren Bund mit einem rauschenden Fest begehen können, kommt Ernesto auf tragische Weise bei einem Schwelbrand in einem Hotel am Meer ums Leben.

Ernesto, ihr sanftmütiger Ernesto, war Gaststätten-Inspekteur gewesen und hatte sich durch seine Unbestechlichkeit (weder Geld noch Schweinelenden führten ihn in Versuchung) und seine unerbittliche Kampagne gegen Mäusekot einen Namen gemacht. Bei seiner nur mäßig besuchten Beerdigung heult Felicia wie eine einsame Wölfin. »Ihr habt ihn umgebracht, weil er zu anständig war!« schreit sie und zupft an ihrem Haar. »Er hätte nicht ein Kotkügelchen geduldet!«

Felicia läßt ihre kurze gemeinsame Zeit Revue passieren. Da waren seine fahle Haut, die vor Erregung rote Flecken bekam, seine zaghaften Hände, die sich allerdings dank ihrer Ermunterung rasch und sicher zurechtfanden, und diese besondere Art, wie er seinen mit dem daunenweichen Haar bedeckten Kopf zwischen ihre Brüste bettete und zufrieden wie ein sattes Baby einschlief. Ernesto war noch »Jungfrau«, als Felicia ihn auf den Rücksitz ihres Wagens lockte, und zeigte die tiefe Dankbarkeit eines Menschen, der noch unbelastet ist. Drei Tage lang lagen sie sich unersättlich und unzertrennlich in den Armen und wechselten nur wenige Worte, denn alles, was sie wissen mußten, wußten sie.

Nach Ernestos Tod erfuhr Felicia von seiner Mutter, daß sie mit nur wenigen Minuten Abstand am selben Tag im selben Jahr wie er geboren worden war.

Felicia schreibt einen Protestbrief an *El Líder* und fordert eine gründliche Untersuchung über den Tod ihres Mannes. Als sie keine Antwort erhält, reift in dem weißen Licht, das in ihrem Hirn aufleuchtet, die Gewißheit heran, daß *El Líder* an allem schuld ist. Ja, bestimmt hat er persönlich die Ermordung ihres Mannes in Auftrag gegeben. Und noch ein paar andere sind in die Sache verwickelt. Sie beobachten sie aus trüben, hinter schwarzen, viereckigen Brillengläsern verschanzten Augen und geben sich gegenseitig Zeichen, indem sie hüsteln oder in die Hände klatschen. Jetzt begreift sie alles. Wie Schuppen fällt es ihr von den Augen. Deshalb ist das Licht so grell. Aber es bricht sich in den Brillengläsern, und sie kann die Schuldigen nicht erkennen, sie nicht von den anderen unterscheiden. Und die ganze Zeit begaffen sie sie in ihrem Elend.

Felicia ist überzeugt, daß Graciela Moreira zu den Spitzeln gehört. Aus diesem Grund kommt sie immer wieder in den Schönheitssalon und läßt sich mit dem Lockenstab Ringellöckchen drehen. Auch sie trägt so eine Brille. Auch sie liebt das Feuer. Felicia will ihr eine Falle stellen und ihr ein Geständnis entlocken. Sie wartet, bis der Mond günstig steht, ruft Graciela an und lädt sie zu einer Gratisdauerwelle in den Schönheitssalon ein.

»Das ist eine Werbeaktion für eine neue Wellflüssigkeit«, ködert Felicia sie. »Ich hätte Sie gerne als Modell.«

Als Graciela eine Stunde später eintrifft, ist Felicia gewappnet. Sie verrührt Lauge mit eigenem Menstruationsblut zu einer ätzenden braunen Paste und schmiert sie rasch auf Gracielas Kopf. Dann befestigt sie mit sechs gleichmäßig verteilten Nadeln eine durchsichtige Plastikhaube auf dem Haar und wartet ab. Felicia stellt sich vor, wie das Gemisch in Gracielas dünne Kopfhaut einsickert und ihre Schädelknochen durchdringt, bis es ihr wie eine Säure das hinterhältige Hirn zerfrißt. Graciela schreit auf und zerrt an der Kappe, die nun so hart wie ein Helm ist, aber Felicia drückt die Fäuste darauf und hält sie fest.

»Du verlogenes Luder! Du hast ihn umgebracht, gib's zu!« schreit Felicia und reißt Gabriela die Brille von der Nase.

Dies ist das letzte und einzige, woran sich Felicia viele Monate lang erinnert.

*　　*　　*

Als erstes bemerkt Felicia den veralteten Kalender, dessen Monatsblätter fein säuberlich an die Zimmerdecke geklebt sind. Sie liegt auf dem Rücken in einem Bett, das nicht ihr eigenes ist, in einem Zimmer, das sie nicht kennt.

In der Mitte der Zimmerdecke ist mit vergilbtem Klebestreifen der Januar 1959 angeklebt, der erste Monat der Revolution. Die folgenden, ebenfalls auf Glanzpapier gedruckten Monate sind ringsherum wie die Blätter einer Blüte angeordnet: Landschaften mit schrundigen Bergen im Jahr 1964; eine kuriose Kollektion irischer Setter und Möpse für das Jahr 1969; zwölf verschiedene Jasminarten im Jahr 1973, für jeden Monat eine. Die Seiten rascheln leise in der Brise. Felicia hebt den Kopf vom Kissen. Drei schwenkbare Ventilatoren befächeln sie mit Luft. Die Sonne scheint durch die papiernen Rollos vor den Fenstern. Plötzlich lassen ein ohrenbetäubendes Rasseln und das durch den Dopplereffekt im Herannahen zunehmend schriller klingende Gekreische von Kindern den Raum erbeben. Klimpernde Musik ertönt, und die Luft rund um Felicia wogt von den widerhallenden Stimmen der Verkäufer, die gerösteten Mais und Spielzeugraketen feilbieten.

Es ist, als würden sich Felicias Sinne einer nach dem anderen ein- und wieder ausschalten. Zuerst das Sehvermögen, dann das Gehör, dann wieder das Sehvermögen.

Sie hebt ein Rollo hoch und blinzelt ungläubig auf den Jahrmarkt hinab. Das bunte Treiben erscheint ihr unerträglich, eine abgehackte, aufwühlende Choreographie. Es ist Sommer und heiß und weit nach zwölf Uhr mittags, soviel kann sie zumindest sagen. Ein Halbwüchsiger mit Baseballkäppi grinst verlegen zu ihr hoch, und erst da bemerkt Felicia, daß sie nackt am Fenster steht. Sie geht in die Knie, wickelt sich ins Bettlaken und läßt das Rollo wieder herunter.

Die Arbeitskleidung eines Mannes hängt, steif vor Dreck und seltsam aufgebauscht, im Schrank. Außerdem sind da zwei Hanteln, ein Leinensack voll Sand, ein Springseil mit roten Holzgriffen und ein birnenförmiger, lederner Punchingball, der an die Decke des Schranks genagelt ist. In einer Ecke liegen fein säuberlich gestapelt amerikanische Zeitschriften, die Seite für Seite nichts als Männer mit schauerlich verformten Körpern in verdrehten Posen zeigen. Auf einer gefalteten Seite in der Mitte eines Magazins ist ein gewisser Jack La Lanne abgebildet, der an einem Seil, das er mit den Zähnen festhält, ein Ruderboot hinter sich herzieht. Die Wörter der Bildunterschrift sehen wie krabbelnde Insekten aus. Felicia versteht ihren Sinn nicht.

An einem Haken hängt eine Umhängetasche aus Stroh. Mit abgebrochenen Fingernägeln kramt Felicia darin, weil sie sich davon Aufschluß erhofft. Sie fördert elf verkrustete Centavos, einen verrosteten orangefarbenen Lippenstift und, durch einen Riß im karierten Innenfutter der Tasche, ein schmuddeliges Votivbildchen der Barmherzigen Madonna von Cobre zutage. Nichts, was ihr verraten könnte, wer sie ist und woher sie kommt.

Felicia zieht die marineblaue Hose an. An den Hüften sitzt sie eng, und sie reicht ihr nur bis zum Schienbein. Das Hemd bauscht sich über ihrer Brust. Sie schlüpft in ein Paar Gummischlappen, die genau ihre Größe haben, und beschließt, sich in der Kochnische auf einer der Herdplatten ein Ei zu braten. Sie ißt jedoch nur den Dotter und tunkt ein Stück altbackenes Brot hinein, das sie im Küchenschrank gefunden hat. Danach schält sie eine Mandarine. An ihrem rechten Ringfinger steckt ein goldener Ring. Er kommt ihr bekannt vor. Die ganze Wohnung kommt ihr bekannt vor, aber sie weiß nicht, warum. Trotzdem hat sie keine Angst. Es ist, als hätte ihr Körper eine Zeitlang in diesem Raum gelebt und ihn als für ihre Seele sicher befunden.

Felicia öffnet die einzige Tür im Raum und geht einen Flur entlang, an dessen Ende sich das Badezimmer befindet. Ihr Spiegelbild sieht sonnengebräunt und erholt, ja fast hübsch aus. Das beruhigt sie. Sie kämmt sich das Haar, entdeckt ein vereinzeltes graues Haar und reißt es schwungvoll aus.

Die Luft draußen ist drückend und schwül und von Lärm erfüllt. Ob jemand sie beobachtet? Schwer zu sagen. Mit beiden Händen streicht sie die Hose glatt und marschiert entschlossen drauflos, wohin, weiß sie nicht.

»Entschuldigen Sie bitte, wo sind wir hier?« fragt sie ein pummeliges Mädchen.

»In Cienfuegos, Señora.«

»Und der Wievielte ist heute?«

»Der 26. Juli 1978«, antwortet sie, als wäre Felicia ihre Lehrerin, die sie in Geschichte abfragt. »Ist das da Ihr Name?« fragt das Mädchen schüchtern und zeigt auf Felicias linke Schulter, auf die mit schlichten Lettern »Otto« aufgestickt ist. Felicia schweigt.

Sie erblickt viele Männer in marineblauer Arbeitskleidung wie ihrer. Sie werfen ihr von Süßwarenständen, Kartenbuden und dem Autoscooter Kußhände zu. Alle kennen ihren Namen. Felicia lächelt matt und winkt zurück. Am hinteren Ende des Vergnügungsparks erhebt sich die Achterbahn über all die anderen, weniger rhythmisch klingenden Fahrgeräte: Ratter, ratter, ratter, wusch! Ratter, ratter, ratter, wusch!

»Komm her, *mi reina*, komm her!« ruft ihr ein Mann mit breitem Brustkasten von einem Werkzeugschuppen aus zu. Er hat eine quäkende Stimme, die nicht weit trägt, und verschluckt beim Sprechen ganze Silben.

Felicia geht auf den Mann mit dem netten Bärengesicht zu. Eine gekringelte schwarze Haarlocke lugt zwischen den oberen Knöpfen seines Hemdes hervor.

»Du konntest es wohl kaum erwarten, daß du rauskommst, was?« Er lacht und betätschelt sie überall mit seinen kräftigen, plumpen Pranken. Sein krauses Haar bildet eine Art wollenen Rahmen um die mit dunklen Bartstoppeln bedeckten Wangen. Verblüfft stellt Felicia fest, daß er von einem dichten, feuchten Pelz überzogen ist. Sie sagt sich, daß er bestimmt Temperaturen unter dem Gefrierpunkt überleben könnte, ohne auch nur einen Pullover anzuziehen.

»Was ich gestern abend gesagt habe, meine ich ernst«, sagt er und senkt die Stimme. »Wir gehen nach Minnesota. Es ist der kälteste Staat der USA. Dort machen wir eine Eislaufbahn auf, und ich schlafe nackt auf dem Eis, auf meinem eigenen Eis!«

Er zieht sie so dicht an sich, daß sie seinen heißen Atem an der Kehle spürt.

»Ich habe heute mit Fernando gesprochen, und er meint, er kann uns für übernächsten Sonntag ein Boot besorgen. Wir teilen es uns mit einer anderen Familie und fahren nachts an der Nordküste los. Bis Key West sind es nur knapp hundertfünfzig Kilometer. Er sagt, daß man uns Kubaner dort wie Könige behandelt.«

»Wo sind meine Kleider?« fällt Felicia ihm jäh ins Wort. Da entdeckt sie die gestickten Buchstaben an seiner schweißnassen Uniform und den goldenen Ring, der genau zu ihrem paßt.

»In der Wäscherei, *mi reina*. Erinnerst du dich nicht mehr? Du hast mich selbst darum gebeten, sie hinzubringen. Heute nachmittag sind die Sachen fertig. Keine Sorge, du kriegst sie wieder.«

In der folgenden Woche macht sich Felicia daran, ihre Vergangenheit Stück für Stück zusammenzusetzen. Die Erinnerungen liegen in ihrem Gedächtnis willkürlich durcheinandergewürfelt auf einem Haufen, und Felicia sortiert sie wie liebgewonnene, aufgeweichte Habseligkeiten, über die eine Flutwelle hereingebrochen ist. Mit Buntstiften zeichnet sie Bilderfolgen und Ereignisse auf und ordnet ihre Diagramme immer wieder neu, bis sie endlich einen Sinn ergeben, ja vielleicht ihre Lebensgeschichte erzählen. Die Menschen darin bleiben jedoch gesichts- und namenlos.

Eines Abends nach dem Essen, als Otto gerade mit ihr schläft, sieht sie vor ihrem geistigen Auge plötzlich, wie sich das Bild ihres Sohnes vor den jüngsten Kalendermonat schiebt.

»Wann kommst du nach Hause, Mami? Wann kommst du nach Hause?« fragt Ivanito mit zitteriger, flehentlicher Stimme.

Da muß Felicia daran denken, wie ihr schlaksiger Sohn die ersten ungelenken Tanzschritte wagte, und fängt an zu weinen. Otto, der die Schluchzer seiner Frau für lustvolle Laute hält, stößt die Hüften kraftvoll gegen ihre und erschauert vor Wonne.

Später am Abend, kurz nachdem der Vergnügungspark geschlossen hat, drängt Felicia ihren Mann, mit ihr Achterbahn zu fahren.

Otto Cruz hält seine Frau zwar für verrückt, aber da sie schön und geheimnisvoll ist, würde er alles tun, was sie verlangt. Er kann sein Glück, sie gefunden zu haben, kaum fassen. Im vergangenen Winter trieb sie sich mutterseelenallein hinter dem Ersatzteillager herum.

Ein vom Himmel geschickter Engel. Und er hatte nur Ersatzbolzen für das Riesenrad holen wollen!

»Hier bin ich«, sagte sie schlicht und einfach, schüttelte ihr dunkles, welliges Haar und knöpfte die Bluse auf. Ihre Brüste glänzten wie polierter Marmor im Mondlicht. Ottos Blut geriet so stark in Wallung, daß er zu platzen glaubte.

Otto wußte, daß er sich von seiner Liebe zu ihr nie wieder erholen würde, und heiratete Felicia schon am nächsten Morgen. Jedesmal wenn er sie fragte, woher sie kam und wo ihre Familie lebte, sah sie ihn aus unschuldigen Augen an. »Du bist jetzt meine Familie«, sagte sie dann. »Ich bin zu dir gekommen.«

Als Otto an die Nacht denkt, in der er Felicia begegnet ist, bekommt er schon wieder eine Erektion. Er legt den Schalter an der Achterbahn um und schiebt den vordersten, mit lachenden Clowns bemalten Wagen auf die ausgefahrenen Schienen. Die Plattform befindet sich hoch über dem Boden, und der Stromgenerator surrt und knackt unter dem sich windenden Gleis.

Die Waggons rollen los. Otto springt neben seiner Frau auf den Sitz. Ihre Haut ist ganz weich und hebt sich weiß von ihrem Haar ab. Er schiebt die Hand unter ihren dünnen Rock und streichelt ihre warmen Schenkel. Ächzend klettert der Wagen auf den klapperigen Holzschienen höher und höher. Da steht Otto auf, nestelt am Reißverschluß seiner Hose, bis er ihn offen hat, und drängt Felicias Lippen, ihrer wundersamen Zunge entgegen. Für den Bruchteil einer Sekunde hält der Wagen auf der Kuppe des ersten und zugleich steilsten Hügels. Der Himmel ist schwarz, von einem wolkenlosen Blauschwarz. Unter ihnen liegt das verwinkelte Schienengewirr der Achterbahn.

Felicia schließt die Augen, als der Wagen ins Leere stürzt. Als sie sie wieder öffnet, ist ihr Mann verschwunden.

Einen Tag, nachdem Felicia Graciela Moreiras Kopfhaut mit Lauge verätzt hat, kehrt Celias Sohn aus der Tschechoslowakei zurück. In einem ausgefransten Tweedanzug und mit eingefallenen, hohlen Wangen trifft Javier kurz vor Beginn der Abenddämmerung ein und bricht auf der Veranda hinter dem Haus seiner Mutter zusammen.

Wie eine Liebende stürzt Celia sich auf ihren Sohn, küßt seine Augen, sein Gesicht und seine Hände mit den gebrochenen Knöcheln. Sein strohiges, leicht ergrautes Haar ist von der Salzluft verfilzt, und im Nacken hat er eine Beule so groß wie ein Hühnerei. Er stößt heftige, tonlose Schreie aus, und dabei erzittert sein ausgemergelter Körper wie ein Blatt im Wind. Halb zieht sie ihn, halb schleppt er sich zu ihrem Bett, dem Bett, in dem er einst gezeugt wurde, und dann schläft er, im abgetragenen Pyjama seines Vaters und in mehrere Decken gepackt, drei Tage lang. Was er durchgemacht hat, versucht Celia sich anhand der Qualen zusammenzureimen, die er, von Fieber, Schüttelfrost und einem schlimmen Katarrh geschüttelt, im Delirium noch einmal durchlebt.

Auf diese Weise erfährt sie, daß ihr Sohn eines Tages nach der Rückkehr von der Universität einen Brief auf dem Küchentisch vorfand; daß der Umschlag gelblich wie Butter und die Handschrift groß, schwungvoll und selbstsicher war; daß seine zwei beiden Hosen geplättet und mit scharfer Bügelfalte versehen im Schrank hingen; daß seine Frau mit ihm in der Nacht zuvor noch geschlafen hatte, damit er keinen Verdacht schöpfte; daß sie ihn wegen eines Gastprofessors für Mathematik aus Minsk verließ, daß der Professor dürr wie ein Storch war, einen glattrasierten Schädel und einen Spitzbart hatte, weil er wie Lenin aussehen wollte; daß Javiers Tochter, seine über alles geliebte Tochter, für die Spanisch die Sprache der Schlummerliedchen war, mit ihrer Mutter auf und davon ging.

Nachdenklich betrachtet Celia den Höcker in Javiers Nacken und die sonderbare Narbe auf seinem Rücken, eine fleischige Furche knapp unter dem linken Schulterblatt. Sie findet 1040 Dollar, die in

Zwanzigernoten in gleich hohen Beträgen auf seine vier Taschen verteilt sind, sowie eine Quittung über neun Manschettenknöpfe.

In den folgenden Wochen kocht Celia ihrem Sohn milde Hühnerbrühe und flößt sie ihm Löffel für Löffel ein. Er ißt mit mechanischen Bewegungen und geistesabwesender Miene, und danach liest sie ihm aus den Büchern, die auf ihrer Kommode wahllos durcheinander liegen, Gedichte vor, in der Hoffnung, ihn damit zu trösten.

> *Me he perdido muchas veces por el mar*
> *con el oído lleno de flores recién cortadas,*
> *con la lengua llena de amor y de agonía.*
> *Muchas veces me he perdido por el mar,*
> *como me pierdo en el corazón de algunos niños.*

Ob ihr Sohn ihre alles verheerende Leidenschaftlichkeit geerbt hat? fragt sich Celia. Oder bricht Leidenschaft so willkürlich und zufallsbestimmt wie ein Krebsgeschwür aus?

Celia hofft, daß es ihrem Sohn am Meer mit seinem kräftigenden Gewoge und den von fernen Ländern herüberwehenden Brisen bald leichter ums Herz wird, wie es einst auch ihr ergangen ist. Spätnachts, wenn Javier schläft, sitzt sie in der Korbschaukel und grübelt darüber nach, warum es so schwierig ist, glücklich zu sein.

Von ihren drei Kindern ist sie ihrem Sohn am meisten zugetan. Immerhin gibt es für seinen Kummer einen Namen, auch wenn sie noch nicht weiß, wie sie ihn heilen kann. Celia kann ihm sein Leid nur allzugut nachfühlen. Vielleicht ist das der Grund, warum sie in Javiers Gegenwart so ruhelos ist.

Sie versteht auch, warum seine Seelenqual die noch nicht vergebenen Frauen von Santa Teresa del Mar anzieht. Sie tragen mit gestärkten Tüchern abgedeckte Tiegel zu ihm, schauen ihm in die Augen, die von der Farbe des Nachthimmels sind, und bilden sich ein, ihm wie ein heller Stern die Erleuchtung zu bringen. Sogar verheiratete Frauen kommen vorbei, um sich nach seinem Befinden zu erkundigen, seine Hände so warm wie Blut zu halten und ihn zu trösten, während sie immer wieder wie Betende vor sich hin sagen: »Oh, was gäbe ich dafür, von diesem schönen, traurigen jungen Mann geliebt zu werden!«

Celia erinnert sich, daß ihre eigenen Augen früher einmal wie die ihres Sohnes ausgesehen haben – tief in den Höhlen liegend, die Verzweiflung gleich einem Magneten anziehend. Von ihr jedoch hatten die Nachbarn sich ferngehalten, in dem Glauben, daß ihr ein früher Tod bestimmt und jeder, den sie berührte, dazu verdammt sei, mit ihr zu gehen. Sie hatten Angst vor ihrer Krankheit, als wäre sie tödlich wie Tuberkulose, nur schlimmer, viel schlimmer.

Was die anderen allerdings bei weitem mehr fürchteten – das erkannte Celia erst später – war, daß die Leidenschaft an ihnen vorübergehen könnte und sie einen ganz gewöhnlichen Tod sterben müßten, brav und sinnlos, ohne daß sie je ihre dunklen Tiefen ausgekostet hätten.

Nachdem Javier zwei Monate im Bett seiner Mutter verbracht hat, verläßt er endlich ihr Zimmer. Er wischt den Staub von der Rumflasche in der Eßzimmervitrine, spült ein Glas, bricht sich aus dem Gefrierfach ein paar Eisstückchen heraus und schenkt sich reichlich Rum ein. Dann setzt er sich auf den Stuhl im Eßzimmer, beugt sich vor, als erwarte er, daß ihn gleich ein Stromstoß durchfließen würde, und leert die Flasche in einer einzigen Sitzung.

Tags darauf zieht er den ausgebesserten Tweedanzug an, steckt einen Schein von seinem Bündel amerikanischer Banknoten ein und ersteht bei einem Schwarzhändler in einem Vorort der Stadt eine Flasche Rum. Trotz der steigenden Preise sucht er den Händler fortan häufig auf und kauft ihm eine Flasche nach der anderen ab. Javier kann es sich leisten, ein Trinker zu sein. Celia verschließt vor dem Getuschel der Nachbarn die Ohren. Bei den Preisen für einen Liter Rum bleibt den meisten von ihnen mit ihren Monatsgutscheinen und bescheidenen Einkommen nichts anderes übrig, als stocknüchtern zu sein.

Als sich der Zustand ihres Sohnes verschlechtert, schränkt Celia, wenn auch widerwillig, ihre Aktivitäten zum Wohl der Revolution ein. Sie fällt noch in einem Fall ein Urteil und gibt dann ihr Amt als Richterin am Volksgericht auf. Simón Córdoba, ein junger Bursche von fünfzehn Jahren, hat eine Reihe von Kurzgeschichten geschrieben, die als antirevolutionär gelten. Die Hauptfiguren in seinen Geschichten fliehen auf Flößen aus Ästen und Gummireifen von Kuba, weigern sich, bei der Grapefruiternte mitzumachen, träumen davon, in einer Rock-'n'-Roll-Band in Kalifornien zu singen. Eine von Simóns Tanten hat die unter ein Sofakissen geschobenen Geschichten entdeckt und das Nachbarschaftskomitee benachrichtigt.

Celia schlägt vor, der Junge solle sechs Monate lang den Füller ruhen lassen und sich als Lehrling im Escambray-Theater verdingen, das sich der Erziehung der Landbevölkerung verschrieben hat. »Ich möchte dich in deinem Schaffensdrang nicht entmutigen, Simón«, sagt Celia sanft zu ihm. »Ich möchte nur, daß du ihn in Zukunft wieder mehr in den Dienst der Revolution stellst.« Schließlich spielen Künstler doch eine entscheidende Rolle, oder nicht? denkt sie bei sich. Später, wenn sich das System gefestigt hat, kann man in diesen Dingen vielleicht mehr Freizügigkeit walten lassen.

Celias Leben geht den Gang des Gewohnten und nimmt einen schalen Geschmack an. Sie arbeitet nicht mehr als Freiwillige für die Kleinbrigaden und überwacht ihren Küstenstrich nur noch eine Nacht im Monat. Die restliche Zeit über kommt sie Javiers Bedürfnissen nach. Sie hätte nicht gedacht, daß sein Leid diesen Verlauf nehmen würde, und verspürt in sich eine ohnmächtige Wut wie damals, als Jorge den kleinen Javier drangsalierte. Jetzt ist Javier wieder ein kleiner Junge. Celia hilft ihm beim Anziehen, kämmt ihm das Haar, erinnert ihn ans Zähneputzen und bindet ihm die Schnürsenkel. Abends steckt sie ihn ins Bett und streichelt ihm gedankenverloren die Stirn. Wenn sie jedoch sein Gesicht mit den Händen umfaßt, erkennt sie auf seinen Zügen vage so etwas wie Abneigung. Liegt es an ihm, fragt sie sich, oder an ihr selbst?

Trotz Celias Fürsorge wird Javiers Haut immer fahler und dünner, bis sie so aussieht, als könnte man sie wie Papier in Streifen abziehen. Seine Fingerknöchel verheilen mehr schlecht als recht, und er stellt sich bei allem unbeholfen an, außer mit dem Rumglas. Seit er nach

Hause zurückgekehrt ist, hat Celia kaum an Felicia gedacht, die seit letztem Winter verschwunden ist, oder an die Zwillinge oder an Ivanito im Internat oder an die in der Fremde lebende Pilar. Celias innere Stimme sagt ihr, wenn sie ihren Sohn nicht retten kann, wird sie auch nicht in der Lage sein, sich selbst oder Felicia oder irgendeinen anderen Menschen zu retten, den sie liebt.

Mit der Hilfe von ein paar Freunden aus der Kleinbrigade, die in der Hauptstadt leben, macht Celia die *santera* in Havannas Osten ausfindig, die ihr damals, als sie aus Liebe zu dem Spanier fast gestorben wäre, gesagt hatte, woran sie krankte.

»Ich wußte, daß Sie es sind«, sagt die *santera* und klatscht mit ihren dünnen, zerbrechlichen Fingerchen in die Hände, als sie Celia auf der Stufe vor ihrer Haustür stehen sieht. Ihr Gesicht ist dunkel, runzelig und ölig, und sie sieht aus, als würde sie durch alle Poren atmen wie ein Lebewesen der Tiefsee. Doch als sie lächelt, schiebt sich die Haut zurück wie ein Vorhang, ihre Züge straffen sich, und sie hat das Gesicht einer jungen Frau.

Sie legt eine scheckige Hand auf Celias Herz und nickt feierlich, als wollte sie sagen: »Hier bin ich, *hija*. Sag mir, was los ist.« Aufmerksam hört sie Celia zu. Sie beschließen, gemeinsam nach Santa Teresa del Mar zu fahren.

Die *santera* blickt an der von Sonnenlicht und Seeluft ausgebleichten Fassade des aus Ziegeln und Mörtel gebauten Hauses empor und stellt sich unter den Papaubaum im Vorgarten. Rasch, aber ruhig betet sie sämtliche ihr bekannten katholischen Gebete herunter. Das »Gegrüßet seist du Maria«, das Vaterunser, das Apostolische Glaubensbekenntnis. Ihr Körper fängt an zu schwanken, und die gefalteten Hände unter dem Kinn pendeln hin und her, bis die ganze Frau sich wie ein aus den Fugen geratenes, schwingendes Etwas bewegt. Gleich darauf sieht Celia, wie die feuchten Augen der kleinen *santera* nach hinten in ihren zwergenhaften Kopf rollen und das Weiß der Augäpfel stechendweiß hervortritt, und dann durchläuft sie ein Zittern, einmal, zweimal, sie schrumpft neben Celia auf dem Gehsteig zu einem Häufchen zusammen, qualmt wie ein nasses Feuer und ver-

179

strömt dabei einen süßlichen, moschusartigen Geruch, bis von ihr nichts weiter übrig ist als das mit Fransen besetzte Baumwolltuch.

Da Celia nichts Besseres einfällt, faltet sie das Tuch der *santera* zusammen, steckt es in die Handtasche und geht ins Haus.

Die Stille im Haus verrät ihr, daß Javier bereits fort ist. Er hat davon gesprochen, in die Berge zu gehen und an den bewaldeten Hängen Kaffee anzubauen. Er hat gesagt, daß er zum Karneval nach Santiago herunterkommen will, um zu den Klängen der Pfeifen und der *melé*, der Schnarr- und *batá*-Trommeln zu tanzen und (in einem mit Ziermünzen und Federn besetzten Kostüm) an der Spitze einer Conga tanzenden Schlange im Céspedes Park zu sterben.

Celia faßt sich an die Brust und spürt darin einen walnußgroßen Knoten. Eine Woche später nehmen die Ärzte ihr die linke Brust ab. An ihrer Stelle hinterlassen sie eine rosafarbene, fleischige Narbe wie die, die Celia auf dem Rücken ihres Sohnes gesehen hat.

Celias Briefe: 1950–1955

Querido Gustavo!

Noch auf dem Totenbett verfluchte mich Berta Arango del Pino. Vor einem Monat zog sie sich eine Erkältung zu, aus der eine Lungenentzündung wurde, und bevor wir uns versahen, war sie tot. Jorge bat mich, mit ihm in die Calle de las Palmas zu gehen, weil seine Mutter ihm versprochen hatte, mit mir Frieden zu schließen. Doch als ich eintraf, warf sie mit einer Karaffe nach mir, die zu meinen Füßen zerschellte, und der Absinth färbte den Saum meines Kleides grün.

»Du hast mir meinen Mann weggenommen!« schrie sie mich an und streckte theatralisch die Arme nach Jorge aus. Ihre Finger bewegten sich wie Würmer. »Komm her, mein Geliebter! Komm an mein Bett!« Ofelia sackte die Kinnlade herunter. Ihre Mutter wandte sich zu ihr um und kreischte: »Du Hure! Was glotzt du mich so an?« Nach diesen Worten sank Doña Berta mit verzerrtem Mund und den hervorquellenden Augen eines Erhängten auf die Kissen zurück und starb. Den armen Jorge nahm das alles schrecklich mit.

Celia

11. April 1951

Querido Gustavo!

Bist Du ein guter Vater? Ich frage Dich das wegen Jorge. Er hat etwas Strenges, Unerbittliches an sich, wenn es um unseren Sohn geht. Javier läuft seinem Vater nie wie seine Schwestern entgegen, um ihn zu begrüßen, weil er genau weiß, daß sein Vater ihn immer nur mit Belehrungen und Ermahnungen überschüttet, sobald er ihn sieht. Auch wenn Du es nicht glaubst: Jorge hat unseren Sohn gezwungen, Buchhaltung zu erlernen. »Gott im Himmel!« habe ich gesagt. »Er ist doch erst fünf Jahre alt!«

Selbst Felicia ergreift für ihren Bruder Partei, aber Jorge beachtet uns nicht. Seit dem Unfall mit dem Milchlaster vor Jahren plagen ihn Alpträume und Ängste, daß wir eines Tages mittellos dastehen könnten, falls Javier nicht lernt, das Geld der Familie zu verwalten. Die Glassplitter in der Wirbelsäule bereiten Jorge noch immer großes Unbehagen, aber das entschuldigt seine unsinnigen Ideen nicht. Ich versuche, den Jungen dafür zu entschädigen, sobald Jorge aus dem Haus geht, indem ich ihm *natillas* backe, seinen Lieblingsnachtisch, aber Javier spürt meine Schwäche und wird auch mir gegenüber immer abweisender.

Küsse Deine Söhne, falls Du welche hast, Gustavo. Gib ihnen einen Gutenachtkuß.

Deine Celia

11. März 1952

Mi Gustavo!

Dieser Schurke von Batista hat uns das Land gestohlen, gerade als es so aussah, als würde sich endlich etwas ändern. Die USA sehen ihn gern im Präsidentenpalast. Wie hätte er es ohne ihre Hilfe soweit bringen können? Ich habe Angst um meinen Sohn, denn er wird von solchen Männern lernen, was es heißt, ein Mann zu sein.

Du wärst stolz auf mich, *mi amor*. Letzten Monat habe ich bei der Kampagne für die Orthodoxe Partei mitgemacht. Felicia half mir, auf der Plaza Flugblätter anzukleben, aber die Leute beschimpften uns und zerrissen die Zettel vor unseren Augen.

Danach nahm mich Felicia zu ihrer besten Freundin Herminia mit. Ihr Vater Salvador ist ein *santería*-Priester, ein bescheidener Mann mit leiser Stimme, der so schwarz ist wie der schwärzeste Afrikaner. Ich war völlig überrascht, als er uns Tee und selbstgebackene Plätzchen auftischte. Zwar weiß ich nicht, was ich eigentlich erwartet hatte, aber ich hatte so viele schauerliche Geschichten über ihn gehört. Als ich meinte, man müsse Batista bekämpfen, sagte er, das sei zwecklos, denn der Schurke genieße den Schutz von Changó, dem Gott des Feuers und der Blitze. Batistas Schicksal sei vorbestimmt, sagte Salvador zu mir. Er werde mit einem Vermögen im Koffer aus Kuba fliehen und eines natürlichen Todes sterben.

Wenn es stimmt, was er sagt, wird Batista zwar nicht büßen müssen, aber für uns, Gustavo, für uns alle gibt es wenigstens Hoffnung.

In Liebe,
Celia

11. August 1953

Querido Gustavo!

Gestern fuhr ich mit dem Bus nach Havanna, um mich den Demonstranten vor dem Palast anzuschließen. Wir verlangten die Freilassung der Rebellen, die den Angriff auf Moncada überlebt haben. Ihr Anführer ist ein junger Anwalt, wie Du selber einst einer warst, Gustavo, voller Idealismus und Selbstbewußtsein. Jorge rief gestern abend aus Baracoa an, und als Lourdes ihm mitteilte, wo ich war, wurde er sehr wütend. Das Mädchen ist mir fremd. Wenn ich mich ihr nähere, wird sie ganz starr, als wäre sie in meiner Gegenwart lieber tot. Mir fällt auf, wie sehr Lourdes sich von ihrem Vater unterscheidet, der so lebhaft und fröhlich ist, und es tut mir weh, aber ich weiß nicht, was ich tun soll. Sie bestraft mich noch immer für die ersten Jahre.

In Liebe,
Celia

11. Mai 1954

Gustavo!

Ich mache mir große Sorgen um Felicia. Sie hat das Gymnasium verlassen und sagt, daß sie arbeiten will. Jeden Nachmittag fährt sie mit dem Bus nach Havanna und kommt erst spätnachts zurück. Sie behauptet, sie würde sich nach einem Job umsehen, aber in der Stadt gibt es für fünfzehnjährige Mädchen wie sie nur eine einzige Arbeit.

Felicia ist abenteuerlustig und unberechenbar, und das macht mir angst. Ich habe zu viele Geschichten über junge Mädchen gehört, die in dem Gewerbe, das man hierzulande Tourismus nennt, zugrunde gegangen sind. Kuba ist der Spott der Karibik geworden, zu einer Insel, auf der alles und jeder käuflich ist. Wie konnten wir das zulassen?

Tu Celia

11. Oktober 1954

Querido Gustavo!

Javier hat für ein genetisches Experiment den Nationalen Wissenschaftspreis für Jugendliche gewonnen. Seine Lehrer behaupten, er sei ein Genie. Ich bin sehr stolz auf ihn, weiß allerdings nicht genau, worauf. Lourdes bringt ihm aus der Universitätsbibliothek wissenschaftliche Abhandlungen mit, und dann sperrt er sich manchmal tagelang in seinem Zimmer ein und liest. Mir bringt Lourdes auch Bücher mit. Zur Zeit lese ich *Madame Bovary* auf französisch, und das ist ganz schön mühsam.

Immer Dein,

Celia

P. S. Felicia hat einen Job gefunden. Sie verkauft Schreibwaren bei *El Encanto*, wo auch ich früher gearbeitet habe. Alle Mädchen aus der feinen Gesellschaft kommen zu ihr und lassen sich die Hochzeitsanzeigen drucken. Ich weiß nicht, wie lange Felicia es dort aushalten wird. Für diese vergnügungssüchtigen Mädchen hat sie nichts übrig.

11. April 1955

Mi querido Gustavo!

Heute spielte im Parque Central eine Dreimannkapelle, und ihre Balladen waren so herzzerreißend, daß viele Leute stehenblieben, um ihnen zuzuhören. Die Stimme des Sängers klang genau wie die von Beny Moré in seinen besten Jahren. Bei einem Lied mußte ich weinen, und ich sah, daß auch andere weinten, als sie den Musikern ein paar Münzen in den Hut warfen.

> *Mírame, miénteme, pégame, mátame si quieres*
> *Pero no me dejes. No, no me dejes, nunca jamás. . .*

Und das im Park genau gegenüber vom Hotel Inglaterra! Verzeih mir, Gustavo. Es ist April, ich bin melancholisch, und es sind einundzwanzig Jahre vergangen.

Immer Dein,
Celia

11. Juni 1955

Gustavo!

Man hat die Rebellen freigelassen! Jetzt ist die Revolution so nahe, daß man sie riechen kann. Wir werden uns Batista vom Hals schaffen, wie wir es auch mit Machado, diesem Tyrannen, getan haben. Aber diesmal, *mi amor*, machen wir Nägel mit Köpfen!

In Liebe,
Celia

Ein Urlicht

(1977)

Lourdes Puente freut sich über die Leere und Reinheit in ihrem Magen. Seit einem Monat hat sie nichts gegessen und insgesamt schon reichlich dreißig Pfund abgenommen. Sie malt sich aus, wie die von Muskeln durchzogenen Wände ihres Magens schrumpfen, sich zusammenziehen und blitzsauber werden, weil sie nicht mehr mit Essen in Berührung kommen, sondern nur noch mit den unzähligen Litern Quellwasser, die sie trinkt. Sie fühlt sich, als wäre sie durchsichtig, als würden sich die groben Konturen ihrer plumpen Gestalt allmählich auflösen.

Der Morgen dämmert, ein Morgen im Herbst, und Lourdes läuft durch die Gegend. Kilometer für Kilometer bringt sie hinter sich, wobei sie mit den Armen energische, pumpende Bewegungen ausführt und den Blick entschlossen nach vorne gerichtet hält. Sie läuft in ihrem malvenfarbenen Jogginganzug aus Velours die Fulton Street entlang, vorbei an May's, dem schäbigen Kaufhaus mit den Schaufensterpuppen aus einer anderen Epoche, an Läden mit heruntergelassenen Rollos und Bänken vor Bushaltestellen, auf denen sich schlafende Trunkenbolde ausgestreckt haben. Lourdes macht kehrt und geht mit großen Schritten am rußgeschwärzten Rathaus von Brooklyn vorbei und gleich darauf am Obersten Gerichtshof, wo das Verfahren gegen den Massenmörder »Son of Sam« stattfinden wird. Lourdes weiß nicht genau, was es mit »Son of Sam« auf sich hat, nur daß es ihn wirklich gibt und er einen Hund hatte, der ihm angeblich befahl, Menschen umzubringen. Seine Opfer waren Mädchen mit dunklem, wehendem Haar, junge Mädchen wie Pilar. Doch Lourdes konnte reden, soviel sie wollte – Pilar weigerte sich, das Haar hochzustecken oder es unter einer Mütze zu verbergen, wie die anderen Mädchen es taten. Nein, Pilar ließ ihr langes Haar offen fallen und flirtete mit der Gefahr.

Pilar besucht eine Kunsthochschule in Rhode Island. Zwar hatte sie Stipendien für Vassar und Barnard gewonnen, sich aber für eine Schule voll Hippies ohne Zukunft entschieden, allesamt zartbesaitete Männer mit Frauenlippen und einem undurchschaubaren Ausdruck in den Augen. Die Vorstellung, daß ihre Tochter mit solchen Männern ins Bett gehen könnte, löst bei Lourdes Verzweiflung und tiefen Abscheu aus.

Lourdes war noch Jungfrau, als sie heiratete, und sie war stolz darauf. Der stechende Schmerz im Unterleib und das Blut auf dem Laken des Ehebettes lieferten den Beweis für ihre Tugendhaftigkeit. Am liebsten hätte sie das Laken aus dem Fenster gehängt, damit jedermann es sehen konnte.

Pilar schlägt nach ihrer Großmutter, sie hat für Konventionen, Religion und andere höhere Werte nichts übrig. Beide haben vor niemandem Angst, und schon gar nicht vor sich selbst. Pilar ist verantwortungslos, ichbezogen, ein böses Biest. Woher kommt das bloß?

Lourdes läuft die Montague Street entlang, und ihre Ellbogen bewegen sich wie Kolben hin und her. Das griechische Lokal hat schon geöffnet. In der hintersten Ecke sitzt ein Mann mit hängenden Schultern und starrt auf einen Teller mit Ei und Speck. Die Dotter sind zu blaß, denkt Lourdes. Sie malt sich aus, daß sie gleich wie ein klebriger Film die Kehle des alten Mannes überziehen werden. Bei der Vorstellung wird ihr schlecht.

»Einen schwarzen Kaffee«, sagt sie zu dem Kellner in Arbeitskluft und steuert auf das öffentliche Telefon zu. Sie wählt die Nummer ihrer Tochter in Rhode Island. Das Telefon klingelt viermal, fünfmal, sechsmal, bis Pilar sich mit schläfriger Stimme meldet.

»Ich weiß, daß jemand bei dir ist«, faucht Lourdes. »Lüg mich nicht an.«

»Nicht schon wieder, Mom. Bitte!«

»Sag mir, wie er heißt!« Lourdes preßt die Wörter zwischen den Zähnen hervor. »Du Hure! Sag mir, wie er heißt!«

»Wovon redest du eigentlich, Mom? Es ist fünf Uhr früh. Laß mich schlafen, ja?«

»Ich habe gestern abend bei dir angerufen, aber du warst nicht da.«

»Ich war unterwegs.«

»Unterwegs? Wo? Im Bett deines Liebhabers?«

»Ich war draußen, um mir ein Sandwich mit Rindfleisch zu holen.«

»Lügnerin! Du ißt sonst nie Rindfleisch!«

»Ich lege jetzt auf, Mom. War nett, mit dir zu reden.«

Lourdes knallt zwei Vierteldollarmünzen auf die Theke und läßt den dampfenden Kaffee in der dicken weißen Tasse stehen.

Seit dem Tod ihres Vaters hat sich zwischen ihr und Rufino nichts mehr abgespielt. Es ist, als hätte früher eine andere Frau in ihr gesteckt, eine Hure, eine lebenshungrige Hure, die sich von den ekelerregenden milchigen Spermaklümpchen ihres Mannes nährte.

Lourdes hält sich erst einen, dann den anderen Arm an die Nase und beschnüffelt ihn argwöhnisch nach dem Geruch von Fett oder Toast.

Essensgerüche widern sie an. Sie kann Eßbares nicht einmal mehr sehen, ohne daß sich ihr Mund mit dem säuerlichen Speichel füllt, der sich kurz vor dem Erbrechen bildet. In letzter Zeit ist sogar der Anblick ihrer eigenen Backwaren zur reinsten Qual geworden – die an gekrümmte Würmer erinnernden Buttercroissants, die klebrigen Honigbrötchen mit den dicken Pekannüssen, die wie Kakerlaken in den mit Zimt bestäubten Spalten sitzen.

Nicht, daß Lourdes sich vorgenommen hätte, mit dem Essen aufzuhören – es passierte einfach, so wie sie in der Zeit, als ihr Vater im Sterben lag, gut hundert Pfund zugenommen hat. Nun allerdings sehnt sie sich nach der großen Leere, sie möchte so rein und hohl sein wie eine Flöte.

Lourdes steuert auf die Promenade von Brooklyn zu. Die aufgelassenen Schiffswerften stellen ihre welligen Dächer wie vereiterte Narben zur Schau. Der East River, der mit dem Hudson kurz vor dessen Mündung zusammenfließt, ist still und reglos wie der Nebel. Auf der anderen Seite des Flusses greifen die Türme der Wall Street vermessen nach dem Himmel. Lourdes läuft die vierhundert Meter lange Esplanade achtmal ab. Ein Jogger mit einer gelbbraunen Dänischen Dogge rennt an ihr vorbei. Autos, unterwegs nach Queens, hupen auf dem Highway unter ihr.

Bei Tagesanbruch gibt es einen Augenblick, in dem der Morgen sich als Abenddämmerung verkleidet, überlegt Lourdes, und in diesem kurzen Augenblick hat der Tag weder Anfang noch Ende.

* * *

Lourdes hat vierundsiebzig Pfund abgenommen. Sie trinkt jetzt flüssige Proteine, eine bläuliche Milch, die man wie Astronautennahrung in Tuben erhält. Sie schmeckt nach Chemie. Lourdes strampelt auf ihrem neuen Heimtrainer aus dem Sears-Katalog, bis die Räder Funken sprühen. Im Schlafzimmer hat sie eine bunte Straßenkarte der Vereinigten Staaten an die Wand geheftet, in die sie täglich mit einem grünen Filzstift die zurückgelegte Strecke einzeichnet. Ihr Ziel ist es, bis zum Thanksgiving-Day, an dem ihre Tochter aus der Schule nach Hause kommt, nach San Francisco zu radeln. Lourdes strampelt und schwitzt, strampelt und schwitzt, und in ihrer Phantasie sickert das Fett wie die gelbe Flüssigkeit, die beim Grillen aus Hähnchen und Truthähnen quillt, in einem Rinnsal aus ihren Poren, während sie durch Nebraska radelt.

Jorge del Pino macht sich Sorgen um seine Tochter, aber Lourdes beteuert, daß alles in Ordnung sei. Ihr Vater besucht sie jeden Tag in der Abenddämmerung, wenn sie sich auf dem Heimweg von der Bäckerei befindet, und flüstert ihr durch die Eichen und Ahornbäume etwas zu. Seine Worte kitzeln in ihrem Nacken wie der warme Atem eines Babys.

189

Sie reden über allerlei Dinge: über die wachsende Kriminalität auf New Yorks Straßen; die Flaute der *Mets* seit ihren ruhmreichen Zeiten in den Jahren '69 und '73; über alltägliche Belange in der Bäckerei. Es war übrigens ihr Vater, der Lourdes dazu riet, eine zweite Bäckerei aufzumachen.

»Schreib deinen Namen auf das Aushängeschild, *hija*, damit die Leute sehen, daß wir Kubaner etwas auf die Beine stellen können und nicht wie die Puertoricaner sind«, drängte Jorge del Pino sie.

Also bestellte Lourdes für ihre Bäckereien maßgefertigte Schilder in Rot, Weiß und Blau, in deren rechte untere Ecke ihr Name gedruckt war: INHABERIN: LOURDES PUENTE. Besonders gefiel ihr der Klang des ersten Wortes, und sie rollte genüßlich das »r« in der Kehle. Lourdes verspürte eine gewisse Seelenverwandtschaft mit amerikanischen Mogulen, unsterblichen Männern wie Irénée du Pont, dessen Herrenhaus am Varadero-Strand an der Nordküste Kubas sie einmal besucht hatte. Sie setzte sich eine Kette von Yankee-Doodle-Bäckereien in den Kopf, die sich quer durch Amerika bis nach St. Louis, Dallas und Los Angeles zieht und ihre Apfeltorten und Napfkuchen an Hauptstraßen und in den Einkaufszentren der Vorstädte feilbietet.

Jedes Geschäft sollte ihren Namen tragen wie ein Vermächtnis: INHABERIN: LOURDES PUENTE.

Besonders heftig äußern sich Lourdes und ihr Vater über die Bedrohung Amerikas durch den Kommunismus. Mit jedem Tag wächst ihre Überzeugung, das Ausbleiben schlechter Nachrichten aus Kuba sei eine Verschwörung der linksgerichteten Medien, die verhindern wollen, daß die internationale Unterstützung für *El Líder* nachlasse. Sehen die Amerikaner denn nicht, daß die Kommunisten bei ihnen längst in den Hinterhöfen und Universitäten sitzen und die gefügigen Geister der jungen Leute verbiegen? Schuld daran sind die Demokraten, ja, die Demokraten und die verlogene, hinterhältige Kennedy-Sippe. Was Amerika braucht – darin sind Lourdes und ihr Vater sich einig –, ist ein zweiter Joe McCarthy, der die Dinge wieder ins rechte Lot bringt. *Er* hätte sie beim Angriff auf die Schweinebucht nicht im Stich gelassen!

»Warum fliegen Sie nicht runter und berichten über die Gefängnisse auf Kuba?« beschimpfte Lourdes die Journalisten, die sie im vergangenen Jahr bei der spektakulären Eröffnung der zweiten Yankee-Doodle-Bäckerei mit Fragen bestürmten. »Warum verschwenden Sie Ihre Zeit mit mir?«

Pilars Gemälde hatte ihr zwar ganz und gar nicht gefallen, doch sie duldete nicht, daß ihr andere Menschen auf ihrem eigenen Grund und Boden vorschreiben wollten, was sie zu tun habe.

»So hat es auf Kuba auch angefangen«, flüsterte ihr Vater ihr mit heiserer Stimme durch die Bäume zu und gab ihr den Rat: »Du mußt der Pest die Tür vor der Nase zuschlagen.«

Seit Pilar das College besuchte, betrachtete Lourdes das Gemälde ihrer Tochter jeden Abend, bevor sie nach Hause ging. Hätte Pilar die Sicherheitsnadel und die Käfer in der Luft weggelassen, wäre das Bild eigentlich recht nett gewesen. Die Käfer machten den ganzen Hintergrund kaputt! Ohne sie wäre er einfach nur schön blau, von einem gefälligen, schimmernden Blau.

Warum mußte Pilar den Bogen immer überspannen? Lourdes ist überzeugt, daß es sich um eine krankhafte Veranlagung handelt, die ihre Tochter von Abuela Celia geerbt hat.

*　*　*

Thanksgiving-Day. Lourdes hat hundertundsieben Pfund abgenommen. Sie sieht wie verwandelt aus. Heute wird sie seit Monaten zum erstenmal wieder essen. Zwar verlocken Essensdüfte sie nun wieder, aber sie hat Angst, der Versuchung zu erliegen, der bläulichen Flüssigkeit und den Karaffen voll reinigendem Eiswasser untreu zu werden. In ihrem Körper herrschen Reinheit und ein fein austariertes enzymatisches Gleichgewicht, das sie nicht gefährden möchte.

Vorgestern hat sich Lourdes ein rotschwarzes Chanel-Kostüm Größe achtunddreißig mit goldenen Ziermünzen als Knöpfen gekauft. »Sie Glückliche! Sie können alles tragen!« gratulierte ihr die junge Verkäuferin bei Lord & Taylor's, als Lourdes sich vor dem Spiegel in der Kabine mal zur einen, mal zur anderen Seite drehte.

Lourdes hat für das Kostüm die Einnahmen einer ganzen Woche hingelegt. Trotzdem, es war die Sache wert, allein schon, um zu erleben, was Pilar für Augen machen würde, wenn sie sah, wieviel Gewicht ihre Mutter verloren hatte.

»Mein Gott!« ruft Pilar, als sie das Lagerhaus betritt und die stark reduzierte Ausgabe ihrer Mutter vor sich stehen sieht. »Wie hast du das geschafft?«

Lourdes strahlt.

»Sie hat sich halbtot gehungert«, bemerkt Rufino gereizt. Er trägt ein Barett auf dem Kopf, das wie eine riesige weiße Nelke aussieht. Lourdes verbietet ihm mit einem Wink ihrer nunmehr schlanken Hand den Mund.

»Ich hatte es mir fest vorgenommen. Willenskraft nennt man das. Aber vom Vorsatz zum Ziel ist es ein weiter Weg, Pilar.«

Das Gesicht ihrer Tochter nimmt einen argwöhnischen Ausdruck an, als befürchte sie, ihre Mutter könnte sich gleich wieder in einer ihrer Belehrungen ergehen, doch Lourdes hat nichts dergleichen im Sinn. Sie schiebt ihre Tochter vor sich her zum Tisch, der mit handbemaltem Porzellan gedeckt ist und in dessen Mitte ein mit Herbstblättern verzierter Tafelaufsatz steht.

»Dein Vater hat Kochen gelernt, seit ich mit dem Essen aufgehört habe«, sagt Lourdes. »Seit Sonntag hat er in der Küche gestanden, um alles vorzubereiten.«

»Wirst du heute etwas essen, Mom?«

»Nur ein paar Bissen. Mein Arzt hat gesagt, daß ich mich erst wieder ans Essen gewöhnen muß. Wenn es nach mir ginge, würde ich nie wieder etwas essen. Ich fühle mich so sauber, so rein, und ich habe mehr Energie denn je.«

Lourdes' Gedanken wandern zurück zu den Fertiggerichten, die sie in der ersten Zeit nach ihrer Ankunft in New York zubereitete. Da waren der Kartoffelbrei, den sie mit dem Schneebesen aus Wasser und aschfeinem Puder anrührte, die Hühnerschenkel, die sie in Beuteln mit gewürzten Semmelbröseln schüttelte und dann bei 175 Grad im Ofen buk, die tiefgefrorenen Karotten, die sie kochte und mit Butterfett servierte. Bald schon schmeckte alles gleich, Kartoffeln, Hühnerschenkel und Karotten – schal, wächsern und eintönig.

»Ich glaube, ein Tapetenwechsel krempelt den Appetit völlig um«, sagt Pilar und legt sich eine kandierte Süßkartoffel auf den Teller. »Vielleicht gehe ich eines Tages zurück nach Kuba und nehme mir vor, nur noch von Kabeljau und Schokolade zu leben.«

Lourdes wirft ihrer Tochter einen strengen Blick zu. Ihr liegt die Bemerkung auf der Zunge, nur ein Geisteskranker könne freiwillig zurück auf diese Gefängnisinsel wollen, doch sie verkneift sie sich. Heute ist ein Feiertag, und alle sollen glücklich sein. Statt dessen richtet sie ihre Aufmerksamkeit auf eine Scheibe Truthahnfleisch auf ihrem Teller. Sie probiert einen kleinen Happen. Es ist saftig und salzig und zergeht ihr auf der Zunge. Sie beschließt, noch ein Stück zu essen.

Schon im nächsten Augenblick kaut ihr Mund gierig und verschlingt das Fleisch wie ein furchteinflößender feuriger Schlund. Sie stopft einen Brocken Truthahnfleisch nach dem anderen und ganze kandierte Süßkartoffeln in sich hinein. Anschließend lädt sie sich eine Portion Rahmspinat auf und tunkt ein schnell dahinschwindendes Stück Sauerteigbrot hinein. Der Lauchkuchen mit Senf und einer Prise Schnittlauch ist als nächstes dran.

»*Mi cielo*, du hast dich wirklich selbst übertroffen!« lobt Lourdes ihren Mann mit vollem Mund.

Als Nachtisch gibt es Rhabarber-Apfel-Kuchen mit einer Haube aus englischer Zimtcreme. Lourdes verzehrt ihr Stück bis auf den letzten Krümel.

Am nächsten Morgen durchforstet Lourdes die Zeitung nach Schreckensmeldungen und tunkt dabei süße Brötchen in ihren *café con leche*. Ein zweimotoriges Flugzeug zerschellte in den umberfarbenen Falten des Adirondackgebirges. Bei einem Erdbeben in einer ländlichen Gegend Chinas wurden Tausende von Menschen lebendig unter ihren Häusern begraben. Bei einem Brand in der Bronx kamen eine Studentin mit bestem Examensabschluß und ihr kleiner Bruder, der in seinem Kinderbettchen schlief, ums Leben. Auf der Titelseite ist ein Foto der fassungslosen Mutter. Sie war nur mal eben zum Laden an der Ecke gegangen, um ein Päckchen Zigaretten zu holen.

Lourdes trauert um die Opfer, als wären sie innig geliebte Verwandte. Jede Unglücksmeldung hält ihren eigenen Kummer lebendig und läßt sie ihren eigenen Schmerz spüren.

Pilar schlägt vor, eine Ausstellung im Frick-Museum zu besuchen. Also zwängt Lourdes sich in ihr Chanel-Kostüm, dessen Goldknöpfe über der Leibesmitte fast abspringen, und sie fahren mit der U-Bahn nach Manhattan. An der Fifth Avenue macht Lourdes einen Zwischenstopp, um Hot Dogs (mit Senf, Relish, Sauerkraut, gebratenen Zwiebeln und Ketchup), zwei Schokoladenshakes, einen Kartoffelknish, zwei Lamm-Schisch-Kebabs mit noch mehr Zwiebeln, eine Brezel und einen Becher San-Marino-Kirscheis zu kaufen. Lourdes ißt und ißt und ißt, als wäre sie eine Hindugöttin mit acht Armen, sie ißt und ißt und ißt, als stünde eine Hungersnot bevor.

Lourdes findet, daß die Bilder im Museum alle gleich aussehen, hingeschmiert und nichtssagend. Ihre Tochter führt sie in einen vom Winterlicht durchfluteten Innenhof. Sie setzen sich auf eine Betonbank am spiegelnden Wasserbecken. Wie magnetisiert starrt Lourdes auf das grünliche Wasser und die traurig vor sich hin blubbernde Fontäne, und in ihrem Inneren bricht eine alte Wunde auf. Sie muß daran denken, was die Ärzte auf Kuba zu ihr gesagt haben: Daß das Baby in ihrem Bauch gestorben sei. Daß sie ihr eine Salzlösung würden einspritzen müssen, damit ihr Körper den toten Fötus abstieße. Daß sie keine Kinder mehr bekommen könnte.

Lourdes sieht das Gesicht ihres ungeborenen Kindes vor sich; bleich und blank wie ein Ei tanzt es auf der Fontäne. Ihr Sohn ruft nach ihr, winkt ihr mit einem nackten Zweiglein zu. Lourdes saugt das Bild in sich auf, bis ihr fast das Herz zerspringt. Sie streckt die Hand aus und ruft seinen Namen, doch ihr Sohn ist verschwunden, bevor sie ihn retten kann.

Pilar
(1978)

Meine Mutter erzählte mir früher einmal, daß Abuela Celia Atheistin ist. Ich wußte damals zwar noch nicht, was das Wort bedeutet, aber der Klang und der spöttische Tonfall, mit dem meine Mutter es aussprach, gefielen mir, und mir wurde schlagartig klar, daß es eben das war, was ich werden wollte. Wann genau ich aufhörte, an Gott zu glauben, weiß ich nicht. Es war kein bewußter Entschluß wie der im Alter von sechs Jahren gefaßte Vorsatz, Atheistin zu werden, sondern von mir war unmerklich eine Schicht nach der anderen abgefallen. Eines Tages fühlte ich, daß da keine Haut mehr war, aus der ich mich herausschälen konnte, sondern nur noch Luft, wo einst eine künstliche Hülle gewesen war.

Vor ein paar Wochen fand ich in der Schublade, in der meine Mutter ihre Strümpfe aufbewahrt, Fotos von Abuela Celia. Ein Foto zeigt Abuela im Jahr 1931 unter einem Baum mit Lederschlappen an den Füßen und einem Rüschenkleid mit einer getupften Schleife und Puffärmeln. Abuela Celias spitz zulaufende, zarte Finger liegen auf den Hüften. Sie trägt den Scheitel auf der rechten Seite, das Haar fällt ihr bis auf die Schultern und betont das Muttermal an der Lippe. Um die Mundwinkel liegt ein angespannter Zug, der ebenso in Traurigkeit wie in Freude hätte umschlagen können, und aus den Augen spricht eine Erfahrenheit, die sie damals noch nicht hatte.

Dann gab es da noch andere Fotos: Abuela Celia in Soroa mit einer Orchidee im Haar; in einem cremefarbenen Leinenkostüm beim Aussteigen aus dem Zug; am Strand mit meiner Mutter und meiner Tante: Tante Felicia liegt in Abuelas Armen, ein dickes Baby in Kinderkleidung mit rosa Rauten. Meine Mutter, die nicht lächelt, dürr und von der Sonne gebräunt ist, steht ein Stück weiter weg.

Ich kenne einen Trick, wie man bei einem Menschen sein aufgesetztes von seinem wahren Gesicht unterscheiden kann. Ist die Person Linkshänder wie Abuela Celia, verrät die rechte Gesichtshälfte die wahren Gefühle. Also legte ich den Finger auf ihre linke Gesichtshälfte und erfuhr auf diese Weise Foto für Foto die Wahrheit über sie.

Abuela Celia fühle ich mich viel stärker verbunden als Mom, obwohl ich sie seit siebzehn Jahren nicht gesehen habe. Wir reden nachts zwar nicht mehr miteinander, aber sie hat mir ihr Vermächtnis hinterlassen: die Liebe zum Meer und der Glätte von Perlen, die Bewunderung für Musik und Sprache, das Mitleid mit den Benachteiligten und die Verachtung aller Begrenzungen. Trotz ihres Schweigens gibt Abuela Celia mir nicht nur die Kraft, das zu tun, was ich für richtig halte, sondern auch Vertrauen in meine eigene Urteilsfähigkeit.

Mit meiner Mutter liege ich ständig im Streit, weil sie systematisch die Geschichte umschreibt, bis sie zu ihrer Weltanschauung paßt. Dieses Verdrehen von Tatsachen spielt sich Tag für Tag ein dutzendmal ab und macht der Realität Konkurrenz. Mom verfälscht die Wirklichkeit nicht etwa vorsätzlich, nein, sie lebt ganz einfach in dem Glauben, daß ihre Sicht der Dinge die richtige ist, sogar bei Details, die nachweislich falsch sind. Bis zum heutigen Tag ist meine Mutter felsenfest überzeugt, daß ich nach unserer Ausreise aus Kuba auf dem Flughafen von Miami ausgerissen bin. Dabei war sie es, die sich umdrehte und weglief, weil sie glaubte, mein Vater hätte sie gerufen. Ich kam mir ganz verloren vor, bis mich ein Pilot zum Büro seiner Fluglinie mitnahm und mir einen Lutscher schenkte.

Allerdings schmeißt sie nicht nur unsere private Geschichte durcheinander. Mom filtert auch das Leben anderer Leute durch ihre Linse, die alles verzerrt. Vielleicht liegt das an ihrem schielenden Auge. Sie sieht nur, was sie sehen will, und nicht, was tatsächlich da ist. Nehmen wir zum Beispiel Mr. Paresi, einen mickrigen Anwalt aus Brooklyn, von dem meine Mutter behauptet, er sei *der* Strafverteidiger von New York schlechthin, mit einer beeindruckenden Liste von Mafiosi als Mandanten. Und das nur, weil er in ihrem Laden jeden Morgen zum Frühstück zwei Donuts mit Schokoglasur kauft!

Dank der Ausschmückungen und Halbwahrheiten hat Mom immer eine gute Story auf Lager. Außerdem hat ihr Englisch, das Englisch einer Immigrantin, einen Hauch von Andersartigkeit und ist ungewollt sehr klar und deutlich. Mag sein, daß ihr die Tatsachen nicht so wichtig sind wie die dahinter verborgene Wahrheit, die Mom vermitteln möchte. Die Wahrheit zu sagen, bedeutet für sie, ihre *eigene* Wahrheit zu sagen, selbst auf die Gefahr hin, daß sie dadurch unsere Vergangenheit verstümmelt.

Ich glaube, ein oder zwei kreative »Umgestaltungen« gehen auch auf mein Konto. Zum Beispiel meine Version der Freiheitsstatue, die in der Yankee-Doodle-Bäckerei für soviel Aufregung sorgte. Witzigerweise leisteten sich die Sex Pistols letztes Jahr mit einem Foto von Königin Elizabeth auf der Plattenhülle ihrer Single *God Save the Queen* einen ähnlichen Gag. Sie zogen der Queen eine Sicherheitsnadel durch die Nase, und ganz England ging auf die Barrikaden. Anarchie im Vereinigten Königreich! Wie ich das liebe!

Mom betreibt ihre ureigene Spielart von Anarchie gleich vor unserer Haustür. Ihre Yankee-Doodle-Bäckereien sind zu Treffpunkten für zwielichtige kubanische Extremisten geworden, die den langen Weg von New Jersey und aus der Bronx in Kauf nehmen, nur um bei Mom ihre aus der Zeit der Dinosaurier stammenden Ansichten über Politik zu verbreiten und ein paar Killer-Espressos zu trinken. Letzten Monat starteten sie per Fernschreiber eine Kampagne gegen *El Líder*. Sie richteten eine gebührenfreie Standleitung ein, über die Exilkubaner eines unter drei vernichtenden Pamphleten auswählen und direkt an den Nationalpalast senden konnten, um den Rücktritt von *El Líder* zu fordern.

Ich habe gehört, wie sich einer der Gesinnungsgenossen meiner Mutter damit brüstete, er hätte letztes Jahr an dem Tag, als ein Gastspiel von Alicia Alonso, Primaballerina des Kubanischen Nationalballetts und glühende Anhängerin von *El Líder*, auf dem Programm stand, in der Metropolitan Oper angerufen und eine Bombendrohung durchgegeben. »Meinetwegen wurde *Giselle* um fünfundsiebzig Minuten verschoben!« prahlte er. Hätte ich damals Wind von der Sache bekommen, hätte ich ihm das FBI auf den Hals gehetzt.

Erst letzte Woche feierten etliche von ihnen — mit Zigarren und perlendem Apfelwein – die Ermordung eines Journalisten in Miami, der sich für die Wiederaufnahme freundschaftlicher Beziehungen zu Kuba stark gemacht hatte. Die ekligen Typen reichten eine spanische Zeitung herum und klopften sich gegenseitig auf die Schulter, als hätten sie höchstpersönlich den großen Coup gegen die Kräfte des Bösen gelandet. Das Foto auf der ersten Seite der Zeitung zeigte den Arm des Reporters, der auf Key Biscayne in einem Flamboyant hing, nachdem eine Bombe in seinem Wagen explodiert war.

Ich kann einfach nicht glauben, daß Mom Abuela Celias Tochter ist. Und daß ich Moms Tochter bin. Da muß was kräftig durcheinandergeraten sein.

* * *

Das Nachmittagslicht ist von einem dunklen, satten Violett. Es ist ein Urlicht, das Licht, das alles neu ordnet, festgefügte Linien und Flächen auflöst und das Wesen der Dinge zutage treten läßt. Normalerweise hasse ich es, wenn Künstler soviel Gewese um Licht machen, aber mit diesem hat es etwas Besonderes auf sich. Ich liebe es, bei diesem Licht zu malen.

Als ich letztes Semester in Italien studierte, entdeckte ich beim Karneval in Venedig dasselbe Licht. Es umspielte eine hünenhafte, schwarzgekleidete Gestalt, die eine weiße Maske ohne Augen trug. Gleich darauf tauchte die Gestalt in der Menge unter und kreiste wie eine Fledermaus auf einem kleinen Platz hinter der Piazza San Marco. Ich traute mich nicht stehenzubleiben, aber wegzugehen wagte ich auch nicht. Schließlich scheuchte das Licht das Wesen eine Gasse entlang, und ich war von dem Bann befreit.

Auch in Palermo am Gründonnerstag herrschte in der Abenddämmerung dieses Licht. Magere, geschlachtete Lämmer mit durchscheinender Haut hingen in Reih und Glied an rostigen Fleischerhaken. Es war trotzdem ein schöner Anblick, und ich verspürte das Verlangen, mich neben sie zu hängen und in diesem Licht zur Schau zu stellen. Nach meiner Rückkehr nach Florenz fing ich an, an der Kunsthochschule nackt Modell zu stehen, obwohl ich mir geschworen hatte, so etwas nie zu tun. Während ich posierte, dachte ich an die durchscheinenden Lämmer im veilchenfarbenen Licht.

Manchmal frage ich mich, ob ich durch all die Abenteuer, auf die ich mich einlasse, Erfahrungen sammele. Dann muß ich an Flaubert denken, der als Erwachsener die meiste Zeit seines Lebens in dem immerselben französischen Dorf verbracht hat, oder an Emily Dickinson, in deren Gedichten das rhythmische Läuten der heimatlichen Kirchenglocken nachhallt. Vielleicht befindet sich der längste Weg, den ich zurücklegen muß, in meinem Kopf, überlege ich. Doch dann fallen mir Gauguin oder D. H. Lawrence oder Ernest Hemingway ein, die übrigens zusammen mit meinem Abuelo Guillermo auf Kuba zum Fischen gegangen sind, und ich gelange zu der Überzeugung, daß man in dieser Welt zu Hause sein muß, wenn man etwas Bedeutsames über sie sagen will.

Bis zum heutigen Tag – ich sitze im zweiten Stock der Bibliothek des Barnard-College an meinem Schreibtisch, vor mir eine tote, rechteckige Rasenfläche, und sehe die Autos über den Broadway fahren – kommt mir alles wie eine Vorstufe vor. Von was, weiß ich nicht. Ich warte immer noch darauf, daß mein Leben richtig anfängt.

Mein Freund Rubén Florín ist Peruaner und seine Familie wie meine politisch gespalten. Seine Tanten und Onkel, Eltern und Großeltern haben verschiedene Lager gebildet. Rubén war wie ich zwei Jahre alt, als er mit seinen Eltern nach New York kam. Der Unterschied zwischen uns ist nur, daß er jederzeit nach Lima zurück kann. Ich wünschte, bei mir wäre es genauso.

Rubén träumt immer wieder dasselbe von mir: Ich habe ein blaugrünes, von Goldfäden durchzogenes Gewand an und schreite durch trapezförmige Türen in die Sonne. Mir geschieht nichts, sagt er, aber ich sehe unglücklich aus, sehr unglücklich. »Schlaf doch einfach weiter«, rate ich ihm, aber der Traum hört immer an derselben Stelle auf.

Ich lernte Rubén an meinem ersten Tag in Barnard kennen. Ich wechselte nach einem Semester an der Kunsthochschule in Rhode Island und einem weiteren Semester in Florenz hierher über. Nach dem Aufenthalt in Italien konnte ich mir einfach nicht mehr vorstellen, zurück nach Providence zu gehen, und deshalb beschloß ich, der traditionell ausgerichteten Akademie eine Chance zu geben. Kunsthochschulen sind sowieso das Letzte, ein Verein von Halsabschneidern und Intriganten, wo jeder nur dem Lob der Dozenten hinterherhechelt. Ich hatte keine Lust, früher oder später von Leuten abhängig zu sein, für die ich nicht viel übrig habe, und deshalb belegte ich als Hauptfach Anthropologie.

Sobald Rubén an der Columbia University das Examen gemacht hat, will er in den diplomatischen Dienst und in der Dritten Welt herumreisen. Ich bin gerne mit ihm zusammen. Wir führen uns auf dem Campus nicht so auf wie die anderen Pärchen, die sich ständig begrapschen und einander schmachtende Blicke zuwerfen. Bei uns läuft auch so alles bestens. Am liebsten habe ich es am frühen Abend, wenn ich vom Tag gerade müde genug bin, um die langsamen Bewegungen von Rubéns Lippen und Händen zu genießen. Wir sprechen Spanisch miteinander, wenn wir uns lieben. Englisch eignet sich für intime Dinge einfach nicht.

Wenn ich an Rubén denke, möchte ich am liebsten die Bücher zusammenpacken, mir mit der Bürste durchs Haar fahren und den Broadway hinunterrennen. Es ist Rush-hour. Die Menschen quellen aus der U-Bahnstation in der 116. Straße, als wäre dort ein Feuer ausgebrochen. Auf den Stufen der Low-Bibliothek spielt jemand ein Volkslied auf der Gitarre, aber niemand hört zu. Die Menschen hier reagieren abweisend auf jede Art öffentlich zur Schau gestellter Gefühlsseligkeit. Außerdem könnte der Bursche ja ein Moonie sein. Von denen treiben sich zur Zeit jede Menge auf dem Campus herum.

Ich will Rubén überraschen und mich in sein Zimmer schleichen, bevor er vom Nachmittagsunterricht zurückkommt, aber statt dessen erwische ich ihn dabei, wie er gerade die dänische Austauschstudentin bumst, die er mir letzte Woche vorgestellt hat. Sie ist ein blasses Ding mit großem Busen und riesigen, rosa Nippeln. Ich starre ihre Nippel an, während Rubén auf mich einredet. Sie hält es nicht mal für nötig, sich die Decke drüberzuziehen. Ich habe das Gefühl, daß sie sich mir absichtlich so präsentiert und mich herausfordern will, es mit ihr aufzunehmen. Sie ist sich ihrer Reize allzu sicher. Ich verstehe kein Wort von dem, was Rubén sagt. Offenbar stehe ich ziemlich lange wie angewurzelt da, denn allmählich fällt ihm nichts mehr ein, und die Dänin hält sich die Hand vor den Mund und hüstelt. Dabei wackeln ihre Brüste wie Sonnenblumen bei einem Windstoß.

»Du solltest wohl besser gehen«, sagt Rubén mit matter Stimme auf spanisch zu mir. Und genau das tue ich.

Eine Stunde später sitze ich in der ungarischen Konditorei in der Amsterdam Avenue bei meiner sechsten Tasse Kaffee. Ich blättere im *Village Voice* die Kontaktanzeigen durch, vor allem die völlig abgedrehten wie: »Bisexuelle Amazone für offenes professionelles Pärchen gesucht. Nur seriöse Anfragen erbeten.« Während ich die Inserate durchlese, geht mir nicht aus dem Kopf, was Rubén gerade mit diesem Milchmädchen auf seinem Zimmer treibt. Ich habe einmal gehört, wie ein Psychologe bei einer Talkshow im Radio erklärte, in welchen vier Erscheinungsformen sich Seelenschmerz äußert. Ob Rachsucht dazugehört oder nicht, weiß ich nicht mehr. Wahrscheinlich tanze ich mal wieder aus der Reihe.

Da fällt mein Blick auf eine falsch plazierte Annonce. Unter FRAUEN SUCHEN FRAUEN lese ich: »Akustikbaß zu verkaufen. Student braucht dringend Geld. VB: 300$. Mick. 674–9981.« Ich muß daran denken, wie mein Ex-Freund Max einmal zu mir sagte, ich würde eine gute Bassistin abgeben, und plötzlich lichtet sich der Nebel. Ich rufe die Nummer an. Es ist in der Bleecker Street. Bis dahin brauche ich eine glatte halbe Stunde.

Ein knochiger Kerl in Flanellhemd und Jogginghosen zählt das Geld nach und drückt mir den Baß in die Hand. Es ist das reinste Möbelstück, ein verdammt sperriges Möbel sogar. Ich komme mir vor, als hätte ich gerade mein eigenes Erbstück gekauft. Wie in Trance schleppe ich es in die Innenstadt.

Als ich endlich wieder in meinem Zimmer bin, tun mir alle Knochen weh, aber ich verliere keine Zeit. Mit sicherem Griff ziehe ich das richtige Album hervor – *The Velvet Underground & Nico*. Ich streife die von Andy Warhol entworfene Plattenhülle mit der Banane ab und lege ihn auf, den guten, fetzigen, geradlinigen Rock'n' Roll. Das Vibrieren der dicken Saiten überträgt sich auf meine Finger, meine Arme, wandert hinauf bis zu meiner Brust. Ohne recht zu wissen, was ich tue, hole ich aus der schmucken, alten Kommode von einem Instrument heraus, was es hergibt; ich zupfe und zupfe, bis ich spüre, daß mein Leben jetzt erst richtig beginnt.

Gottes Wille

Herminia Delgado
(1980)

Ich begegnete Felicia am Strand, als wir beide sechs Jahre alt waren. Sie füllte gerade einen Eimer mit Kaurischnecken und Blutzähnen. Felicia sammelte gern Muscheln, legte sie aber vor dem Heimgehen wieder auf den Strand, weil ihre Mutter im Haus keine Muscheln duldete. Sie schichtete sie auf dem Sand in großen Kreisen übereinander, als könnte jemand auf dem Mond oder noch weiter weg eine Botschaft von ihnen ablesen. Ich erzählte ihr, daß wir bei uns zu Hause viele Muscheln hätten, daß sie einem die Zukunft voraussagten und der Lieblingsschmuck von Yemayá, der Göttin der Meere, seien. Felicia hörte mir gebannt zu und drückte mir den Eimer in die Hand.

»Rettest du mich?« fragte sie mit weitaufgerissenen, neugierigen Augen.

»Na klar«, antwortete ich. Wie konnte ich ahnen, worauf ich mich mit meinem Versprechen einließ?

Mein Vater war Felicias Eltern nicht geheuer. Er war ein *babalawo*, ein Hohepriester der *santería*, und begrüßte jeden Morgen mit ausgestreckten Armen die Sonne. Seine Patenkinder kamen an seinem Namenstag von weit her und brachten ihm Kolanüsse und schwarze Hühner mit.

203

Die Leute in Santa Teresa del Mar erzählten sich böse Geschichten über meinen Vater. Sie behaupteten, er risse Ziegen mit den Zähnen den Kopf ab und schneide im Morgengrauen blauäugige Babys in Stücke. In der Schule bekam ich ständig Streit. Die anderen Kinder gingen mir aus dem Weg und nannten mich *bruja*. Sie machten sich über mein ölig glänzendes, zu ordentlichen Zöpfen geflochtenes Haar und über meine Haut lustig, die so schwarz wie die meines Vaters war. Nur Felicia verteidigte mich. Dafür werde ich ihr immer dankbar sein.

Man hatte Felicia verboten, mich zu Hause zu besuchen, aber sie tat es trotzdem. Einmal sah sie zu, wie mein Vater die *obi* befragte, die seherische Kokosnuß, um Antwort auf die Fragen eines seiner Patenkinder zu erhalten, das Rat bei ihm gesucht hatte. Ich weiß noch, daß die Schalen *ellife* aufzeigten, das heißt zwei Stücke lagen nach dem Wurf mit der weißen Seite nach oben, zwei mit der braunen, was ein klares Ja bedeutete. Das Patenkind ging hochzufrieden davon, und an diesem Tag nahm Felicias Begeisterung für Kokosnüsse ihren Anfang.

Ich hatte nie Zweifel an Felicias Zuneigung oder ihrer Loyalität. Als mein ältester Sohn in Angola starb, wich Felicia einen Monat lang nicht von meiner Seite. Sie kochte für mich *carne asada* und las mir aus den gesammelten Werken Molières vor, die sie sich von ihrer Mutter geliehen hatte. Felicia sorgte dafür, daß Joaquíns sterbliche Reste nach Hause gebracht wurden, damit sie würdig bestattet werden konnten, und sie blieb bei mir, bis ich wieder über alberne Dinge lachen konnte.

Felicia konnte sehr starrsinnig sein, o ja, aber sie hatte eine besondere Gabe, die ihren Starrsinn wettmachte, eine Gabe, die ich sehr bewunderte. Sie hielt sich bei all ihrem Kummer durch ihren Einfallsreichtum über Wasser, ja, so könnte man es umschreiben. Felicia lebte im Grenzbereich des Daseins, weil sie so vor den Bösartigkeiten des Alltags verschont blieb. Sie führte dort ein würdigeres Leben.

Aber da ist noch etwas anderes, etwas sehr Wichtiges: Felicia ist der einzige Mensch, den ich kenne, der nicht auf die Hautfarbe achtet. Es gibt zwar Weiße, die wissen, wie man sich Schwarzen gegenüber höflich verhält, aber man spürt, daß sie sich in ihrem tiefsten Innern dabei nicht wohl fühlen. Sie sind noch schlimmer, noch gefährlicher als diejenigen, die kein Blatt vor den Mund nehmen, denn sie wissen selbst nicht, wozu sie imstande sind.

Viele Jahre lang wurde auf Kuba über das Problem zwischen Schwarzen und Weißen nicht gesprochen. Es galt als zu brisant, um öffentlich diskutiert zu werden. Mein Vater aber sprach offen mit mir darüber, damit ich begriff, was mit seinem Vater und seinen Onkeln während des »Kleinen Krieges« im Jahr 1912 passiert war, damit ich wußte, daß unsere Leute Tag und Nacht wie Tiere gehetzt und schließlich in Guáimaro an den Genitalien an Laternenpfosten aufgehängt wurden. Dieser Krieg, in dem mein Großvater und meine Großonkel und Tausende anderer Schwarzer getötet wurden, erscheint in unseren Geschichtsbüchern nur als Fußnote. Wie soll ich da noch den Dingen trauen, die ich irgendwo lese? Ich traue nur dem, was ich sehe und was mir mein Herz sagt, sonst nichts.

Durch die Revolution hat sich manches gebessert, das muß ich zugeben. Wenn früher Wahlen ins Haus standen, machten uns die Politiker weis, wir seien alle gleich, eine große glückliche Familie. Im täglichen Leben sah es jedoch anders aus. Je weißer man war, desto besser war man dran. Das konnte jeder sehen. Heutzutage wird man mit mehr Respekt behandelt. Ich arbeite nun seit fast zwanzig Jahren in einer Batteriefabrik, seit kurz nach der Revolution, und beaufsichtige zweiundvierzig Frauen. Das ist zwar nichts Besonderes, aber immer noch besser als Fußböden scheuern oder auf die Kinder einer anderen Frau statt auf die eigenen aufpassen.

Eins hat sich nicht geändert: Die Männer haben immer noch das Sagen. Bis sich daran endlich etwas ändert, werden mehr als zwanzig Jahre vergehen müssen.

Aber ich fange lieber noch mal von vorne an. Schließlich geht es hier um Felicia und nicht um mich.

Felicia kehrte mit großem Eifer zu uns und unserer Religion

zurück, nachdem sie im Jahr 1978 für eine Weile verschwunden war. Eines Tages stand sie bei mir vor der Tür, schlank und gebräunt, als käme sie gerade aus dem Urlaub in einem feinen Badeort im Ausland zurück. »Bring mich zu La Madrina«, sagte sie, und das tat ich. Während sie sich in einem heiligen Trancezustand befand, erzählte sie von ihrer Zeit in einer fernen Stadt. Sie sagte, sie habe einen bärtigen Mann aus einem Vergnügungspark geheiratet und vorgehabt, aus Kuba zu fliehen, mit einem Fischerboot nach Norden zu fahren und Eislaufen zu gehen. Ich weiß nicht, ob dieser Teil der Geschichte stimmte, jedenfalls behauptete Felicia, sie habe diesen Mann, ihren dritten Ehemann, von der Achterbahn heruntergestoßen und zugesehen, wie er auf einem Bündel aus Hochspannungskabeln verbrannt sei. Felicia sagte, sein Körper sei zu grauer Asche zerfallen, und dann habe der Wind sie nach Norden geweht, ganz wie er es sich gewünscht habe.

Sie sprach nie wieder darüber.

Schon nach einer Woche hatte sie ihren alten Arbeitsplatz im Schönheitssalon wieder. Sie strengte sich sehr an, das Vertrauen ihrer ehemaligen Kundinnen zurückzugewinnen, ausgenommen natürlich das von Graciela Moreira, die jetzt aus Ungarn importierte Perücken aus Kunsthaar trug. Ich schanzte Felicia ein paar Kundinnen aus der Fabrik zu. Die Mädchen konnten eine Maniküre wirklich vertragen, wenn sie den ganzen Tag Batterien zusammengebaut hatten.

Abends nahm Felicia an unseren Zeremonien teil. Sie ließ nicht eine einzige aus. Für sie hatten sie etwas Poetisches und brachten sie mit weiteren Welten in Berührung, mit grenzenlosen Welten voller Leben. Unsere Rituale heilten sie, gaben ihr den Glauben zurück. Mein Vater sagte immer, im Universum gibt es Kräfte, die unser Leben verändern können, sofern wir uns ihnen nur überlassen. Felicia gab sich ihnen hin und fand ihre Erfüllung.

Felicias Mutter hintertrieb ihre Hingabe an die Götter. Celia hatte von Geistern, die von Menschen Besitz ergreifen, und von Tieropfern nur vage Vorstellungen und argwöhnte, daß unsere Riten für das mysteriöse Verschwinden ihrer Tochter verantwortlich waren. Celia verehrte *El Líder* und wollte, daß auch Felicia sich mit Leib und Seele der Revolution verschrieb, weil sie glaubte, daß ihre Tochter nur so errettet werden könnte. Felicia ließ sich die *orishas* jedoch nicht ausreden. Sie hatte einen ausgeprägten Hang zum Übernatürlichen.

Vor langer Zeit hatte La Madrina Felicia in die *elekes* eingeführt und ihr die Halsketten der Heiligen geschenkt, die sie vor dem Bösen schützen sollten. Sie anzufertigen, war nicht so einfach. Seit der Revolution kam man nur noch mit Mühe an die richtigen Perlen. La Madrina erzählte mir, sie hätte Felicias Ketten eigenhändig aus den Perlvorhängen eines Restaurants in der Altstadt von Havanna anfertigen müssen.

Es folgten noch viele weitere Initiationsrituale, doch bei Felicias letztem, dem *asiento*, durfte ich nicht dabeisein. Dieses Ritual wird nämlich in aller Heimlichkeit durchgeführt, seit die ersten Sklaven auf den Zuckerrohrfeldern dieser Insel gearbeitet hatten. Felicia hielt mich jedoch so gut es ging auf dem laufenden.

Sechzehn Tage vor dem *asiento* zog Felicia zu La Madrina, die für sie sieben weiße Kleider, sieben Garnituren Unterwäsche und Nachthemden, sieben Garnituren Bettwäsche, sieben Handtücher, große und kleine, und andere erforderliche Dinge besorgt hatte, alles in Weiß.

Jeden Tag wechselte Felicia die Wäsche, um rein zu bleiben.

Am Morgen ihrer feierlichen Einführung rissen sechzehn *santeras* Felicias Kleidung in Fetzen, bis sie nackt dastand, badeten sie in Flußwasser und rieben sie mit in Pflanzenfasern eingewickelter Seife ab, bis ihre Haut glühte. Die Frauen zogen Felicia ein frisches weißes Gewand an, kämmten und flochten ihr Haar und behandelten sie wie ein neugeborenes Kind.

Nachdem man ihr an diesem Abend die Haare mit einem reinigenden Kokosnußbalsam gewaschen hatte, führte man sie in einen fensterlosen Raum, in dem sie viele Stunden lang allein auf einem Stuhl saß. La Madrina hatte ihr zuvor die heilige Kette von Obatalá um den Hals gelegt. Felicia erzählte mir, sie sei schläfrig geworden und habe sich gefühlt, als würde sie durchs All schweben, wie ein Planet, der von einem seiner Monde auf sich selbst herabblickte.

Nach zahllosen weiteren Ritualen und einem abschließenden Bad im *omiero* führten die *santeras* Felicia vor Obatalás Thron. Der Wahrsager, der aus den Muscheln las, rasierte ihr den Kopf kahl, während die anderen in der Sprache der Joruba vor sich hin sangen. Sie malten ihr Kreise und Tupfen auf Kopf und Wangen – weiße für Obatalá, rote, gelbe und blaue für die anderen Götter – und setzten ihr eine Krone aus den geheiligten Steinen auf. Da fiel Felicia in Ohnmacht, stürzte in eine Leere ohne Vergangenheit und Zukunft.

Später erfuhr sie, sie sei von Obatalá besessen gewesen und zielstrebig im Raum hin und her gegangen. Die *santeras* ritzten ihr mit einer Rasierklinge acht Schnitte in die Zunge, damit der Gott aus ihr sprechen konnte, doch Felicia war nicht imstande, seine Worte wiederzugeben. Als Obatalá ihren Körper schließlich verließ, schlug sie die Augen auf, und das Nichts gab sie frei.

Abermals führte man Felicia zum Thron. Mit Seidenstoffen und Goldlitze herausgeputzte Opferziegen wurden eine nach der anderen hereingeführt. Felicia rieb die Paste aus Kokosnuß und Pfeffer, die sie zuvor durchgekaut hatte, auf die Augen, die Ohren und die Köpfe der Ziegen, und dann schnitt ihnen der *babalawo* die Kehle durch. Sie kostete vom Blut der Ziegen, spuckte es nach oben zur Zimmerdecke aus und probierte danach das Blut vieler anderer Kreaturen.

Vier Stunden später beugte sich der *babalawo*, vom Schweiß und dem Blut der zahllosen Opfertiere überströmt, zu ihr herab und flüsterte ihr zu:

»*Eroko ashé.*« Es ist vollbracht, mit dem Segen der Götter.

Als ich Felicia tags darauf besuchte, trug sie ihr Krönungskleid, die Krone und sämtliche Halsketten. Sie saß auf einem von Gardenien umgebenen Thron, und auf ihrem Gesicht lag der unergründliche Ausdruck einer Göttin. Ich glaube, an jenem Tag fand sie endlich ihren Frieden.

Als Felicia jedoch mit den geheiligten Steinen und der Opferschale, den Muscheln und all den Utensilien ihres Heiligen in die Calle de las Palmas zurückkehrte, waren weder ihre Mutter noch ihre Kinder da, um sie willkommen zu heißen. Felicia verließ der Mut, doch dann sagte sie sich, daß die Götter sie wohl prüfen wollten. Sie wollte den *orishas* beweisen, daß sie in ihrem Glauben gefestigt war, daß sie es ernst meinte und würdig war, ihnen zu dienen, und so fuhr sie mit ihren Ritualen fort.

Felicia tat alles, was man ihrer Ansicht nach von einer Novizin erwartete. Sie kleidete sich stets in Weiß, verwendete kein Make-up und schnitt sich nicht das Haar. Nie rührte sie verbotene Nahrungsmittel an – Kokosnüsse, Mais und alles, was rot war –, und deckte den einzigen Spiegel im Haus mit einem Laken ab, weil ihr untersagt war, das eigene Abbild zu sehen.

Als ich sie besuchte, setzten wir uns auf den Fußboden aus verzogenen Holzdielen, auf dem Felicia mit einem Servierlöffel ihre Mahlzeiten einzunehmen pflegte. Während sie sprach, rollte sie den Löffelstiel zwischen den Handflächen und betrachtete seinen wirbelnden Schatten an der Wand.

»Hast du mit ihnen gesprochen?« fragte sie mich. Sie meinte ihre Mutter, ihre Töchter und ihren Sohn.

»Deine Mutter hat gesagt, du bist ihnen unheimlich, wie im Sommer mit den Kokosnüssen.«

»Aber das war doch eine völlig andere Geschichte! Jetzt sehe ich alles ganz klar. Schau mal, wie die Sonne hier hereinscheint.« Felicia zeigte auf die staubigen Lichtbahnen. »Hast du ihr erzählt, daß sogar *El Líder* zum Kreis der Eingeweihten zählt? Daß er ein Sohn von Elleguá ist?«

Wortlos schüttelte ich den Kopf. Felicia vergrub das Gesicht in den Händen. Im Nacken und auf den Wangen brach ein Ausschlag aus. Ich sah die Abdrücke, die ihre Finger auf der Stirn hinterließen, die schmalen Streifen blutlosen Fleisches.

Dann sprach Felicia über unseren Glauben und über ihre langersehnte Heilung, und dabei hielt sie meine Hände.

»Du warst mehr als eine Schwester für mich, Herminia. Du hast mich gerettet, wie du es mir damals am Strand versprochen hast.«

In jener Nacht sah ich Felicia im Traum in ihrem Badeanzug und mit ihrem Eimer voll Kaurischnecken und Blutzähnen vor mir.

»Rettest du mich?« fragte sie mich.

»Na klar«, antwortete ich wieder und wieder.

Ich habe andere *santeras* in ihrem ersten Jahr gesehen. Sie waren strahlend schön, die Augen feucht und klar, die Haut war glatt, die Fingernägel wuchsen gesund und fest. Wenn man ein Heiliger werden will, geben die anderen Heiligen gut auf einen acht. Felicia jedoch wies keines dieser Segenszeichen auf. Ihre Augen trockneten aus wie die einer alten Frau, und ihre Finger krümmten sich wie Klauen, bis sie kaum noch den Löffel fassen konnte. Selbst ihr Haar, das kohlrabenschwarz gewesen war, blich aus und wuchs nur noch in kümmerlichen Büscheln. Wenn sie sprach, verschwammen die Lippen in ihrem Gesicht zu einer vagen Linie.

In den folgenden Wochen wechselten wir, die Bewohner der *casa de santo*, uns dabei ab, Felicia zu besuchen. Wir umwickelten ihre Handgelenke mit Perlenketten, verabreichten ihr Biberöleinläufe, legten heiße Kaktuskompressen auf ihre Stirn. Wir kochten Tee aus *yerba buena* und legten Jamswurzeln und Baumwollstreifen auf Obatalás Altar. Doch all das schien nichts zu helfen. Felicias Augenlicht wurde immer schwächer, bis sie nur noch Schatten wahrnehmen konnte, und an der rechten Kopfhälfte wuchsen pilzförmige Beulen.

La Madrina war außer sich vor Kummer. Tag für Tag brachte sie zu Felicias Wohl ein Opfer. Ein paar von uns fuhren mit Opfergaben in die Berge, wo Obatalá angeblich hauste, und pflanzten rund um das Haus in der Calle de las Palmas weiße Fahnen auf, die Frieden bringen sollten.

Jedesmal jedoch, wenn La Madrina die Muscheln warf, war das Omen dasselbe. *Ikú* – Tod.

Eine Gruppe *babalawos* versuchte es mit *panaldo*, einer Art Exorzismus, und danach glaubten sie, sie hätten den bösen Geist in einem Gockel gefangen, den sie in einem verknoteten Tuch begruben. Aber mit Felicia ging es weiter bergab. Die *babalawos* befragten mit all ihren seherischen Kräften die Orakel. Das *opelé*. Die Tafel von Ifá.

Sogar die *ikin*, die heiligen Palmnüsse. Doch das Omen blieb unverändert.

»Die Götter wollen es so«, folgerten sie. »Nur die Geister der Toten können helfen.«

Die *babalawos* wollten gerade gehen, als Felicias Mutter das Haus in der Calle de las Palmas betrat. Sie rollte wild mit den Augen, wie eine Frau, die ein unerwünschtes Kind zur Welt bringt.

»Hexenmeister! Mörder! Raus hier! Und zwar alle!« schrie sie und fegte Obatalás Bild vom Altar.

Wir wichen zurück und erwarteten angstvoll die Antwort des Gottes.

Celia kippte die Schüssel mit den geheiligten Steinen aus und zerstampfte Felicias Muscheln mit den Absätzen ihrer Lederpumps. Plötzlich zog sie die Schuhe aus und trampelte barfuß auf den Muscheln herum, zuerst langsam, dann immer schneller und schneller und mit hochgestreckten Armen wie bei einem wilden Flamenco.

Genauso unvermittelt, wie sie begonnen hatte, hörte sie auf. Still fing Celia an zu weinen, beugte sich vor, um Felicia auf Augen, Stirn und den geschwollenen, haarlosen Kopf zu küssen. Dann legte sie sich mit zerschnittenen, blutenden Füßen neben ihre Tochter, nahm sie in den Arm und wiegte sie sanft in der gespenstisch blauen Dämmerung, bis sie tot war.

Ivanito

Die Nacht ist pechschwarz. Ich richte die Antenne auf den entferntesten Punkt am Himmel und schalte das Radio an. Es knackt und wummert wie das alte Auto meiner Mutter. Ich drehe und drehe am Frequenzregler, in der unsinnigen Hoffnung, Mamá mit ihrer tiefen, kehligen Stimme zu hören, wie sie ihr Lieblingslied von Beny Moré singt, das mit dem traurigen Text.

Nach Mamás Beerdigung fand ich auf den Stufen zu Abuela Celias

Haustür ein Päckchen, das an mich adressiert war. Es enthielt, in Zeitungspapier eingewickelt, dieses Radio. Ich glaube, mein Vater hat es mir geschickt. Warum, weiß ich nicht. Vielleicht ahnte er, wie einsam ich mich fühlte. Die Leute, die ihn kannten, sagen, ich sähe genauso aus wie er, hochaufgeschossen und dürr, nichts als Arme und Beine. Seit letztem Sommer bin ich fünfzehn Zentimeter gewachsen. Meine Sachen passen mir nicht mehr, und deshalb haben sie mir in der Schule die Uniform eines Schülers aus der Oberklasse gegeben, der sich vor einem Jahr an einem Baum erhängt hat.

Sooft ich kann, gehe ich an den Strand. Meine Mutter spricht zwar nie zu mir, aber manchmal wandere ich am Strand entlang, bis ich einen Radiosender aus Key West reinbekomme. Auf diese Weise lerne ich schneller Englisch, aber es ist ganz anders als das Englisch in Abuelo Jorges Lehrbüchern. Mit ein bißchen Glück kriege ich sonntags abends sogar die Wolfman-Jack-Show rein. Manchmal wünsche ich mir, ich wäre dieser Wolfman und könnte zu Millionen Menschen reden.

Changós Töchter

(1979)

Im Herbst 1979 spricht Jorge del Pino immer seltener mit seiner Tochter, wenn diese sich abends auf dem Heimweg von einer ihrer Bäckereien befindet. Er klagt, daß ihm die Kräfte schwinden, und ist überzeugt, daß sich die Zeit, die er nach seinem Tod dem Vergessen abgerungen hat, dem Ende zuneigt. In seiner Stimme ist ein leises Knacken, wie es beim Pellen einer Eierschale entsteht, und Lourdes muß stehenbleiben und ganz still sein, wenn sie seine Worte verstehen will. Bäume und Häuser stören den Empfang, deshalb sucht Lourdes sich ruhige, offene Plätze, um mit ihrem Vater zu reden – der Platz mit den Sandsteinhäusern aus Brooklyns jüngeren Tagen, die ausgedehnte Rasenfläche vor dem Postamt, der Weg am Fluß, von wo aus der junge Navarro in den Tod gesprungen ist.

»Mein Wissen als Toter ist nicht größer als zu Lebzeiten«, sagt Jorge del Pino zu seiner Tochter. Es ist der erste Tag im November, fast stockfinster, und wieder spricht er in düsteren Rätseln.

»Was hast du gesagt?« fragt Lourdes.

»Daß wir als Lebende alles genauso klar erkennen und begreifen können wie als Tote. Nur haben wir als Lebende nicht die Zeit oder den Seelenfrieden oder die Bereitschaft, alles so zu erkennen und zu begreifen, wie wir es könnten. Wir haben es allzu eilig, ins Grab zu kommen.«

»Wie viele Tage bleiben uns noch, Papi?«

»Ich weiß es nicht genau.«

»Ein Jahr? Ein Monat?«

»Nein, so lange nicht.«

Lourdes sitzt auf einer Bank mit Blick auf den Fluß. Er ist wie stumpfes, flüssiges Metall, in dem sich nichts widerspiegelt. Nur in Nächten, in denen der Mond besonders hell scheint, kann der Fluß zu Recht mit seinem Leuchten oder sonstigen Feinheiten prunken. Jetzt geht von ihm eine Bitterkeit aus, die Lourdes auf der Zunge schmeckt. Ihr Vater stirbt erneut, und ihr Kummer ist größer als beim erstenmal.

»Frag mich, was du willst, *hija*, ich bin hier.«

»Warum hast du Kuba verlassen, Papi?«

»Weil ich krank war. Das weißt du doch.«

»Ja, aber warum?«

»Die Ärzte dort waren die reinsten Metzger. Sie waren miserabel ausgebildet.«

Lourdes wartet ab.

»Und dann war da deine Mutter. Ich konnte ihren Anblick nicht mehr ertragen. Sie hatte sich mal wieder in etwas verliebt und nur noch die Revolution im Kopf. Mir blieb nichts anderes übrig, als die bittere Pille zu schlucken.«

»Hast du sie geliebt? Hast du Mamá geliebt?« fragt Lourdes zaghaft. Das scheidende Tageslicht verfließt am Himmel. Lourdes beobachtet, wie die Farben, die so leuchten wie das Gefieder der Männchen bei manchen Vogelarten, sich dagegen sträuben, mit anderen zu verschmelzen. Wie sonderbar und doch vertraut sie wirken, sagt sie sich.

»Ja, *mi hija*, ich habe sie geliebt.«

»Und hat sie dich auch geliebt?«

»Ich glaube ja, auf ihre Art.«

*   *   *

»Ich dachte schon, du hättest mich für immer verlassen«, sagt Lourdes zu ihrem Vater, als sie über den mit Holzplanken ausgelegten Fußgängerweg der Brooklyn Bridge geht. Es ist ein Sonntagnachmittag im Winter, und alles wirkt so klar, als wäre es mit Firnis überzogen. Seit über einem Monat hat Lourdes von ihrem Vater nichts gehört.

Sie beobachtet, wie zwei Möwen über einer Mole ihre Runden drehen. Sie kreisen wie ein Windrad und bringen Bewegung in das nahe und doch so ferne Blau.

»Ich kann nicht kommen«, antwortet ihr Vater wehmütig.

Lourdes blickt nach oben durch die Stahlverstrebungen der Brücke, die von Abgasen geschwärzt sind. Durch ein langgezogenes Dreieck erblickt sie ein säuberliches Stück Wolke. Die schwarzen Konturen fassen es ein, lassen es hervortreten.

»Ich bin gekommen, um dir ein paar letzte Dinge zu sagen, über mich selbst und deine Mutter. Danach wirst du alles verstehen.«

»Ich weiß schon zuviel.«

»Aber du hast nichts begriffen, Lourdes.«

Jorge del Pino schweigt eine Weile.

»Deine Mutter hat dich geliebt«, sagt er schließlich.

Die Autos, die unter ihr die Brücke überqueren, lassen die Planken erbeben. Flußabwärts fährt ein Zug mit dem Geräusch einer rasselnden Ankerkette über eine andere Brücke. Lourdes würde ihn am liebsten anhalten, um die Gesichter hinter den vorbeiflitzenden Fenstern zu studieren, bevor sie im Tunnel auf der anderen Seite des Flusses verschwinden.

»Nach der Hochzeit ließ ich sie bei meiner Mutter und meiner Schwester allein. Ich wußte, wie es ihr dort ergehen würde. Etwas in mir wollte sie für die Geschichte mit dem Spanier bestrafen. Ich versuchte sie zu töten, Lourdes. Ja, ich wollte sie töten. Nach deiner Geburt ging ich auf eine lange Reise. Ich wollte sie brechen, möge Gott mir verzeihen. Als ich zurückkehrte, sah ich, daß ich es geschafft hatte. Sie hielt dich an einem Bein fest, streckte dich mir entgegen und sagte, sie werde sich nicht an deinen Namen erinnern.«

Mit dem Blick folgt Lourdes einem Schlepper, der auf die offene

See zuhält. Es sieht aus, als würde er die Stadt hinter sich herziehen. Lourdes fällt das Atmen schwer.

»Ich steckte sie in eine geschlossene Anstalt und beauftragte die Ärzte, dafür zu sorgen, daß sie alles vergißt. Sie behandelten sie mit Elektroschocks und stopften sie mit Pillen voll. Ich besuchte sie jeden Sonntag. Sie wollte, daß ich meine elektrischen Schneebesen anschaltete, und lachte mich aus. Sie behauptete, die Geometrie würde die Natur erdrosseln. In der Anstalt freundete sie sich mit einer Frau an, die ihren Mann umgebracht hatte, und das machte mir angst. Sie hielt die Hände immer so still.«

Jorge del Pino bricht ab. Seine Stimme nimmt einen weicheren Klang an, als er weiterspricht:

»Die Ärzte teilten mir mit, daß ihre Gesundheit sehr anfällig sei und daß sie alles schneller vergessen würde, wenn sie am Meer lebte. Ich kaufte ihr ein Klavier, wie ihre Tante eines hatte, weil ich wollte, daß sich ihre Hände wieder bewegten. Ich fürchtete, sie könnten auf immer reglos wie eine stille Drohung in ihrem Schoß liegen. Ich ging weiterhin auf Reisen, denn ich konnte ihre Sanftmut, ihre freundliche Gleichgültigkeit nicht ertragen. Ich nahm dich ihr weg, als du noch ein Teil von ihr warst. Ich wollte dich für mich allein haben. Du hast immer zu mir gehört, *hija*.«

Lourdes steht auf und umrundet immer wieder den einsam aufragenden Brückenturm, denn sie weiß, daß man bei den belanglosesten Verrichtungen bisweilen auf die besten Gedanken kommt.

»Deine Mutter hat dich geliebt«, beteuert Jorge del Pino abermals.

»Sie hat mich geliebt.« Lourdes wiederholt seine Worte wie ein Echo.

Die Farben am Himmel schwinden, und schon bald scheint die Luft mehr aus Staub denn aus Licht zu bestehen. Lourdes glaubt sie zwischen den Fingerspitzen zu fühlen. Alles scheint auf seine wesentlichen Bestandteile reduziert.

»Ich muß dir noch etwas sagen«, sagt Jorge del Pino. »Deine Schwester ist gestorben. Sie war sehr traurig, als sie starb. Kurz vor dem Tod sagte sie deinen und meinen Namen.«

»Felicia? Wie ist das passiert?«

»Du mußt hinfahren.«

»Ich kann nicht zurück. Unmöglich.«

»Es gibt ein paar Dinge, die du dort tun mußt, aber du wirst erst wissen, was es ist, wenn du da bist.«

»Du hast ja keine Ahnung!« ruft Lourdes und blickt suchend in die von einer leichten Brise bewegte Luft hinauf. Sie riecht das mit Brillantine eingeschmierte Haar, spürt das Kratzen der Klinge und das Geflecht feiner Narben, das sie auf ihrem Bauch hinterlassen hat.

»Ich weiß das mit dem Soldaten, Lourdes. Ich weiß es schon seit Jahren«, sagt ihr Vater ruhig. »Aber deine Mutter hat es nie erfahren, das schwöre ich dir.«

»Woher weißt du es? Wer hat es dir gesagt?« Lourdes sinkt auf dem Gehweg zu Boden. Ihre Lungen füllen sich bis zum Bersten mit Luft.

»Niemand. Ich weiß es eben.«

Erschöpft bleibt Lourdes auf den Holzplanken liegen und holt tief Atem, bis die Luft wieder mühelos durch ihre Brust strömt. Als sie aufblickt, sieht sie am Himmel ein paar matte Lichter – Sonne, Mond, andere Planeten. Vielleicht sind sie viel ferner, als man annimmt.

»Bitte geh zurück zu deiner Mutter und erzähle ihr alles. Sag ihr, daß es mir leid tut. Ich liebe dich, *mi hija*.«

Im Geiste sieht Lourdes einen mit weißen Azaleen geschmückten Altar an einem Sonntag im April. Sie singt mit hoher, glockenreiner Stimme und betont sorgfältig jedes einzelne Wort. Da wird ihr bewußt, wie gern sie den April hat. Er ist ihr Lieblingsmonat.

Pilar
(1980)

Ich krame gerade vor einem Plattenladen in der Amsterdam Avenue in den Ramschkisten, als mir von der gegenüberliegenden Straßenseite zwei Männer etwas zurufen, eher halbherzig und aus Gewohnheit als aus Begierde. Als erstes geraten mir alte Polkaplatten mit 78 Umdrehungen in die Finger, von deren Plattenhüllen mir mit Schleifen geschmückte Frauen entgegengrinsen. Ihr vor dreißig Jahren auf Papier gebanntes Lächeln hat etwas Groteskes. Wahrscheinlich würde ich ihnen einen Gefallen tun, wenn ich die Platten kaufte und mittendurch bräche. Vielleicht würde ich sie dadurch von einem schrecklichen rumänischen Bann befreien.

Ich stoße auf eine Scheibe von Herb Alpert, und zwar die, auf deren Hülle die Frau mit der Schlagsahne abgebildet ist. Wie harmlos sie jetzt auf mich wirkt! Ich habe nämlich irgendwo gelesen, daß die Frau, die für das Foto posierte, im dritten Monat schwanger war und daß es nicht etwa Schlagsahne, sondern Rasiercreme war, die sie sich mit anzüglicher Geste auf der Fingerspitze in den Mund schiebt.

In der letzten Kiste entdecke ich ein altes Album von Beny Moré. Zwei von den Songs haben einen Kratzer, aber fünfzig Cents ist mir die Scheibe trotzdem wert. Das Gesicht des Kassierers sieht aus, als wäre es von der knolligen Stirn zusammengestaucht worden. Als ich mich auf spanisch für das Wechselgeld bedanke, blickt er überrascht auf und verwickelt mich in ein Gespräch. Wir reden über Celia Cruz und darüber, daß sie sich in vierzig Jahren äußerlich kein bißchen und auch die Klangfarbe ihrer Stimme sich nicht verändert hat. Sie sieht aus wie eine Fünfzigjährige, und das schon seit dem spanisch-amerikanischen Krieg.

Danach unterhalten wir uns über Lou Reed. Witzig, wie sich seine Fans auf zehn Meilen Entfernung erkennen! Wir sind uns einig, daß die Zeit, in der man nicht wußte, welchem Geschlecht er angehört – damals malte er sich das Gesicht weiß und die Fingernägel schwarz –, seine beste war. Kaum zu glauben, daß Lou aus dem Vorstadtmilieu von Long Island stammt und im Norden des Staates New York aufs College ging. Eigentlich müßte er jetzt Anwalt oder Wirtschaftsprüfer oder Familienvater sein. Ich frage mich, ob seine Mutter ihn für gefährlich hält.

Franco – so heißt der Kassierer – legt eine Platte aus dem Album *Take No Prisoners* auf. Ich war an dem Abend, als es aufgenommen wurde, im *Bottom Line*. Wie viele Lichtjahre das wohl her ist? Ich muß an den tollen frühen Punk und an die wüsten Bilder denken, die ich früher gemalt habe.

Mist, ich bin doch erst einundzwanzig! Wie kann ich jetzt schon Sehnsucht nach meiner Jugend haben?

Nächste Woche ist schon das halbe Semester um, und ich kann mich noch immer auf nichts konzentrieren. Das einzige, was mir hilft, ist mein Baß. Ich habe mir in den letzten zwei Jahren selber das Spielen beigebracht und bin gar nicht so schlecht. Es gibt da eine Band, die sich jeden Sonntagnachmittag in der Columbia University trifft, um gegen den punkähnlichen Pseudo-Jazz anzudröhnen, auf den zur Zeit alle abfahren. Wenn wir richtig in Fahrt kommen, spiele ich auf meinem Baß, daß in dem verdammten Laden die Wände wackeln.

Trotzdem habe ich das Gefühl, daß etwas in mir vertrocknet ist, etwas, das nur ein starker Wind ein für alle Male aus mir herausblasen könnte. Es macht mir angst. Ich glaube, ich wüßte danach nicht mehr, wofür ich eigentlich kämpfen soll. Wenn ich mich nicht eingeengt fühle, werde ich nämlich verdammt vernünftig, und das ist etwas, was ich nie sein wollte.

Franco und ich stellen bedauernd fest, daß der St. Mark's Place inzwischen der reinste Zoo geworden ist mit all dem Pack, das sich unter den Brücken und in den Tunnels rumtreibt, auf dem Kopf einen fuchsienfarbenen Irokesenschnitt und in der Backe eine Sicherheitsnadel. Alle hauen auf den Putz und wollen wenigstens einen Tag mal zu den richtigen Freaks gehören. Was nur halbwegs interessant ist wird glattgebügelt, vermarktet. Bald machen wir alle Werbung für Autos.

Früher mal konnte man die *Ramones* im East Village für fünf Dollar erleben. Heute muß man 12$50 lockermachen, um sie zusammen mit fünftausend Skinheads zu sehen, die so laut grölen, daß man die Musik nicht mehr hört. Ohne mich!

Ich betrete eine *botánica* am oberen Ende der Park Avenue. Mehrmals schon bin ich an dem Laden vorbeigekommen, aber nie hineingegangen. Heute wüßte ich allerdings nicht, wohin ich sonst gehen sollte. An den Wänden hängen getrocknete Schlangenhäute und *ouanga*-Taschen. Bunte Heiligenfiguren aus Holz mit einem strengen Zug um den Mund stehen Seite an Seite mit elektrisch beleuchteten Plastikmadonnen, die mit Sechzig-Watt-Birnen bestückt sind. Irisierende Öle werden neben Amuletten, Talismanen und Weihrauch zum Verkauf geboten. Außerdem gibt es süßlich duftende Seifen und in Flaschen abgefülltes Badewasser, Liebesparfums und Zaubertränke, die Geld und Glück verheißen. Apothekergläser, deren Etiketten mit kindlicher Blockschrift versehen sind, enthalten scharf riechende Kräuter.

Ich bin zwar nicht fromm, aber ich habe das Gefühl, daß die schlichtesten Rituale, die mit der Erde und den Jahreszeiten verknüpft sind, die tiefgreifendste Wirkung haben. Jedenfalls leuchten sie mir eher ein als alle abstrakten Kultformen.

Der Ladenbesitzer ist ein älterer Mann mit weißer Tunika und Baumwollfez. Gerade verpaßt er einer jungen Frau mit kurzgeschorenem Haar eine kleine Figur der Barmherzigen Madonna von Cobre, eine gelbe Kerze und fünf ausgewählte Öle: *Amor* (Liebe), *Sígueme* (Folge mir), *Yo puedo y tú no* (Ich kann, aber du nicht), *Ven conmigo* (Komm mit) und *Dominante* (Dominant).

»Schnitzen Sie seinen Namen fünfmal in die Kerze und reiben Sie sie mit diesen Ölen ein«, weist er sie an. »Haben Sie ein Foto von Ihrem Auserwählten?«

Die Frau nickt.

»*Bueno*, legen Sie es auf einen Dessertteller und übergießen Sie es mit Honig. Dann verteilen Sie fünf Angelhaken auf dem Bild und zünden die Kerze an. Alles andere kommt von alleine. Übernächsten Sonntag gehört er Ihnen.«

Ich beneide die Frau um ihre Leidenschaftlichkeit und Entschlossenheit, das zu bekommen, was ihrer Meinung nach ihr gehört. Ich habe nur einmal was Ähnliches gespürt, nämlich damals, als ich nach Miami abgehauen bin. Bis zu Abuela Celia auf Kuba habe ich es leider nicht geschafft, und mir kam es so vor, als hätte ich mein Schicksal nicht in der Hand, als besäßen ein paar Menschen, mit denen ich nichts zu tun habe, die Macht, meine Träume kaputtzumachen und mich von meiner Großmutter zu trennen.

Ich betrachte die Perlenketten neben der Kasse. Die meisten sind fünfreihig und zweifarbig. Ich entscheide mich für eine rot-weiße Kette und streife sie über den Kopf. Dann nehme ich einen Stab aus Elfenbein in die Hand, in den der Kopf einer Frau geschnitzt ist, die eine doppelschneidige Axt in der Schwebe hält.

»Ah, eine von Changós Töchtern«, sagt der ältere Herr und legt mir die Hand auf die Schulter.

Ich antworte nicht, bemerke aber, daß seine Augen genau wie seine Haut die Farbe von Mandeln haben und Jahrhunderte älter sind als sein Gesicht.

»Du mußt zu Ende bringen, was du angefangen hast«, sagt er.

Ich reibe die Perlen in meiner linken Hand aneinander und spüre, wie mir eine warme Flut den Arm herauf und über die Schultern bis zwischen die Brüste strömt.

»Wann?« frage ich.

»Beim übernächsten Vollmond.«

Ich beobachte, wie er sich im Laden zu schaffen macht. Sein Rücken ist langgestreckt und gerade, als wären seine Urahnen Königspalmen gewesen. Er entnimmt verschiedenen Gläsern ein paar Kräuter, greift nach einer weißen Votivkerze und einer Flasche Weihwasser.

»Fang mit einem bitteren Bad an«, sagt er und stellt die Zutaten in einer Reihe auf den Ladentisch. »Bade neun Abende hintereinander mit diesen Kräutern. Gib das Weihwasser und einen Tropfen Ammoniak hinzu und zünde die Kerze an. Am letzten Tag wirst du wissen, was zu tun ist.«

Ich greife in die Hosentasche meiner Jeans, aber er hebt abwehrend die Hand.

»Ein Geschenk unseres Vaters Changó.«

Ich kann es kaum erwarten, nach Hause zu kommen und ein Bad einzulassen, und deshalb nehme ich eine Abkürzung durch den Morningside Park. Ich fühle mich beschützt von den Kräutern, dem Mann mit der geraden Wirbelsäule und dem Fez aus gestärkter Baumwolle. Eine Ulme breitet ihre Luftwurzeln über die Erde, als wollte sie sie behüten. Es fängt an zu regnen, und ich lege einen Schritt zu. Die Kräuter in meinem Beutel schwingen rhythmisch hin und her wie Samenkörner in einer Maraca.

Ich muß an meine Kindermädchen auf Kuba mit ihren getrockneten Blättern und rasselnden Perlenketten denken. Sie beteten für mich, streuten Zimt in mein Badewasser, rieben mir den Bauch mit Olivenöl ein. Im Sommer wickelten sie mich trotz der Affenhitze in karierte Flanelldecken.

Meiner Mutter erzählten die Kindermädchen, ich hätte ihnen ihren Schatten gestohlen, ich hätte gemacht, daß ihnen das Haar ausfällt, und ihre Männer anderen Frauen in die Arme getrieben. Aber meine Mutter glaubte ihnen nicht. Sie feuerte die Kindermädchen, ohne ihnen den Lohn für einen Tag extra zu geben.

Eines Nachts gab es ein fürchterliches Unwetter. Ein Blitz schlug in die Königspalme vor meinem Fenster ein. Von meinem Kinderbettchen aus hörte ich, wie sie knackte und umstürzte. Die Palmwedel heulten im Wind. Das Vogelhaus wurde zertrümmert. Die Tukane und Kakadus flatterten in heller Aufregung durcheinander und flogen schließlich in Richtung Norden davon.

Mein neues Kindermädchen hatte keine Angst. Sie sagte zu mir, Changó, dem Gott des Feuers und der Blitze, sei wohl das Temperament durchgegangen. Einmal, so erzählte sie, habe Changó eine junge Eidechse gebeten, der Geliebten eines anderen Königs, einem seiner Rivalen, ein Geschenk zu überbringen. Die Eidechse nahm das Geschenk ins Maul und huschte zum Haus der Angebeteten, doch sie strauchelte, stürzte und verschluckte dabei das kostbare Geschmeide.

Als Changó dies herausfand, lauerte er seiner untauglichen Botin am Fuß einer Palme auf. Das Reptil brachte vor Schreck kein Wort heraus, huschte den Baum hinauf und versteckte sich, das Geschenk noch immer in der Kehle, zwischen den Palmwedeln. Changó glaubte, daß ihn die Eidechse an der Nase herumführen wollte, und lenkte einen Blitzstrahl auf den Baum in der Absicht, das arme Geschöpf zu einem Häuflein Asche zu verbrennen.

Seit damals, erläuterte Lucila, lasse Changó seine Wut oft an unschuldigen Palmen aus, und bis zum heutigen Tag habe die Eidechse vom Geschenk des Gottes einen geschwollenen Hals und bringe kein Wort heraus.

Plötzlich umzingeln mich im Park drei Jungen und verstellen mir den Weg. Ihre Augen sehen aus wie Leuchtkäfer, glühendheiß und ohne Vergangenheit. Der Regen perlt von ihrem Haar ab. Sie sind höchstens elf Jahre alt.

Der größte von ihnen drückt mir ein Messer an die Kehle. Die Klinge ist wie eine Klippe, eine weitere Grenze, die ich überwinden muß.

Einer der Jungen, der eine hohe, kantige Stirn hat, schnappt sich den Beutel mit den getrockneten Kräutern und schleudert mein Beny-Moré-Album gegen die Ulme. Erleichtert stelle ich fest, daß es nicht zerbricht. In Gedanken hebe ich die Platte auf und fahre mit den Fingerspitzen über die Rillen.

Die Jungen stoßen mich unter die Ulme, wo der Boden trocken geblieben ist. Sie ziehen mir den Pullover aus und knöpfen vorsichtig meine Bluse auf. Während das Messer die ganze Zeit an meine Kehle gedrückt bleibt, nuckeln sie abwechselnd an meinen Brüsten. Es sind noch Kinder, sage ich mir und versuche, meine Angst zu unterdrücken. Kaum zu glauben, aber in diesem Augenblick höre ich die fünf pochenden Noten in Lou Reeds »Street Hassle«, das irre Cello mit der tiefen, ersterbenden Stimme.

Ich sehe, wie einer der Jungen eine Prise von den Kräutern nimmt und sie auf einem rechteckigen Stückchen Papier in seiner Handfläche verteilt. Er schiebt sie zu einer schmalen Linie zusammen, rollt das Papier und leckt den Rand so behutsam wie ein Katze, die sich putzt.

»Hat jemand 'n Streichholz?« fragt er, und der Junge mit der kantigen Stirn hält ihm ein brennendes rotes Plastikfeuerzeug hin. Der Anführer nimmt einen tiefen Zug und behält den Rauch ein Weilchen in den Lungen. Dann gibt er den Glimmstengel an die anderen weiter.

Ich drücke den Rücken gegen den Stamm der Ulme und schließe die Augen. Ich spüre das Pochen ihrer großen Pfahlwurzel, das heulende Cello in ihrem Stamm, und stelle mir vor, wie die Sonne das Geäst zum Glühen bringt wie heiße Drähte. Wie lange ich mit dem Rücken an dem Baum lehne, weiß ich nicht, aber als ich die Augen wieder aufmache, sind die Jungen verschwunden. Ich knöpfe die Bluse zu, sammele die Kräuter und mein Album auf und renne zurück zur Universität.

In der Bibliothek geht alles in mir durcheinander. Die Neonröhren übertragen Gespräche aus Autos, die auf dem Broadway vorbeifahren. Jemand bestellt eine große Tüte knuspriger Hühnerflügel in der 103. Straße. Der Leiter der Linguistikabteilung bumst eine promovierte Studentin namens Betsy. Gandhi war Fleischesser. Er wurde in Samoa mündig und durchwanderte in blauen Wildlederschuhen einen Subkontinent. Vielleicht ist das die Wahrheit.

Ich kaufe in der Cafeteria Äpfel und Bananen und ziehe mich damit in mein Zimmer zurück. Noch lieber wäre mir eine Höhle, eine Wüste, eine noch vollkommenere Einsamkeit.

Ich zünde die Kerze an. Die Kräuter färben das Badewasser hellgrün. Es riecht so streng wie ein umgepflügtes Feld im Frühling. Als ich mir etwas Wasser übers Haar gieße, fühlt es sich zunächst klebrig und kalt an wie Trockeneis und gleich darauf so warm, daß ich davon schläfrig werde. Wie ein Lichtstrahl wandele ich nackt über steinerne Wege und Rasenflächen, phosphoreszierend und rein.

Um Mitternacht wache ich auf und bemale eine große Leinwand, die in Rot- und Weißtönen leuchtet und auf der eine Farbe die andere auszustechen versucht. Acht Nächte lang tue ich das.

Am neunten Tag rufe ich nach dem Bad meine Mutter an und eröffne ihr, daß wir nach Kuba fahren.

Celias Briefe: 1956–1958

11. Februar 1956

Mi querido Gustavo!

Lourdes geht mit einem jungen Mann aus, der mir sehr gefällt. Er heißt Rufino Puente, und obwohl er aus einer der wohlhabendsten Familien Havannas stammt, ist er ein bescheidener junger Bursche. Lourdes sagt, er erscheint zu den Vorlesungen im Overall und riecht nach Dünger vom Gut seines Vaters. Ich freue mich, daß er sich nicht zu gut ist, um sich bei der Arbeit die Hände schmutzig zu machen wie so viele Männer aus seinen Kreisen. Abends kommt Rufino zu uns und macht Lourdes den Hof. Er ist immer tadellos gekleidet und bringt saftige Steaks zum Grillen mit. Er sieht sehr lustig aus, der Bursche, mit seinem gewellten, rötlichen Haar.

Jorge ist eifersüchtig und benimmt sich wie ein bockiges Kind. Er weigert sich, Rufino die Hand zu geben, schließt sich im Schlafzimmer ein und schmollt, bis Rufino gegangen ist. Ständig krittelt er an ihm herum und läßt kein gutes Haar an ihm. Zum erstenmal erlebe ich, daß Lourdes auf ihren Vater böse ist.

Letzten Samstag begleitete ich die beiden als Anstandsdame zum Universitätsball, und Rufino unterhielt sich den ganzen Abend mit mir. Lourdes tanzt recht gut, aber Rufino hat zwei linke Füße. Nicht einmal den einfachsten Merengue bringt er zustande, ohne

den anderen Tänzern blaue Flecken zu verpassen. Seine Unbehol-
fenheit ist einfach rührend, aber natürlich zieht meine Tochter ge-
wandtere Tänzer vor. Lourdes trug an dem Abend ein Kleid aus
Organdy, das ihre Taille betont. Ich war überrascht, wie gefragt
sie war und wie fraulich sie geworden ist.

Celia

11. April 1956

Gustavo!

Schon wieder Frühling! Was ist aus uns geworden, Gustavo?
Früher schlugen wir uns ganze Nächte um die Ohren, weil es so
vieles über den anderen zu erfahren gab. Irgendwann schlief ich
schließlich ein, und wenn ich morgens aufwachte, war alles, was
mir von Dir blieb, Dein Duft auf meiner Haut. Einmal, als ich die
Fensterläden unseres Zimmers öffnete, sah ich Dich über den Platz
eilen. Eine Menschenmenge demonstrierte gegen etwas, wogegen
weiß ich nicht mehr, und schwenkte Spruchbänder in der Luft.
Ich rief nach Dir, aber Du konntest mich nicht hören. Das war das
letztemal, daß ich Dich sah.

Oft habe ich mich gefragt, ob es so nicht besser war, als zuzusehen, wie Du an meiner Seite alt und gleichgültig geworden wärst.

Ich weiß noch: Als ich mich um eine Stelle bei *El Encanto* be-
warb, wollte der Direktor mich als Modell einstellen, und ich sollte in Kleidern und Hüten, um die Chiffon drapiert war, in den
Gängen auf und ab spazieren. Die Händler schenkten mir Parfum
und luden mich zum Mittagessen ein, aber mit ihnen konnte ich
nicht darüber reden, daß ganze Familien von *guajiros* in den Parks
der Stadt unter flimmernden Coca-Cola-Reklamen schliefen. Diese
Männer säuselten mir die Ohren mit Belanglosigkeiten voll und
bemühten sich vergeblich, mich zu bezirzen.

Du warst anders, *mi amor*. Du hast mich viel mehr gefordert.
Dafür habe ich Dich geliebt.

Wie immer Dein,
Celia

Querido Gustavo!

In drei Monaten heiratet Lourdes Rufino. Jorge macht sich Vorwürfe, daß er während ihrer Kindheit soviel auf Reisen war. Felicia ist mürrisch und eifersüchtig. Sie redet kaum noch mit ihrer Schwester. Selbst Javier geht der Wirbel auf die Nerven.

Vor zwei Wochen waren wir bei Rufinos Eltern zum Abendessen eingeladen. Don Guillermo sah aus wie ein einfältiger Polizist, von den Elefantenohren bis hin zu den Manschettenknöpfen aus Messing. Den ganzen Abend redete er darüber, wie wichtig es sei, gute Beziehungen zu den Amerikanern zu unterhalten, und behauptete steif und fest, sie hätten den Schlüssel zu unserer Zukunft in der Hand. Als ich ihn an das *Platt Amendment* erinnerte und daran, daß die Amerikaner sich von Anfang an in unsere Angelegenheiten eingemischt haben, winkte er mit seiner fetten, juwelenbestückten Hand ab, wandte sich Jorge zu und fuhr mit seinem überheblichen Geschwafel fort.

Alle Welt weiß, daß Don Guillermos Kasinos von der Mafia betrieben werden und er jeden Donnerstag mit Batista im Jachtclub von Havanna zu Mittag ißt. Man erzählt sich, daß Batista eine Million Dollar Aufnahmegebühr bezahlen mußte, weil seine Haut nicht hell genug war. Don Guillermo hat Angst vor den Rebellen, auch wenn er es sich nicht anmerken läßt. Das freut mich diebisch.

Seine Frau Doña Zaida ist keinen Deut besser. Beim Abendessen hörte ich über unseren Köpfen Schreie, als wäre eine Katze eingesperrt. Später erfuhr ich, daß Zaida oben ihre Mutter La Muñeca gefangenhält. Lourdes erzählte mir, sie sei eine Indianerin aus Costa Rica. Sie weigert sich, Schuhe anzuziehen, und trug ihre Kinder früher in einer Schlinge auf dem Rücken mit sich herum. Aus diesem Grund hält Zaida ihre Mutter gefangen. Wie Rufino solche schrecklichen Eltern überleben konnte, ist mir ein Rätsel.

In Liebe,
Celia

11. Oktober 1956

Querido Gustavo!

Neulich fuhr ich nachts im Schlaf hoch. Als ich Jorge sacht berührte, setzte er sich erschrocken auf. So geht es schon seit langem mit uns. Ich sagte zu ihm, daß ich endlich wieder einmal mit ihm zusammensein wollte, und da fing er an zu weinen. Ich hielt ihn lange in den Armen, und dann liebten wir uns, ganz langsam, als würden wir uns neu entdecken. Er sagte, ich sei noch nie so schön gewesen, und fast hätte ich es ihm geglaubt.

Celia

11. November 1956

Mi querido Gustavo!

Zaida Puente hat meine Pläne für Lourdes' Hochzeit samt und sonders auf den Kopf gestellt und statt dessen ein Riesenspektakel im Tropicana Club arrangiert. Sie hat Hunderte von Leuten aus der feinen Gesellschaft eingeladen, die sie zum Teil gar nicht kennt, und besteht darauf, daß es französische Küche geben soll – Fasan und Aal und weiß Gott was. Von Spanferkel nicht die Rede! Und dann hat sie auch noch die Stirn, mir zu sagen, daß mein schlichtes Taftkleid für das Tropicana *unpassend* sei. Diese Frau ist eine Schlange, eine widerwärtige Schlange!

In Liebe,
Celia

11. Dezember 1956

Gustavo!

Die Rebellen haben erneut zugeschlagen, diesmal in Oriente. Sie verstecken sich in der Sierra Madre. Die Leute erzählen sich, daß ihr Anführer in Uniform und mit der olivfarbenen Mütze auf dem Kopf schläft, daß Haare und Bart ineinander übergehen wie bei einem Bären und daß er furchtlose Augen hat. Die Anspannung hier ist unerträglich. Alle wollen Batista loswerden.

Jorge befürchtet, daß die Rebellen im Falle eines Sieges die Amerikaner hinauswerfen und er seinen Job verliert, bevor er Anspruch auf eine Rente hat. Ich habe zu ihm gesagt, daß es für alle Arbeit geben wird, sobald sie diesen Gauner Batista erst mal aus dem Palast geworfen haben.

In Liebe,
Celia

P. S. Die Hochzeit war genau der Affenzirkus, den ich erwartet habe. Das Tropicana sah aus wie ein Bordell: überall rote Lichter, von denen mir ganz schwindelig wurde. Die Frau des Marinekommandanten, die an so üppiges Essen und an den importierten Champagner nicht gewöhnt war, übergab sich auf dem Tanzparkett. Mitten im Tumult brach sich Silvio Arroyo Pedros, ein spanischer Matador im Ruhestand (hast Du von ihm schon mal gehört?) und eifriger Stammgast bei Havannas berüchtigten Freßorgien, das Schlüsselbein, als er mit der verwitweten Doña Victoria del Paso tanzte. Angeblich wirbelte ihn die arme Doña Victoria in einem Ausbruch lange unterdrückter Leidenschaft allzu wild herum. Die ganze Tortur dauerte bis in den Morgen, als uns spindeldürre Weibsbilder in mit Ziermünzen besetzten Miedern Rührei mit Schinken servierten. Lourdes und Rufino wirkten zwar irgendwie verstört, aber nicht unglücklich. Und Zaida Puente hatte natürlich ihr Foto, auf dem sie in dem Abendkleid aus pflaumenfarbenem Moiré wie eine Möchte-gern-Königin posiert, am nächsten Tag in allen Zeitungen. Sie wird als eine der ersten aufgehängt, das steht für mich fest.

11. Juni 1958

Querido Gustavo!

Heute habe ich am Spätnachmittag einen Spaziergang am Strand gemacht. Der Mond ging früh auf und sog das letzte zaudernde Tageslicht auf. In jeder Muschel hallte das Echo eines Liedes nach, das mir in den Knochen steckte. Es gibt etwas zu feiern, Gustavo: Ich werde Großmutter.

Tu Celia

229

Die verlorenen Sprachen
(1980)

Sechs Tage im April

Es ist weit nach Mitternacht. Celia kramt in dem Pappkarton, in dem sich die wenigen Habseligkeiten befinden, die Felicia zurückgelassen hat, darunter ihr schwarzer Badeanzug. Der Schaumstoff und die Korsettstäbchen im spitzen Büstenhalter sind weg, und das Hinterteil ist so abgetragen, daß es schier obszön aussieht.

Celia sieht Felicia in einem anderen Badeanzug vor sich, in einem winzigen zitronengelben Ding, das sie in dem Jahr trug, als sich das Meer bis hinter den Horizont zurückzog, in dem Jahr, als die Archäologie des Meeresbodens zutage trat – Katakomben aus uralten Korallen, Mondgestein im Sonnenschein. Felicia hockte sich hin, betrachtete die Muscheln, als seien sie an Land gespülte Juwelen, und legte sie am Strand zu Mustern aus. Um sie herum machten die Nachbarn mit Holzeimern Jagd auf angeschwemmte Fische und Krabben. Die Sonne buk ihre Fußabdrücke so hart wie Fossilien. Wenig später schlug die Flutwelle zu und spülte ihre Spuren vom Strand.

Am Tag vor der Beerdigung fuhr Celia morgens mit dem ersten Bus von Santa Teresa del Mar zum Haus in der Calle de las Palmas. Per Anhalter wollte sie nicht mehr fahren. Sie packte Felicias Nachthemd mit den blauen Rosen, Tía Alicias stumpf gewordene Pfauenbrosche (Celia hatte sie Felicia zum fünfzehnten Geburtstag geschenkt), den

Stummel eines orangefarbenen Lippenstifts, zwei ausgefranste Stretch-Shorts und die *santería*-Gewänder ihrer Tochter zusammen.

Dabei stieß sie auf ein paar uneingelöste Lebensmittelkarten, denen zufolge Felicia jeden Monat anderthalb Pfund Hühnerfleisch, alle zwei Wochen sechzig Gramm Kaffee, pro Woche zwei Päckchen Zigaretten und im Jahr vier Meter Stoff zustanden. In den letzten Monaten ihres Lebens hatte ihre Tochter für derlei Güter jedoch nur wenig Verwendung gehabt.

Felicia hatte Herminia einen Brief hinterlassen, in dem sie darum bat, wie eine *santera* bestattet zu werden, und Celia konnte ihrer Tochter den letzten Wunsch nicht abschlagen. In der Leichenhalle kleideten Felicias Freunde aus der *casa de santo* die Tote in das Gewand, das sie beim Initiationsritual getragen hatte, setzten ihr die Krone auf und banden ihr die Halskette um. Auf die Brust legten sie einen Beutel mit Muscheln, ein paar Brocken geräuchertem Fisch und einigen Maiskörnern. Dann gaben sie ihr abgeschnittenes Haar zusammen mit Haarfärbemitteln, Rosenpappel, Asche und ein paar Büscheln getrockneter Maisseide in einen ausgehöhlten Kürbis. Sie deckten den Kürbis mit bunten Tüchern ab, auf die Kreuze gestickt waren, töteten ein schwarzes Huhn und legten es auf die Opfergaben.

Anschließend stimmten sie leises Wehklagen an und fuhren dabei mit bunten Taschentüchern über Felicias Körper, um ihren Leichnam zu reinigen. Als sie damit aufhörten, waren die scheußlichen Beulen an Felicias Kopf verschwunden, und ihre Haut war so glatt geworden wie die rosafarbene Innenseite einer Muschelschale. Die Augen hatten ihr einstiges Grün zurückerlangt.

Nachdem sie den Sarg auf die Straße hinausgetragen hatten, zerbrachen die *santeros* hinter Felicias altem De Soto, der als Leichenwagen diente, einen Tonkrug und bespritzten den Wagen mit kaltem Wasser, um Felicia vor ihrer letzten Reise zu erfrischen. Einen Häuserblock vor dem Friedhof blieb das Auto liegen, und Felicias Sarg mußte den restlichen Weg von acht weißgekleideten Sargträgern getragen werden.

Am Friedhofstor wartete ein Mann, der nichts als Lumpen und Fetzen am Leib trug und dessen Gesicht hinter lose gewickelten

Tüchern verborgen war. Reglos stand er da. Er schien durch den dunklen Schlitz vor seinen Augen zu atmen und den Kummer aus der Luft herauszusaugen wie ein Gift.

Celia zieht sich im Dunkeln lautlos aus. Sie öffnet die Schranktür und betrachtet sich im fleckigen Spiegel. Da spürt sie, wie ein nasser Klumpen in ihr nach unten sickert, gleich Wasser in einer Wand aus Gips. Langsam breitet er sich aus. Ihre Zähne lockern sich, ihre Glieder werden schwer, die Narbe auf ihrer welken Brust färbt sich dunkel. Celias übriggebliebene Brust hängt herab bis zum Ellbogen, die Spitze zeigt gleichgültig nach unten. Die Bauchdecke jedoch ist so unversehrt wie die einer kinderlosen Frau. Zwischen den Beinen sprießt an der fleischigen Wölbung spärliches Haar.

Sie studiert die Hände, die aufgedunsen und verzogen sind wie Treibholz, doch daran kann sie nichts mehr ändern. Auch die Beine sind nicht wiederzuerkennen – die angeschwollenen Knie, die Muskeln an den Waden, die kürzer und kantiger sind als in ihrer Jugend, die wunden Füße. Zumindest das Gesicht ist ihr vertraut. Das verblaßte Muttermal an den Lippen hält die Falten aus dünnem Fleisch wie ein flacher schwarzer Knopf zusammen. Und die tropfenförmigen Perlmuttohrringe hängen noch immer fest an den Ohrläppchen.

Celia schlüpft in Felicias fadenscheinigen Badeanzug. Draußen sitzt die Mondsichel auf ihrer Hühnerstange und macht sich über sie lustig. Mit großen Schritten geht sie zum Wasser hinunter und schwimmt mit kräftigen Zügen weit hinaus ins Meer. Der Himmel ist trübe von all den Sternen. Celia kann ihr milchiges Leuchten, ihre verschwimmenden Lichthöfe nicht voneinander unterscheiden.

Pilar

Meine Mutter und ich fahren an Plakaten vorbei, auf denen die Revolution angepriesen wird, als wäre sie eine neue Zigarettenmarke.

Wir erreichen die Plaza de la Revolución, auf der, wie der Taxifahrer uns erklärt, *El Líder* seine großen Kundgebungen abhält. Er erzählt uns, *El Líder* habe noch mehr Probleme bekommen, denn am frühen Morgen habe ein mit Asylbewerbern vollgestopfter Bus das Tor der peruanischen Botschaft durchbrochen. Mom hört kaum hin. Sie lebt in ihrer eigenen Welt. Der Taxifahrer macht einen Umweg und fährt den Malecón entlang, zeigt uns die Festung La Punta und die Morro-Burg auf der anderen Seite des Hafens. Moms einziger Kommentar ist, daß die Gebäude in Havanna mehr als baufällig seien und offensichtlich nur noch von den verschachtelten Holzgerüsten zusammengehalten würden. Mir fallen vor allem die Balkons auf.

Der Fahrer biegt in die Calle de las Palmas. Die Häuser sind in grellem Gelb gestrichen, die Fassaden blätterig und schuppig, als hätte man Konfetti daraufgestreut. Wir halten vor Tía Felicias Haus, dem Haus, in dem Abuelo Jorge aufgewachsen ist. Die Fensterläden sind fest verschlossen, und auf dem Rasen im Vorgarten liegen allerlei Scherben und schmutzige Fähnchen herum. Meine Mutter erzählt, daß im Tamarindenbaum früher Spatzen hausten und er büschelweise mit schweren Hülsen vollhing.

Mom macht sich nicht einmal die Mühe, aus dem Auto zu steigen oder die Nachbarn zu fragen, was mit ihrer Schwester passiert ist. Sie sagt, sie habe nichts anderes erwartet, seit Abuelo Jorge auf der Brooklyn-Bridge zu ihr gesprochen hat. Was mich angeht, so weiß ich nicht so recht, was mich hier eigentlich erwartet, nur, daß ich Abuela Celia wiedersehen werde. Das stand für mich nach dem neunten Kräuterbad fest.

Seit jenem Tag im Morningside Park kann ich bruchstückhaft die Gedanken anderer Menschen hören und flüchtige Blicke auf die Zukunft erhaschen. Diese Gabe habe ich allerdings nicht unter Kontrolle. Die Wahrnehmungen erreichen mich ohne Vorwarnung oder Anleitung, unberechenbar wie Blitze.

»Fahren Sie uns nach Santa Teresa del Mar«, weist Mom den Fahrer an. Sie schließt die Augen. Wahrscheinlich ist das für sie weniger schmerzhaft, als aus dem Fenster zu schauen.

Wir fahren die Küstenstraße entlang zum Haus meiner Großmutter. Ich starre aufs Meer, das ich früher einmal mit einem Fischerboot überqueren wollte. Passatwinde wälzen enorme Wassermassen um. Ein Hurrikan wird im Ansatz unter ihnen begraben. Im Meer schwimmen Delphine und Papageienfische, Karettschildkröten und Schaufelhaie. Im Golf von Mexiko liegt ein Schiffswrack voller Goldbarren und Dublonen. Männer in Taucheranzügen werden die Galleone in drei Jahren entdecken. Sie werden ihren Fund mit Champagner und blutigen Morden feiern.

Vier frische Leichen treiben in der Meerenge von Florida. Es ist eine Familie aus Cárdenas. Sie haben ein Fischerboot gestohlen, und es ist am frühen Morgen in der Strömung gekentert. Nächsten Donnerstag wird eine Bootsladung Haitianer Gonaïves verlassen, ausgestattet mit den Telefonnummern von Freunden in Miami und den Ersparnissen von Verwandten. Sie werden zum Wendekreis des Krebses fahren und dort im Meer versinken.

Ich habe ein Skizzenbuch und einen Kasten mit Pinseln und Farben, vor allem Aquarellfarben, mitgenommen. Ich wollte auch meinen Baß mitnehmen, aber Mom meinte, dafür sei kein Platz. Sie hat unsere Koffer randvoll mit billigen Turnschuhen und Gammelklamotten aus den Latinoläden in der Vierzehnten Straße gestopft. Ich möchte ein paar Skizzen von Abuela Celia machen, vielleicht sogar ein richtiges Porträt von ihr in ihrer Korbschaukel. Ich glaube, das würde ihr gefallen.

Mom springt in ihren Riemchenpumps aus dem Taxi und läuft auf Abuela Celias Haus zu, vorbei an den riesigen Paradiesvogelblumen und dem vor sich hin faulenden Papaubaum und schließlich die drei Stufen vor der Haustür hinauf. Ich folge ihr. Auf dem Fußboden schaut an den Stellen, wo die Fliesen fehlen, der Beton hervor. Die mit pastellfarbenen Knospen und Weinranken gemusterten Fliesen sind seit Monaten nicht gewischt worden. Eine verblichene *mantilla*, so leicht wie eine Motte, liegt auf dem Sofa. An der hinteren Wand stehen ein kalkweißes Klavier und ein Kühlschrank – ein rostiger Kasten.

Meine Mutter wirft einen Blick in das Zimmer, das sie früher mit Tía Felicia teilte. Bis auf ein mit Rüschen besetztes Tanzkleid im Schrank ist es völlig leer. Sie geht quer durch den Gang in Abuelas Schlafzimmer. Über das Bett ist eine Spitzendecke gebreitet. Auf dem Nachttisch steht ein Foto von *El Líder*. Angewidert wendet Mom sich ab.

Ich finde Abuela zuerst. Sie sitzt in einem abgetragenen Badeanzug reglos in der Korbschaukel, das Haar klebt zerzaust am Kopf, die Füße weisen sonderbare Risse auf. Ich knie vor ihr nieder und drücke meine Wange an ihre, die vom Meerwasser ganz salzig ist. Eng halten wir uns umschlungen.

»*Dios mío*, was ist denn mit dir passiert?« ruft Mom, als sie uns sieht. Sie läuft los, um auf dem Herd Wasser für ein Bad heiß zu machen.

Abuela fehlt ein Busen. Auf ihrer Brust verläuft eine Narbe, die wie ein purpurroter Reißverschluß aussieht. Mom legt den Finger an die Lippen und wirft mir einen flüchtigen Blick zu, der soviel bedeuten soll wie: »Tu so, als hättest du es nicht bemerkt.«

Wir waschen Abuela das Haar, massieren Balsam hinein und tupfen ihren Kopf mit Handtüchern trocken, als würde dadurch alles wieder heil. Abuela sagt kein Wort. Mit feierlicher Miene wie eine Novizin fügt sie sich meiner Mutter. Mom entfilzt Abuelas Haar mit einem großzinkigen Kamm. »Du hättest dir eine Lungenentzündung holen und sterben können«, schimpft Mom und steckt den Fön in die Steckdose, woraufhin die Sicherung für das Licht im Wohnzimmer herausfliegt.

Mein Blick fällt auf Abuela Celias tropfenförmige Ohrringe, auf die fein gearbeitete Fassung und die schmalen Goldringe in ihren Ohrläppchen. Die Perlen haben einen Hauch von Blau, ihre glatte Oberfläche strahlt Kühle aus. Als Baby stubste ich die Perlen mit den Fingerspitzen an, und dann hörte ich den Rhythmus von Abuela Celias Gedankenfluß.

»Ich war gestern abend schwimmen«, flüstert mir Großmutter zu. Sie blickt durch das Bogenfenster über dem Klavier nach draußen, als suche sie die Wellen nach der Stelle ab. Dann drückt sie meine Hand.

»Ich bin froh, daß du dich an alles erinnerst, Pilar. Ich habe immer gewußt, daß du das tun würdest.«

Mom bezieht Abuelas Bett mit frischen Laken und legt eine Decke aus Lammwolle darauf, die wir von zu Hause mitgebracht haben. Ich helfe Abuela, ein neues Nachthemd aus Flanell überzustreifen, während Mom Bouillon und Fertigpudding aus Tapioka kocht. Abuela Celia kostet von beidem je einen Löffel, schluckt eine Vitamin-C-Tablette und fällt in tiefen Schlaf.

Ich ziehe Abuela die Decke über die Schultern und suche in ihrem Gesicht nach Ähnlichkeiten mit meinem. Ihr Haar ist grau geworden, seit ich sie zum letztenmal gesehen habe. Das schwarze Muttermal ist ausgebleicht. Die Hände sind mit blassen Leberflecken gesprenkelt.

Ich weiß, wovon Großmutter träumt: von Massakern in fernen Ländern, schwangeren Frauen, die mit abgerissenen Gliedmaßen auf öffentlichen Plätzen herumliegen. Stumm und unsichtbar wandert Abuela Celia zwischen ihnen umher. Strohgedeckte Dächer dampfen in der Morgenluft.

»Hat man für diese *mierda* noch Worte?« Meine Mutter schnappt sich das Foto von *El Líder*, das auf dem Nachttisch steht. Es steckt in einem alten Silberrahmen und verdeckt fast ganz Abuelo Jorges Gesicht, dessen eines blaues Auge hinter der Uniformmütze von *El Líder* hervorlugt. In Seidenkleid und -strümpfen geht Mom zum Strand hinunter, wobei sich ihr Faltenrock wie ein Ballonsegel bläht, und schleudert das Bild ins Meer. Zwei Seemöwen tauchen danach, kehren jedoch mit leeren Schnäbeln an die Oberfläche zurück. Der helle Horizont hebt und senkt sich wie eine Kette von Bojen.

Ich male mir die Reisen zu den Kolonien von einst aus. Ozeandampfer fuhren über die Meere nach Afrika und Indien. Die Frauen an Bord trugen schwarze, bis zu den Ellbogen reichende Handschuhe. Sie tranken Tee aus Porzellantassen, sehnten sich danach, feuchte Erde zu essen, und lehnten schmachtend an der Reling.

Vielleicht hätte meine Mutter übers Meer nach Havanna kommen sollen. Sie hätte in Shanghai an Bord eines Schiffes gehen, den Pazifik Welle für Welle abreiten, Kap Hoorn umschiffen, die Küste Brasiliens entlangfahren und zum Karneval in Port-of-Spain haltmachen sollen.

Kuba ist ein eigenartiges Exil, denke ich, eine Inselkolonie. Von Miami aus können wir es mit einem Charterflug in dreißig Minuten erreichen, aber wirklich ankommen tun wir nie.

* * *

Später, während Abuela noch schläft, gehen meine Mutter und ich zur Straßenecke an der Calle Madrid. Mom hält einen *guajiro* an, der ein paar Stangen Zuckerrohr verkauft. Sie sucht sich eine aus, und der Mann schlägt die hölzerne Schale mit der Machete ab. Mom kaut auf dem Zuckerrohr rum, bis sie den *guarapo* schmeckt, den klebrigen Sirup.

»Probier mal, Pilar. Er ist leider nicht so süß, wie ich ihn in Erinnerung habe.«

Mom sagt, daß sie als Kind an dieser Straßenecke gestanden und den Touristen erzählt habe, ihre Mutter sei tot. Wenn sie ihnen dann leid tat, kauften sie ihr ein Eis und tätschelten ihr den Kopf. Ich versuche mir meine Mutter als dünnes, sonnengebräuntes Mädchen vorzustellen, aber alles, was ich in meiner Phantasie sehe, ist eine Miniaturausgabe von der Frau, die sie heute ist, eine korpulente Person in einem beigefarbenen Kleid, dazu passenden Pumps und einem so furchterregenden Blick, daß er sogar den Lexington-Avenue-Express zum Stehen bringen könnte.

Plötzlich möchte ich wissen, wie ich sterben werde. Ich glaube, am liebsten wäre mir eine Selbstopferung, etwa auf einer Bühne und inmitten all meiner Bilder. Auf jeden Fall möchte ich gehen, bevor ich zu alt werde, mir jemand anderes den Hintern abwischen oder mich in einem Rollstuhl herumschieben muß. Ich will nicht, daß *meine* Enkelin mir das Gebiß herausnehmen und es in ein Wasserglas legen muß, in dem sich zischend eine Reinigungstablette auflöst – wie ich es bei Abuelo Jorge getan habe.

Meine Mutter redet und redet, aber ich höre nur mit einem Ohr hin. Ich habe ein Bild von Abuela Celia vor Augen: Sie steht unter

Wasser auf einem Riff, und winzige, chromglänzende Fische flitzen wie Lichtblitze über ihr Gesicht. Das Haar wogt in der Strömung, ihre Augen sind weitaufgerissen. Sie ruft nach mir, doch ich kann sie nicht hören. Spricht sie etwa aus ihren Träumen zu mir?

»Die könnten hier doch wirklich ein bißchen Farbe reinbringen!« beschwert sich meine Mutter so laut, daß alle sie hören können.

Ich blicke mich um. Die Frauen in der Calle Madrid tragen enge, ärmellose Blusen, Stretch-Hosen und *pañuelos*, getupfte, gestreifte, karierte und geblümte. Ein Mann mit Sonnenbrille tritt sein Schleifrad an, die Scheibe bringt eine stumpfe Axt zum Kreischen. Unter einem Plymouth Baujahr ʼ55 schauen zwei ausgefranste Hosenbeine hervor. Protzige Straßenkreuzer mit Heckflossen rollen majestätisch wie Festwagen die Calle Madrid entlang. Mir kommt es vor, als hätte jemand die Zeit zurückgedreht, als würde ich eine Art kubanische Spielart des frühen Amerika erleben.

Ich muß an die *Granma* denken, die amerikanische Jacht, mit der *El Líder* 1956 bei seinem zweiten Versuch, Batista zu stürzen, von Mexiko nach Kuba gefahren ist. Irgendein Bootseigner in Florida schreibt aus Versehen »Grandma« falsch, und sieh an: Ein Mythos wird geboren, eine ganze Provinz umbenannt und eine kommunistische Parteizeitung auf den Markt gebracht. Und wenn das Boot nun *Barbara Ann* oder *Sweetie Pie* oder *Daisy* geheißen hätte? Wäre die Geschichte dann anders verlaufen? Unser aller Geschichte besteht aus solchen Patzern. Schaut mich an: Ich verdanke meinen Namen Hemingways Fischerboot.

Mom redet immer lauter. Mein Mund wird trocken, wie früher, wenn ich mit ihr zusammen in ein Kaufhaus gehen mußte, um einen gekauften Artikel zurückzugeben. Eine Handvoll Menschen bleiben in sicherer Entfernung stehen. Mehr Zuhörer braucht sie nicht.

»Schaut euch diese alten amerikanischen Schlitten an! Sie werden von Leukoplast und Büroklammern zusammengehalten und fahren trotzdem besser als jedes neue russische Auto! *Oye!*« ruft sie den Gaffern zu. »Ihr könntet Cadillacs mit Ledersitzen haben! Mit Klimaanlage! Automatischen Fensterscheiben! Ihr bräuchtet in der Hitze nicht mehr zu kurbeln!« Mit empörter Miene dreht sie sich zu mir um. »Schau mal, wie sie lachen, Pilar! Diese Idioten! Sie verstehen nicht ein Wort von dem, was ich sage! Ihre Köpfe sind vollgestopft mit diesem Quatsch: von wegen *compañero* und *compañera*! Man hat ihnen das Gehirn gewaschen, jawohl, das hat man!«

Ich zerre meine Mutter von der wachsenden Menschentraube fort. Mit ihren Worten können die Leute nichts anfangen. Sie spricht eine völlig andere Sprache.

* * *

Ich liege in Tía Felicias Kinderbett. Mein Atem gleicht sich im Rhythmus dem meiner Mutter und dem Wogen des Meeres an. Als ich klein war, ging ihr Atem flach und unruhig, sie war wie ein aufgeladenes Magnetfeld, in dem es immer wieder zu kleinen Störungen kam. Die ganze Nacht wälzte und drehte sie sich im Bett, als würde sie im Traum mit Gespenstern ringen. Manchmal wachte sie auf, fing an zu weinen, griff sich an den Bauch und stieß aus ihrem tiefsten Inneren ein Klagen aus, das ich mir nicht erklären konnte. Dad strich ihr über die Stirn, bis sie wieder eingeschlafen war.

Meine Mutter hat einmal zu mir gesagt, ich würde genauso schlafen wie ihre Schwester, mit weit offenem Mund, als wollte ich Fliegen fangen. Ich glaube, Mom beneidete mich nur um meinen tiefen Schlaf. Heute nacht ist es genau umgekehrt. Diesmal kann ich nicht schlafen.

Abuela Celia sitzt in der Korbschaukel und blickt hinaus aufs Meer. Ich setze mich neben sie. Von ihren geschundenen Händen mit den unförmigen Schwielen und der rissigen Haut am Daumen geht etwas Tröstliches aus.

»Als ich ein junges Ding war, trocknete ich Tabak, Blatt für Blatt«, fängt sie mit ruhiger Stimme zu erzählen an. »Davon wurden meine Hände, mein Gesicht und die Kleider, die ich am Leib trug, ganz schmutzig. Einmal badete meine Mutter mich in einer Zinnwanne hinter dem Haus und rieb mich mit Stroh ab, bis meine Haut blutete. Dann steckte sie mich in ein Rüschenkleid, das sie genäht hatte, setzte mir einen Hut mit Bändern auf und zog mir zum erstenmal in meinem Leben Lackschuhe an. Meine Füße kamen mir darin ganz kostbar vor, eingeschnürt in glänzende Päckchen. Dann setzte sie mich in einen Zug und ging davon.«

Während ich ihr zuhöre, spüre ich, wie sich das Leben meiner Großmutter durch ihre Hände auf mich überträgt. Es ist ein steter Stromfluß, summend und wahrhaftig.

»Es gab da einen anderen Mann vor deinem Großvater, einen Mann, den ich sehr liebte. Bevor deine Mutter zur Welt kam, hatte ich mir geschworen, sie nicht einfach ins Leben hinauszuschicken, sondern sie vorzubereiten, als müßte sie in den Krieg ziehen. Nach der Geburt deiner Mutter steckte dein Großvater mich in eine Heilanstalt. Ich erzählte ihm alles über dich. Er meinte, es sei ausgeschlossen, daß ich mich an die Zukunft erinnerte. Ich war sehr traurig, als deine Mutter dich mir wegnahm. Ich bat sie, dich bei mir zu lassen.«

In einem Fenster des Nachbarhauses taucht eine runzelige Hand auf. Der Vorhang fällt, der Schatten weicht zurück. Der Gardenienbaum schwängert die Nacht mit seinem Duft. Frauen, die ihre Töchter überleben, sagt Abuela, sind wie Waisen. Nur ihre Enkelinnen können sie retten und ihr Wissen hüten wie das erste Feuer.

Lourdes

Ganz gleich, wohin Lourdes blickt – überall bietet sich ein Bild der Zerstörung und des Verfalls. *Socialismo o muerte*. Die Worte schmerzen sie, als wären sie mit einer dicken Nadel und Zwirn auf ihre Haut genäht. Am liebsten würde sie einen Eimer roter Farbe nehmen und auf sämtlichen Plakaten das »o« durch ein »es« ersetzen. *Socialismo es muerte* würde sie überall hinschreiben, bis die Leute es glaubten, bis sie sich erhoben und von diesem Tyrannen ihr Land zurückforderten.

Gestern abend mußte Lourdes voller Entsetzen mitansehen, wie ihr Neffe in einem Touristenhotel von Boca Ciega das Essen nur so herunterschlang. Sechsmal füllte sich Ivanito den Teller mit *palomil-la*-Steak, gegrillten Krabben, *yuca* in Knoblauchsauce und Palmen-herzensalat. Ivanito sagte, im Internat bekämen sie nicht so gutes Es-sen, sondern immer nur Hühnchen mit Reis oder Kartoffeln, und daraus machten sie nicht einmal einen Hehl. Lourdes weiß, daß man auf Kuba die besseren Nahrungsmittel den Touristen und dem Ex-port nach Rußland vorbehält. Niedergang geht unweigerlich Hand in Hand mit Entbehrung, denkt sie.

Am Nebentisch ließ sich eine Gruppe Frankokanadier gebackenen Hummer schmecken und mit Cuba Libre vollaufen. Lourdes hörte, wie eine Frau von einem kubanischen Jungen erzählte, der am Strand mit ihr geflirtet hatte. Das also waren die Anhänger von *El Líder* aus Übersee! Abscheuliche Salonsozialisten! *Sie* brauchten keine Essens-gutscheine! *Sie* brauchten für eine elende Dose Krabbenfleisch nicht drei Stunden Schlange zu stehen! Es kostete Lourdes allergrößte Überwindung, ruhig auf dem Stuhl sitzen zu bleiben.

Celia stocherte auf dem Teller herum und sagte kaum ein Wort. Sie bestellte zweimal Kokosnußeis zum Nachtisch und aß es langsam mit einem Suppenlöffel.

Ob es stimmt, denkt Lourdes, daß man mit zunehmendem Alter immer weniger schmeckt und am Ende Süße der einzige Geschmack ist, der auf der Zunge zurückbleibt? War ihre Mutter wirklich so ge-altert? Konnte es sein, daß so viel Zeit vergangen war?

Sie ist mir völlig fremd, sagt sich Lourdes. Papi hat sich geirrt. Manche Dinge ändern sich nie.

Ihre Nichten ähneln weder Felicia noch den Fotos, die Lourdes von ihrem Vater gesehen hat. Luz und Milagro sind unscheinbar und pummelig, haben breite Nasen und sehen aus wie eine Mischung zwi-schen Neger und Indianer. Ob Felicia Hugo betrogen hat? Es hätte Lourdes nicht überrascht. Bei Felicia war sie schon immer auf alles gefaßt gewesen. Seit ihrer Kindheit hatte Felicia alles daran gesetzt, im Mittelpunkt zu stehen, ja sie hatte sogar vor den Jungen aus der Nachbarschaft die Bluse ausgezogen und ihnen pro Nase ein paar Münzen abgenommen, bevor sie ihre Brüste anfassen durften. Immer wieder war Felicia hereingeplatzt, wenn Lourdes sich gerade mit ihrem Vater unterhielt, hatte geheult und mit den Füßen aufgestampft, bis man sie ins Gespräch mit einbezog. Natürlich besprachen sie nie wichtige Dinge, wenn sie dabei war.

Pilar hat sich gestern abend beim Tanzen mit Ivanito sehr linkisch angestellt. Die Kapelle spielte einen Cha-Cha-Cha, und Pilar tanzte dazu völlig aus dem Takt mit abwesender Miene und ruckartigen, nachlässigen Bewegungen. Sie tanzt wie eine Amerikanerin. Ivanito dagegen ist ein wundervoller Tänzer. Seine Hüften schwingen geschmeidig hin und her, und seine Füße bewegen sich genau im Rhythmus der Musik. Bei den Drehungen wirbelt er herum, als hätte er Schlittschuhe unter den Füßen.

Als Lourdes schließlich mit ihrem Neffen aufs Parkett ging, überließ sie sich ganz den Congas und ihrem unwiderstehlichen Verlangen zu tanzen. Ihr Körper erinnerte sich an das, was ihr Gehirn vergessen hatte. Sie wollte ihrer Tochter in künstlerischer Vollendung zeigen, was Tanzen wirklich heißt, und so machte sie übertrieben schwungvolle, jedoch tadellos federnde Schritte und spielte verführerisch mit dem Rhythmus, indem sie die Musik mit den Hüften, den Schenkeln und der anmutigen Kurve ihres Rückens aufnahm. Ivanito ging mit feinem Gespür auf sie ein und drehte sie so verhalten und zugleich fließend, daß er die schmachtende Musik geradezu erblühen ließ. Nach und nach wichen die anderen Gäste zurück, um diesem ungleichen und doch so eleganten Paar zuzuschauen. Plötzlich schlug jemand in die Hände, und schon im nächsten Augenblick erfüllte wildes Klatschen den Saal, während Lourdes sich auf der blanken Tanzfläche drehte und drehte und drehte.

Am nächsten Morgen sagte Ivanito zu Lourdes, mit ihr zu tanzen hätte ihn an seine Mutter erinnert. Er meinte es als Kompliment, doch seine Worte brachen für sie nachträglich den Zauber des Tanzes und zerstörten die Erinnerung daran. Lourdes schwieg.

Gestern hatte Ivanito Geburtstag. Es ist jetzt dreizehn Jahre alt. Worauf kann sich der Junge in diesem Land schon freuen? fragt sich Lourdes.

In einem schwarzen Oldsmobile, das sie sich von einem Nachbarn geliehen hat, fährt Lourdes die nördliche Landstraße in Richtung Varadero entlang. Verzückt läßt sie den Blick über das Meer, das ruhig und wie ein schimmernder Türkis links von ihr liegt, und über die vertrauten Formen der Königspalmen schweifen, die hier und dort einen Akzent in die Landschaft setzen. Sie erinnert sich an den Sommerurlaub, in dem sie und ihr Vater kreuz und quer über die Insel fuhren und auf dem Weg nach Guantánamo in jedem Ort und in jeder Stadt auf den Marktplätzen und in den Hauptstraßen haltmachten. Bevor er die Ventilatoren und elektrischen Schneebesen aus dem Kofferraum holte, zog er vor dem Rückspiegel stets den Krawattenknoten fest und rückte den Hut zurecht. Lourdes wartete geduldig auf dem Beifahrersitz, und wenn er dann mit einer Bestellung in der Tasche zurückkehrte, schlang sie die Arme um seinen Hals und küßte ihn auf die Wange. Vor Freude stieg ihrem Vater jedesmal das Blut ins Gesicht.

Lourdes fährt durch Matanzas und an der berühmten Bucht der Stadt vorbei. Hier hatte sie in jenem Sommer am liebsten haltgemacht, weil sich ganz in der Nähe die Höhlen von Bellamar befinden. Für Lourdes waren sie der kühlste und zugleich verwunschenste Ort auf der ganzen Insel. In ihren staunend umherschweifenden Augen verwandelten sich Stalagmiten und Stalaktiten in Skulpturen, die wie hängende Alligatoren, Klauen von Hexen oder das Gesicht ihres verhaßten Geschichtslehrers aussahen.

Als Lourdes die schmale Halbinsel von Hicacos erreicht, sucht sie den Strand von Varadero in der Ferne nach der Silhouette des Hotel Internacional ab, in dem sie und ihr Mann die Flitterwochen verbrachten. Sie erinnert sich an die Männer in weißen Dinnerjackets, an die Frauen in enganliegenden, schulterfreien Abendkleidern und mit Rubinen an den Ohren. Vom Spielsaal aus waren weder der Mond noch der puderfeine Sand der Halbinsel zu sehen, nur die Lichter der Kandelaber, die zum Verweilen einluden. An einem Abend gewann Lourdes beim Roulette sechshundert Dollar.

Jetzt bröckelt die Stadt vor sich hin. Nur das Herrenhaus der du Ponts ist noch einigermaßen erhalten. Lourdes wünscht sich, Ivanito wäre da, damit sie ihm die einstige Pracht vorführen könnte – den Neun-Loch-Golfplatz, die Anlegestelle für das Wasserflugzeug, die Böden aus Carrara-Marmor. Aber auf verwelkte Lorbeeren kann man sich nichts einbilden, denkt Lourdes.

Sie geht in den Tanzsaal im obersten Stockwerk hinauf, von dem aus sie die gesamte Bucht überblicken kann. Ein Stück vor der Küste verbirgt sich im schattigen Wasser ein Korallenriff. Lourdes muß daran denken, wie sie und Rufino am Tag nach ihrer Hochzeitsnacht langsam über das Riff paddelten. Nachdem der erste Schmerz abgeklungen war, kam es ihr vor, als würde zwischen ihren Beinen ein Regenschauer niedergehen und ihren ganzen Körper überfluten. Nur zu gerne wäre sie damals ertrunken.

Die *finca* der Puentes liegt eine Stunde südlich. Die rote Tonerde erinnert Lourdes an Rufinos vor Schlamm starrende Overalls. Er kam immer zu spät zu den Vorlesungen in Rechnungswesen und brachte die sonderbarsten Entschuldigungen vor – eine Kuh habe das Futter verweigert, bei der Geburt zweier Fohlen habe es Komplikationen gegeben. Ihr Lehrer, ein feinfühliger Jesuit mit sanften Augen, wies ihm nur wortlos einen Platz in der hintersten Reihe zu.

Lourdes lernte Rufinos bescheidene Art bald schätzen. Er war das genaue Gegenteil seiner großspurigen Brüder, die in Cadillac-Kabrios umherfuhren und mit den wohlproportionierten Kellnerinnen und Zigarettenverkäuferinnen in den Kasinos ihres Vaters anbändelten. Rufinos Mutter, Doña Zaida, ermutigte ihre Söhne zur Schürzenjägerei. Solange sie sich nämlich nicht fest an ein Mädchen banden, gehörten sie ihr.

Als Doña Zaida klar wurde, daß sie Rufino nicht davon abbringen konnte, Lourdes zu heiraten, riß sie die Hochzeitsplanung an sich. Lourdes erinnert sich noch an den Tag, an dem Doña Zaida in einer Limousine mit Chauffeur vor dem kleinen Haus aus Ziegelsteinen und Mörtel vorfuhr.

»Meine liebe Celia, ich kann nicht dulden, daß die Hochzeit meines Sohnes wie ein Picknick am Strand ausfällt«, erklärte sie bedächtig und mit Nachdruck, als wäre Lourdes' Mutter schwer von

Begriff. »Schließlich sind wir dem Ruf verpflichtet, den wir in der Hauptstadt genießen.«

Nachdem Lourdes und Rufino geheiratet hatten, taten es ihnen seine Brüder in rascher Folge gleich und ehelichten hübsche, dumm dreinblickende Mädchen aus Familien, die Doña Zaidas Billigung gefunden hatten. Eine zweite Lourdes in der Familie wollte Doña Zaida nicht riskieren.

Lourdes biegt in die Auffahrt zur *finca* ein. Neben dem Tor steht der ihr so vertraute Flamboyant. In zwei Monaten wird er lodern vor purpurnen und rosa Blüten. Lourdes geht um das Herrenhaus herum zum Patio. Das Wasserbecken ist mit Beton ausgegossen, der Springbrunnen versiegt. Eine Frau mit rotem Kopf schiebt eine andere in einem Rollstuhl vor sich her. Beide tragen Hauskleider aus Nylon. Sie legen eine rechteckige Strecke zurück, tauschen die Plätze und wiederholen das Manöver.

Ein blinder Mann sitzt allein und verlassen am Rand des Springbrunnens. Geistesabwesend kratzt er mit seinen blutenden Fingern an den Kacheln. Seine blicklosen Augen sind auf die beiden Frauen mit ihrer ewiggleichen Choreographie gerichtet.

Lourdes' Gedanken kommen schnüffelnd daher wie unterernährte Hunde. Sie erinnert sich an die Nacht, in der der Blitz in die Königspalme einschlug und die Vögel wild im Kreis flatterten, bevor sie sich zerstreuten und nach Norden davonflogen.

Hier verlor sie ihr zweites Kind. Einen kleinen Jungen. Einen Jungen, den sie Jorge nennen wollte, nach ihrem Vater. Ja, es war ein Junge, erinnert sich Lourdes, ein Junge in einem weichen Blutklumpen zu ihren Füßen.

Eine Geschichte fällt ihr ein, die sie einmal über Guam gelesen hat und die von der Zeit handelte, als die Amerikaner dort braune Schlangen einführten. Die Schlangen erdrosselten die einheimischen Vögel, einen nach dem anderen. Sie fraßen die Eier in den Nestern, bis der Urwald seine Stimme verloren hatte.

Lourdes' größte Angst ist jedoch, daß ihre Vergewaltigung und der Tod ihres Kindes still von der Erde geschluckt worden sind und

248

letzten Endes nicht mehr Bedeutung haben als herabfallende Blätter an einem Herbsttag. Sie hungert nach fortwährender, schrecklicher Gewalt in der Natur, damit das Böse auf immer festgehalten werde. Nichts anderes könnte ihr Befriedigung verschaffen.

Auf unsicheren Beinen geht Lourdes um die Villa herum zur Frontseite. Die geschnitzten Mahagonitüren sind durch unlackiertes Sperrholz ersetzt worden. Sie folgt einer Krankenschwester durch das Portal in die kahle Eingangshalle. Als sie den Linoleumboden mit Schachbrettmuster betrachtet, verspürt sie auf einmal den Wunsch, wie ein Hund nach ihren eigenen Knochen zu graben, sie von der mit einer schwarzen Schicht überzogenen Erde und der kratzenden Klinge zurückzuverlangen.

Plötzlich steht eine zierliche Krankenschwester vor ihr und legt den Kopf schief wie ein Sittich. Auf ihrer Wange befindet sich eine winzige Narbe.

»Kann ich Ihnen helfen?« fragt sie, beunruhigt über Lourdes' schielendes Auge.

Doch Lourdes bringt keine Antwort heraus.

Ivanito

Alles geht drunter und drüber, etwas in mir drängt mich gleichzeitig in verschiedenste Richtungen. Beim Aufwachen bin ich völlig erschöpft, weiß aber nicht, warum. Es ist, als würde ich im Schlaf hart arbeiten und meine Gedanken im Dunkeln wie schwere Steine hin und her wälzen.

Gestern nacht träumte ich, daß ich meine Schwestern im Internat besuchte und sie mit mir durch den Wald ritten. Es hatte geregnet, und die Pferde glänzten in der feuchten Luft. Mit einer Hand hielt ich mich am Sattelknauf fest, mit der anderen umklammerte ich eine Gerte und trieb das Pferd damit an. Wir erreichten eine Lichtung, auf der andere Pferde grasten. Ich ritt in so scharfem Galopp, daß ich die Pferde erschreckte und sie durchgingen. Wie ein Wirbelwind preschte ich über das Feld und verschwand auf der anderen Seite im Gehölz. Wohin ich ritt, wußte ich nicht, nur, daß ich nicht anhalten durfte.

Ich sitze am Strand und rede und rede bis spät in die Nacht mit meiner Cousine Pilar. Ich erzähle ihr von Mamás Marotten, vom Sommer der Kokosnüsse und davon, wie wir uns über die Farbe Grün unterhielten. Ich erzähle ihr von meinem Russischlehrer Herrn Mikojan und was die Jungs in der Schule von ihm behaupteten und auch von dem Tag, an dem ich meinen Vater, dessen Penis ganz steif und von purpurroten Äderchen durchzogen war, und die Hure mit der schwarzen Maske vor dem Gesicht zusammen ertappte. Ich erzähle ihr von Mamás Beerdigung und davon, daß alle Farben miteinander verschmolzen wie an einem heißen Sommertag, und von dem an mich adressierten Radio auf den Stufen vor Abuelas Haustür. Ich erzähle ihr von Wolfman. Ich wußte gar nicht, daß ich soviel zu erzählen habe.

Pilar hat so ein Buch, ein chinesisches Orakel, das die Zukunft vorhersagen kann. Heute hat sie uns alle im Wohnzimmer zusammengetrommelt und jeden einzelnen aufgefordert, eine Frage zu stellen. Luz und Milagro wechseln Blicke, die soviel bedeuten wie: »Oh nein, nicht noch eine *loca* in der Familie!« und weigern sich, etwas zu fragen. Seit Tía Lourdes und Pilar hier sind, verhalten sich meine Zwillingsschwestern auffallend brav, aber sie reden kaum mit den anderen und auch mit mir nicht. Ich bin froh, daß sie morgen ins Internat zurück müssen. Ich mag es nämlich nicht, wie sie mich mit Blicken verfolgen und vorwurfsvoll ansehen, als könnte mich Pilars oder Tías Nähe irgendwie verseuchen.

Pilar hat mehrmals versucht, mit den Zwillingen ins Gespräch zu kommen, aber immer nur einsilbige Antworten erhalten. Luz und Milagros Welt ist wie eine fest verschlossene, versiegelte Truhe. Sie haben Angst davor, jemanden hereinzulassen. Die beiden haben Angst vor Pilars Neugier, als wäre sie eine Stange Dynamit, die ihr gemeinsames Leben auseinandersprengen könnte. Sie können nur überleben, solange sie sich gegenseitig haben, das ist mir klar. Aber was ist mit mir?

Ich suche nach einer geeigneten Frage für das Buch *I-ching*, aber ich traue mich nicht zu fragen, was ich wirklich wissen will. Tía Lourdes will zuerst überhaupt nichts fragen und nennt das alles »chinesischen Hokuspokus«, aber am Ende läßt sie sich breitschlagen.

»Wird hier bald jemand für Gerechtigkeit sorgen?« fragt Tía Lourdes unwirsch, als wollte das Orakel sie betrügen, doch schon im nächsten Moment schenkt sie mir einen liebevollen Blick, klatscht die drei Münzen wie ein Stück Teig von einer Hand in die andere und wirft sie auf den Tisch.

Seit wir am ersten Abend im Hotel miteinander getanzt haben, hat Tía Lourdes einen Narren an mir gefressen. Sie beobachtet mich, wenn sie glaubt, daß ich es nicht merke, und drückt mich immer wieder ohne ersichtlichen Grund an ihre Brust. Tía Lourdes scheint besorgt darüber, daß ich soviel Zeit mit Pilar verbringe, und findet ständig einen Vorwand, mich von ihr wegzulocken. »Zeig mir die neuen Tänze, Ivanito«, säuselt sie oder: »Komm her, Ivanito! Ich habe eine Überraschung für dich!« Sie kauft mir Geschenke im Touristenladen – Schokoriegel mit Haselnüssen, Badehosen aus Deutschland und mehr Unterwäsche, als ich je auftragen kann. Ich sage zu ihr, daß das zuviel ist und sie ihr Geld nicht so rauswerfen soll, aber sie besteht darauf und drückt mir die Geschenke in die Arme. »Du bist ein süßer Kerl, Ivanito, du hast es verdient«, sagt sie und küßt mich ab.

Tía Lourdes erzählt mir Geschichten über Amerika, von denen sie glaubt, daß sie mir gefallen. Zum Beispiel die von dem Bauernsohn, der es später bis zum Milliardär brachte, oder die von dem Zeitungsjungen, der jetzt ein Dutzend eigener Satelliten im Weltall herumfliegen hat. »Alles ist möglich, wenn du nur hart genug arbeitest, *mi hijito*.« Sie sagt, sie hat vor, Hunderte von Bäckereien zu eröffnen, von einer Küste zur anderen. Sie will so reich werden wie ihr Idol du Pont, aber dazu braucht sie Hilfe. Ich erzähle ihr, daß ich als Dolmetscher für die Mächtigen der Welt arbeiten will, daß ich gut Russisch spreche, aber ich glaube, sie hört mir gar nicht zu. Statt dessen schaut sie einfach durch mich hindurch und schildert mir eine Weihnachtsfeier im Rockefeller Center mit einer Kamelparade im Inneren des Gebäudes. Ich will sie nicht kränken, und deshalb sage ich lieber nichts.

Pilar wandert mit dem Finger über die chinesische Tabelle, deutet die Symbole, schüttelt bedächtig den Kopf und liest vor. So erfährt Tía Lourdes, daß »die Zeiten eine Ausrichtung auf den Fluß des Kosmos verlangen« und entsprechende Vorkehrungen getroffen werden müssen, bevor weitere Schritte unternommen werden können. »Erforsche deine Beweggründe«, steht in Pilars schlauem Buch, und sie übersetzt beim Lesen gleich alles ins Spanische. »Sie sind die Ursache deiner Probleme.«

Tía Lourdes regt sich über das Buch auf und findet es genauso schlimm wie ein Horoskop, ohne jegliche Aussage, es sei denn, man deute in die Worte etwas hinein. Sie hält es für Zeitverschwendung. »Es ist dasselbe wie mit den Zeitungen hier auf Kuba! Nicht mal als Klopapier taugen sie!«

»Und was ist mit dir, Abuela?« fragt Pilar, ohne ihre Mutter zu beachten. »Du kannst dem Buch jede beliebige Frage stellen. Du kannst es nach deiner Zukunft befragen.«

Abuela Celia denkt einen Augenblick über das Angebot nach und hebt lächelnd den Kopf. Seit der Zeit vor Mamás Tod habe ich sie nicht mehr so glücklich erlebt. Sie und Pilar sitzen oft stundenlang in der Korbschaukel und verbringen den Nachmittag miteinander. Pilar malt an einem Porträt unserer Großmutter. Sie sagt, daß sie schon fast ihr ganzes Blau aufgebraucht hat und den Rest mit anderen Farben verlängern muß. Ich frage mich, wie es weitergeht, wenn sie wieder weg ist. Abuela sagt ständig: »Jetzt, wo Pilar hier ist, wird alles gut.« Dabei weiß sie, daß Pilar und Tía nur eine Woche auf Kuba bleiben. Bevor meine Cousine kam, dachte ich, Großmutter würde bald sterben, aber Pilar hat sie zu neuem Leben erweckt.

»Soll ich mich der Leidenschaft hingeben?« fragt Abuela und versetzt damit alle in Staunen.

Die Aussage des Orakels ist vage. Pilar meint, das von den Münzen gebildete Muster bedeute soviel wie »Ta Kuo«, kritische Masse.

Sie erklärt, das sei so ähnlich, als würde man ein Holzbrett mit den Enden auf zwei Stühle legen und in der Mitte so viele schwere Gegenstände draufpacken, bis es unter dem Druck schließlich bricht. »Du wirst vielleicht allein und voller Entschlossenheit handeln müssen in diesen bedrückenden Zeiten«, liest Pilar stockend vor.

Abuela scheint das nicht weiter zu kümmern. Sie geht nach nebenan, um ein wenig zu ruhen.

Später nimmt Pilar mich beiseite und bittet mich, sie zu Herminia Delgado zu bringen. Sie sagt, sie will die Wahrheit über meine Mutter und über sich selbst erfahren.

»Ich muß mehr wissen als das, was du mir erzählen kannst, Ivanito«, erklärt sie.

Ich bin zwar selbst noch nie bei Herminia gewesen, aber in der Stadt weiß jeder, wo sie wohnt. Ihr Haus ist weiß mit roten Fensterläden, und im Vorgarten wächst eine riesige Akazie. Herminia begrüßt Pilar und mich, als hätte sie uns erwartet. Sie serviert uns Guajavensaft in hohen Gläsern. Im Haus herrscht eine friedliche Stimmung. Auf dem Sofa liegen Samtkissen mit Troddeln. Ein Ventilator an der Decke versorgt uns mit kühler Luft.

Herminia setzt sich zu uns und nimmt Pilars Hände in ihre. Sie trägt einen hohen Turban auf dem Kopf und sitzt kerzengerade da. Während sie spricht, läßt sie in ihrem Schoß die roten und weißen Perlen von ein paar Ketten klickern.

Wir lauschen ihren Geschichten über meine Mutter, als sie noch ein Kind war, über ihre Ehe mit meinem Vater und anderen Männern, über die geheimen Zeremonien ihrer Religion und, da Pilar alle Einzelheiten wissen will, auch über das letzte Ritual meiner Mutter und ihre letzten Monate in der Calle de las Palmas.

Als sie zu Ende erzählt hat, schließt Herminia einen Moment lang die Augen und führt Pilar dann in ein von Kerzen erhelltes Hinterzimmer. In einer Ecke steht eine weibliche Heiligenfigur aus Ebenholz, und auf einem mit Äpfeln und Bananen und anderen Opfergaben, die ich nicht identifizieren kann, überhäuften Altar erblicke ich eine große Schale.

»*Bienvenida, hija*«, sagt Herminia und umarmt Pilar. Sie zieht mich zu ihnen heran, und ich atme den süßlichen, schwülen Duft meiner Mutter.

Pilar

»Sag mir, wie ich dich verewigen soll«, necke ich Abuela Celia. Es ist früh am Morgen, und das Licht ist von einem transparenten Blau. »Ich kann dich so malen, wie du dich sehen willst.«

»Du mußt aber nicht, *hija*. Ich möchte einfach nur hier mit dir sitzen.« Sie macht es sich in der Korbschaukel bequem und klopft das Kissen neben ihren Schenkeln zurecht. Abuela trägt ihr verblichenes, jadefarbenes Hauskleid, ein nagelneues Paar Turnschuhe und dicke Baumwollsocken. Plötzlich beugt sie sich zu mir hin. »Hast du gesagt, so wie ich mich sehen will?«

»*Sí*, Abuela, du sagst es.«

»Auch jünger? Viel jünger?«

»Oder älter, wenn es dir lieber ist«, sage ich lachend. Sie lacht ebenfalls, und die tropfenförmigen Perlmuttohrringe schaukeln hin und her.

»Nun, ich habe mich in meiner Phantasie immer in einem leuchtend roten Rock gesehen, wie Flamencotänzerinnen ihn tragen. Und dazu vielleicht ein paar Nelken.«

»Rote?«

»Ja, rote. Viele rote Nelken.«

»Und was noch?« Ich albere herum und tue so, als würde ich Flamenco tanzen. Diesmal lacht Abuela nicht. Traurigkeit, gemildert durch Hoffnung, spricht aus ihren Augen.

»Wirst du bei mir bleiben, Pilar? Wirst du diesmal bei mir bleiben?«

Ich male von meiner Großmutter mit Aquarellfarben ein paar Skizzen. Ich bin aus der Übung. Außerdem ist die abstrakte Malerei eher meine Sache. Sie liegt mir mehr und kommt meinen Empfindungen stärker entgegen. Auf einigen der Skizzen male ich Abuela Celia genau so, wie sie es sich gewünscht hat – als Flamencotänzerin mit wirbelndem roten Rock, Kastagnetten und einer engen Satinkorsage. Diese Bilder gefallen Abuela am besten, und sie wagt sogar ein paar Verbesserungsvorschläge. »Kannst du mein Haar nicht ein wenig dunkler machen, Pilar? Und meine Taille ein bißchen schlanker? *Por Dios*, ich sehe ja aus wie ein altes Weib!«

Meistens aber male ich sie in Blautönen. Bevor ich nach Kuba zurückkam, war mir überhaupt nicht bewußt, wie viele Blaus es gibt. Das Aquamarin nahe am Ufer, das Azur der tieferen Gewässer, die bläuliche Eierschalfarbe unter den Augen meiner Großmutter, das zarte Indigoblau, das ihre Hände überzieht. Selbst in den Biegungen der Palmen und an den Kanten der Worte, die wir sagen, findet sich Blau, und auch der Sand, die Muscheln und die fetten Möwen am Strand haben einen Blaustich. Das Muttermal neben Abuelas Mund ist ebenfalls blau, von einem dahinschwindenden Blau.

»Diese hier sind sehr schön, Pilar. Aber sehe ich wirklich so unglücklich aus?«

Abuela unterhält mich beim Malen. Sie erzählt, daß Kuba vor der Revolution eine erbärmliche Insel, die Parodie eines Landes gewesen sei. Es gab nur ein einziges Erzeugnis, den Zucker, und sämtliche Gewinne flossen einer Handvoll Kubanern und natürlich den Amerikanern zu. Viele Menschen fanden nur im Winter, bei der Zuckerrohrernte Arbeit. Der Sommer galt als *tiempo muerto*, als tote Zeit, in der die *campesinos* mit knapper Not dem Hungertod entgingen. Abuela sagt, ihre Rettung sei gewesen, daß ihre Eltern sie zu ihrer Großtante nach Havanna schickten, wo sie in einem fortschrittlichen Geist erzogen wurde. Freiheit, erklärt Abuela, sei nichts anderes als das Recht auf ein menschenwürdiges Leben.

Mom belauscht Abuela und mich, und wenn ihr das, was sie hört, nicht paßt, putzt sie uns mit einer von ihren gut sechzig Gardinenpredigten herunter. Am liebsten läßt sie sich über die Misere der *plantados* aus, der politischen Gefangenen, die hier seit fast zwanzig

Jahren im Knast sitzen. »Was haben sie denn verbrochen?« keift sie und kommt uns dabei mit dem Gesicht ganz nahe. Und dann ist da noch die Frage der Entschädigung: »Wer wird uns für unsere Häuser und das Land entschädigen, das die Kommunisten uns gestohlen haben?« Oder die Religion: »Katholiken werden hierzulande verfolgt und wie Hunde behandelt!« Aber Abuela streitet sich nicht mit Mom. Sie läßt sie einfach reden und reden. Wenn Mom anfängt, Gift und Galle zu spucken, steht Abuela einfach auf und geht weg.

Wir sind jetzt seit vier Tagen auf Kuba, und Mom hat nichts anderes zu tun gehabt, als rumzumeckern und bis spät in die Nacht eine Zigarre nach der anderen zu rauchen. Sie legt sich mit Abuelas Nachbarn an, sucht Streit mit den Kellnern, beschimpft den Eisverkäufer am Strand. Sie fragt jeden, was er verdient, und verkündet, ganz gleich, was man ihr antwortet: »In Miami können Sie das Zehnfache verdienen!« Für sie ist Geld das Maß aller Dinge. Außerdem legt Mom es darauf an, Arbeiter beim Klauen zu erwischen, damit sie sagen kann: »Seht ihr? Das nennt man Treue zur Revolution!«

Das Komitee zur Verteidigung der Revolution liegt Abuela wegen Mom schon in den Ohren, aber Abuela hat die Mitglieder um Geduld gebeten und darauf verwiesen, daß Mom nur eine Woche bleibt. Ich wäre gern länger hier, aber Mom streikt. Sie gönnt Kuba keinen Cent mehr von unserer harten Währung – als würde die hiesige Wirtschaft mit unserem Obolus stehen und fallen. (Mom steht sowieso kurz vor einem Schlaganfall, weil sie für ein Hotelzimmer und drei Mahlzeiten am Tag bezahlen muß, obwohl wir bei Verwandten wohnen.) »Ihre Pesos sind nichts wert! Sie dulden unseren Besuch doch nur, weil sie uns brauchen, und nicht umgekehrt!« Warum haben sie meine Mutter überhaupt reingelassen? Haben die Kubaner denn nichts dazugelernt?

Mom kommt mir vor, als könnte sie jeden Augenblick einen Herzanfall erleiden. Abuela meint, für April sei es außergewöhnlich heiß. Mom duscht mehrmals am Tag, wäscht ihre Kleider im Spülbecken und zieht sie feucht an, um sich abzukühlen. Warmwasser gibt es bei Abuela nicht. Das Meer ist wärmer als das Wasser, das bei ihr aus der Leitung kommt, aber ich gewöhne mich allmählich ans Kaltduschen.

Mit dem Essen ist es auch so eine Sache: Alles ist ekelhaft fett. Falls ich noch länger hierbleibe, brauche ich bald auch eine von diesen Stretch-Hosen in Neonfarben, wie die kubanischen Frauen sie tragen. Zugegeben, hier ist alles viel härter, als ich dachte, aber das Allernotwendigste scheint wenigstens jeder zu haben.

Ich frage mich, wie mein Leben wohl verlaufen wäre, wenn ich damals bei meiner Großmutter geblieben wäre. Wahrscheinlich bin ich die einzige Ex-Punkerin auf der ganzen Insel, und niemand sonst hat sich die Ohren an drei Stellen durchstechen lassen. Ich kann mir nur schwer vorstellen, ohne Lou Reed zu leben. Als ich Abuela frage, ob ich auf Kuba malen darf, wozu ich Lust habe, sagt sie, ja, solange es keinen Angriff auf den Staat darstellt. Kuba ist noch im Aufbau begriffen, erklärt sie mir, und kann sich den Luxus Andersdenkender nicht leisten. Dann zitiert sie einen Ausspruch, den *El Líder* ganz am Anfang, noch bevor man dazu überging, Dichter einzusperren, getan hat: »Für die Revolution alles – gegen die Revolution nichts.« Was würde *El Líder* wohl von meinen Bildern halten? Kunst, würde ich zu ihm sagen, ist die größte aller Revolutionen.

Abuela gibt mir einen Karton voll Briefe, die sie an ihren verflossenen Geliebten in Spanien geschrieben, aber nie abgeschickt hat. Sie zeigt mir auch ein Foto von ihm. Es ist sehr gut erhalten. Aus heutiger Sicht würde man ihn als gutaussehend bezeichnen. Er ist gut gebaut, hat einen Vollbart und freundliche Augen, die etwas von einem Professor haben. Er trägt einen knitterigen Leinenanzug und eine leicht nach links geneigte Kreissäge. Abuela sagt, die Aufnahme habe sie selbst an einem Sonntag auf dem Malecón gemacht.

Außerdem schenkt sie mir einen Gedichtband, den sie sich 1930 nach García Lorcas Lesung im Teatro Principal de la Comedia gekauft hat. Abuela kennt sämtliche Gedichte auswendig und trägt sie mit ziemlich dramatisch klingender Stimme vor.

Seit kurzem träume ich auf spanisch, was mir noch nie passiert ist. Beim Aufwachen fühle ich mich anders als sonst, als hätte sich in meinem Inneren etwas verändert, etwas Substantielles, Unwiderrufliches. Ein besonderer Zauber geht mir langsam ins Blut. Auch auf die

Pflanzenwelt spreche ich sehr stark an – auf die üppigen Bougainvilleas, die Flamboyants, Jakarandabäume und Orchideen, die an den Stämmen der geheimnisvollen Kapokbäume wachsen. Ich liebe Havanna, den Lärm, die Dekadenz und aufgesetzte Damenhaftigkeit der Stadt. Ich könnte tagelang glücklich und zufrieden auf einem dieser schmiedeeisernen Balkons sitzen oder meiner Großmutter auf ihrer Veranda mit dem Rundumblick aufs Meer Gesellschaft leisten. Ich habe Angst davor, dies alles und Abuela Celia noch einmal zu verlieren. Früher oder später werde ich jedoch nach New York zurück müssen, denn jetzt weiß ich, daß ich dorthin gehöre – nicht *statt* hierher, sondern *mehr* als hierher. Wie soll ich das bloß meiner Großmutter beibringen?

Lourdes

Als Lourdes hört, daß sich Dutzende von Menschen in die peruanische Botschaft geflüchtet haben, fährt sie Hals über Kopf nach Havanna, um Näheres zu erfahren. Es ist drückend heiß in der Hauptstadt, und Lourdes wischt sich immer wieder mit einem feuchten Tuch, das sie auf den Beifahrersitz gelegt hat, die Stirn ab. Vor dem Tor der Botschaft drängt sich eine Menschenmenge, doch niemand wagt sich hinein. Da biegt ein Jeep um die Ecke, gefolgt von einer Traube junger Männer, die hinterherrennen und einen allseits bekannten Namen skandieren. Die Leute zerstreuen sich, wenden das Gesicht ab oder halten schützend den Arm davor.

Der Jeep fährt vor, und ein Mann mit einem Brustkasten wie ein Bär steigt aus. Er trägt eine olivfarbene Mütze und eine Militäruniform, und an seinem Kinn hängt ein gekräuselter, langsam ergrauender Bart, der sein müdes Gesicht in die Länge zieht. Er wirkt viel älter als auf dem Foto von Lourdes' Mutter, das diese über das Gesicht ihres Vaters geschoben und das Lourdes ins Meer geworfen hat. Und er wirkt kleiner, verletzlicher, wie eine Karikatur seiner selbst.

Schon vor langer Zeit hat sich Lourdes ein Schimpfwort für ihn zurechtgelegt, doch heute ist ihre Zunge träge und trocken wie ein kleines Stück Wüste. Sie folgt *El Líder* in das umzäunte Areal. Sein Erscheinen löst bei den Flüchtlingen im Hof Nervosität aus. Sie fahren sich mit den Fingern unter den Hemdkragen und suchen die Wände nach versteckten Kameras und Gewehren ab.

Lourdes stellt fest, daß sie nahe genug ist, um ihn zu töten. In ihrer Phantasie entreißt sie *El Líder* die Pistole, drückt sie ihm an die Schläfe und spannt den Hahn, bis sie das entscheidende Klicken hört. Sie will, daß er ihr Gesicht sieht, daß er sich an ihre Augen und den Haß in ihnen erinnert. Vor allem will sie, daß er Angst hat.

Plötzlich muß sie an Francisco Mestre denken, den Exilkubaner und Freiheitskämpfer, der im Jahr 1966 einen Kommandoüberfall auf Kuba unternommen hat. Er kämpfte, bis ihm die Munition ausging, und getreu dem Schwur, daß man ihn nicht lebend fassen würde, zündete er schließlich eine Handgranate, die ihn das Augenlicht kostete und zum Krüppel machte. Er kam jedoch mit dem Leben davon und kehrte als Held nach Miami zurück. Lourdes will in seine Fußstapfen treten.

Sie holt tief Luft und konzentriert sich, um aus den in ihrem Kopf durcheinanderwirbelnden Gedanken einen Satz zu formen.

»*Asesino*!« bricht es aus ihr heraus, und alle im Hof starren sie verblüfft an.

Ein paar Soldaten steuern auf sie zu, aber auf einen Wink von *El Líder* bleiben sie stehen. Ohne ihr Beachtung zu schenken, dreht er sich zu den Flüchtlingen um und verkündet in dem Tonfall, den er sich gewöhnlich für längere Reden vorbehält: »Es steht euch frei, in jedes Land auszuwandern, das bereit ist, euch aufzunehmen! Wir werden euch hier nicht gegen euren Willen festhalten!« Noch bevor Lourdes oder die Soldaten oder die unrasierten Botschaftsflüchtlinge etwas erwidern können, schreitet *El Líder* zurück zum Jeep und fährt davon.

* * *

Es ist Ebbe. Das Meer klingt klagend wie ein Fagott. Celia geht mit Pilar und Ivanito am Strand entlang. Lourdes zieht die Schuhe aus und geht auf Strümpfen ans Wasser. Einen Augenblick weicht das Meer zurück und legt eine Familie silbriger Krebse frei. Ivanito hebt den kleinsten von ihnen auf und beobachtet, wie seine Zangen ins Leere greifen. Ohne sich um den kleinen Krebs zu kümmern, flüchten sich seine Verwandten in die Brandung.

Wortlos kehrt Lourdes zu dem kleinen Haus aus Ziegeln und Mörtel zurück. Sie streift die goldenen Armbänder, die Seidenstrumpfhose und das rosagestreifte Kleid mit den Knöpfen aus falschen Perlen ab und legt sich auf ihr Kinderbett. Unter der Matratze und in den rostigen Federn unter ihrem Rücken lauern Erinnerungen an einst. Sie denkt an ihren Vater und seine ewige Herumreiserei, an seinen mit Stoffpuppen und Orangen vollgestopften Koffer, seine Stimme so sanft wie Samt. Lourdes zündet sich eine Zigarre an und läßt den trockenen, herben Rauch über die Zunge rollen. Sie weiß, daß sie das ihrem Vater gegebene Versprechen nicht einhalten kann, daß sie es nicht über sich bringen wird, ihrer Mutter zu sagen, wie leid es ihm tut, ach so leid tut, sie weggebracht zu haben, und wie leid es ihm tut um ihre reglosen Hände. Die Worte wollen ihr einfach nicht über die Lippen. Statt dessen spürt Lourdes wie eine grausame Strafe den klammernden Griff ihrer Mutter an ihrem nackten Kinderbeinchen, hört sie die Worte, die ihre Mutter sagte, bevor sie in die Anstalt kam: »Ich werde mich nicht an ihren Namen erinnern.«

In dieser Nacht sieht Lourdes im Traum Tausende von Menschen, die aus Kuba fliehen wollen. Ihre Nachbarn fallen mit Baseballschlägern und Macheten über sie her. Viele tragen Schilder, auf denen steht: SOY UN GUSANO – ICH BIN EIN WURM. Sie stürmen Fähren und Kabinenkreuzer, Flöße und Fischerboote. Die Häuser, die sie zurücklassen, sind mit obszönen Kritzeleien beschmiert. Rogelio Ugarte, der ehemalige Postmeister von Santa Teresa del Mar, wird, ein Visum in der Tasche, in der Calle Madrid an einer Straßenecke mit Ketten totgeschlagen. Ilda Limón ist heiser vor lauter Kreischen. Sie hat in ihrem Vorgarten in einer Pfütze, die nach der durchregneten Nacht zurückgeblieben ist, einen Mann mit dem

Gesicht nach unten gefunden, und obwohl ihr Augenlicht nicht mehr das beste ist, behauptet sie steif und fest, es sei Javier del Pino. Die Nachbarn sagen zu ihr, sie sei verrückt, es sei nicht Javier, sondern nur ein armer Schlucker, der über die Wurzeln ihres Gardenienbaums gestrauchelt und in der Pfütze ertrunken sei.

Noch vor Tagesanbruch weckt Lourdes Ivanito und gibt ihm ein Zeichen, sich still zu verhalten. »Komm, ich habe eine Tasche für dich gepackt.« Lourdes hat ihm neue Kleidung aus New York bereitgelegt – Jeans, deren Taschen mit Kreuzstichen aufgenäht sind, einen gestreiften Pullover und weiße Leinenschuhe. Sie drückt ihm ein Glas wässeriger Limonade in die Hand. »Für mehr haben wir im Augenblick keine Zeit. Ich möchte deine Großmutter nicht aufwecken.«

Lourdes rast über die Landstraße nach Havanna. Die Erde ist vom morgendlichen Regen schmutzigschwarz. Als sie die Botschaft erreichen, kämpfen sich gerade Hunderte von Menschen ihren Weg durch das Tor. Sie schleppen Kisten und mit Seilen und Gürteln verschnürte Pappkoffer. Lourdes muß an ihre eigene Auswanderung denken, an die mit Aquarellfarben gemalte Landschaft, die sie in braunes Papier eingewickelt hatte, an den Hochzeitsschleier, die Reitgerten und die Tüte mit Vogelfutter. Pilar war in ihrem Krinolinenkleidchen inmitten all der Menschen weggelaufen, auf und davon wie schon so oft.

Schweigend nimmt Ivanito den Umschlag entgegen, den Lourdes ihm reicht. Er enthält zweihundert Dollar und trägt in säuberlicher Druckschrift die Worte: »ICH HEISSE IVAN VILLAVERDE UND BIN EIN POLITISCHER FLÜCHTLING AUS KUBA. MEINE TANTE LOURDES PUENTE, 2212 LINDEN AVENUE, BROOKLYN, NEW YORK, WIRD FÜR MICH AUFKOMMEN. BITTE RUFEN SIE SIE AN UNTER (212) 834-4071 ODER (212) 63-KUCHEN.«

»Versuch mit dem ersten Flugzeug wegzukommen, Ivanito. Und verlaß unter keinen Umständen die Botschaft. Falls es dich nach Peru oder sonstwohin verschlägt, ruf mich an. Dann komme ich und hole dich, *mi hijito*. Ich bringe dich nach Brooklyn. Im Sommer fahren wir nach Disneyland.«

»Und was ist mit Abuela?« fragt Ivanito.

»Lauf, *mi cielo*, lauf!«

Pilar

In Santa Teresa del Mar sprechen die Leute über nichts anderes als über den Aufruhr in der peruanischen Botschaft. Ilda Limón kam gestern abend von nebenan zu uns herüber und erzählte, sie habe gehört, daß *El Líder* verkündet habe, es stehe jedermann frei, das Land zu verlassen. Sie behauptete, *El Líder* sei seit dem Tod seiner Geliebten im Januar nicht mehr derselbe. »Er ist deprimiert, und das vernebelt ihm sein Urteilsvermögen«, sagte sie. Mom hielt sich bei der Diskussion auffallend zurück, und schon da hätte mir klar sein müssen, daß sie etwas im Schilde führte. Sie war den ganzen Tag über in dem geliehenen Oldsmobile unterwegs und weiß Gott wo hingefahren, wollte uns aber nicht sagen, wohin. Ich wußte, daß es nur eine Frage der Zeit wäre, bis sie irgendein verrücktes Ding drehen würde.

Als Abuela heute früh zu mir ins Zimmer kam und mir mitteilte, daß Mom und Ivanito weg sind, machte ich mich aufs Schlimmste gefaßt. Abuela meinte, Ilda habe gesehen, wie die beiden noch vor Tagesanbruch davonfuhren. Sie sagte, Ivanito habe neue Sachen getragen und eine Flugtasche mit der Aufschrift AIR FLORIDA dabeigehabt. »Mist!« dachte ich. »Mist! Das darf doch nicht wahr sein!« Ich rannte zu Herminias Haus und borgte mir ihren neuen Lada aus Rußland.

Abuela schaut unverwandt geradeaus, während ich fahre. Ab und zu spreizt sie die Hände, als würde sie Fingerübungen fürs Klavierspielen machen, doch gleich darauf schrumpeln sie in ihrem Schoß wieder zusammen wie ramponierte Fächer. Ich kann jede einzelne verästelte Adern auf ihren Handrücken sehen, als wären sie von Licht durchflutet, Flüsse aus Licht.

»Wir fühlen uns unseren Wurzeln nicht verbunden«, sagt Abuela mit nachdenklicher Miene. »Früher blieben die Familien immer im selben Dorf und durchlebten alle dieselben Enttäuschungen. Sie begruben ihre Toten Seite an Seite.«

Ich nehme Abuelas Hand in meine und erfühle ihr Alter an den steifen Fingern, den verknöcherten Gelenken. Sie dreht sich zum Meer um – ein Horizont in Blau.

»Mir war das Meer ein großer Trost, Pilar, aber meine Kinder hat es ruhelos gemacht. Jetzt können wir uns von Ufer zu Ufer etwas zurufen und winken.« Sie seufzt und wartet, bis der nächste Gedanke in ihrem Kopf Gestalt angenommen hat. »*Ay, mi cielo*, was bedeuten all die Jahre mehr als eine immer tiefere Trennung?«

Meine Gedanken sind ein einziger Scherbenhaufen. Ich verstehe nicht, was meine Großmutter mir sagen will, und alles, was ich höre, ist ihre von Kummer schwere Stimme.

In Havanna staut sich der Verkehr in sämtlichen Straßen. Wir stellen das Auto in einer Nebenstraße ab und gehen das letzte Stück zu Fuß zur peruanischen Botschaft. Die Polizei hat um das Botschaftsgelände eine Sperre errichtet, um weitere Personen vom Eindringen abzuhalten. Die Flüchtlinge hocken im Geäst der Bäume wie übergroße Truthähne. Sie verhöhnen die Polizisten, beschimpfen sie nach Strich und Faden und feuern diejenigen, die die Sperre zu durchbrechen versuchen, mit aufmunternden Zurufen an. Abuela und ich suchen die Baumkronen, das Dach und die hohen Zementmauern nach Ivanito ab, doch wir entdecken nicht die geringste Spur von ihm.

Am Tor bricht eine Schlägerei aus. Ein Polizist holt mit dem Knüppel aus und läßt ihn auf den Kopf eines Mannes niedersausen. Ein Stein trifft mich an der Stirn. Zuerst spüre ich nichts außer dem warmen, klebrigen Blut, das mir ins Auge rinnt, doch kurz darauf glüht mein Schädel vor Schmerzen. Abuela wird zur Seite gestoßen, als die Menschenmenge vorwärts stürmt, aber ich werde wie auf dem Rücken einer tobenden Bestie davongetragen, als die Leute sich gewaltsam ihren Weg durch das Tor bahnen. Einen Augenblick später ist alles vorbei. Das Tor schließt sich hinter uns. Der Mob drängt sich erneut zusammen, klammert sich verbissen an die eigene, geballte Kraft.

»Sie schicken noch ein Flugzeug nach Lima«, höre ich eine dicke Frau in einem Mickey-Maus-T-Shirt sagen. »Alle, die heute früh hier waren, sind schon weg.«

Ich spiele mit dem Gedanken, ebenfalls auf einen Baum zu klettern, aber ich komme nicht nahe genug an einen heran. Mein Kopf schmerzt und fühlt sich doppelt so groß an wie sonst. Meine Stirn springt vor wie eine Dachtraufe. Beim Gehen fällt es mir schwer, das Gleichgewicht zu halten. Die Leute schauen mich an und wenden sich ab. Sie haben genug mit sich selbst zu tun.

»Die treiben uns bestimmt zusammen und knallen uns ab wie die Kaninchen! Die stecken uns in die Arbeitslager zu den *maricones*!« brüllt ein Mann mit einem Gesicht wie ein Maultier. Auf seinen Unterarm ist mit hellgrüner Farbe die Jungfrau Maria tätowiert. Neben ihm jongliert ein sehniger Mann in einem zerlumpten Anzug mit zwei Orangen und einer Grapefruit. Mit einem Fuß stampft er rhythmisch auf den Boden.

Nichts und niemand kann dies für die Nachwelt festhalten, denke ich, keine Worte, kein Gemälde, keine Fotos.

Ich zwänge mich durch das Gedränge und halte Ausschau nach Ivanito. Einen Augenblick lang kann ich mich nicht einmal mehr an sein Gesicht erinnern. Er ist für mich nichts weiter als ein Name, eine treibende Kraft, die mich in Bewegung hält, doch dann kommt mir sein Gesicht wieder in Erinnerung, seine haselnußbraunen Augen, sein schlaksiger Körper, seine zu groß geratenen Hände und Füße. Plötzlich sehe ich ihn direkt vor mir, und genau da dreht er sich um und sieht mich auch. »Waaaaaaahnsinn!« brüllt er in den Himmel, und sein Ruf gilt einer Million Menschen zugleich. Ich ziehe ihn zu mir herüber, schlinge die Arme um seine Hüften. Ich spüre das Herz meines Cousins durch seinen Rücken schlagen, und dann fühle ich, wie von uns beiden schlagartig die Anspannung abfällt.

* * *

»Ich konnte ihn nicht finden«, lüge ich Abuela an. Auch meine Großmutter hat blaue Flecken, und ihre Schienbeine sind zerschrammt und bluten. Sie hat über eine Stunde lang auf mich gewartet. »Jemand hat mir erzählt, daß heute morgen ein Flugzeug nach Lima abgeflogen ist. Ivanito war bestimmt an Bord.«

Abuela starrt den von weichen Wülsten umschlossenen Stamm einer Königspalme an. Ich weiß, woran sie jetzt denkt: an Männer mit durchgedrücktem Rücken und einem Homburg auf dem Kopf, an Regenschirme aus schwarzer Seide und den verderblichen Regen der nördlichen Breitengrade. Herrgott, was habe ich da angerichtet? frage ich mich. Da dreht sie sich noch einmal zu mir um.

»Hast du wirklich überall nach ihm gesucht, *mi hija*? Bist du dir sicher?« fragt sie mich traurig. »Bist du dir ganz sicher?«

»*Sí*, Abuela.« Ich vergrabe das Gesicht im Nacken meiner Großmutter, doch in den Hautfalten nistet weder der Duft nach Salz noch nach Veilchenwasser.

Celia

Wie aus großer Höhe steigt Celia del Pino die drei Stufen vor ihrer Haustüre herab. Sie geht am Papaubaum vorbei, an der Reihe langstieliger Paradiesvogelblumen, am Haus ihrer Nachbarin Ilda Limón und schließlich den sandigen Pfad am Strand entlang. In der Brise liegt ein Hauch von Jasmin und der Duft ferner Zitronenbäume. Das Meer lockt mit seinen Wellen aus blauem Licht.

Ich erinnere mich noch an meinen ersten Tag in Havanna. Ich traf mittags um zwölf Uhr ein, und die Luft war erfüllt vom Läuten Tausender von Kirchenglocken. Tía Alicia in ihrem weiten Rock mit Petticoat und der Pfauenbrosche am Kragen erwartete mich schon. Sie tröstete mich nach meiner langen Zugfahrt vom Land in die Stadt. Sie brachte mir Klavierspielen bei und lehrte mich, daß jede Note anders als die anderen klingt und doch Teil des Ganzen ist.

Celia zieht die Lederpumps aus und geht hinunter ans Wasser. Sie ist überrascht, wie kühl und feucht sich der Sand anfühlt. Sie bohrt die Füße hinein, bis sie wie eingepflanzt sind, darin verwurzelt wie die Palmen, verwurzelt auch wie der knorrige Gardenienbaum. Ihr schmuddeliges Hauskleid bläht sich im Wind, dann regt es sich nicht mehr.

Die duende, *den Kopf zurückgeworfen, rief mich, kehlig und verführerisch, durch den Dichter zu sich. Ihre schwarzen Klänge betörten mich, und sie wob ihre schwarzen Bänder, während der Regen prasselnd Beifall spendete.*

> *Des Ölbaums*
> *Gelände*
> *entfaltet und schließt sich*
> *gleich einem Fächer.*
> *Überm Ölgehölz*
> *sinkt ein Himmel nieder,*
> *und es fällt ein dunkler*
> *Regen kalter Sterne.*

Celia wird sich bewußt, daß sie sich von Kubas Küste nie weiter als ein paar hundert Meter entfernt hat. Sie denkt an ihren Traum, mit dem Schiff nach Spanien zu fahren, nach Granada, und mit nichts als einem Tamburin und vielen, allzu vielen Nelken durch die Nacht zu wandern.

Sing mit mir, ruft die duende, *sing für die schwarze See, die deiner Stimme harrt.*

Celia watet ins Meer und stellt sich vor, sie wäre ein Soldat auf Mission – für den Mond oder die Palmen oder *El Líder*. Rasch steigt um sie herum das Wasser. Schon umspült es ihren Hals, ihre Nase, ihre offenen Augen, die das Salz nicht spüren. Das Haar umwabert ihren Kopf, treibt über ihr in der Strömung. Sie atmet durch die Haut, atmet durch ihre Wunden.

Sing, Celia, sing …

Celia faßt sich ans linke Ohrläppchen, löst den tropfenförmigen Ohrring und überläßt ihn dem Meer. Sie spürt die Leere zwischen Daumen und Zeigefinger. Dann öffnet sie die winzige Spange am rechten Ohrläppchen und gibt auch den zweiten Ohrring frei. Sie schließt die Augen und malt sich aus, wie er, einer Feuerfliege gleich, im dunklen Wasser versinkt, sie malt sich aus, wie er langsam erlischt.

Celias Brief: 1959

11. Januar 1959

Mein liebster Gustavo!

    Die Revolution ist zehn Tage alt. Heute wurde meine Enkelin Pilar Puente del Pino geboren, und heute ist auch mein Geburtstag. Ich bin fünfzig geworden. Ich werde nicht mehr an Dich schreiben, *mi amor*. Sie wird sich an alles erinnern.

In Liebe auf ewig,
Celia

Jamaica Kincaid

Lucy

Roman
Aus dem Amerikanischen von
Stefanie Schaffer-de Vries
Band 11973

»Ein Elementargeist ist zu entdecken« – so formulierte Karl
Krolow seine Einladung, Jamaica Kincaid zu lesen – eine neue,
eigenwillige Stimme in der amerikanischen Literatur, eine prä-
zise Poetin des weiblichen Erwachsenwerdens und seiner Schauplätze. In »Lucy« wird die Geschichte einer Neunzehnjährigen
erzählt, die zum ersten Mal von den Westindischen Inseln weg –
und als Au-pair-Mädchen nach New York kommt, zu dem
wohlhabenden Ehepaar Mariah und Lewis und deren vier
Töchtern. In einer Reihe von Impressionen und Reminiszenzen
wird eine sehr verletzte, aber auch eine sehr mutige und sensible
Lucy vorgestellt – in der schmerzvollen Beziehung zu ihrer
Mutter, ihren ersten Beziehungen mit Männern und ihren müh-
samen Versuchen, sich zwischen den Ansprüchen der Eltern und
der eigenen Verwirrung zurechtzufinden. Schmerz und Zorn
lassen sie Distanz halten und aus dieser Distanz heraus mit
unerbittlicher Klarheit ihre Umwelt erkennen. Leben bedeutete für Lucy bisher eine Serie von Verlusten: Sex den Verlust der
Unschuld, das Exil den der Wurzeln, erwachsen zu werden
den Bruch mit Familie und Freunden. Irgendwann hat sie
gelernt, diese Verluste zu akzeptieren, wird das Weiterziehen
für sie zur zweiten Natur.

Fischer Taschenbuch Verlag

fi 231 / 5

Martha Bergland
Die Farm am Grunde des Sees
Roman

Aus dem Amerikanischen von
Renate Orth-Guttmann

Band 12749

Eine Fahrt in die Gegend ihrer Kindheit läßt Janets alte Träume wieder wach werden: Landschaften, Gerüche und Farben
des Mittleren Westens und nicht zuletzt die Wiederbegegnung
mit ihrem Schwager Carl, den sie einmal geliebt hat und vielleicht immer noch liebt, wecken längst vergessen geglaubte
Gefühle und die Sehnsucht, wieder so zu leben wie früher, auf
einer Farm inmitten der Natur.

»Treffsicher und ehrlich ... und wunderbar einfühlsam.
Martha Bergland hält den Leser gefangen.«
The New York Times Book Review

»Ein genau beobachteter,
eleganter zeitgenössischer Roman, der ein
vom Verschwinden bedrohtes Amerika feiert.«
Los Angeles Times

Fischer Taschenbuch Verlag

Janice Galloway
Die Überlebenskünstlerin
Roman
Aus dem Englischen von Christine Frick-Gerke
Band 11840

»Einfach weiteratmen« empfiehlt der Originaltitel des Romans als ›Trick, am Leben zu bleiben‹. Joy Stone, eine junge Lehrerin in einer schottischen Stadt mittlerer Größe, hat ihn bitter nötig. Nachdem ihr Freund in ihrem ersten gemeinsamen Urlaub durch einen tragischen Unfall ums Leben gekommen ist, gerät Joy immer tiefer in eine seelische Krise und verliert die Kontrolle über ihre Welt. Der Roman ist das Protokoll dieser inneren Auflösung. Joy begibt sich schließlich in stationäre Behandlung und läßt einige Wochen lang die fruchtlosen Bemühungen wechselnder Psychotherapeuten (»Dr. Eins bis Dr. Fünf«) über sich ergehen. Sehr komische, bühnenreife Dialoge zwischen Arzt und Patient zeigen die Ratlosigkeit beider füreinander. Hilflos, mißverständlich, im besten Falle irritierend sind auch die Begegnungen mit Berufskollegen, ehemaligen und neuen Liebhabern, der älteren Schwester, einer mütterlichen Freundin und den Mitpatienten. Es gelingt Janice Galloway, die Krise von Joy Stone zu einer beispielhaften Geschichte zu transzendieren – der Geschichte vom komplizierten Leben der berufstätigen, unabhängigen jungen Frau der 80er Jahre. Dem Thema der Auflösung versucht Galloway auch in der Wahl ihrer Ausdrucksformen zu entsprechen. Spielerisch, phantasievoll, auch witzig läßt sie die Realien der fortgeschrittenen Kommunikationsgesellschaft auflaufen – vom Werbetext übers Horoskop und den Leserbrief bis hin zum Psychoslogan in Sprechblase.

Fischer Taschenbuch Verlag

fi 591 / 4